Uwe Jott

„Muss ich gucken…"

Bibliografische Information der Deutschen Nationalbibliothek:
Die Deutsche Nationalbibliothek verzeichnet diese Publikation in der
Deutschen Nationalbibliografie; detaillierte bibliografische Daten sind
im Internet über http://dnb.dnb.de abrufbar.

Herstellung und Verlag: BoD – Books on Demand, Norderstedt

ISBN: 978-3-7543-2738-8

Kapitel 1
Sonntag, 26. Juli 2020

„Bitte zusammenkommen!", rief Mathias mit lauter Stimme, und meinte damit alle Vereinsmitglieder, die sich am heutigen Tage auf der Tennisanlage des SV Wacker eingefunden hatten, um am Schleifchenturnier teilzunehmen. Mathias war der Erste Vorsitzende des Tennisvereins und ließ es sich nicht nehmen, heute alle persönlich zu begrüßen und das Turnier auszurichten. Es hatte bereits eine jahrelange Tradition, und auch in diesem Jahr hatten sich vierundzwanzig Hobbyspieler zusammengefunden, um sich bei bestem Wetter auf dem Tennisplatz mit Gleichgesinnten zu messen. Mathias begann gerade seine Eröffnungsrede, während die Teilnehmer darauf warteten, auf den Tennisplatz zu dürfen.

„Ich begrüße euch zum diesjährigen Schleifchenturnier! Ich freue mich, dass sich heute wieder so viele Teilnehmer angemeldet haben."

Bettina lauschte der Rede von Mathias und freute sich auf den Tag. Sie hatte morgens noch mit ihrer Mutter telefoniert, zu der sie seit zwölf Jahren ein schwieriges Verhältnis hatte. Das Telefongespräch hatte sie heruntergezogen. Wie so oft. Sie dachte an ihre Mutter und ihr Telefonat, während Mathias den Teilnehmern den heutigen Turniermodus erklärte.

Bettina war eine sportliche Frau Mitte vierzig mit weiblichen Rundungen an den richtigen Stellen. Wenn sie nicht gerade an ihre Mutter dachte, hatte sie stets ein Lächeln im Gesicht, das auf ihre Mitmenschen regelrecht ansteckend wirkte. Ihr braunes, leicht lockiges schulterlanges Haar, ihre leuchtenden grünen Augen und ihr strahlendes Lächeln ließen sie jünger wirken, als sie war. Sie hatte bereits diverse Male an dem Turnier teilgenommen und würde nächstes Jahr ihr dreißigjähriges Vereinsjubiläum feiern. Bis auf einen kannte sie alle der diesjährigen Teilnehmer. Sie war, wie in den vergangenen Jahren auch, mit ihrem Mann Arne gekommen, mit dem sie seit mittlerweile vierundzwanzig Jahren verheiratet war.

Der Turniermodus sah vor, dass immer ein Doppel gespielt wurde, wobei stets eine Dame mit einem Herrn zusammengelost wurde. Es wurde auf Zeit gespielt, immer dreißig Minuten. Der Beginn und das Ende des Spiels wurden mittels einer ohrenbetäubenden Tröte angekündigt, die Mathias in seinen Händen hielt. Die Sieger erhielten nach jedem Spiel ein kleines Schleifchen, das am Kragen befestigt wurde. Wer am Ende des Tages die meisten Schleifchen gesammelt hatte, wurde zum Sieger erkoren.

Bettina sah Mathias reden, nahm aber seine Worte gar nicht wahr. Sie verdrängte den Gedanken an ihre Mutter und kehrte ins Hier und Jetzt zurück. Redete Mathias etwa immer noch?

Ben hatte den Eindruck, dass Mathias sich offenbar gern selbst zuhörte. Seine Begrüßungsrede schien kein Ende zu nehmen. Ben ließ sich nichts anmerken und ließ seinen Blick über die Turnierteilnehmer schweifen. Bis auf ein befreundetes Ehepaar kannte er niemanden. Er war neu im Club. Er war kürzlich gemeinsam mit ein paar Freunden von einem anderen Verein nach Burghausen gewechselt.

Ben war neununddreißig, eins achtzig groß, blond und einigermaßen fit. Er hatte bereits mit sechs Jahren mit Tennis begonnen und bis ins junge Erwachsenenalter gespielt. Als er während seines Studiums nur noch wenig Zeit hatte, legte er eine mehrjährige Tennispause ein, aber inzwischen spielte er schon wieder seit über zehn Jahren. Er lebte mit seiner langjährigen Freundin Doro und ihrer gemeinsamen achtjährigen Tochter Steffi in Emmerting, wenige Kilometer von Burghausen entfernt.

Mathias palaverte immer noch. Er erinnerte Ben an seinen Chef. Sein Chef war ein Arschloch. Ein Narzisst und Menschenschinder, der Ben bis in den Burnout getrieben hatte. Sogar eine Depression war ihm diagnostiziert worden. Ben war bereits seit einigen Monaten krankgeschrieben und sogar in therapeutischer Behandlung. Es gab zwischenzeitlich immer wieder Tage, an denen seine Krankheit dafür sorgte, dass er vollständig seinen Spaß am Tennisspielen verlor. Auch heute war wieder so ein Tag. Aber er hatte sich aufgerafft, denn er war der Meinung, dass das heutige Turnier eine geeignete Möglichkeit war, sich in den neuen Verein zu integrieren und neue Kontakte zu knüpfen. Vielleicht würde er für ein paar Stunden auf dem Tennisplatz seine gesundheitlichen und beruflichen Probleme vergessen können. Im Tennisverein wusste niemand davon, und so sollte es auch bleiben.

Die Rede von Mathias dauerte vielleicht fünf oder sechs Minuten, aber Ben hatte das Gefühl, es wäre eine halbe Stunde gewesen. Endlich wurde die erste Runde ausgelost, und die Spielerinnen und Spieler betraten den Platz.

Seine erste zugeloste Partnerin war Ben unbekannt, seine Gegner ebenso. Das war nicht anders zu erwarten. Ben merkte, dass er den meisten anderen Teilnehmern spielerisch überlegen war, aber das war ihm nicht wichtig. Bei dem Turnier stand nicht der sportliche Wettbewerb im Vordergrund, sondern es ging darum, gemeinsam mit Freunden und Vereinskameraden eine schöne Zeit auf und neben dem Tennisplatz zu erleben. Die Teilnehmer, die gerade Pause hatten, schauten den Spielen auf den Plätzen zu und verbrachten die Wartezeit damit, ein Stück Kuchen, einen Kaffee, ein Bier oder einen Prosecco zu sich zu nehmen.

Das erste Spiel gewannen Bens unbekannte Partnerin, die auf den Namen Agnes hörte, und er deutlich. Ihre ersten Schleifchen des heutigen Tages hatten die beiden schon mal eingefahren.

Auch Bettina gewann ihr erstes Spiel und verdiente sich ihr erstes Schleifchen. In der zweiten Runde wurde ihr Ben als Spielpartner zugelost. Sie wusste nicht so recht, was sie von dem Neuen halten sollte. Sie hatte ihn nie zuvor gesehen. Er schien ganz nett zu sein, aber nicht sehr gesprächig. Aber sie hatte vorher schon gesehen, dass er offenbar ganz anständig Tennis spielen konnte.

Die Gegner waren Ben erneut unbekannt. Auch seine Partnerin kannte er nicht.

„Hi, ich bin Bettina", stellte sie sich ihm vor.

„Freut mich, ich bin Ben."

„Na, dann lass uns mal zusehen, dass wir uns das nächste Schleifchen verdienen", lächelte Bettina.

Das zweite Spiel war schon etwas schwieriger, aber Bettina und Ben lagen gerade knapp in Führung, als Mathias nach Ablauf der dreißig Minuten wieder leidenschaftlich trötete. Die zweite Runde war beendet, und Bettina und Ben hatten beide ihren zweiten Sieg auf dem Konto.

„Danke, hat Spaß gemacht, Bettina!"

„Ja, finde ich auch!"

Sie holten sich ihre Schleifchen ab und steckten sie sich an ihre Kragen.

Sogleich wurde die dritte Runde ausgelost. Bettina hatte in dieser Runde spielfrei und genehmigte sich einen Prosecco. Sie setzte sich zu den anderen Clubmitgliedern, die ebenfalls darauf warteten, wieder auf den Platz zu dürfen.

Nach einigen weiteren Runden neigte sich das Turnier seinem Ende entgegen. Bettina hatte noch ein paar weitere Schleifchen gesammelt und ebenso viele Prosecco. Für den Turniersieg hatte es allerdings nicht gereicht, aber das war ihr völlig egal. Ben hingegen hatte alle seine Spiele gewonnen.

„Bitte zusammenkommen!", rief Mathias schließlich erneut und bat alle Teilnehmer zur Siegerehrung. Einige Mitglieder hatten in der Zwischenzeit den Grill angefeuert, damit sich alle nach getaner Arbeit mit Würstchen und Steaks stärken konnten.

„So, liebe Freunde, darf ich kurz um eure Aufmerksamkeit bitten?"

Da einige Mitglieder munter weiterschwatzten, versuchte Mathias sich Gehör zu verschaffen, indem er lauthals in seine furchtbare Tröte blies. Ben fiel vor Schreck fast sein Bier aus der Hand. Immerhin hatte Mathias jetzt die Aufmerksamkeit der Teilnehmer. Und Ben einen Tinnitus.

„Wir kommen zur Siegerehrung. Aber zunächst einmal möchte ich mich bei euch allen bedanken, dass ihr heute zu diesem schönen Tag beigetragen habt. Das Wetter hatte auch ein Einsehen, der Grill ist heiß, was will man mehr?"

Nicht schon wieder, dachte Bettina sich, als Mathias wieder zu einer längeren Rede auszuholen schien.

Hätte Ben nicht ein fürchterliches Piepen im Ohr gehabt, hätte er vermutlich dasselbe gedacht.

Nach ein wenig Geschwurbel kam Mathias irgendwann auf den Punkt.

„Wir haben heute zwei Gewinner! Mit insgesamt vier Siegen ist die heutige Turniersiegerin bei den Damen... Agnes! Herzlichen Glückwunsch!"

Agnes stiefelte unter dem Applaus der anderen zu Mathias und ließ sich eine Flasche Sekt und eine Medaille überreichen.

„Und bei den Herren haben wir einen neuen Namen auf der Siegerliste. Mit insgesamt fünf Siegen... Ben! Herzlichen Glückwunsch!"

Auch Ben bekam höflichen Applaus der anderen Teilnehmer. Als Mathias ihm die Medaille und die Flasche Sekt überreichte, hatte Ben allerdings den Eindruck, dass ihn einige Mitglieder argwöhnisch anschauten, so als hätte es ihnen nicht gefallen, dass ein Fremder ihr Turnier gewonnen hatte.

Ben nahm die Preise trotzdem entgegen. Er war froh, an dem Turnier teilgenommen zu haben. Es ließ ihn seine beruflichen und gesundheitlichen Probleme für ein paar Stunden vergessen, und am Ende ist er auch noch Turniersieger geworden.

Der Geruch frischgegrillter Würstchen ließ ihm das Wasser im Munde zusammenlaufen. Nach noch ein bisschen Geblubber von Mathias setzten sich alle Teilnehmer gemeinsam auf die Clubterrasse und ließen den Tag bei Grillfleisch, Würstchen und ein paar kalten Getränken ausklingen.

Ben fand einen Sitzplatz zwischen Arne und Bettina auf der einen und Mathias auf der anderen Seite. Er setzte sich und genoss sein Würstchen und sein Bier.

„Und, wie hat es unserem neuen Clubmitglied gefallen?", wollte Mathias von ihm wissen.

„Gut. Es hat wirklich Spaß gemacht. Und für mich als neues Mitglied ist so ein Tag eine super Gelegenheit, um andere Leute kennenzulernen." Einige der Teilnehmer kannte er inzwischen zumindest namentlich. Bettina zum Beispiel. Sie war gerade unterwegs in Richtung Clubhaus, um für sich und ihren Mann Getränkenachschub zu besorgen.

„Prima. Neue Mitglieder sind bei uns immer herzlich willkommen. Schön, dass du mitgespielt hast. Und dann auch gleich Turniersieger! Das wird hier eigentlich nicht so gern gesehen." Sein Gesichtsausdruck verriet, dass dies eine ironische Bemerkung gewesen war.

Ben musste lächeln. „Oh, das habe ich nicht gewusst. Sorry!"

Mathias lächelte zurück. „War nur Spaß! Schön, dass es dir gefallen hat. Prost!"

So verkehrt schien Mathias doch gar nicht zu sein.

Bettina kam mit den Getränken zurück und stellte fest, dass ihr Sitzplatz besetzt war. Sie suchte nach einer anderen Sitzgelegenheit, aber alle Bänke und Stühle waren belegt.

„Komm, du kannst dich hier hinsetzen", sagte Ben zu ihr und deutete auf seinen Schoß. Sie hielt es für einen Witz, aber Ben nahm ihre Hand und zog sie zu sich auf seinen Stuhl. Bettina war überrascht und auch ein wenig irritiert, denn sie kannte Ben kaum. Sie hatte ihn vor gerade einmal zwei Stunden kennengelernt. Außerdem saß ihr Mann genau daneben. Sie wollte direkt wieder aufstehen.

„Aber nur, weil du das Turnier gewonnen hast", lachte Mathias, als ob er darüber zu entscheiden gehabt hätte, auf wessen Schoß Bettina sitzen durfte.

Ben warf einen fragenden Blick in die Richtung ihres Mannes Arne und bat ihn um seine Zustimmung:

„Ist das in Ordnung, wenn sich deine Frau mal kurz auf den Schoß des Turniersiegers setzt?"

Es schien ihn nicht zu stören, so dass er mit einem Grinsen erwiderte: „Klar, nur zu."

Die anderen Mitglieder, die Bettina und Arne schon seit Ewigkeiten kannten, schauten etwas ungläubig.

Nach der Zustimmung ihres Ehemannes leistete Bettina keinen weiteren Widerstand. Außerdem war sie froh, einen Sitzplatz gefunden zu haben. Wenn auch nicht den, den sie erwartet hatte.

Kapitel 2
Donnerstag, 6. August 2020

„Wie waren Ihre letzten vierzehn Tage?", wollte seine Therapeutin von Ben wissen.

Er hatte diese Frage erwartet. Sie stellte sie jedes Mal zu Beginn ihrer zweiwöchentlichen Sitzungen.

„Es geht so. Ganz okay, glaube ich."

„Wie waren die Nächte? Konnten Sie schlafen?"

„Einigermaßen." Ben hatte heute keine Lust auf die Therapiesitzung. Er war nicht gut drauf. Er wollte die Dreiviertelstunde einfach nur hinter sich bringen und sich zuhause unter der Bettdecke verkriechen.

Seine Therapeutin bemerkte, dass er heute ziemlich mundfaul war und nur sehr einsilbig antwortete. Sie kannte das. Sie war ein solches Verhalten von ihren Patienten gewohnt. Und sie war im Umgang damit geschult. Sie blieb ruhig und gelassen.

„Haben Sie Ihr Alkoholprotokoll geführt?"

„Ja, habe ich." Ben öffnete den Schnellhefter, der vor ihm auf dem Tisch lag, und überreichte ihr einen Zettel. In den letzten Wochen wurde ihm von seiner Therapeutin ein ‚schädlicher Alkoholgebrauch' attestiert. Sie hatte ihm daraufhin aufgetragen, über seinen Alkoholkonsum Protokoll zu führen.

Sie warf einen Blick auf den Zettel. Er hatte für jeden einzelnen Tag der vergangenen zwei Wochen aufgeschrieben, was er getrunken hatte. Am Montag vier große Bier und zwei Bacardi-Cola. Am Dienstag sechs große Bier. Am Mittwoch drei kleine Bier und zwei Schnäpse. So ging es weiter bis zum Ende der nächsten Woche.

Ben beobachtete seine Therapeutin. Sie schien nicht zufrieden zu sein mit dem, was sie sah. Dabei hatte Ben die Liste schon geschönt und einiges weggelassen.

„Das ist mehr als in den letzten Wochen", sagte sie mit ruhiger Stimme.

„Ja, kann sein."

„Versuchen Sie, den Alkoholkonsum zu senken. Alkohol kann die Wirkung Ihrer Medikamente negativ beeinflussen. Und er trägt dazu bei, dass die Symptome einer Depression noch verstärkt werden können."

Ben wusste das bereits. Sie hatte es ihm schon ein paar Mal gesagt. Er war es inzwischen gewohnt, regelmäßig Alkohol zu trinken. Er konnte mittlerweile einiges vertragen, ohne betrunken zu werden. Zuerst hatte er nur in Gesellschaft mit seinen Freunden getrunken, aber in den letzten Wochen war er dazu übergegangen, auch zuhause allein zu trinken. Der Alkohol half ihm, abends herunterzukommen. Zumindest glaubte er das.

Es war heute seine sechste Therapiesitzung. Der Auslöser für die Therapie war sein angespanntes Verhältnis zu seinem Chef. Was heißt angespannt? Das Verhältnis war katastrophal! Nie war sein Chef zufrieden mit ihm gewesen. Er hatte Ben für sein eigenes Versagen verantwortlich gemacht. Anerkennung und Wertschätzung waren für ihn Fremdworte. Ben hatte nie erwartet, dass ein anderer Mensch ihn einmal dahin bringen könnte, wo er jetzt war. Niemals hätte er das für möglich gehalten.

Es war an einem Mittwoch gewesen, als die Situation mit seinem Chef eskalierte. Ben erinnerte sich genau. Er hatte seiner Therapeutin die Geschichte schon mindestens dreimal erzählt. Sein Chef hatte ihn vor versammelter Mannschaft zur Schnecke gemacht. Und das, obwohl Ben sich gar nichts hatte zu Schulden kommen lassen. Aber er hatte in diesem Moment als Sündenbock herhalten müssen. Herhalten für die Inkompetenz seines narzisstischen Chefs. In der Nacht darauf hatte Ben nicht schlafen können. Ständig hatte er vor seinem geistigen Auge seinen Chef gesehen und wie er ihn gedemütigt hatte. Ben hatte Schweißausbrüche bekommen und beschlossen, am nächsten Morgen zum Arzt zu gehen. Er hatte gehofft, sein Hausarzt würde ihn krankschreiben, aber er war sich unsicher gewesen, ob dieser ihm seine

Geschichte überhaupt abkaufen oder ob er ihn als Simulanten abtun würde. Ben hatte gehofft, ein Attest für den Rest des Donnerstags und den Freitag zu bekommen. Mit dem darauffolgenden Wochenende hätte er dann vier Tage Zeit gehabt, wieder Kraft und Energie zu tanken für die nächste Auseinandersetzung mit seinem Chef.

Aus den vier Tagen waren mehrere Monate geworden. Als der Arzt Bens Geschichte gehört hatte, zog er ihn sofort aus dem Verkehr. Das war jetzt fünf Monate her. Und weitere zwei Monate lagen noch vor ihm.

Sein Arzt hatte Ben zu einer Therapie geraten. Er hatte ihn sogar zum Psychiater geschickt, um sich eine professionelle Zweitmeinung einzuholen. Als Ben im Wartezimmer der psychiatrischen Praxis gesessen hatte, war er sich wie ein Bekloppter vorgekommen. Wie tief war er gesunken?

Der Psychiater war im persönlichen Gespräch mit Ben schnell zu dem Schluss gekommen, dass sein Hausarzt mit seiner Einschätzung richtig gelegen hatte. Auch er empfahl Ben eine Psychotherapie, um die Situation mit seinem Chef aufzuarbeiten und um Handlungsoptionen im Umgang mit seinem Chef zu erlernen. Er hatte Ben eine Liste mit potenziellen therapeutischen Kliniken und Praxen in der Umgebung mitgegeben. Ben war überrascht gewesen, wie viele Psychotherapeuten in seinem Wohnort und in den umliegenden Orten ansässig waren. Es war ihm nie aufgefallen. Es waren mindestens fünfzig. Offenbar war er mit seinen Problemen nicht allein auf der Welt.

Er hatte die ganze Liste abtelefoniert, erhielt aber entweder Absagen oder landete auf der Warteliste mit der Option auf einen Platz in einem Vierteljahr. Er hatte seinen Suchradius schließlich ausgeweitet und sich im Internet auf die Suche nach weiteren Optionen gemacht. Aber auch dort hatte es zunächst nur Absagen gehagelt. Die psychotherapeutischen Praxen waren voll von Menschen wie ihm. Auf der einen Seite hatte es ihn beruhigt, dass es anderen Leuten offenbar genauso erging wie ihm, auf der anderen Seite entsetzte es ihn. Was für ein Armutszeugnis für unsere Gesellschaft, dachte er sich.

Eines Tages hatte sein Handy geklingelt. Es war ein Rückruf. Er hatte bei einer therapeutischen Praxis in Braunau angerufen und auf den Anrufbeantworter gequatscht. Jetzt hatte er endlich die überraschende Nachricht erhalten, dass in Kürze ein Therapieplatz freiwerden würde. Es hatte acht Wochen gedauert, bis er endlich einen Platz gefunden hatte. Das lag nun zwölf Wochen zurück. Die Therapeutin, die ihn damals zurückgerufen hatte, saß ihm nun gegenüber und legte ihm dringend nahe, weniger Alkohol zu trinken.

Anfangs hatte er seine Therapeutin nicht gemocht. Es war ihm ohnehin zuwider, seine Geschichte einer wildfremden Person zu erzählen, aber genau das war der Sinn und Zweck einer Psychotherapie. Er hatte zunächst den Eindruck, dass seine Therapeutin auch nicht viel mit ihm anfangen konnte. Sie schien keinen richtigen Zugang zu ihm zu finden. Aber nach einigen Wochen hatten die beiden sich arrangiert und ein gewisses Vertrauensverhältnis zueinander aufgebaut.

„Wir sehen uns dann übernächste Woche wieder", sagte sie zu Ben.

Er verabschiedete sich für heute und fuhr nach Hause, um sich in sein Bett zu legen und sich die Decke über den Kopf zu ziehen. Er wollte für den Rest des Tages nichts mehr sehen und hören.

Kapitel 3
Sonntag, 16. August 2020

Bettina überlegte, wie sie die Feier ausrichten sollte. Der Geburtstag ihrer Tochter Jessica stand bevor. Jessica war achtzehn und wohnte noch im Haus ihrer Eltern in Burghausen. Bettina dachte an ihre Mutter. Sie hatte sie noch nicht darüber informiert, wie der Geburtstag ablaufen sollte. Sie wusste nur zu gut, dass ihre Mutter mit der Planung sowieso nicht einverstanden sein würde. Sie hatte immer etwas zu mäkeln. Entweder fand sie die Geschenke unangemessen oder die Tischdekoration unpassend. Selbst die Blumen auf dem Tisch waren grundsätzlich die falschen. „So einen Blumenstrauß kannst du für eine Beerdigung besorgen, aber doch nicht zum Geburtstag von Jessica!", hatte sie das letzte Mal gesagt, direkt nachdem sie das Haus betreten und noch bevor sie Jessica zum Geburtstag gratuliert hatte. Alle hatten es gehört, und die Feierstimmung war bereits im Keller gewesen, noch bevor Bettinas Mutter ihren Mantel ausgezogen hatte. Wut stieg in Bettina auf, als sie daran dachte. Diesmal sollte es anders sein. Bettina überlegte, wie sie ihrer Mutter erklären sollte, dass sie eine solche Respektlosigkeit dieses Mal nicht dulden würde. Aber sie war heute nicht in der Stimmung, ihre Mutter anzurufen. Sie wusste, wie es enden würde. So wie es immer endete, wenn beide miteinander sprachen. Sie ging in die Küche und kochte sich einen Kaffee. Sie beschloss, sich jetzt nicht mit ihrer Mutter zu befassen und sie stattdessen später anzurufen.

Sie konnte sich gar nicht mehr daran erinnern, wann sie das letzte Mal ein normales Gespräch mit ihrer Mutter geführt hatte. Wann sie das letzte Mal einfach einen schönen gemeinsamen Mutter-Tochter-Tag erlebt hatten. Einen Tag, an dem sie Spaß hatten und gemeinsam gelacht hatten. Einen Tag, an dem sie nicht gestritten hatten. Das musste Jahre zurückliegen. War es vor fünf Jahren? Oder gar vor zehn? Bettina kramte in ihrer Erinnerung, aber sie konnte sich an einen solchen Tag tatsächlich nicht erinnern. Ihr Verhältnis war nun schon seit zwölf Jahren angespannt. Es gab schlimme und auch weniger schlimme Phasen, aber ein normales Verhältnis hatten sie seitdem nie gehabt.

Gerade als Bettina sich einen Kaffee einschenke, klingelte ihr Handy, und auf dem Display sah sie, dass es ihre Mutter war. Sie stieß einen kurzen Seufzer aus und überlegte für ein paar Sekunden, ob sie rangehen sollte oder nicht. Ihr Handy nahm ihr die Entscheidung ab, denn als sie schließlich danach griff, verstummte es. Sie war froh darüber, wandte sich erneut ihrem Kaffee zu und machte es sich auf dem Sofa bequem. Sie ging den Geburtstag noch einmal in Gedanken durch. Hatte sie an alles gedacht? Sie wollte morgen noch einen Schokoladenkuchen backen. Jessica liebte Schokoladenkuchen. Bettina überlegte, ob sie am Vormittag noch Tennis spielen könnte. Die Zeit dafür hätte sie, denn die sonstigen Vorbereitungen waren so weit abgeschlossen. Sie entschied sich dafür und griff nach ihrem Handy, um sich zu verabreden. Gerade als sie ihr Handy in die Hand nahm, klingelte es erneut. Vor Schreck verschüttete sie den halben Kaffee auf dem Sofa und stieß einen lauten Fluch aus. Es war erneut ihre Mutter. Wütend über den Kaffeefleck auf dem Sofa nahm sie das Gespräch entgegen.

„Mama, was ist?", begegnete sie ihrer Mutter mit etwas zu harscher Stimme.

Als hätte ihre Mutter nur auf diese Begrüßung gewartet, polterte sie direkt los, ohne vorher auch nur hallo zu sagen: „Übermorgen ist doch Jessicas Geburtstag. Willst du mir nicht langsam mal sagen, wie wir den Tag verbringen?"

Bettina atmete tief durch. Sie war sich bis zuletzt noch nicht einmal sicher gewesen, ob sie ihre Mutter überhaupt dabeihaben wollte, aber sie wusste, dass sie es ihr nicht verwehren konnte. „Mama, ich wollte dich später anru…".

„Und warum gehst du nicht ans Telefon, wenn ich dich anrufe?", unterbrach ihre Mutter sie mit einem deutlich hörbaren bösen Unterton.

Bettina atmete durch und setzte erneut an: „Mama, ich wollte dich später anrufen. Wir wollen…".

„Was für einen Kuchen soll ich backen? Findest du nicht, dass du mir das mal langsam sagen solltest? Ich muss schließlich die Zutaten noch einkaufen!", unterbrach ihre Mutter sie erneut.

Bettinas Blutdruck stieg merklich an. „Du sollst überhaupt keinen Kuchen backen. Ich backe selbst einen."

„Lass mich das machen!", entgegnete ihre Mutter. „Ich habe dir schon hundertmal gesagt, dass du viel zu viel Zucker nimmst."

Bettina biss sich auf die Lippen und gab sich geschlagen. „Also gut, Mama, wenn du unbedingt willst, dann bring doch einen Schokoladenkuchen mit, den isst Jessica am liebsten. Aber bring dieses Mal keine Blumen mit, darum kümmere ich mich."

„Ich mache lieber einen Zitronenkuchen" antwortete ihre Mutter schnippisch und beendete das Gespräch ohne ein weiteres Wort.

Bettina starrte mit leerem Blick auf ihr Handy und kämpfte gegen ihre Wut an. Sie atmete tief durch und schaffte es, sich zu beherrschen – bis sie den Kaffeefleck auf dem Sofa wiederentdeckte. Sie war selbst überrascht, dass sie es schaffte, nicht loszuheulen.

In dem Moment surrte ihr Handy erneut. Ihre Mutter hatte ihr eine Kurznachricht geschickt: *„Du gehst doch sowieso noch einkaufen, dann kannst du mir die Zutaten für den Kuchen ja nachher vorbeibringen."*

Kapitel 4
Montag, 17. August 2020

Ben schaute auf die Uhr. Er war spät dran. In fünfzehn Minuten musste er auf dem Tennisplatz stehen. Eigentlich hatte er keine besondere Lust. Aber er hatte heute spontan zugesagt, bei einem Doppel mit drei Freunden und Mannschaftskollegen einzuspringen, da ihnen der vierte Mann ausgefallen war. Also setzte er sich auf sein Fahrrad und machte sich auf den Weg.

Die drei anderen waren bereits auf dem Platz und spielten sich ein, als er eintraf. Er winkte ihnen kurz zur Begrüßung zu und verschwand in der Umkleidekabine. Drei Minuten später stand er ebenfalls auf dem Platz.

Heute war einiges los im Tennisclub. Bis auf einen waren alle Plätze belegt. Viele Mitglieder saßen auf der Terrasse und gönnten sich nach dem Spiel ein Bier, ein Glas Wein oder eine Limo. Ben hatte zwei oder drei bekannte Gesichter entdeckt, aber die meisten anderen Anwesenden waren für ihn noch immer unbekannt.

Das Schleifchenturnier lag mittlerweile drei Wochen zurück. Er hatte seitdem kaum gespielt. Er hatte in den letzten Tagen wenig Motivation gehabt, Tennis zu spielen.

Wider Erwarten hatte er heute aber nach kurzen Anlaufschwierigkeiten doch Spaß am Tennis. Die beiden Doppelpaarungen stellten sich als etwa gleichstark heraus, so dass sich ein spannendes Match entwickelte, welches Ben und sein Partner Cedric in drei Sätzen gewinnen konnten.

Man beschloss, sich im Anschluss noch auf die Terrasse zu setzen. Cedric besorgte den Männern vier Flaschen Bier aus dem Clubhaus. Sie schauten den Spielen auf den anderen Plätzen zu, nuckelten an ihren Bierflaschen und unterhielten sich dabei. Ben war froh, dass er heute eingesprungen war, obwohl er sich anfangs durchaus geziert hatte. Aber es war die richtige Entscheidung gewesen. Und auch die Zeit auf der Terrasse im Anschluss an das Match tat ihm gut. Es lenkte ihn von seinen Alltagsnöten ab. Seine Freunde und er waren mittlerweile beim dritten Bier angekommen. Er versuchte, sich zu behalten, was er heute trank, denn in ein paar Tagen würde seine Therapeutin wieder das obligatorische Alkoholprotokoll von ihm verlangen.

Als Ben die letzte Runde Bier für den heutigen Tag organisierte, traf er im Clubhaus auf Bettina. Er erinnerte sich an sie. Sie hatte nach dem Schleifchenturnier auf seinem Schoß gesessen. Er begrüßte sie mit einem freundlichen Nicken. Während er die vier Bierflaschen in Empfang nahm, erwiderte sie seine Begrüßung mit einem Lächeln: „Hey Ben! Wie geht's?"

Gute Frage. Im Moment gut, aber sonst schlecht, dachte er sich. Aber das ging sie nichts an, daher antwortete er: „Gut, danke. Und dir?"

„Ach jo. Auch gut. Sag mal, wollen wir beide vielleicht mal zusammen Tennis spielen? Nächste Woche oder so? Natürlich nur wenn du willst!"

„Klar. Gerne. Gib mir mal deine Nummer, dann melde ich mich bei dir, sobald ich meinen Kalender gecheckt habe."

Sie tauschten ihre Handynummern aus.

„Okay, cool. Ich freu mich."

„Ja, ich freu mich auch."

Am nächsten Tag prüfte Ben seinen Terminkalender und schickte Bettina eine Nachricht auf ihr Handy:

„Hi Bettina, nächste Woche würden Dienstag- oder Donnerstagabend bei mir gehen. Passt das für dich? Gruß, Ben"

Es war seine allererste Nachricht an sie. Die erste von mehreren Tausend, die noch folgen sollten.

Acht Tage später waren sie das erste Mal zum Tennisspielen verabredet.

Kapitel 5
Dienstag, 18. August 2020

Bettina war gerade dabei, den Tisch für den Geburtstag zu decken, als es an der Tür klingelte. Natürlich war ihre Mutter eine Dreiviertelstunde zu früh. Bettina schluckte ihren Ärger herunter, öffnete die Tür und bat sie herein. Ihr Ärger wuchs noch weiter an, als sie sah, dass ihre Mutter auch einen Strauß Blumen besorgt hatte. Bettina hatte sie extra gebeten, es zu unterlassen.

„Mama! Wir hatten doch vereinbart, dass du einen Kuchen mitbringst. Von Blumen war nicht die Rede. Ich habe schon selbst welche besorgt."

„Davon hast du mir nichts gesagt!", log ihre Mutter und legte die Blumen auf den halb fertig gedeckten Tisch. Sie zeigte auf die Blumen, die bereits in der Vase standen und sagte spöttisch: „Die sollen doch nicht da stehen bleiben, oder? Die passen doch farblich gar nicht zur Tischdecke."

Ohne eine Antwort abzuwarten, nahm sie die Vase vom Tisch und brachte sie in die Küche. Kurz darauf kam sie mit einer anderen Vase zurück. Sie richtete ihren mitgebrachten Strauß an und stellte die Vase auf den Geburtstagstisch.

„So sieht es schon besser aus", murmelte sie. Bettinas Blutdruck stieg merklich an. Erneut hatte ihre Mutter sie aus der Fassung gebracht, noch bevor sie ihren Mantel ausgezogen hatte.

„Was ist denn das da für ein schrecklicher Kaffeefleck auf dem Sofa?", wollte ihre Mutter wissen, als sie sich setzen wollte. „Da setze ich mich nicht hin."

Ihre Mutter war noch keine drei Minuten im Haus, aber es reichte schon, um Bettina zur Weißglut zu treiben. Jessica und Arne fiel es beim gemeinsamen Kaffeetrinken sofort auf, dass zwischen Bettina und ihrer Mutter mal wieder dicke Luft herrschte, aber sie ließen sich nichts anmerken. Bettina und ihre Mutter sprachen für den Rest des Tages kein einziges Wort mehr miteinander, bis ihre Mutter sich schließlich wieder verabschiedete.

Als ihre Mutter endlich weg war, begann Bettina, die Küche aufzuräumen. Jessica kam hinzu und ging ihr zur Hand.

„Danke für den schönen Geburtstag, Mama", sagte Jessica, während sie ihrer Mutter einen Kuss auf die Wange drückte. „Aber warum habt ihr denn einen Zitronenkochen gemacht? Wolltest du nicht einen Schokoladenkuchen backen?"

Bettina widerstand dem Verlangen, die Teller, die sie gerade in der Hand hielt, direkt an die Wand zu werfen. Sie legte die Teller stattdessen beiseite und nahm ihre Tochter in den Arm, ohne ein einziges Wort zu sagen. Sie drückte Jessica fest an sich, damit diese die Tränen in den Augen ihrer Mutter nicht bemerkte.

Kapitel 6
Donnerstag, 20. August 2020

Die Therapeutin eröffnete die Sitzung so, wie sie es immer tat: „Wie ist es Ihnen ergangen in den letzten zwei Wochen?"

„Die letzten Wochen waren okay. Ich habe viel Zeit mit meiner Tochter verbracht. Mich mit Freunden getroffen. Und ein paar Mal Tennis gespielt."

„Hatten Sie Spaß am Tennis?" Sie fragte es, weil Ben ihr schon mehrfach erzählt hatte, dass er den Spaß am Tennis verloren hätte. Dass er sich jedes Mal mühsam dazu aufraffen musste.

„Ich weiß nicht. Ich denke ja. Ja, ich glaub schon. Erst hatte ich keine Lust, aber als ich dann erstmal auf dem Platz stand, hat es doch Spaß gemacht."

„Das ist gut. Wie sieht es mit dem Alkoholtrinken aus?"

Er überreichte ihr das Alkoholprotokoll der letzten zwei Wochen. Er hatte erneut die Hälfte weggelassen.

„Das ist schon deutlich weniger als zuletzt. Sie sind auf einem guten Weg." Sie schien zufrieden mit ihm.

„Wie läuft es zuhause?"

Im Zuge der bisherigen Sitzungen hatte seine Therapeutin mittlerweile jeden Stein in Bens Leben umgedreht. Der Auslöser für seine Therapie war sein Chef gewesen, aber sie hatte inzwischen erfahren, dass auch in Bens Beziehung einiges im Argen lag. Es wurde Ben selbst erst im Rahmen seiner Therapie bewusst. Nach und nach hatten seine Therapeutin und er seine private Situation aufgearbeitet. Es stellte sich heraus, dass es in seiner Beziehung mit Doro schon eine ganze Zeit kriselte. Ben war oftmals frustriert von der Arbeit nach Hause gekommen. Er hätte zuhause einen Ruhepol gebraucht. Eine Schulter, an die er sich hätte anlehnen können. Eine Partnerin, die ihm wieder Kraft geben würde. Aber diese Rolle hatte Doro nicht ausfüllen können.

Im Gegenteil, er war irgendwann von ihrer bloßen Anwesenheit genervt gewesen. Hätte er zuhause Ruhe und Geborgenheit erfahren, hätte er den Bürostress besser abbauen und verarbeiten können. In einer kriselnden Beziehung hätte er sich wiederum in die Arbeit stürzen können, wenn, ja wenn die Arbeit ihm zumindest ansatzweise Freude bereitet hätte. Aber er hatte sich weder bei der Arbeit noch zuhause wohlgefühlt. Er war in einen Teufelskreis geraten. Es bedurfte mehrerer Therapiesitzungen, bis ihm das überhaupt klar geworden war.

„Nicht so gut. Ich überlege, mir eine eigene Wohnung zu suchen."

„Wenn Ihnen das in Ihrer aktuellen Situation hilft, dann kann das eine gute Lösung sein."

Ben war von der Reaktion seiner Therapeutin überrascht. Er hatte erwartet, dass sie ihm empfehlen würde, in seiner jetzigen schweren Lebensphase nichts zu überstürzen und keine unüberlegten Entscheidungen zu treffen. Aber sie hatte recht. Er musste den Teufelskreis durchbrechen, und wenn ein Auszug aus der gemeinsamen Wohnung ein geeignetes Mittel sein würde, dann sollte er es tun.

Die Therapeutin richtete den Fokus auf ein anderes Thema: „Haben Sie Ihre Hausaufgaben gemacht?"

„Ja, habe ich." Er öffnete seine Mappe und zog einen Zettel heraus. Seine Therapeutin hatte das letzte Mal angekündigt, dass sie heute über das Thema Emotionen sprechen würden. Ben hatte als Hausaufgabe, alle Emotionen, die ihm in den Sinn kamen, aufzuschreiben.

Er präsentierte seine Liste. Er hatte eine Handvoll Emotionen aufgeschrieben: Wut, Ärger, Freude, Liebe, Angst, Trauer, Enttäuschung. Seine Therapeutin bat ihn, darüber nachzudenken, wann er welche der Emotionen zuletzt verspürt hatte. Über die eigenen Emotionen zu sprechen, war Bestandteil des therapeutischen Prozesses.

„Hinter jeder Emotion steckt immer ein Bedürfnis", erklärte sie. Sie überreichte ihm eine Liste.

„Schreiben Sie mal bis zum nächsten Mal für diese Emotionen hier auf, welches Bedürfnis Sie dahinter vermuten. Sie haben zum Beispiel Wut auf Ihre Liste geschrieben. Sie haben ja schon häufiger erzählt, dass Sie Ihrem Chef gegenüber Wut empfunden haben."

Wut war tatsächlich das Gefühl, das in Ben aufkam, wenn er an seinen Chef dachte. Es hatte vor einigen Monaten eine Situation im Büro seines Chefs gegeben, da wäre Ben um ein Haar aufgestanden und hätte seinem Chef eins in die Fresse gehauen. Aber er hatte sich gerade noch beherrschen können.

Seine Therapeutin fuhr fort: „Was glauben Sie, welches Bedürfnis dahintersteckt, wenn Sie Wut verspüren?"

Ben dachte kurz nach und zuckte dann mit den Schultern.

Sie schob die Antwort hinterher: „Wut tritt immer auf im Fall einer Grenzverletzung. Wenn jemand die Grenzen überschreitet, innerhalb derer wir uns wohlfühlen, dann werden wir wütend. Wann immer Sie eine bestimmte Emotion verspüren, ganz gleich, ob es eine positive oder negative Emotion ist, dann fragen Sie sich, welches Bedürfnis dahintersteckt. Lassen Sie die Emotionen zu. Versuchen Sie nicht, sie zu ignorieren oder zu leugnen. Wenn Sie erst einmal wissen, welches Bedürfnis diese Emotion hervorruft, dann haben Sie auch ganz andere Handlungsoptionen. Es geht darum, die Achtsamkeit für Ihre eigenen Bedürfnisse zu erhöhen."

Ben warf einen Blick auf die Liste, die sie ihm überreicht hatte. Er war überrascht, wie viele Emotionen es gab: Abneigung, Abscheu, Ärger, Aggression, Angst, Anteilnahme, Bedauern, Bedrückung, Begehren, Begeisterung, Beschwingtheit, Besorgnis, Betrübtheit, Beunruhigung, Bewunderung. Und er war erst beim Buchstaben B angelangt. Die Liste schien schier endlos zu sein. Ihm selbst waren lediglich sieben Emotionen eingefallen.

Kapitel 7
Dienstag, 25. August 2020

Ben freute sich auf seine Verabredung mit Bettina. Auch wenn er immer wieder Phasen hatte, in denen ihm sein Sport wenig Freude bereitete. Aber heute war es anders. Er war froh, dass Bettina ihn gefragt hatte. Er saß auf der Clubterrasse und wartete auf sie.

Der Club war gut besucht. Ben hatte einige Gesichter wiedererkannt, aber die meisten der Anwesenden waren ihm nach wie vor fremd. Namentlich kannte er keinen Einzigen von ihnen. Das würde sich vermutlich bald ändern, dachte er sich. In dem Moment sah er sie.

„Hi, na, alles klar?", begrüßte Bettina ihn freundlich.

„Ja, bei dir auch?"

„Klar." Bettina sah, dass alle Tennisplätze belegt waren. „Haben wir einen Platz?"

„Ja, in fünfzehn Minuten."

Bettina winkte kurz den anderen Clubmitgliedern zu, die es sich auf der Terrasse gemütlich gemacht hatten. Einige winkten zurück. „Okay, cool. Dann geh ich mich mal umziehen."

„Ja, ich auch. Bis gleich."

Bettina war ein kleines bisschen aufgeregt, als sie gemeinsam den Platz betraten, denn sie war sich nicht sicher, ob ihre Spielstärke für Ben ausreichen würde.

Ben öffnete eine neue Dose Bälle und überreichte ihr zwei davon. Die anderen beiden steckte er in seine Hosentasche. „So, dann wollen wir mal!"

Sie schlugen eine Stunde lang nur Bälle. Es war für Bettina eine gute Trainingseinheit, denn die schnellen und harten Schläge von Ben war sie von ihren eigenen Mannschaftskolleginnen nicht gewohnt. Auch

Ben war zufrieden. Bettina spielte besser, als er es erwartet hatte, und sie konnte sein Tempo ganz gut mitgehen.

Nach einer Stunde mussten sie den Platz wieder verlassen, weil die nächsten Mitglieder schon darauf warteten, die beiden abzulösen. Die Zeit war wie im Flug vergangen.

„Danke, hat echt Spaß gemacht!", sagte Bettina in Bens Richtung, während sie ihren Schläger in ihrer Tennistasche verstaute.

„Ja, stimmt", gab Ben zurück und tat es ihr gleich. „Wollen wir noch was zusammen trinken?"

„Klar."

„Was darf ich dir bringen?", fragte Ben, als sie den Platz verließen.

„Eine Apfelsaftschorle, bitte."

„Okay, ich besorg uns was."

Kurz darauf kehrte Ben mit zwei Apfelsaftschorlen zurück. „Prost! Du hast gut gespielt."

Bettina freute sich über das Lob. „Danke, ich musste mich erst an das Tempo gewöhnen, aber am Ende hat's richtig Spaß gemacht. Prost!"

„Wie lange spielst du schon Tennis?", wollte Ben wissen.

„Nächstes Jahr dreißig Jahre."

„Dreißig Jahre? Wahnsinn!"

„Ja, ganz schön lang. Und du?"

Ben musste kurz überlegen. „Ich habe mit sechs angefangen. Als ich begonnen habe zu studieren, habe ich aber eine längere Pause gemacht. Jetzt spiel ich aber auch seit über zehn Jahren schon wieder."

„Was hast du studiert?"

„Ich habe Wirtschaftswissenschaft in Hannover studiert. Nach meinem Studium hat es mich dann beruflich hierhergezogen. Das ist aber auch schon wieder elf Jahre her."

„Was machst du denn?"

„Ich arbeite im Business Development, vor allem im Bereich digitale Geschäftsmodelle für eine große Firma in München. Aber ich bin fast ausschließlich im Home Office."

„Okay, cool. Und, macht es Spaß?"

„Ja, im Prinzip schon." Ben überlegte, ob er Bettina von seinem angespannten Verhältnis zu seinem Chef erzählen sollte. Da sie ihm sympathisch war, entschied er sich dafür.

„Ich bin allerdings momentan krankgeschrieben." Er überließ es Bettina, ob sie seine Aussage hinnehmen oder weiter hinterfragen würde.

Sie tat letzteres: „Und wieso?"

„Wegen einer Burnout-Erkrankung. Ich habe ein ziemlich schlechtes Verhältnis zu meinem Chef. Letztlich ist er der Auslöser gewesen. Er ist ein ziemliches Arschloch. Inzwischen bin ich schon seit Monaten zuhause. Immerhin habe ich jetzt viel Zeit zum Tennis spielen."

Bettina beschloss, bei diesem Thema erst einmal nicht weiter zu bohren. Dafür kannten sie sich noch nicht gut genug. Vielleicht würde sich in den nächsten Wochen die Gelegenheit dazu ergeben.

Stattdessen sagte sie zu ihm: „Das hat ja auch seine Vorteile. Nimmst du noch eine Apfelschorle?"

„Gerne."

Diesmal stand Bettina auf und kehrte kurz darauf mit zwei neuen Flaschen zurück. Ben nahm ihr eine davon ab. „Merci. Prost!"

„Prost! Dann müsstest du jetzt Anfang vierzig sein, oder?"

„Fast, ich bin neununddreißig."

„Wow, dann liegen ja sieben Jahre zwischen uns. Dafür habe ich aber ganz gut mitgehalten vorhin", lachte Bettina.

„Wie, du bist zweiunddreißig?", grinste Ben sie an.

„Nee, nee. Schön wär's! Ich bin sechsundvierzig."

„Okay. Was machst du denn beruflich, Bettina?"

„Ich bin an der Rezeption in einem Hotel in Burghausen. Und ich kann gut nachempfinden, was du vorhin über deinen Chef gesagt hast. Meiner ist auch nicht einfach."

Ben wartete noch ein paar Sekunden, ob Bettina noch mehr preisgeben würde, aber sie machte keine Anstalten. Also beließ er es dabei und wechselte das Thema. „Kennst du die Leute alle hier?" Er deutete mit seiner Flasche in Richtung der anderen Clubmitglieder.

„Ja, die kenne ich alle. Einige davon seit zwanzig Jahren. Die beiden Mädels da drüben spielen mit mir zusammen in der Mannschaft. Kennst du schon jemanden davon?"

„Nee, niemanden. Aber das wird sich sicherlich bald ändern."

„Bestimmt. Die sind alle nett. Die würden bestimmt alle mit dir spielen, wenn du sie fragst."

„Wir werden sehen", antwortete Ben. Er stellte seine leere Flasche geräuschvoll auf dem Tisch ab. „Ich springe mal unter die Dusche. Hat mich gefreut, Bettina. Vielleicht können wir ja demnächst nochmal spielen. Deine Nummer habe ich ja jetzt."

„Ja, gerne. Hat echt Spaß gemacht! Dann bis bald irgendwann!"

Nach dem Duschen fuhr Bettina zufrieden nach Hause. Sie war dankbar, dass sie den Ärger mit ihrer Mutter mal für eine Zeitlang vergessen hatte. Und Ben schien auch ganz nett zu sein.

Kapitel 8
Donnerstag, 3. September 2020

Ben wartete die Frage seiner Therapeutin gar nicht erst ab und erzählte direkt, wie seine letzten zwei Wochen verlaufen waren. Er überreichte ihr das wie immer getürkte Alkoholprotokoll und seine Hausaufgaben. Sie redeten noch eine Zeitlang über das Thema Emotionen, bevor seine Therapeutin den Fokus auf ein neues Thema lenkte.

„Für den Rest der heutigen Sitzung möchte ich mit Ihnen gern über das Thema Kommunikation sprechen."

Ben hörte aufmerksam zu.

„Kommunikation kann auf verschiedenen Ebenen erfolgen. Haben Sie eine Idee, welche das sein könnten?"

Ben wusste mit der Frage nichts anzufangen. „Nee, nicht so richtig. Was genau meinen Sie mit verschiedenen Ebenen?"

Sie begann zu erklären: „Bei jeder Kommunikation gibt es immer einen Sender und einen Empfänger. Und in der Regel bestimmt nicht der Sender die Botschaft, sondern der Empfänger. Weil jede Botschaft auf verschiedene Arten interpretiert werden kann."

Ben nickte ihr kurz zu.

„Denken Sie mal an Ihren Chef", fuhr sie fort. „Denken Sie an den letzten Disput mit ihm zurück. Versuchen Sie sich zu erinnern, was er Ihnen gesagt hat. Und wie er es Ihnen gesagt hat."

Ben hasste es, wenn sie immer wieder in der Wunde herumbohrte. Aber genau das war ihr Job. Und den beherrschte sie gut.

Er erinnerte sich an seine letzte Auseinandersetzung mit seinem Chef und schilderte es seiner Therapeutin. Sie kannte seine Geschichte bereits, denn sie hatten vor einigen Wochen schon darüber gesprochen.

„Sie sind in diesem Fall der Empfänger der Botschaft Ihres Chefs gewesen. Ihr Chef war der Sender. Aber nicht immer ist die Botschaft eindeutig. Der Empfänger hat immer einen gewissen Interpretationsspielraum. Oftmals erfolgt diese Interpretation unbewusst. In solchen Situationen ist es ratsam, sich bewusst zu machen, dass eine Botschaft auch anders interpretiert werden kann. Man kann eine Botschaft rein sachlich übermitteln. Es werden dann nur reine Fakten genannt. Man sagt, die Kommunikation findet auf der Sachebene statt. Dies ist in der Regel leicht zu erkennen. Oftmals werden Botschaften aber auch auf der Beziehungsebene übermittelt. In diesem Fall sind immer Emotionen mit im Spiel. Derartige Botschaften werden unterschwellig übermittelt, quasi zwischen den Zeilen. Dies ist schon weitaus schwieriger zu erkennen und häufig die Ursache für kommunikative Missverständnisse. Eine weitere Möglichkeit ist das Überbringen einer Botschaft auf der sogenannten Appellebene. Der Sender wünscht sich in diesem Fall eine bestimmte Handlung von seinem Gegenüber, ohne diese Aufforderung direkt auszusprechen. Wenn Ihr Chef Ihnen beispielsweise sagt, dass es sehr schade ist, dass Sie irgendeine Aufgabe nicht fristgerecht erledigt haben, dann fordert er von Ihnen zwischen den Zeilen, dass Sie es das nächste Mal besser machen sollen. Er richtet einen Appell an Sie. Aber eben indirekt. Und die letzte Möglichkeit, eine Nachricht zu übermitteln, ist über die sogenannte Selbstoffenbarungsebene. In diesem Fall sagt die Botschaft etwas über den Sender aus. Er offenbart damit etwas über sich selbst. Das kann Hilflosigkeit sein oder auch Arroganz."

Während seine Therapeutin die verschiedenen Kommunikationsformen erklärte, visualisierte sie das Ganze auf einem Zettel, den sie Ben am Ende aushändigte. Sie reichte ihm einen weiteren Zettel, auf dem verschiedene Aussagen standen. Er bekam an diesem Tag die Hausaufgabe, diese Aussagen auf den unterschiedlichen Kommunikationsebenen zu interpretieren.

Ben hatte seiner Therapeutin in den letzten fünfzehn Minuten aufmerksam zugehört. Das Thema erschien ihm sehr interessant zu sein. Er freute sich sogar auf seine Hausaufgaben. Das war beileibe nicht immer so.

Kapitel 9
Mittwoch, 9. September 2020

Bettina trank einen Schluck aus ihrer Limo. Ihre Mannschaftskolleginnen taten es ihr gleich. Sie hatten ihr heutiges Training gerade hinter sich gebracht. So wie jeden Mittwoch. Heute waren sie zu sechst, und inzwischen saßen sie nach getaner Arbeit auf der Clubterrasse und schwatzten. Hin und wieder warfen sie einen Blick auf die anderen Mitglieder, die sich noch auf den Tennisplätzen verausgabten.

Alle Tennisplätze bis auf einen waren belegt. Auch Ben war da. Er hatte soeben sein Einzel mit seinem Freund Theo beendet. Sie waren gerade dabei, den Platz abzuziehen.

„Trinken wir noch einen?", fragte Ben.

„Logisch, deshalb sind wir doch hier", antwortete Theo mit einem leichten Augenzwinkern. Ganz sicher war Ben sich nicht, ob das wirklich ein Witz war. Er organisierte zwei Bier aus dem Clubhaus und reichte Theo seine Flasche.

„Also denn, prost!"

„Prost! Auf das, was wir lieben."

Sie setzten sich an einen freien Tisch auf der Terrasse und genossen ihr kaltes Bier. Ben entdeckte Bettina am anderen Ende der Terrasse und winkte zu ihr rüber. Sie lächelte und winkte kurz zurück. Sie überlegte, ob sie aufstehen sollte, um ihn zu fragen, ob sie nochmal zusammen Tennis spielen wollten. Aber sie hatte ihn schon beim letzten Mal gefragt. Und er hatte zwar gesagt, dass es ihm Spaß gemacht hätte, aber Bettina war sich nicht sicher, ob das wirklich stimmte. Daher beschloss sie, ihn lieber nicht zu fragen, und wandte sich wieder ihren Freundinnen am Damen-Tisch zu. Die ersten waren schon dabei zu bezahlen und bereiteten sich langsam auf den Heimweg vor. Also bezahlte auch Bettina ihre zwei Limos und packte ihre Sachen zusammen.

Die Damen verabschiedeten sich für heute voneinander und gingen in unterschiedliche Richtungen davon. Bettina kam auf dem Weg zu ihrem Fahrrad an Theos und Bens Tisch vorbei. Sie blieb kurz stehen, um ein paar Worte mit ihnen zu wechseln.

„Hi, ihr beiden!"

„Hallo Bettina!", antworteten Theo und Ben nahezu synchron und mussten beide darüber lachen.

„Du bist wohl auch jeden Tag hier, oder?", sagte Theo zu Bettina.

„Jo, fast", gab sie lächelnd zurück. Sie war tatsächlich fast jeden Tag hier, um Tennis zu spielen.

„Wenn du sowieso jeden Tag hier bist, dann kannst du ja auch nochmal mit mir spielen, oder?", zwinkerte Ben ihr zu.

Bettina freute sich sichtlich über Bens Anfrage. „Klar, gerne. Nächste Woche irgendwann?"

„Ja, an welchen Tagen kannst du?"

„Muss ich gucken. Ich melde mich bei dir."

„Okay, tu das. Bis dann."

„Ja, bis dann. Ciao, ihr beiden. Schönen Abend noch für euch!"

„Ciao", sagten die beiden Männer fast wieder synchron.

Theo leerte sein Bier und besorgte kommentarlos Nachschub, obwohl Bens Flasche noch halbvoll war.

„Wie läuft's bei dir?", fragte Theo schließlich, als er sich wieder hingesetzt hatte. Er kannte Bens Situation. Ben hatte ihn von Anfang an eingeweiht.

„Ganz okay. Ich plane bald wieder anzufangen zu arbeiten."

„Okay. Ist dein Chef immer noch da?"

„Ja, der wird auch weiterhin mein Chef bleiben. Aber ich kann ja schlecht warten, bis der Idiot irgendwann mal unsere Firma verlässt. Irgendwann muss ich ja mal wieder anfangen. Mein Arzt hätte mich auch weiterhin krankgeschrieben, aber es war mein Wunsch, wieder anzufangen. Mir fällt zuhause wirklich langsam die Decke auf den Kopf."

„Das hört sich doch gut an, dass du wieder Lust verspürst zu arbeiten. Das war vor ein paar Monaten noch ganz anders. Und es hilft auch, um wieder ein bisschen Struktur in den Tag zu bekommen. Damit du dich nicht jeden Tag nur besäufst."

Theo grinste bei seinem letzten Satz. Er hatte es als Witz gemeint. Allerdings hatte er keine Ahnung, wie richtig er damit lag.

„Es freut mich auf jeden Fall, dass es für dich bergauf geht. Hier im Club scheint es für dich ja auch zu laufen. Die Damen scheinen ja ganz verrückt nach dir zu sein." Wieder grinste er über das ganze Gesicht.

Ben nickte ihm nur lächelnd zu und leerte sein zweites Bier.

Keines von beiden tauchte am nächsten Tag in seinem Alkohol-Protokoll auf.

Kapitel 10
Montag, 14. September 2020

Als Ben die Anlage betrat, wartete Bettina bereits fertig umgezogen auf ihn.

„Da bist du ja. Hi!"

„Hallo Bettina! Du stehst ja schon in den Startlöchern."

„Klar. Ich habe uns auf Platz 4 gehängt."

„Alles klar, ich zieh mich schnell um."

Sie betraten den Platz und schlugen sich erst langsam ein. Dann erhöhte Ben das Tempo und scheuchte Bettina ganz schön über den Platz. Sie gab im Rahmen ihrer Möglichkeiten alles, um mit Ben mitzuhalten.

Als sie vor drei Wochen das erste Mal miteinander gespielt hatten, war Ben an Bettinas Technik einiges aufgefallen, das man verbessern könnte. Er gab ihr einen Tipp:

„Bettina, versuch mal, etwas früher auszuholen. Vor allem auf der Rückhand. Du bist immer einen Tick zu spät am Ball, und das geht zu Lasten der Kontrolle. Versuch auch, direkt vor dem Schlag einen Schritt nach vorn zu machen. Du machst eher einen Schritt nach hinten."

„Nach vorne? Ich bin froh, dass ich deine schnellen Bälle überhaupt einigermaßen zurückbekomme."

„Aber deine Rückhandbälle kommen kaum übers Netz. Die bekommst du, wenn es um Punkte geht, sofort um die Ohren gehauen. Versuch's mal. Früher ausholen und einen Schritt in den Ball hinein."

Bettina versuchte nach Kräften, Bens Tipps zu beherzigen, aber nie landete der Ball da, wo sie ihn hinhaben wollte. Nach wenigen Minuten fiel sie wieder zurück in ihr altes Muster. Ihre Rückhand mochte nicht technisch perfekt sein, aber immerhin bekam sie so den Ball übers Netz.

Nach Ablauf ihrer Stunde merkte Ben, dass Bettina ganz schön pumpte.

„Was ist los? Kannst du etwa nicht mehr?", grinste er sie an.

„Nee. Aber das war super! Es hat wieder Riesenspaß gemacht! Danke."

„Stimmt. Komm, wir ziehen den Platz ab und trinken noch was."

Ben besorgte für Bettina eine Apfelsaftschorle und für sich ein Bier.

„Prost! Du hast wieder gut gespielt heute."

„Danke, du auch. Prost!"

Ben kam nochmal auf Bettinas Rückhand zu sprechen. „Hast du einen Unterschied gemerkt, wenn du früher ausgeholt hast?"

„Ja", log Bettina.

„Das ist gut. Versuch das ruhig mal beizubehalten, wenn du mit deinen Damen spielst. Die spielen ja auch nicht ganz so schnell. Da hast du denn einen Tick mehr Zeit."

„Ja, ich werd's mir merken."

„Gut". Ben zwinkerte ihr zu. „Ich gucke beim nächsten Mal ganz genau hin."

Bettina lächelte und nahm einen Schluck aus ihrer Apfelschorle.

„Wie geht's dir denn eigentlich?", fragte sie.

„Na ja, es geht."

Er hatte Bettina beim letzten Mal verraten, dass er wegen eines Burnouts derzeit nicht arbeiten konnte. Dass er zusätzlich unter Depressionen litt, in therapeutischer Behandlung war und ziemlich heftige Medikamente nahm, hatte er allerdings nicht erzählt. Und er tat es auch heute nicht. Auch nicht, dass es in seiner Beziehung kriselte und er gerade aktiv auf Wohnungssuche war. Er kannte Bettina noch nicht gut genug, um vor ihr einen kompletten Seelen-Striptease hinzulegen.

„Du hast mir beim letzten Mal erzählt, dass du krankgeschrieben bist."

„Ja, wegen meines Chefs. Dieser Wichser!"

„Ja, ich weiß. Du hast gesagt, dass du einen Burnout hast. Was genau ist denn zwischen euch vorgefallen?"

„Es gab nicht dieses eine Ereignis. Wir kamen noch nie miteinander aus. Und irgendwann hat eine weitere Eskalation letztlich das Fass zum Überlaufen gebracht."

„Was ist passiert?"

„Er hat mich in großer Runde rundgemacht. Obwohl ich gar nichts gemacht hatte. Eigentlich kann ich mit Kritik gut umgehen, und wenn ich Scheiße gebaut habe, stehe ich auch dazu. Aber in diesem Fall hat er mir die Schuld für etwas gegeben, das eigentlich in seinem Verantwortungsbereich lag. Aber wie gesagt, dieses eine Ereignis allein wäre wahrscheinlich kein großer Akt gewesen. Es war die Summe von zahlreichen solchen Begegnungen. Mir ging es zwischenzeitlich so schlecht, dass ich schon vor der Arbeit zwei Bier getrunken habe, um dieses Arschloch zu ertragen. Morgens um acht!"

„Hast du mal darüber nachgedacht, den Arbeitgeber zu wechseln? Vielleicht ist es woanders besser."

„Ja, habe ich. Ich hatte auch zwei oder drei Bewerbungen geschrieben, aber daraus ist nichts geworden. Ich will aber auch nicht schon wieder umziehen müssen, zumal meine Tochter hier in die Grundschule geht."

„Okay, das versteh ich."

„Und demnächst will ich auch wieder anfangen zu arbeiten. Ich habe jetzt lange genug zuhause rumgesessen."

Das überraschte Bettina. „Okay, wird der Typ denn weiterhin dein Chef bleiben? Kannst du dich nicht in eine andere Abteilung versetzen lassen oder so?"

„Schwierig. Das, was ich mache, ist schon ziemlich speziell."

„Und dein Chef? Zieht es den vielleicht nochmal woanders hin?"

„Wenn es so wäre, wäre das wie ein Sechser im Lotto. Aber das glaub ich nicht. Der ist jetzt um die sechzig, da ist nicht zu erwarten, dass der sich nochmal irgendwohin entwickelt. Den werde ich jetzt bis zum Ende aushalten müssen."

„Mmmh. Soll ich uns noch was zu trinken holen?"

„Ja, ich nehme noch ein Bier."

„Okay, ich hol uns mal was."

Kurz darauf kam Bettina mit den Getränken zurück.

„Hier, bitte. Ich kann mich übrigens gut in deine Lage versetzen. Ich habe auch so meine Herausforderungen."

Ben nahm sein Bier entgegen. „Ja, ich kann mich erinnern. Du hast mir letztes Mal gesagt, dass dein Chef auch nicht einfach ist."

Bettina schüttelte den Kopf. „Nee, einfach ist der sicher nicht. Aber das meinte ich gar nicht. Ich meinte meine Mutter."

„Was ist mit deiner Mutter? Versteht ihr euch nicht?"

„Nicht besonders. Unser Verhältnis ist schwierig. Schon seit Jahren. Und vor Kurzem hatte ich mal wieder so ein Erlebnis der dritten Art mit ihr. Ihr kann man es auch nicht recht machen. Immer hat sie irgendwas zu meckern. An einem Tag gefällt ihr die Tischdecke nicht, am anderen Tag die Blumen auf dem Tisch, dann wieder schmeckt ihr mein Kuchen nicht, dann steht sie plötzlich unangemeldet vor der Tür und macht eine Riesenszene, wenn ich ihr dann sage, dass ich gerade keine Zeit habe…"

„Lebt sie allein?"

„Ja, schon seit Jahren. Mein Papa ist schon vor langer Zeit gestorben."

Ben wusste nicht, was er in diesem Moment darauf antworten sollte. Daher sagte er einfach nur „okay" und kam sich dabei ziemlich blöd vor.

„Ja, so ist das!" Bettina leerte ihre Apfelschorle und stellte die Flasche auf den Tisch. „Was ist, gehen wir duschen?"

Ben nickte. Er leerte sein Bier in einem Zug und erhob sich von seinem Platz. Auch Bettina stand auf.

„Danke nochmal für das Spiel heute! Und für deine Tipps! Und alles Gute für dich und deinen Wiedereinstieg in der Firma."

„Danke. Für dich auch alles Gute! Wir sehen uns."

Sie umarmten sich flüchtig und verschwanden in ihren Umkleidekabinen.

Kapitel 11
Donnerstag, 17. September 2020

„Wie läuft es zuhause? Sind Sie aktiv auf Wohnungssuche?", frage die Therapeutin, nachdem die beiden das übliche Vorgeplänkel zu Beginn der Sitzung abgeschlossen hatten.

„Ja, das bin ich. Übermorgen habe ich eine Wohnungsbesichtigung. Ganz in der Nähe meiner jetzigen Wohnung."

Er hatte inzwischen beschlossen, definitiv aus der gemeinsamen Wohnung auszuziehen. Er versuchte, etwas zu finden, das nicht zu weit von seinem jetzigen Zuhause entfernt war, damit seine Tochter den Weg zwischen den beiden Wohnungen zu Fuß zurücklegen konnte. Seine Tochter war der einzige Grund, warum Ben seinen bevorstehenden Auszug so lange aufgeschoben hatte. Er hatte Bedenken, dass sie unter der Trennung leiden und dass ihre schulischen Leistungen abnehmen würden. Aber nun hatte er sich entschieden. Es ging nicht mehr anders.

„Das ist gut. Viel Erfolg. Ich wünsche Ihnen, dass es klappt. Ich habe Ihnen hierzu einen Buchtipp mitgebracht. Wenn Sie mögen, dann können Sie sich das Buch im Internet bestellen. Es kostet nicht die Welt."

Das Buch hatte den Titel „Trennung mit Kindern – was nun?" Ben notierte sich den Titel und den Autor. Noch am selben Tag bestellte er sich das Buch im Internet.

„Wie verlaufen Ihre Nächte? Können Sie schlafen?"

Die Schlafstörungen waren immer sein größtes Problem gewesen. Als die Sache mit seinem Chef akut wurde, hatte er oft nächtelang im Bett gelegen und vor lauter Grübelei nicht einschlafen können. Das hatte wiederum dazu geführt, dass er sich tagsüber wie gerädert fühlte. Ein weiterer, sich selbst verstärkender Teufelskreis, in dem er sich befunden hatte.

Als es ihm während der Wartezeit auf einen Therapieplatz sehr schlecht ging, hatte sein Hausarzt ihm ein Antidepressivum verschrieben, das seine Stimmung aufhellen sollte. Er nahm es jetzt schon seit vier

Monaten. Das Medikament hatte eine sehr angenehme Nebenwirkung: Es machte schläfrig und hatte dafür gesorgt, dass er das erste Mal seit Monaten endlich wieder schlafen konnte. Zumindest einigermaßen.

„Ja, es ist deutlich besser, seitdem ich das Antidepressivum nehme."

„Sehr gut. Sie sind auf einem guten Weg."

Im weiteren Verlauf der Sitzung sprachen Sie über die Themen Akzeptanz und Bereitschaft, über die Steigerung des Selbstwertes und über Stresstoleranzfähigkeiten.

Die Psychotherapie neigte sich langsam dem Ende entgegen, es standen noch drei weitere Termine auf dem Programm. Sie hatten zu Beginn der Therapie vereinbart, dass sie sich zum jetzigen Zeitpunkt darüber unterhalten würden, ob die Therapie wie geplant abgeschlossen oder um weitere zwölf Sitzungen verlängert werden sollte.

Die Therapeutin griff das Thema zum Ende der Sitzung auf: „Ich denke, dass wir Ihre Therapie in sechs Wochen abschließen können. Sie haben in den letzten Wochen deutliche Fortschritte gemacht. Wie sehen Sie das?"

Ben war derselben Meinung und bestätigte, was seine Therapeutin soeben sagte. Sie nickte ihm zu.

„Prima, dann sind wir uns einig. Bitte füllen Sie diese Fragebögen bis zum nächsten Mal aus. Es sind dieselben Fragen, die Sie schon einmal beantwortet haben."

Er nahm die Zettel entgegen und warf einen flüchtigen Blick darauf. Er erkannte die Fragen wieder. Es handelte sich um einen genormten Test. Zu Beginn der Therapie hatte er das alles schon einmal beantwortet. Es waren unzählige Fragen über Vorerkrankungen, Schlafverhalten, Suizidgedanken, Lebensqualität, Stimmungslage, Alkohol- und Drogenkonsum und so weiter. Die Auswertung der Fragen hatte seiner Therapeutin geholfen, sich ein erstes Bild von ihm zu machen und die Therapieinhalte entsprechend anzupassen. Die damalige Auswertung hatte eine schwere depressive Phase bei ihm ergeben. Nun sollten also dieselben Fragen nochmals beantwortet werden, um anhand der damaligen und jetzigen Ergebnisse den Therapiefortschritt messen zu können.

Für heute verabschiedete Bens Therapeutin ihn mit den Worten: „Wenn Sie diesmal so abschneiden, wie ich es erwarte, dann werden wir uns in sechs Wochen das letzte Mal sehen."

Kapitel 12
Dienstag, 29. September 2020

Annika nahm einen Schluck von ihrem Latte Macchiato. „Und, Schätzchen, was gibt's Neues? Wie läuft's im Job?"

„Ach ja, es geht so", antworte Bettina, während sie mit ihrem Eisbecher beschäftigt war. „Mein Chef nervt gerade ein bisschen."

„Worüber hat er sich diesmal beschwert?"

„Ich bin vor ein paar Tagen zu spät gekommen. Eigentlich kaum der Rede wert, das waren vielleicht zwei Minuten. Es war auch noch kein Gast da. Aber er hat sich aufgeplustert wie ein Hahn."

„Das macht der nur, weil er zuhause nichts zu sagen hat", spekulierte Annika. „Deshalb lässt der seinen Frust an dir aus."

Annika und Bettina kannten sich schon seit Ewigkeiten. Sie waren allerbeste Freundinnen und hatten keinerlei Geheimnisse voreinander. Heute hatten sie sich in einem Eiscafé in Burghausen verabredet.

Annika war in Bettinas Alter und spielte mit ihr in der Damen-40-Mannschaft, wenn auch nur aushilfsweise. Im Gegensatz zu Bettina stand sie nicht jeden Tag auf dem Tennisplatz. Sie hatte im Leben andere Prioritäten. Sie war auch nur mäßig begabt, wenn es um Tennis ging. Aber das tat ihrer innigen Freundschaft keinen Abbruch.

„Gut möglich", antworte Bettina und widmete sich wieder ihrem Spaghetti-Eis. „Irgendein Problem hat der auf jeden Fall."

„Vielleicht lässt seine Frau ihn zuhause nicht ran", lachte Annika und nahm einen weiteren Schluck von ihrem Latte Macchiato.

„Das würde so einiges erklären", lachte Bettina.

Die regelmäßigen Treffen mit Annika taten ihr gut. Sie war froh, eine so gute Freundin zu haben, der sie alles, aber auch wirklich alles erzählen konnte.

„Und meine Mutter hat sich auch wieder so ein Ding geleistet. Wir hatten nach ihrem unsäglichen Auftritt bei Jessicas Geburtstag für zwei Wochen keinen Kontakt gehabt. Ich habe mich extra nicht gemeldet. Ich war echt sauer. Vorgestern hat sie dann angerufen. Angeblich um sich zu entschuldigen."

„Um sich zu entschuldigen? Das sieht ihr gar nicht ähnlich. Wofür denn?"

„Na, für ihren Auftritt bei Jessicas Geburts… oh, warte mal eben." Bettina unterbrach ihren Satz, weil sie eine Nachricht auf ihrem Handy erhalten hatte. Sie war von Ben.

„Hi Bettina, hast du Lust, nächste Woche nochmal Tennis zu spielen?"

Bettina sah zu Annika. „Ich muss hier mal eben antworten. Bin gleich wieder bei dir."

„Schon okay, mach du nur. Wem schreibst du denn?"

„Ben aus dem Tennisverein. Er fragt, ob wir nächste Woche Tennis spielen wollen."

Annika rührte in ihrem Latte Macchiato. „Muss ich den kennen?"

„Keine Ahnung", lachte Bettina. „Er ist neu im Club. Er spielt bei den Herren 30. Wir haben uns beim Schleifchenturnier kennengelernt. Wir haben schon ein paar Mal zusammen gespielt."

Annika grinste. „Okay. Machst du jetzt etwa Jagd auf jüngere Männer?"

Bettina nahm einen Löffel von ihrem Spaghetti-Eis und schüttelte den Kopf. „Nee, nee. Er ist ganz nett und spielt auch nicht schlecht. Aber wir spielen nur Tennis. Warte, ich will ihm eben zurückschreiben."

„Hi Ben, ja, gerne. Wie sieht es bei dir am Mittwochabend aus?"

„So, da bin ich wieder. Wo waren wir stehengeblieben?"

„Bei deiner Mutter und Jessicas Geburtstag."

„Ach ja, stimmt. Sie wollte sich entschuldigen wegen des falschen Kuchens."

„Ist doch nett von ihr."

„Ja, warte, das dicke Ende kommt ja erst noch. Sie hat sich entschuldigt, dass sie einen Zitronenkuchen mitgebracht hatte. Aber im nächsten Satz hat sie schon wieder gesagt, dass es aber besser so war."

„Dass was besser war?"

„Dass *sie* einen Kuchen mitgebracht hat. Angeblich schmecken meine Kuchen nicht."

„Also mir schmecken sie."

„Die schmecken jedem. Nur meiner Mutter nicht. Wahrscheinlich schmecken ihr die in Wirklichkeit auch. Die sagt das nur, um mich zu ärgern."

Erneut erhielt Bettina eine Nachricht auf ihrem Handy. Sie war wieder von Ben. „Moment…"

„Alles klar, dann Mittwochabend 18 Uhr!"

Bettina schrieb sofort zurück:

„Prima, freue mich! LG, Bettina"

Annika leerte ihren Latte Macchiato und grinste. „Die Verabredung scheint dir ja ziemlich wichtig zu sein, wenn du dafür sogar dein Eis schmelzen lässt."

Kapitel 13

Ben überreichte seiner Therapeutin die ausgefüllten Fragebögen. Er hatte erwartet, dass sie die Zettel einstecken und später auswerten würde, aber sie tat es sofort. Nach zwei Minuten lag das Ergebnis vor.

„Sehr schön. Sie haben fünf Punkte erreicht. Das ist absolut unkritisch. Beim letzten Mal lagen Sie noch bei dreiunddreißig Punkten. Wir können Ihre Therapie also in vier Wochen beenden."

„Das freut mich." Ben hatte kein anderes Ergebnis erwartet. Er hatte beim Beantworten der Fragen selbst gemerkt, dass er in den letzten Wochen signifikante Fortschritte gemacht hatte.

„Was macht Ihre Wohnungssuche?"

„Ist abgeschlossen. Ich habe die Wohnung, die ich vor zwei Wochen besichtigt habe, bekommen. Gestern habe ich den Mietvertrag unterschrieben. In zwei Wochen kann ich rein."

„Das freut mich für Sie. Was macht ihr Eingliederungsprogramm?"

Ben hatte beschlossen, demnächst wieder anzufangen zu arbeiten. Er war jetzt über ein halbes Jahr krankgeschrieben, und langsam waren seine Motivation und Lust wieder zurückgekehrt. Sein Arbeitgeber verfügte für derartige Fälle über das Instrument der ‚beruflichen Wiedereingliederung'. Diese sah vor, dass man nach Rücksprache mit dem Arbeitgeber, dem Betriebsrat, dem Betriebsarzt, der Personalabteilung, dem Vorgesetzten und der Sozialberatung zunächst in Teilzeit wieder zu arbeiten beginnt und dann wieder langsam an seine reguläre Arbeitszeit herangeführt wird. Ben hatte den Wunsch, wieder arbeiten zu gehen, selbst geäußert. Sein Hausarzt hätte ihn problemlos noch weitere sechs Wochen krankgeschrieben, aber er hatte letztlich Ben die Entscheidung überlassen.

„Das beginnt in Kürze. Nächste Woche findet das Wiedereingliederungsgespräch statt. Im Anschluss geht es dann vermutlich erst einmal mit fünfzig Prozent meiner regulären Arbeitszeit los. Je nachdem, wie es läuft, kann ich dann beliebig aufstocken oder auch reduzieren."

Sein Chef würde bei dem Wiedereingliederungsgespräch mit dabei sein. Er würde auch in Zukunft Bens Chef bleiben, aber Ben hatte das Gefühl, mittlerweile über einen ganzen Koffer mit geeignetem Rüstzeug zu verfügen, um seinem Chef entgegenzutreten. Vor allem hatte er in den letzten Monaten gelernt, Gelassenheit auszustrahlen und sich nicht jeden blöden Kommentar zu Herzen zu nehmen.

Kapitel 14
Mittwoch, 7. Oktober 2020

„Früher ausholen, Bettina!", rief Ben ihr übers Netz zu.

„Ja, ich versuch's ja!", stöhnte Bettina von der anderen Seite. Ben spielte ihr seit einer halben Stunde fast jeden Ball auf die Rückhand, um zu sehen, ob sie seine Tipps vom letzten Mal umzusetzen vermochte.

„Das ist schon viel besser als letztes Mal. Das geht aber noch einen Tick früher. Und lass deine Arme gestreckt beim Durchschwingen!"

Bettina prügelte auf jeden Ball ein und war bereits kurz vor dem Sauerstoffzelt.

„Ich brauch mal eine Pause. Ich muss mal was trinken."

Sie nahmen gemeinsam auf der Bank Platz und tranken aus ihren Wasserflaschen.

„Hat dir noch nie jemand gezeigt, wie man eine technisch saubere Rückhand spielt? Du bist doch schon seit Jahrzehnten hier im Club. Hast du nie Training gehabt?"

„Doch, habe ich. Wir haben jeden Mittwoch unser Mannschaftstraining. Bei Mike. Heute allerdings nicht, er ist krank." Mike war der Haupttrainer des Vereins. Ben kannte ihn, denn auch seine Tochter trainierte bei ihm.

„Wie, ihr habt jede Woche Training bei Mike? Was macht der denn mit euch? Spielt er euch nur ein paar Bälle aus dem Eimer zu oder bringt er euch auch was bei?"

„Na ja, in erster Linie spielt er uns die Bälle zu. Wir machen immer verschiedene Übungen, aber viel reden tut er eigentlich nicht. Wir trainieren schon seit zig Jahren bei ihm."

Ben schüttelte ungläubig den Kopf. „Du bist seit dreißig Jahren im Verein, und nachdem wir beide eine Stunde gespielt haben, ist deine

Rückhand schon besser als vorher? Das spricht nicht gerade für den Trainer hier im Club."

„Na ja, bei uns steht im Training der Spaß im Vordergrund."

„Es macht noch viel mehr Spaß, wenn man sich verbessert. Wenn man bei sich einen Fortschritt erkennt. Außerdem schließen sich ein vernünftiges Training und Spaß überhaupt nicht aus."

„Ich glaube, bei den Kindern und Jugendlichen macht er das auch ein bisschen anders. Den bringt er schon noch was bei. Aber bei uns ist da wahrscheinlich eh nichts mehr zu machen", lachte Bettina.

Das sah Ben ganz anders. „In jedem Alter und auf jedem Niveau kann man sich noch verbessern. Oftmals sind es nur Kleinigkeiten, die man ändern muss, um schnell eine Verbesserung zu sehen. Früher ausholen zum Beispiel. Oder man ändert nur ganz leicht den Ballwurf beim Aufschlag, und schon kommt der Aufschlag gleich viel härter. Das ist Quatsch, dass man euch nichts mehr beibringen kann."

„Dann musst du mir das wohl beibringen", lächelte sie.

„Alles klar, dann komm. Noch eine halbe Stunde Rückhand, wenn ich bitten darf! Denk daran, früh auszuholen. Bei der Ausholbewegung darfst du nicht in Hektik geraten. Führ das ganz in Ruhe aus."

Ben nahm seinen Schläger in die Hand und demonstrierte den Bewegungsablauf bei der beidhändigen Rückhand in Form einer Trockenübung. Bettina machte es ihm nach.

„Die Arme möglichst gestreckt lassen beim Ausholen." Er hob Bettinas Schläger leicht an.

„Den Schlägerkopf ein bisschen höher. Und dann den Oberkörper drehen. Die Arme oben lassen, bis du komplett ausgeholt hast. Dann die Handgelenke abklappen. Dann bist du in der richtigen Position, um durchzuschwingen. Und dann gib Feuer. Bis über die Schulter durchschwingen. Du brichst oftmals schon früher ab. Dann fehlt dir die Power. Deshalb kommst du manchmal kaum bis zum Netz. Und versuch mal, dem Ball ein bisschen mehr Top-Spin zu geben. Der Spin kommt aus der linken Hand. Die ist nicht nur dafür da, um den Schläger festzuhalten. Die hat eine wichtige Aufgabe bei der beidhändigen Rückhand. Eigentlich bei jedem Schlag beim Tennis."

Ben ging wieder auf seine Seite des Platzes. „Also los, versuch's mal."

Er spielte Bettina einen Ball auf die Rückhand. Sie schoss ihn direkt an den Zaun. Und den nächsten auch.

„Das geht nicht!", rief sie unzufrieden.

„Komm, nicht nach zwei Bällen sagen, das geht nicht. Versuch's weiter. Erstmal mit etwas weniger Tempo."

Der nächste Ball von Bettina berührte zumindest den Boden, bevor er an den Zaun flog.

„Gut so! Den Schlägerkopf noch ein bisschen höher! Wenn du ihn erst anheben musst, dann kann das die entscheidende Zehntelsekunde sein, die du den Ball zu spät triffst."

Nach ein paar Minuten hatte Bettina einigermaßen ihren Rhythmus gefunden. Die Bälle, die am Zaun und die, die im Feld landeten, hielten sich in etwa die Waage.

„Geht doch. Lass dich nicht entmutigen, wenn du mal einen Ball gegen den Zaun jagst. Man kann das nicht innerhalb von zehn Minuten erlernen. Der Schlüssel ist: wiederholen, wiederholen, wiederholen. Bis du die Bewegungen nicht mehr bewusst ausführst, sondern unbewusst. Erst wenn der Bewegungsablauf komplett automatisiert abläuft, dann hast du's geschafft. Wenn du nicht mehr nachdenken musst, was du zu tun hast, wenn du siehst, dass der Ball auf deine Rückhand kommt. Probiere das einfach mal, wenn du mit deinen Damen spielst. Du wirst sehen, dann wird sich auch eine Verbesserung einstellen. Das dauert allerdings ein paar Wochen oder Monate. In der Zeit musst du einfach in Kauf nehmen, dass du vielleicht ein paar mehr Fehler machst. Und es konsequent weiter probieren!"

Bettina nickte entschlossen. „Ich werd's beherzigen. Aber für heute bin ich durch. Lass uns was trinken gehen."

„Okay, einverstanden. Unsere Stunde ist sowieso rum."

Sie packten ihre Sachen zusammen und zogen den Platz ab. Bettina besorgte zwei Apfelschorlen.

„Hier, bitte schön. Und danke für die Trainerstunde!"

„Gern geschehen! Prost!"

„Arbeitest du eigentlich schon wieder?", fragte Bettina, während sie ihre Haare zu einem Zopf zusammenband.

„Jein. Ich hatte gestern ein sogenanntes Wiedereingliederungsgespräch. Da saßen alle möglichen Leute mit am Tisch. Der Betriebsrat, der Betriebsarzt, die Personalabteilung, jemand von der Sozialberatung und natürlich mein Chef. Da wurden dann die Randbedingungen für den Wiedereinstieg festgezurrt. Ich fange erstmal in Teilzeit an. Nächste Woche geht's los."

„Und wie war das Wiedersehen mit deinem Chef?"

„Unspektakulär. In Anwesenheit der anderen Leute hat er sich handzahm gegeben. Er ist zwar ein Arschloch, aber er ist nicht dumm. Er wusste genau, dass er nicht den Fehler begehen durfte, bei diesem Gespräch sein wahres Gesicht zu zeigen. Aber ist mir auch egal. Es war mein eigener Wunsch, wieder zu arbeiten, und mir ist klar, dass wir früher oder später wieder miteinander zu tun haben. Eher früher."

„Mmmh."

„Und wenn der Penner mir wieder dummkommt, dann kann ich mich jederzeit wieder krankschreiben lassen. Mein Arzt hätte mich auch jetzt problemlos für weitere Wochen oder gar Monate krankgeschrieben. Im Zweifel reicht ein Anruf bei ihm."

„Na ja, dann mal viel Erfolg für deinen Wiedereinstieg."

„Ja, danke. Das wird schon werden."

„Sag mal, wo wohnst du eigentlich in Emmerting?"

Ben nahm einen Schluck aus seiner Apfelschorle. Jetzt hatte er den Salat. Er überlegte, was er antworten sollte und entschied sich schließlich für die Wahrheit.

„Im Moment noch in der Hauptstraße. Aber ab nächstem Monat in der Dorfstraße."

„Ihr zieht um?"

„Ich ziehe um."

Bettina schaute ihn fragend an.

„Ich habe mir eine eigene Wohnung genommen. Ich ziehe zuhause aus."

„Hast du dich von deiner Frau getrennt?"

„Wir sind nicht verheiratet. Aber ja, wir haben uns getrennt. Es kriselte schon seit längerem. Ich habe lange gezögert. Wegen meiner Tochter. Aber jetzt ist die Entscheidung gefallen. Ich habe gerade vor ein paar Tagen den neuen Mietvertrag unterschrieben."

„Hattet ihr Streit?"

„Streit eigentlich nicht. Es passte einfach nicht mehr. Das ist mir insbesondere klargeworden, als ich die letzten Monate wegen meiner Krankschreibung nur zuhause war. Irgendwann sind wir uns nur noch auf die Nerven gegangen."

„Wie lange wart ihr zusammen?"

„Dreizehn Jahre."

„Und wie geht deine Tochter damit um?"

„Das werden wir sehen. Noch bin ich ja nicht weg. Aber sie hat natürlich mitbekommen, dass wir unsere Probleme haben, sie ist ja nicht blöd. Ich habe mir extra eine Wohnung gesucht, die fußläufig von der jetzigen

Wohnung erreichbar ist. Dann kann sie hin- und herlaufen, wann immer sie will."

Bettina sah Ben an. Er tat ihr plötzlich leid. Dabei wusste sie noch gar nichts von seiner Depression und seiner Therapie. Sie erfuhr erst über ein halbes Jahr später davon.

Ben überreichte seiner Therapeutin das obligatorische Alkoholprotokoll. Es stand diesmal kaum etwas auf dem Zettel. In den letzten zwei Wochen hatte er gerade einmal fünf kleine Bier konsumiert. Und im Vergleich zu den meisten vorigen Listen war dies noch nicht einmal gelogen.

Seine Therapeutin war zufrieden. „Dass Sie Ihren Alkoholkonsum unter Kontrolle haben, ist ein weiteres Indiz dafür, dass Sie auf einem guten Weg sind. Beruflich und privat scheinen Sie ja auch voranzukommen. Was gibt es in dieser Hinsicht Neues?"

Ben erzählte von seinem Wiedereingliederungsgespräch und von seinem ersten Arbeitstag, der heute war. Es war gut gelaufen. Ben war zufrieden.

„Und heute Abend bekomme ich den Schlüssel für meine neue Wohnung."

„Prima. Ich wünsche Ihnen alles Gute für Ihren beruflichen Wiedereinstieg und natürlich auch für Ihr Privatleben."

„Vielen Dank."

„Heute würde ich den Termin gern nutzen, um mit Ihnen über das Verstärkerdefizitmodell zu sprechen."

Was für ein Wort, dachte Ben. Verstärkerdefizitmodell. „Okay, schießen Sie los!"

Sie begann einen längeren Monolog: „Das Verstärkerdefizitmodell war das erste lerntheoretisch fundierte Modell zur Erklärung und Behandlung von Depressionen. Die wesentliche Annahme des Modells ist, dass eine geringe Rate verhaltensbezogener positiver Verstärkung Depressionen auslöst und aufrechterhält."

„Ich versteh kein Wort", dachte Ben und sagte: „Alles klar!"

Sie fuhr fort: „Wenn Verhalten belohnt wird, führt dies zu einer erhöhten Wahrscheinlichkeit der Wiederholung dieses Verhaltens. Und zu guter Stimmung. Es ist demnach unmöglich, gute Stimmung zu haben, wenn man kein Verhalten produziert, für das man belohnt werden könnte oder das einem selbst wertvoll erscheint. Eine der wichtigsten Fragen bei einer depressiven Störung ist deshalb: Tu ich genug, was mir wichtig ist und die Chance auf Belohnung hat? Oder tu ich nichts, zu wenig oder erfülle ich ausschließlich lästige Pflichten, die keine Belohnung finden und allenfalls dazu dienen, Bestrafung zu vermeiden?"

Ben wunderte sich, dass seine Therapeutin mit diesem Thema bis zum Ende der Therapie gewartet hatte. Hatten sie nicht gerade besprochen, dass er seine Depression überwunden hatte?

„Hallo? Jemand zuhause?"

Die Frage riss Ben aus seinen Gedanken.

„Entschuldigung, ich war gerade abwesend. Wie war Ihre Frage?"

„Ich habe gefragt, ob Ihnen ein Beispiel in der Zusammenarbeit mit Ihrem Chef einfällt, in dem Sie eine Belohnung erfahren haben."

Er hatte die Frage überhaupt nicht mitbekommen.

„Belohnung? Machen Sie Witze?"

Er fühlte sich gerade mindestens drei Monate zurückversetzt. „Mein Chef hat noch nie irgendein Verhalten belohnt."

Der Therapeutin war es nicht entgangen, dass Ben ihr überhaupt nicht zugehört hatte. Er erwartete, von ihr gescholten zu werden, aber sie blieb ganz gelassen.

„Okay, ich schlage vor, wir belassen es für heute dabei. Wir sehen uns dann übernächste Woche zur letzten Sitzung."

Kapitel 16
Dienstag, 20. Oktober 2020

Heute war Ben zufrieden mit Bettinas Rückhand. Und sie war es auch. Ihre Bälle kamen heute schneller und länger übers Netz geflogen als in den Wochen zuvor.

„Sauber! Mach weiter so!"

Bettina freute sich über das Lob.

Ben kam ans Netz vor. „Lass uns heute mal ein paar Volleys spielen. Ich will mal sehen, was du am Netz so draufhast."

„O je, Volleys sind nicht gerade meine Stärke."

„Das dachte ich mir schon. Deshalb habe ich dich auch noch nie am Netz gesehen. Komm mal vor."

Bettinas Begeisterung hielt sich in Grenzen, aber sie taperte trotzdem nach vorne.

Ben spielte ihr ein paar Bälle zu. Vielleicht fünf oder sechs. Volleys waren tatsächlich nicht Bettinas Stärke. Und als er sah, dass Bettina ihren Rückhandvolley beidhändig spielte, bekam er kurzzeitig Schnappatmung.

„Okay, ich habe genug gesehen."

„Wie, jetzt schon?", fragte Bettina ungläubig.

„Ja, pass auf. Du machst beim Volley genau die gleiche Bewegung wie bei einer normalen Vorhand oder Rückhand. Der Volley ist aber ein ganz anderer Schlag. Und vor allem wird der nicht beidhändig gespielt."

„Ich habe dir doch gesagt, dass ich keine guten Volleys spielen kann."

„Dann zeig ich's dir. Erstmal der Vorhandvolley." Wieder demonstrierte er die korrekte Schlagausführung per Trockenübung.

„Erst einmal ist wichtig, dass du den Volley vorm Körper triffst. Beim Volley wird nicht groß ausgeholt. Dafür hast du in der Regel gar keine Zeit, wenn du am Netz stehst. Du machst immer eine riesige Schleife mit deinem Schläger. Das brauchst du gar nicht. Zur Schlagvorbereitung klappst du einfach nur dein Handgelenk zur Seite weg. Und dann führst du den Schlag nach vorne aus, indem du die rechte Schulter vorbewegst und dabei einen Schritt nach vorn machst. Und halte den Unterarm stabil."

Er spielte ihr ein paar weitere Bälle zu. Bettina holte jedes Mal so weit aus, als wollte sie den Ball auf den Mond schießen.

„Du holst immer noch zu viel aus. Beim Volley ist der Schläger nie hinter dem Körper, sondern immer davor. Versuch das mal."

Nach ein paar Versuchen klappte es etwas besser.

„Okay, jetzt der Rückhandvolley. Auch hier wird nicht groß ausgeholt. Mit der linken Hand ziehst du den Schläger ein Stück zurück. Aber nicht hinter den Körper. In dem Moment, wo du die Vorwärtsbewegung ausführst, lässt die linke Hand den Schläger los. Und dann wieder den Arm nach vorne bewegen und den rechten Fuß vor."

Bettina versuchte es. Nach genau einem Versuch spielte sie den Rückhandvolley wieder mit beiden Händen.

Es war ihr zu kompliziert.

„Komm, lass uns lieber wieder an die Grundlinie gehen", sagte sie zu Ben.

„Na gut, dann kümmern wir uns um deinen Volley nächstes Jahr", lachte er.

Sie spielten noch eine halbe Stunde von der Grundlinie, wobei Ben darauf achtete, dass er Bettina möglichst oft auf die Rückhand spielte.

Wie immer gönnten sie sich nach dem Tennis noch ein Getränk. Da die Tennissaison zu Ende ging und das Clubhaus bereits geschlossen war, blieben sie auf der Bank auf dem Tennisplatz sitzen. Ben hatte ein paar Bierflaschen von zuhause mitgebracht und reichte Bettina eine.

Bettina nahm die Flasche entgegen. „Eigentlich vertrage ich Bier nicht so gut."

„Na ja, eins wirst du ja wohl noch vertragen, oder?" Er suchte eine Möglichkeit, die Flaschen zu öffnen.

„Brauchst du einen Öffner? Warte mal."

Bettina holte einen Schlüsselanhänger mit einem Mini-Flaschenöffner aus ihrer Tasche.

„Hier, nimm den."

„Cool, danke. Ich sehe schon, du bist sehr gut ausgestattet."

Er öffnete die Flaschen und gab Bettina den Schlüsselanhänger zurück.

Sie winkte ab. „Kannst du behalten. Du hast eher dafür Verwendung als ich."

„Okay, danke." Er holte seinen Schlüsselbund hervor und brachte den Anhänger mit dem Flaschenöffner daran an. Er würde niemals wieder vor der Herausforderung stehen, eine Bierflasche nicht öffnen zu können.

Bettina nahm einen Schluck von ihrem Bier. Ben grinste, als er sah, wie sie beim Trinken ihr Gesicht verzog. Sie lächelte, als sie es bemerkte.

„Wie ist deine neue Wohnung? Bist du schon umgezogen?"

„Ja, vor ein paar Tagen. Die Wohnung ist schön. Sonst hätte ich sie auch nicht genommen. Im Moment lebe ich aber noch überwiegend aus Umzugskisten. Mir fehlen noch fast alle Möbel. Ich habe ja nichts mitgenommen und muss mir alles neu kaufen. Immerhin ist mein Bett schon aufgebaut. Und um den Rest kümmere ich mich jetzt nach und nach. Vor allem muss ich dringend Lampen kaufen und anschließen, ansonsten ist die Bude ab siebzehn Uhr stockfinster."

„Und wie waren deine ersten Arbeitstage? Du hast doch wieder angefangen, oder?"

„Ja, war ganz okay. Viel ist noch nicht passiert. Und mit meinem Chef habe ich noch nicht einmal gesprochen. Vermutlich hält er sich absichtlich zurück. Was mir nur recht ist."

„Okay, du kannst mir dann ja im Frühjahr erzählen, wie es läuft. Für dieses Jahr wird's das ja vermutlich gewesen sein mit Tennis."

„Ja, ich werde berichten."

„Tu das. Hast du dein Bier etwa schon leer?"

„Klar. Trink aus, mir wird kalt."

Ben genoss den Anblick, wie Bettina versuchte, ihr Bier in einem Zug zu stürzen und dabei erneut ihr Gesicht verzog, als hätte sie Lebertran in ihrer Flasche gehabt. Sie schüttelte sich kurz, als sie die Flasche leer hatte.

„So, geschafft. Wollen wir?"

„Ja, lass uns."

Da auch die Duschen bereits geschlossen waren, machten sie sich auf den Heimweg. Ben nahm einen kleinen Umweg in Kauf und begleitete Bettina noch ein Stück auf ihrem Weg. Ihre Fahrräder schoben sie.

„So, Bettina, ich muss hier jetzt abbiegen. Ich wünsche dir eine schöne Zeit."

„Gleichfalls. Vielleicht spielst du ja im Frühjahr wieder mit mir."

„Na klar. Wir sehen uns dann im April, wenn die neue Saison beginnt. Mach's gut."

„Ja, du auch. Wer weiß, vielleicht begegnet man sich ja in den nächsten Monaten mal im Supermarkt oder so."

Ben ging einen Schritt auf Bettina zu und umarmte sie zum Abschied.

„Ja, vielleicht. Also denn, ciao!"

„Ciao, komm gut heim!"

Dann trennten sich ihre Wege. Beide fuhren zufrieden und gut gelaunt nach Hause. Es war für beide nochmal ein schöner Abschluss der diesjährigen Tennissaison gewesen.

Kapitel 17

Die Therapeutin nutzte die letzte Sitzung, um das Gelernte der vergangenen Monate noch einmal zusammenzufassen und um die wichtigsten Dinge nochmals zu wiederholen. Außerdem gab sie Ben eine Menge Informationsmaterial zum Lesen mit. Er nahm den Stapel Papier entgegen und warf einen Blick auf die oben liegende Seite mit der Überschrift ‚Rückfallprophylaxe'. Zudem händigte sie ihm ihren therapeutischen Befund aus, aus dem ihre Diagnose zu Behandlungsbeginn sowie zu Behandlungsende, die therapeutischen Interventionen und weitere Empfehlungen hervorgingen. Der Text war vollgestopft mit medizinischem Fachchinesisch.

„Das ist eine Kopie für Ihre Unterlagen. Das Original geht per Post an Ihren Hausarzt."

„Alles klar, danke."

„Zum Abschluss möchte ich Ihnen noch etwas mit auf den Weg geben. So wie ich Sie zuletzt erlebt habe, haben Sie Ihre Depression in den Griff bekommen. Das ist sehr erfreulich, und Sie können darauf ruhig stolz sein."

Ben freute sich über dieses Lob. Was er danach zu hören bekam, gefiel ihm allerdings nicht mehr.

„Aber bleiben Sie achtsam. Depressionen können sehr tückisch sein. Man kann die Krankheit mit Medikamenten, mit therapeutischen Maßnahmen und mit einer nach vorn gerichteten Lebenseinstellung in Schach halten, aber manche Menschen werden sie ein Leben lang nicht mehr los. Es gibt eine grobe Faustregel: Wer einmal an Depressionen erkrankt ist, bei dem wird die Krankheit mit einer Wahrscheinlichkeit von fünfzig Prozent irgendwann wieder aufbrechen. Wenn das passiert, liegt die Wahrscheinlichkeit, dass es ein drittes Mal passiert, schon bei knapp fünfundsiebzig Prozent. Und wenn das wiederum passiert, ist das Risiko sehr groß, dass die Depression immer wieder kommt. Deshalb achten Sie auf sich. Das Tückische dabei ist, dass sich eine

Depression auf verschiedene Weisen manifestieren kann. Sie könnte sich genauso zeigen wie in der Vergangenheit, aber die Symptome könnten auch ganz andere sein. Stimmungsschwankungen zum Beispiel. Wenn Sie über ein bestimmtes Thema an einem Tag so denken und am nächsten Tag ganz anders und am übernächsten Tag wieder anders, dann könnte das ein Indikator sein, dass die Krankheit zurückgekehrt ist. Es kann sich entweder langsam andeuten oder auch ganz schlagartig passieren, etwa im Fall eines traumatischen Ereignisses. Wie zum Beispiel der Tod eines nahen Angehörigen, der Verlust des Arbeitsplatzes oder eine Trennung. Wenn Sie jemals das Gefühl haben, einen Rückschlag zu erleiden, dann erinnern Sie sich an das, was Sie bei mir gelernt haben. Und im Notfall können Sie mich jederzeit anrufen."

Sie schob ihm ihre Visitenkarte über den Tisch.

„Danke, das werde ich tun."

Was er gerade zu hören bekam, beunruhigte ihn. Er dachte, er hätte den Teufel Depression ein für alle Mal in den Griff bekommen, aber jetzt hatte er erfahren, dass eine realistische Wahrscheinlichkeit bestand, dass die Krankheit zurückkehren würde. Müsste er die ganze Scheiße etwa noch ein zweites oder gar drittes Mal durchleben? Bis eben war er noch zuversichtlich und guten Mutes, dass er die Krankheit besiegt hatte und die Depression niemals wiederkehren würde.

Kapitel 18

Dienstag, 10. November 2020

Ben wendete kurz seinen Blick von seinem Buch ab, um auf die Uhr zu schauen. War es wirklich schon dreiundzwanzig Uhr dreißig? Er war voll und ganz in sein Buch vertieft gewesen und hatte gar nicht gemerkt, wie die Zeit verflog. Wann hatte er das letzte Mal Stunden damit verbracht zu lesen? Einfach mal das zu tun, wonach ihm der Sinn stand? Er konnte sich nicht daran erinnern.

Es war anstrengend, zeitaufwendig und auch nicht ganz billig gewesen, eine komplette neue Wohnungseinrichtung anzuschaffen, aber mittlerweile hatte er alles beisammen und sich ein gemütliches Zuhause in seiner neuen Wohnung eingerichtet. Er genoss es, endlich einmal Zeit für sich allein zu haben. Er hatte sich mit Doro darauf verständigt, dass Steffi jedes zweite Wochenende und immer von mittwochs auf donnerstags bei ihm sein würde, und er konnte mit diesem Modell sehr gut leben. Er genoss die Zeit mit seiner Tochter, aber er hatte auch überhaupt kein Problem damit, tagelang allein zu sein – im Gegenteil, er konnte endlich die Dinge tun und lassen, die er wollte. Lesen zum Beispiel. Sich endlos lange Serien im Fernsehen anschauen. Oder Gitarre spielen. Er hatte sich im Rahmen seines Umzugs eine Gitarre zugelegt und großen Gefallen daran gefunden. Er spielte fast jeden Tag, manchmal stundenlang. Er überlegte, sich Gitarrenunterricht zu nehmen, aber für den Moment kam er mit Lehrbüchern und Video-Tutorials ganz gut zurecht. Er hatte bereits erhebliche Fortschritte gemacht und beherrschte schon mehrere Lieder. Er hatte auch vollständig den Spaß am Tennis wiedergefunden. Da die Tennissaison beendet war, nutzte er jede Gelegenheit, die sich ihm bot, in der Halle zu spielen. Darüber hinaus ging er regelmäßig joggen oder machte große Fahrradtouren, sofern das Wetter es zuließ.

Auch die ersten Wochen nach seinem beruflichen Wiedereinstieg lagen bereits hinter ihm. Er war schon nach kurzer Zeit wieder in seine Vollzeitstelle zurückgekehrt. Sein Chef war noch immer derselbe Idiot wie früher, aber sie beide beschränkten ihre Kommunikation auf das notwendige Minimum. Und Ben hatte im Rahmen seiner Therapie gelernt, gelassener mit seinem Chef umzugehen und viele Dinge einfach nicht mehr so nah an sich heranzulassen. Er hatte den Wiedereinstieg erfolgreich gemeistert und auch den Spaß an seiner Arbeit wiedergefunden. Zumindest meistens.

Seine letzte Therapiesitzung lag inzwischen knapp zwei Wochen zurück. Er nahm nach wie vor täglich sein Antidepressivum ein, welches ihm vor allem wieder ein sorgenfreies Ein- und Durchschlafen ermöglichte. Er war sehr guter Dinge, dass er seine Depression besiegt hatte. Zumindest hatte er sie in den Griff bekommen. Die Warnungen seiner Therapeutin schienen unbegründet zu sein.

Nach Monaten, in denen er durch die Hölle gegangen war, war er jetzt mit seinem Leben voll und ganz zufrieden. Er hatte seine beiden großen Baustellen – seine Beziehung zu Doro und seine Beziehung zu seinem Chef – erfolgreich abgeschlossen. Zwar mit professioneller Hilfe, aber eben abgeschlossen. Und darüber war er unendlich froh.

Kapitel 19
Montag, 23. November 2020

Bettina kramte gerade ihr Kleingeld aus ihrem Geldbeutel, um ihre Einkäufe zu bezahlen, als ihr Handy in ihrer Jacke klingelte. Sie drückte der Kassiererin einen Schein und ein paar Münzen in die Hand und nahm das Gespräch an.

„Hallo Mama! Warte mal eben, ich stehe gerade im Supermarkt an der Kasse." Sie nahm das Wechselgeld entgegen, warf ihre Einkäufe in den Wagen und wandte sich wieder ihrer Mutter zu. „So, da bin ich wieder."

„Das trifft sich gut, dass du ohnehin unterwegs bist. Dann kannst du ja mal bei mir rumkommen."

Bettina hatte weder die Zeit noch die Lust, bei ihrer Mutter vorbeizufahren. Zumal es nun wahrlich nicht auf ihrem Weg lag. Im Gegenteil, sie würde einen Umweg von knapp zwanzig Kilometern in Kauf nehmen müssen.

„Das wird leider nichts, Mama. Wir bekommen nachher Besuch."

„Na ja, dachte ich mir schon, dass du nicht kommen würdest. Ich hatte auch nichts anderes von dir erwartet." Bamm! Da war die erste Watschn für Bettina!

Bettina ignorierte den bissigen Kommentar ihrer Mutter und verstaute ihre Einkäufe im Kofferraum. „Mama, warum hast du angerufen? Doch nicht nur deshalb, oder?"

„Nein, eigentlich wollte ich dich was anderes fragen. Aber ist auch nicht so wichtig." Sie gab sich viel Mühe, so beleidigt wie möglich zu klingen.

Bettina stieg in ihr Auto und rollte mit den Augen. „Nun frag schon."

„Na gut, wenn du unbedingt willst. Ich wollte fragen, wie es Jessica geht."

„Wie sollte es ihr gehen? Ist irgendetwas passiert?"

„Nein, nichts ist passiert. Ich wollte einfach mal wissen, was meine Enkeltochter so macht und wie es ihr geht."

„Gut so weit. Glaube ich zumindest. Ich habe sie aber auch den ganzen Tag noch nicht gesehen. Warum rufst du sie nicht einfach selbst an und fragst sie? Du hast doch ihre Nummer."

„Du willst also nicht mit mir über deine Tochter sprechen!"

„Das habe ich nicht gesagt! Ich habe nur gesagt, wenn du wissen willst, wie es ihr geht, dann solltest du sie selbst anrufen. Soll ich jetzt etwa Jessica fragen, wie es ihr geht und dich dann zurückrufen? Mama, es geht Jessica gut. Wenn du es genauer wissen willst, dann ruf sie einfach an, okay?"

„Es ist traurig, dass du mich so bewusst aus der Familie ausschließt, Bettina! Aber die Familie hat dir ja noch nie etwas bedeutet."

Bamm, da war die nächste krachende Ohrfeige!

„Ich schließe dich doch nicht aus! Was redest du denn?"

„Wie nennst du es denn, wenn du mir Informationen zu meiner Enkeltochter vorenthältst?"

„Das stimmt doch gar nicht! Ich enthalte dir überhaupt nichts vor!"

„Warum erzählst du denn nicht, wie es Jessica geht?"

Langsam wurde es Bettina zu bunt. Ihre Mutter hatte wirklich ein feines Gespür dafür, sie innerhalb weniger Sekunden vom Lämmchen zur Furie werden zu lassen.

„Ich habe dir gesagt, ich glaube, dass es ihr gut geht. Mehr kann ich nicht sagen! Ich habe sie heute selbst noch nicht gesehen!"

„Es scheint dich ja nicht besonders zu interessieren, wie es Jessica wirklich geht! Ich würde mich an deiner Stelle etwas mehr für meine Tochter interessieren!"

Bamm, da war Ohrfeige Nummer drei!

„Mama, das führt hier zu nichts. Lass uns Schluss machen."

„Schon klar. Dein Besuch kommt gleich. Das geht natürlich vor. Dann viel Spaß."

Bettina kam nicht mehr dazu, sich zu verabschieden. Ihre Mutter hatte das Gespräch direkt nach ihrem letzten Satz beendet.

Kapitel 20

Donnerstag, 31. Dezember 2020

„Guck mal, Papa, Raketen!", rief Steffi zu Ben, um ihn auf das Feuerwerk aufmerksam zu machen, das draußen langsam begann.

Ben schaute auf die Uhr. „Warte mal ab, es ist erst zweiundzwanzig Uhr. Das richtige Feuerwerk beginnt erst um null Uhr, wenn das neue Jahr beginnt. Wenn du noch so lange durchhältst."

„Klar halte ich so lange durch. Ich gehe noch lange nicht ins Bett!"

„Wir werden sehen. Du gähnst ja jetzt schon."

Ben teilte die Aufregung und Vorfreude nicht mit seiner Tochter. Er hatte sich noch nie viel aus Silvester gemacht. Er war auch kein Freund von Böllern und Raketen, zumindest dann nicht, wenn sie seinen eigenen Geldbeutel belasteten. Es war für ihn ein Tag wie jeder andere.

Er würde bis Mitternacht hier auf dem Sessel im Kaminzimmer seiner Eltern ausharren und dann notgedrungen mit ihnen auf das neue Jahr anstoßen. Und mit Steffi, sofern sie nicht vorher eingeschlafen sein würde. Der Sessel vorm Kamin war Bens Lieblingsplatz im Hause seiner Eltern. Immer wenn er hier war, verbrachte er einen Großteil seiner Zeit auf diesem Sessel. Es gab Tage, da hatte er seinen Platz nur verlassen, um zu essen, zu schlafen oder die Toilette zu besuchen.

Es kam nicht mehr häufig vor, dass Ben seine Eltern sah. Vielleicht dreimal im Jahr. Sie wohnten in Hannover, Bens Geburtsstadt, und das lag über siebenhundert Kilometer von seinem jetzigen Zuhause entfernt. Auch seine beiden Brüder hatte es innerhalb Deutschlands verstreut, sodass insbesondere die Tage, an denen sich die ganze Familie mal sah, sehr selten geworden waren. Aber vor ein paar Tagen war es mal wieder soweit gewesen. An Weihnachten hatten sich alle bei Bens Eltern eingefunden und gemeinsam gefeiert. Insbesondere für seine Eltern war dies ein Festtag gewesen. Sie bedauerten es, dass alle ihre drei Söhne aus beruflichen Gründen früher oder später ihre Heimatstadt verlassen hatten, auch wenn sie dafür Verständnis hatten und ihnen den beruflichen Erfolg natürlich gönnten.

Seine Brüder waren schon wieder abgereist, aber Ben hatte entschieden, mit Steffi noch ein paar Tage länger zu bleiben. Er musste ohnehin noch seinen Resturlaub abbauen, der sich während seiner längeren Krankheitsphase angehäuft hatte. Seine Eltern wussten nichts von seiner Krankheit. Ben hatte es ihnen nie erzählt. Und jetzt hatte er seine Depression ja ohnehin überwunden, also gab es auch keinen Grund mehr, darüber zu reden. Sie würden sich nur unnötig sorgen.

Ben warf zwei Holzscheite in den Kamin und setzte sich wieder auf seinen Sessel. Eine halbe Stunde würde er noch durchhalten müssen, bis es endlich Mitternacht sein würde. Auch Steffi hatte zu kämpfen. Sie konnte sich kaum noch auf den Beinen halten, und ihre Augen fielen immer wieder zu, auch wenn sie felsenfest beteuerte, überhaupt kein bisschen müde zu sein. Sie saß mit ihrem Opa vor dem Fernseher und guckte irgendeine Kindersendung. Ben fragte sich, wer auf die Idee kam, um dreiundzwanzig Uhr dreißig eine Kindersendung auszustrahlen.

Um Punkt zwölf stießen Ben und seine Eltern mit einem Glas Sekt an. Steffi bekam eine Limo.

„Los, lass uns rausgehen! Ich will das Feuerwerk sehen! Und meine Knallfrösche werfen!", rief Steffi aufgeregt.

Kurz darauf stand die Familie im Garten und bewunderte das Silvester-Feuerwerk. Einer der Nachbarn hatte mehrere ziemlich große Batterien mit Raketen besorgt und gezündet. Im Abstand von zwei Sekunden schossen mindestens zwanzig Raketen empor. Nach weniger als einer Minute war der Spaß vorbei. Ben freute sich wie jedes Jahr darüber, dass irgendein anderer Trottel mal wieder ein Vermögen ausgegeben hatte, damit Ben ein Feuerwerk bestaunen konnte. Auch Steffi war begeistert.

„Mir ist kalt, ich geh rein", sagte Bens Vater. Keine fünfzehn Minuten später lag er im Bett. Kurz darauf brachte Ben Steffi ebenfalls ins Bett und zog sich in sein eigenes Schlafzimmer zurück. Seine Mutter schaute sich noch irgendeinen Käse im Fernsehen an.

Ben nahm sein Handy, um seinen engsten Freunden eine Nachricht zu schicken und ihnen ein frohes neues Jahr zu wünschen. Er stellte fest, dass er in den letzten Minuten selbst schon einige Nachrichten erhalten hatte. Er war überrascht, dass auch eine von Bettina dabei war. Sie verbrachte Silvester offenbar mit Annika, denn sie hatte ihm ein Foto von den beiden geschickt. Beide waren offensichtlich gut gelaunt und trugen ziemlich alberne Partyhüte.

Kapitel 21
Mittwoch, 20. Januar 2021

„Bettina, haben Sie den Schichtplan für nächste Woche vorbereitet?"

„Ich bin dran. Aber ich musste mich auch um die Kassenabrechnung kümmern. Um im Moment habe ich gerade einen Gast."

Sie hasste es, wenn ihr Chef quer durch das Hotelfoyer rief, so dass jeder, aber auch wirklich jeder es hören konnte. Insbesondere sein herablassender Tonfall ging ihr auf den Senkel. Und er wusste ganz genau, dass sie gerade beschäftigt war. Aber es bereitete diesem alten Sadisten offenbar Freude, sein eigenes Personal vor den Augen und Ohren der Gäste kleinzumachen.

Bettina händigte dem Gast seinen Zimmerschlüssel aus und ging ins Büro, um sich eine Unterschrift ihres Chefs auf der Kassenabrechnung abzuholen. Sie hielt sie ihm unter die Nase und war sichtlich genervt.

„Bitte eine Unterschrift!"

Ihr Chef setzte seinen Kringel unter die Abrechnung.

„Wenn Sie jetzt die Güte hätten, den Schichtplan fertigzustellen, Bettina. Ich muss den heute noch prüfen."

Bettina verdrehte die Augen. Sie biss sich auf die Zunge und beendete ihre Arbeit an dem Schichtplan. Ihr Chef stand ungeduldig mit verschränkten Armen im Türrahmen und wartete.

„Danke, Bettina! Vielen, vielen Dank!", sagte er übertrieben freundlich, als sie fertig war. Am liebsten hätte sie den Zettel zusammengeknüllt und ihm in den Rachen gesteckt. Aber sie konnte sich beherrschen und kehrte zurück zum Empfangstresen an der Rezeption.

„Was ist denn jetzt mit dem WLAN-Passwort?", maulte sie jetzt auch noch der Gast an.

„Oh, ja, Entschuldigung. Hier, bitte sehr." Sie hatte völlig vergessen, dass er danach gefragt hatte.

Der Gast nahm das WLAN-Passwort kommentarlos entgegen und warf Bettina einen bösen Blick zu.

Bettina ließ sich in ihren Stuhl fallen und nahm erstmal einen Schluck von ihrem Kaffee. Natürlich war der Kaffee schon lange kalt, was dazu führte, dass sie sich nur noch mehr über ihren Chef ärgerte. Früher hatten sie eigentlich ein gutes Verhältnis gehabt, aber in den letzten Monaten hatte sich das geändert. Ihr Chef hatte sich geändert. Bettina dachte an das, was Annika ihr über ihn gesagt hatte. Dass er so schlecht gelaunt war, weil seine Frau ihn nicht mehr ranlassen würde. Sie musste kurz grinsen, als sie sich es bildlich vorstellte.

Oder lag es gar nicht an ihrem Chef? War Bettina tatsächlich nachlässiger geworden? Unkonzentrierter? Hatte der Konflikt mit ihrer Mutter dazu beigetragen, dass sie mit ihren Gedanken manchmal nicht bei der Sache war? Hatte es sich auf ihre Arbeitsleistung ausgewirkt? Sie war sich selbst nicht sicher. Aber zweifellos hatte sie der Konflikt mit ihrer Mutter zuletzt sehr belastet. Und ob das Verhalten ihres Chefs damit nun etwas zu tun hatte oder nicht, auch er ging ihr im Moment nur noch auf den Wecker. Sie wünschte sich, einfach mal eine oder zwei Wochen nur für sich selbst zu haben, um zur Ruhe zu kommen und neue Kraft tanken zu können. Ohne dass ihr irgendjemand auf die Nerven ging oder sie herumkommandierte.

Das klingelnde Telefon riss sie aus ihren Gedanken. Noch während sie zum Hörer griff, hörte sie ihren Chef aus dem Büro grölen.

„Bettina, Telefon! Wollen Sie nicht rangehen?"

Jetzt war sie sich sicher, dass Annika mit ihrer Einschätzung richtig lag.

Kapitel 22
Montag, 3. Mai 2021

Ben setzte sich neben Erik auf die Clubterrasse und stieß mit seiner Cola mit ihm an. Sie hatten die neue Tennissaison vor zwei Stunden eröffnet, und Ben hatte das Match überraschend deutlich verloren. Er machte sich Sorgen. Aber nicht die Tatsache, dass er gegen Erik verloren hatte, bereite ihm Sorgen, sondern die Art und Weise, wie seine Niederlage zustande gekommen war. Obwohl er dem Beginn der neuen Tennissaison entgegengefiebert hatte, war er heute völlig antriebslos gewesen. Aber was ihn noch sehr viel mehr beschäftigte, waren seine zittrigen Hände und die gelegentlichen unkontrollierten Zuckungen in seinem Schlagarm, die ihren Teil dazu beigetragen hatten, dass er heute viele Bälle weit ins Aus geschlagen hatte. Er hatte zuletzt auch wieder Schlafprobleme gehabt. Monatelang hatte er keine Probleme mit dem Einschlafen gehabt, aber zuletzt hatte es wieder zugenommen.

Ben merkte, wie die Hand, in der er seine Cola hielt, auch jetzt zitterte, als würde er in einer Eistonne sitzen. Er nahm die Flasche in die andere Hand, aber auch da war es nicht besser, daher stellte er die Flasche auf dem Tisch ab und versteckte seine zittrigen Hände unter der Tischplatte, damit Erik sie nicht sah.

Was war in den letzten Wochen geschehen? Er dachte, er hätte alle seine Probleme aus der Welt geschafft und seine Depression besiegt, aber sie war gerade dabei, ihn ein zweites Mal heimzusuchen. Was ihn nur noch mehr verunsicherte, war, dass es gar keinen bestimmten Anlass dazu gab. Er fühlte sich in seiner neuen Wohnung wohl, und auch das Verhältnis zu seinem Chef war okay. Sie würden sicher keine Freunde mehr werden, aber der Umgang, den die beiden inzwischen miteinander pflegten, war für Ben akzeptabel. Warum also kam seine Krankheit wieder? Es machte ihm Angst. Seine Therapeutin hatte ihm gesagt, dass eine Depression mit einer Wahrscheinlichkeit von fünfzig Prozent irgendwann wiederkehrt. Und dass bestimmte traumatische Ereignisse dies begünstigen können. Aber es gab in seinem Fall zuletzt kein derartiges Ereignis. Es kam einfach aus dem Nichts. Von einem Tag auf den anderen.

„Mach dir nichts draus, die Saison ist noch lang", versuchte Erik ihn aufzumuntern, denn ihm war auch aufgefallen, dass Ben heute schlecht gespielt hatte und jetzt sehr in sich gekehrt wirkte.

„Ja, das erste Mal ist immer schwierig", erfand Ben irgendeine Ausrede. Er hatte nicht vor, seine Sorgen und Gedanken publik zu machen. Seine Hände zitterten immer noch unter der Tischplatte. Er fragte sich, was er tun sollte. Er hatte beim ersten Mal eine Therapie gemacht, er hatte sich eine neue Wohnung genommen, er hatte mehrere moderierte Konfliktgespräche mit seinem Chef geführt und mittlerweile einen akzeptablen Umgang mit ihm, er hatte ein Antidepressivum verschrieben bekommen, das er immer noch täglich einnahm. Aber was sollte er jetzt tun? Welche Möglichkeiten blieben ihm noch? Beim letzten Mal hatte er ganz konkrete Probleme, an denen er arbeiten konnte, aber jetzt hatte er nicht die leiseste Ahnung, warum seine Krankheit zurückzukommen schien.

Er ließ seine Cola fast unangetastet auf dem Tisch stehen und verabschiedete sich unter die Dusche. Als er das Clubhaus betrat, traf er im Flur auf Bettina, die gerade die Anlage betreten hatte, um ebenfalls Tennis zu spielen.

„Hi Ben, lange nicht gesehen! Wie geht's dir?"

Sie umarmte ihn zur Begrüßung.

„Ach ja, ganz okay", log er. „Und dir?"

„Auch ganz okay", gab sie zurück. Auch das war nur die halbe Wahrheit. „Wollen wir demnächst nochmal ein paar Bälle spielen? Ist ja schon ein paar Monate her."

Ben verspürte zwar momentan wenig Motivation, aber er wusste, dass es auch keine Lösung war, sich zuhause einzuschließen. Also sagte er zu.

„Klar, wie sieht's am Wochenende bei dir aus? Samstag früh vielleicht?"

„Ja, gerne. Ist zehn Uhr okay?"

„Alles klar, Samstag zehn Uhr! Bis denn!"

Ben warf Bettina noch ein kleines Lächeln zu und verschwand in seiner Umkleidekabine. Er zog sich aus und stellte sich unter die heiße Dusche. Er verspürte eine merkwürdige Leere in sich. Er hielt seine Hände vor seinen Körper und beobachtete emotionslos, wie sie immer noch zitterten.

Wenn sich daran nichts änderte, dann würde er am Samstag keinen einzigen Ball übers Netz spielen.

Kapitel 23
Samstag, 8. Mai 2021

Bettina wunderte sich, dass Ben zum wiederholten Male seine Vorhand meterweit ins Aus schlug. Und was sie noch mehr irritierte, war, dass es ihn überhaupt nicht zu interessieren schien. Er gab keinerlei Regung von sich. Er hatte den ganzen Vormittag bislang kaum ein Wort gesprochen. Im letzten Jahr war das ganz anders, da war er sehr viel kommunikativer gewesen. Er hatte mehrfach das Spiel unterbrochen, um ihr Tipps zu geben und die richtige Schlagtechnik zu zeigen. Aber heute hatte sie das Gefühl, dass er überhaupt keine Lust hatte, mit ihr Tennis zu spielen. Aber sie ließ sich nichts anmerken und zog die Stunde durch. Sie würde im Anschluss die Gelegenheit haben, mit ihm zu sprechen.

Als sie den Platz verließen, fragte Bettina ihn: „Trinken wir noch was zusammen?"

Eigentlich war das eine rein rhetorische Frage. Es war völlig normal, dass man sich nach dem Tennis noch auf ein Getränk zusammensetzte. Aber sie kassierte eine Absage.

„Heute nicht, sorry. Ich bin etwas in Eile. Steffi kommt gleich zu mir. Beim nächsten Mal wieder."

Es war keine Ausrede. Steffi hatte sich tatsächlich für zwölf Uhr angemeldet. Aber Ben war darüber auch ganz froh, denn ihm stand heute nicht der Sinn nach einer Unterhaltung.

„Okay, schade. Dann das nächste Mal."

Ben war den ganzen Vormittag schon so abwesend. Dass er sich jetzt direkt nach dem Spiel wieder aus dem Staub machte, machte Bettina nur noch nachdenklicher.

Sie kannte die Hintergründe nicht. Sie wusste nicht, warum er den Ball so oft ins Aus geschlagen hatte. Sie wusste nicht, dass er die Nacht zuvor nicht geschlafen hatte. Und sie wusste nichts von seinen Depressionen.

Aber sie sollte es bald erfahren.

Kapitel 24
Donnerstag, 27. Mai 2021

Es war drei Wochen her, seit Bettina mit Ben Tennis gespielt und Kontakt mit ihm hatte. Sie hatte ihm einmal gesagt, dass sie sich jedes Mal ‚wie ein Keks' freute, wenn er mit ihr spielte. Sie wollte sich gern nochmal mit ihm verabreden, aber würde er das auch wollen? Hatte er beim Tennisspielen genauso viel Spaß wie sie? Oder war es möglicherweise sogar langweilig für ihn? Schließlich spielte er deutlich besser als sie. Und er hatte beim letzten Mal kaum ein Wort gesprochen und war direkt nach dem Spiel nach Hause gefahren. Sie traute sich nicht so richtig, ihn zu fragen.

Sie holte ihr Handy hervor und beschloss, ihm eine unverfängliche Nachricht zu schicken. Sie spekulierte im Stillen darauf, dass sich daraus möglicherweise ein Gesprächsverlauf ergeben würde, an dessen Ende eine Verabredung stünde. Vielleicht würde er ja *sie* fragen, wenn sie erst einmal in ein Gespräch verwickelt sein würden.

„Hi Ben, lange nichts mehr von dir gehört! Wie geht's dir? Liebe Grüße, Bettina"

Eine halbe Stunde später kam seine Antwort:

„Kennst du das Gefühl, morgens aufzustehen und topfit und motiviert in den Tag zu starten? Das Gefühl, Bäume ausreißen zu können? Zu glauben, dass einem alles gelingt, egal was auch kommen mag? Nein? Ich auch nicht."

Dies war nicht die Antwort, die sie erwartet hatte.

Sie schrieb ihm eine weitere Nachricht: *„Das hört sich nicht gut an. Wenn du mal jemanden zum Quatschen brauchst, sag mir gern Bescheid."*

Er nahm ihr Angebot an: *„Okay. Magst du übermorgen früh Tennis spielen? Dann können wir danach quatschen."*

Zumindest war ihr Plan aufgegangen. Sie hatte ihre Verabredung zum Tennis.

Kapitel 25

Freitag, 28. Mai 2021

Bettina schlug wütend ihre Autotür zu. Was bildete sich dieser Arsch eigentlich ein? Wie konnte er sie so bloßstellen? Ihr Chef hatte sich zuletzt so einiges erlaubt, aber das heute war der Gipfel. Er hatte sie vor versammelter Mannschaft angemault, weil sie nicht sofort ans Telefon gegangen war, als er angerufen hatte. Spätestens nach dem dritten Klingeln müsste sie alle Anrufe entgegennehmen, so ihr Chef. Sie würde ansonsten die Gäste vergraulen. So ein Schwachsinn, dachte Bettina sich! Als ob sie den ganzen Tag Langeweile hätte und nur darauf wartete, dass endlich mal jemand anrief. Sie musste sich um die Gäste am Empfang kümmern, Buchungsbestätigungen verschicken, sich um Reklamationen kümmern, die Hotel-Webseite in Schuss halten, wie sollte sie da innerhalb von wenigen Sekunden jeden Anruf entgegennehmen? Wenn das sein Ernst war, dann hätte sie zwischenzeitlich nicht mal auf die Toilette gehen, geschweige denn, sich eine Tasse Kaffee organisieren können. Aber es war sein Ernst.

„Wenn sie damit überfordert sind, dann finden wir vielleicht eine andere Lösung. Sind Sie damit überfordert, Bettina?"

So ein Penner! „Nein, bin ich nicht!"

„Prima, dann verstehen wir uns ja."

Bettina trommelte mit ihren Fingern auf ihr Lenkrad. Es hatte sie aufgeregt. Es hatte sie regelrecht aggressiv gemacht. Sie holte tief Luft und zählte langsam bis zehn, um wieder runterzukommen. „Ganz ruhig", sagte sie zu sich selbst und machte sich auf den Heimweg. Sie wollte nicht länger an ihren Chef denken, sondern lieber den Blick nach vorne richten. In anderthalb Stunden war sie mit Gabi zum Tennis verabredet, und darauf freute sie sich.

Gerade als sie ihren Wagen vor der Haustür parkte, klingelte ihr Handy. Bettina verdrehte ihre Augen, als sie sah, dass es ihre Mutter war. Die hatte ihr in diesem Moment gerade noch gefehlt! Sie entschied sich trotzdem ranzugehen. Aber als ob sie ihren Chef damit hätte ärgern können, ließ sie es bewusst lange klingeln.

„Hallo Mama! Was gibt's?"

„Wieso gehst du denn nicht ran?", fragte ihre Mutter.

Höfliche Begrüßungen würden offenbar überbewertet, dachte Bettina sich. „Was heißt denn, ich geh nicht ran? Ich bin doch rangegangen!"

„Aber erst so spät. Ich wollte schon wieder auflegen!"

Jetzt fing ihre Mutter auch noch mit dem Scheiß an! Hatte sie sich etwa mit Bettinas Chef abgesprochen? Bettina war drauf und dran, in ihr Lenkrad zu beißen! Aber sie ermahnte sich, ruhig zu bleiben.

„Jetzt bin ich ja dran. Also, was gibt's?"

„Du musst vorbeikommen. Am besten sofort."

„Was ist passiert?"

„Mein Kühlschrank ist kaputt. Wann kannst du da sein?"

„Äh, okay… und was genau soll *ich* da jetzt bitte machen?"

„Du musst dir das mal ansehen. Aber beeil dich. Meine Vorräte verderben."

„Was soll ich mir denn da ansehen? Wenn der Kühlschrank kaputt ist, dann ruf den Kundendienst an. Oder deinen Vermieter. Was habe ich denn damit zu tun?"

Ihre Mutter ging überhaupt nicht darauf ein, was Bettina gerade gesagt hatte. „Am besten bringst du einen großen Korb mit, dann kannst du die Sachen aus dem Kühlschrank ja mit zu dir nehmen, falls du das nicht wieder hinbekommst."

„Mama, ich muss das nicht wieder hinbekommen! Und ich komme auch nicht vorbei! Ich habe gar keine Zeit! Ich bin gleich zum Tennis verabredet. Wieso bringst du deine verderblichen Waren nicht bei deiner Nachbarin unter?"

„Die ist nicht da", antwortete ihre Mutter kurz angebunden, obwohl sie keine Ahnung hatte, ob das stimmte. „Aber gut, wenn du nicht willst! Wenn dir dein Tennis wichtiger ist als deine eigene Mutter!"

Derartige Sätze waren es, die wie ein scharfes Messer tief in Bettinas Seele schnitten. Und das seit mittlerweile dreizehn Jahren.

Kapitel 26
Samstag, 29. Mai 2021

Bettina und Ben waren an diesem Vormittag die Einzigen im Tennisclub. Sie hatten fast anderthalb Stunden gespielt. Inzwischen saßen sie an einem der Tische auf der Clubterrasse und betrieben bereits seit einer halben Stunde Smalltalk. Beide wussten, dass sie noch über Bens Nachricht von vorgestern sprechen wollten, aber Ben sprach es nicht von sich aus an. Er überließ es Bettina, das Thema anzusprechen oder auch nicht. Schließlich tat sie es:

„So, jetzt erzähl mal. Wie geht's dir?"

„Es geht so. Ich bin momentan ziemlich antriebslos."

„Liegt es an deinem Chef? Kommt ihr jetzt besser zurecht?"

„Jein. Es geht. Wir kommen einigermaßen miteinander aus. Der Kerl ist und bleibt ein Arschloch. Aber ich lasse das Ganze inzwischen nicht mehr so nah an mich heran."

„Das ist gut."

„Da ist aber noch etwas anderes, das mir momentan Sorgen bereitet."

„Was denn?"

Bettina merkte, wie Ben zögerte. „Sag schon, was bedrückt dich?"

Ben holte tief Luft. „Also gut. Der eigentliche Grund für meine Krankschreibung war nicht der Burnout. Tatsächlich ist Burnout gar keine medizinische Diagnose, sondern eher ein Modebegriff, der heutzutage ziemlich inflationär gebraucht wird. Die eigentliche Diagnose lautete Depression. Das war zumindest die Haupt-Diagnose. Ich hatte im Laufe der Zeit zahlreiche Diagnosen erhalten. Meine Krankschreibung wurde immer nach vier Wochen für weitere vier Wochen verlängert, und gefühlt stand da jedes Mal eine andere Diagnose drauf. Zum Teil Begriffe, die ich in meinem ganzen Leben noch nicht gehört hatte. Aber in Summe lief es immer auf eine Depression hinaus."

Sie sah Ben mitfühlend an und ermunterte ihn durch ein Kopfnicken, weiterzureden.

„Ich ging über ein halbes Jahr zur Therapie. Ich musste Ewigkeiten auf einen Platz warten, aber irgendwann war es dann so weit. Und ich nehme seit über einem Jahr ein ziemlich heftiges Antidepressivum."

„Was war das für eine Therapie?", wollte Bettina wissen.

„Das nannte sich Verhaltenstherapie. Das ist eine bestimmte Art der Psychotherapie. Man erlernt dort Methoden, um sein eigenes Verhalten anzupassen, zum Beispiel im Umgang mit einem Scheiß-Chef. Man lernt, mit seinen eigenen Emotionen umzugehen. Zu erkennen, welches Bedürfnis hinter bestimmten Emotionen steckt. Und noch so einiges mehr."

„Hat die Therapie dir geholfen?"

„Ja, ich glaub schon. Einiges fand ich uninteressant und irrelevant, aber ich habe auch einiges mitgenommen. Aber ob die Therapie jetzt der Weisheit letzter Schluss war, das weiß ich nicht so recht."

„Was für ein Medikament nimmst du?"

Er nannte Bettina den Namen des Medikamentes. Sie würde später recherchieren, um was für eine Art Antidepressivum es sich handelte.

„Und hilft es dir?"

„Ja, am Anfang schon. Es hat mir vor allem geholfen, dass ich wieder schlafen kann. Ich konnte monatelang nicht schlafen. Es war dann deutlich besser geworden, aber im Moment schlafe ich wieder schlecht."

Bettina bemerkte, wie Ben Tränen in den Augen hatte. Es fiel im offenbar nicht leicht, darüber zu sprechen.

„Nicht schlafen zu können, ist das schlimmste, Bettina. Wenn du nicht schlafen kannst, dann verspürst du auch tagsüber keine Motivation und keinen Antrieb."

„Was genau bereitet dir im Moment Sorgen?"

Ben sah sie fragend an. „Was mir Sorgen bereitet?"

„Ja, du hast vorhin gesagt, da gäbe es noch etwas anderes, das dir Sorgen bereitet."

„Ja. Ich hatte gegen Ende der Therapie das Gefühl, die Depression in den Griff bekommen zu haben. Meine Therapeutin hatte mir damals erzählt, dass es eine fünfzigprozentige Wahrscheinlichkeit gibt, dass die Krankheit irgendwann zurückkehrt. Ich bin mir nicht sicher, ob das gerade der Fall ist. Die Therapeutin hatte gesagt, dass sich das auch plötzlich ganz anders äußern könnte als beim Mal davor. Deshalb kann ich das im Moment nicht so richtig einordnen."

„Woran merkst du das denn? Was veranlasst dich zu glauben, dass die Depression zurückgekommen sein könnte?"

„Ein paar Tage, bevor ich damals krankgeschrieben wurde, hatte sich bereits anhand von körperlichen Reaktionen gezeigt, dass da was nicht stimmte. Meine Hände zitterten. Und mein Arm hat unkontrolliert gezuckt. Ich merke, dass diese Reaktionen gerade wiederkommen. Sie waren eine ganze Zeit verschwunden, aber jetzt sind sie wieder da."

Er hielt seine Hände vor seinen Körper. Bettina sah, dass sie tatsächlich zitterten.

„Manchmal sind die Zuckungen so stark, dass ich beim Tennis plötzlich den Ball fünf Meter ins Aus schieße. Weil ich genau in dem Moment, in dem ich den Ball treffe, den Arm verreiße. Vielleicht hast du das ja bemerkt. Es könnten auch Nebenwirkungen von dem Medikament sein. Händezittern ist tatsächlich eine der häufigsten Nebenwirkungen, die auftreten können. Aber dann wundert es mich, dass sie monatelang nicht aufgetreten sind und jetzt auf einmal doch."

Er kämpfte jetzt merklich mit den Tränen. „Bettina, ich habe keinen Bock, diese ganze Scheiße nochmal zu durchleben!"

Bettina bemerkte, wie sehr Ben sich quälte. Sie stand auf, setzte sich neben ihn auf die Bank und nahm ihn ganz fest in den Arm. Er nahm die Geste dankend an und drückte Bettina ebenso fest an sich. Für

Bettina war es in dem Moment nur eine kleine, tröstende Geste, aber für ihn war es mehr als das. Viel mehr. Es war genau das, was er jetzt gebraucht hatte. Bettina hatte sich ehrlich und aufrichtig für ihn und seine Leidensgeschichte interessiert, und dafür empfand in diesem Moment eine tiefe Dankbarkeit. Von diesem Moment an war Bettina mehr für ihn als nur eine Tennisbekanntschaft.

„Das wird schon wieder! Danke, dass du so offen zu mir warst", sagte sie zu ihm, während sie ihm mit der Hand über den Rücken strich.

„Danke, dass du mir zugehört hast. Und dass du dich für meine Geschichte interessierst. Ich bin wahrlich nicht stolz darauf. Ich posaune es auch nicht überall herum. Aber wer mich fragt, der bekommt eine ehrliche Antwort."

Sie blieben noch zwanzig Minuten gemeinsam auf der Bank sitzen, bevor sie sich für heute voneinander verabschiedeten. Die Umarmung hatten sie inzwischen gelöst, aber Bettina hatte stattdessen Bens Hand genommen und sie zwischen ihren eigenen Händen gehalten.

„Du kannst dich jederzeit melden, wenn du Hilfe brauchst, okay? Oder wenn du jemanden zum Reden haben möchtest."

Als Ben einige Stunden später im Bett lag, dachte er erstmals bewusst an Bettina. Er war froh und dankbar, dass es sie gab. An diesem Morgen hatte sie einen ersten kleinen Funken in seinem Herzen hinterlassen.

Auch Bettina dachte im weiteren Verlauf des Tages an ihr Gespräch mit Ben zurück. Sie kannte ihn bis dahin nur als ambitionierten Tennisspieler, zu dem sie ein kollegial-freundschaftliches Verhältnis hatte. Sympathisch waren sie sich schon vorher gewesen, sonst hätten sie nicht schon häufiger zusammen Tennis gespielt. Aber heute hatte Ben sich plötzlich verletzlich gezeigt und sie hinter seine Fassade blicken lassen. Sie fühlte sich geschmeichelt, dass er das getan hatte. Es machte ihn für sie noch ein wenig interessanter. Auch sie begann an diesem Tag, ein kleines bisschen mehr für ihn zu empfinden als reine Sympathie.

Kapitel 27
Mittwoch, 16. Juni 2021

„Danke", sagte Ben und nahm das Bier entgegen, dass Theo ihm in die Hand drückte.

„Prost! Nächstes Mal gewinnst du wieder!"

„Zum Wohl!"

Sie hatten sich zuvor auf dem Tennisplatz einen fast zweistündigen Kampf auf Augenhöhe geliefert, den Theo am Ende knapp für sich entscheiden konnte. Jetzt hatten sie sich ihr Bier verdient. Sie nahmen wie immer an einem der Tische vor dem Clubhaus Platz und ließen sich ihr Bier schmecken. Von ihrem Platz aus konnten sie gut das Match zweier Mannschaftskollegen beobachten. Immer wenn einer der beiden einen schönen Punkt machte, jubelten und grölten Theo und Ben ihnen laut zu. Die Kollegen auf dem Platz quittierten das mit einem Grinsen und fühlten sich durch die beiden biertrinkenden Zuschauer, die sie lauthals anfeuerten, umso mehr angestachelt, den nächsten Punkt zu machen. Als auch ihr Match zu Ende ging, besorgte Theo bereits vier weitere Bier, jeweils eines für Ben und für sich und eines für die beiden erschöpften Kollegen, die gerade den Platz abzogen. Als sie sich zu Theo und Ben gesellten, drückte Theo ihnen bereits die Flaschen in die Hand, noch bevor sie sich überhaupt hingesetzt hatten. Sie kannten das schon und nahmen ihre Getränke grinsend an sich.

„Meine Herren, zum Wohl! Das sah sehr anständig aus, was ihr da gemacht habt!"

Die vier Flaschen klimperten beim Zusammenstoßen, und die vier unterhielten sich über das soeben zu Ende gegangene Match.

Heute war es außergewöhnlich voll im Club. Alle Plätze waren belegt, und viele spielwillige Mitglieder warteten erst noch darauf, einen freien Platz zu ergattern. Andere, die ihr Sportprogramm bereits hinter sich hatten, hatten es sich ebenso auf der Clubterrasse bequem gemacht und taten es den vier Herren mit dem Bier gleich. Mindestens vierzig Mitglieder tummelten sich heute bei strahlendem Sonnenschein auf der

Anlage und demonstrierten eindrucksvoll, was diesen Tennisclub auszeichnete, nämlich ein absolut geselliges und gemütliches Clubleben. Kaum jemand ging nach dem Tennisspielen sofort nach Hause; es gehörte einfach dazu, dass man sich im Anschluss noch auf ein Getränk zusammensetzte.

Die Damenmannschaft von Bettina war ebenfalls anwesend. Auch sie hatten ihr Training bereits hinter sich und saßen bei einem Getränk und selbst mitgebrachten Snacks am anderen Ende der Terrasse und waren bester Laune. So sehr sich die Damen zuvor über Theos und Bens Gegröle amüsiert hatten, so sehr amüsierten sich die vier Männer jetzt über das gelegentliche Gegacker vom Damentisch.

„Was für ein Hühnerstall!", lachte Theo, und die anderen nickten zustimmend und grinsten.

„Ich hole nochmal eine Runde", sagte Ben und erhob sich. „Wer will noch?"

Erwartungsgemäß erhielt er drei Kopfnicken.

Auf dem Weg ins Clubhaus begrüßte er die Damen mit einem Lächeln, wobei sein Blick etwas länger an Bettina hängen blieb als an ihren Mannschaftskolleginnen. Sein Lächeln war auch ein klein wenig intensiver, als er Bettina ansah und sie seinen Blick erwiderte.

Er gab die Bestellung auf und wartete auf die vier Bier. Bettina erhob sich von ihrem Platz und ging zu ihm.

„Hi, wie geht's dir heute? Was macht dein Arm?"

„War ganz okay heute. Besser als zuletzt." Er nahm seine Getränke entgegen und bezahlte. „Danke nochmal."

Sie strich mit ihrer Hand über Bens Rücken. „Gern geschehen. Jederzeit wieder. Wenn du willst, können wir in den nächsten Tagen gern nochmal spielen."

„Klar, das machen wir."

Sie wechselten noch ein paar Worte und kehrten zurück zu ihren Tischen.

Nach anderthalb Stunden und einigen weiteren Runden erhob Ben sich und packte seine Sachen zusammen.

„Mir reicht's für heute. Theo, danke für das Match! Meine Herren!" Er verabschiedete sich von seinen drei Kollegen und machte sich auf den Heimweg. Vorher warf er noch einen Blick in Richtung des Damentisches, aber Bettina konnte er nicht entdecken. Vermutlich war sie auch schon zuhause.

Als Ben zuhause auf dem Sofa saß, vibrierte sein Handy. Bettina hatte ihm eine Nachricht geschrieben: *„Hey, du hast dich heute nicht von mir verabschiedet!"*

Er lächelte, als er die Nachricht las. Er hatte vor einigen Tagen bereits gemerkt, dass er Bettina gernhatte. In diesem Moment wusste er, dass sie ihn auch mochte.

Er schrieb ihr zurück: *„Ich habe dich nicht mehr gesehen. Ich dachte, du wärst schon weg."*

„Ich habe mich an einen anderen Tisch gesetzt und mich mit Theos Frau unterhalten."

„Okay, sorry! Kommt nicht wieder vor!" Er setzte ein Küsschen-Smiley dazu.

Dreißig Sekunden später kam ihre Antwort: *„Okay, verziehen! Bis bald! Liebe Grüße, Bettina"*

Sie hängte noch einen lächelnden Smiley und ein Herz an ihre Nachricht.

An diesem Abend dachte er noch ein klein wenig mehr an sie als an den Tagen zuvor.

Kapitel 28
Donnerstag, 25. Juni 2021

Bettina guckte auf die Uhr. Ihre Schicht an der Rezeption war schon lange vorbei, aber es warteten noch immer einige Gäste darauf, bedient zu werden. Warum nur mussten die Leute immer fünf Minuten vor dem Ende ihrer Schicht auftauchen? Kein Wunder, dass Bettina nie pünktlich nach Hause gehen konnte.

Sie bediente den letzten Gast und ging ins Büro, um ihre Kaffeetasse im Waschbecken zu spülen. Ihr Chef war ebenfalls dort und war in irgendwelche Unterlagen vertieft. Bettina beachtete ihn nicht und spülte ihre Tasse. Er hatte sie heute mal wieder angeblafft, weil ihm irgendetwas zu lange gedauert hatte, aber Bettina war ganz gelassen geblieben. Es war ihr egal. Sie hatte eine Entscheidung getroffen, und jetzt, wo sie mit ihrem Chef allein war, war die Gelegenheit gekommen, sie ihm mitzuteilen.

Sie war gerade dabei, ihre Tasse abzutrocknen, während ihr Chef noch immer in die Unterlagen vertieft war und irgendetwas in sich hinein murmelte. Bettina schaute ihn an und wartete. Sie wollte ihn nicht aus seiner Konzentration reißen. Als er spürte, dass er beobachtet wurde, sagte er zu ihr, ohne seinen Blick von den Blättern in seinen Händen abzuwenden:

„Ist noch irgendwas, Bettina? Sie können für heute Feierabend machen." Offensichtlich wollte er sie loswerden.

Das konnte er haben, dachte Bettina sich. „Ja, da ist noch was. Haben Sie mal eine Minute?"

„Ich kann auch nichts dafür, dass kurz vor Ende Ihrer Schicht noch so viele Gäste kommen", sagte er, ohne Bettina anzusehen. „Aber ich kann Sie nicht gehen lassen, solange hier noch Leute warten und Ihre Ablösung noch im Haus unterwegs ist."

„Das ist es nicht. Ich kündige."

Jetzt hatte sie endlich seine Aufmerksamkeit. Er legte seine Unterlagen zur Seite und sah Bettina an, als hätte sie gerade irgendetwas auf Chinesisch zu ihm gesagt.

„Sie tun was?"

„Ich kündige. Ich habe mich entschlossen aufzuhören." Sie holte einen Briefumschlag aus ihrer Tasche und legte ihn auf den Schreibtisch.

„Das ist meine schriftliche Kündigung. Danke für die Zusammenarbeit in den letzten Jahren. Ach ja, meine Kündigungsfrist beträgt einen Monat zum Monatsende. Mein letzter offizieller Arbeitstag wird der 31.07.2021 sein. Ich habe allerdings noch ein paar Tage Urlaub."

Ihr Chef war völlig überrascht. „Aber warum wollen Sie das denn tun? Nur weil Sie hin und wieder eine halbe Stunde länger bleiben müssen? Das bringt unser Beruf so mit sich."

„Nein, das ist nicht der Grund. Ich möchte einfach mal eine Zeitlang eine Pause einlegen und dann vielleicht nochmal etwas anderes machen."

Dass sie keinen Bock mehr auf ihn hatte, behielt sie lieber für sich. Womöglich würde sie irgendwann nochmal ein Arbeitszeugnis von ihm benötigen.

„Schade", sagte ihr Chef. Er wandte sich wieder seinen Unterlagen zu und erklärte die Unterhaltung damit für beendet. Er ließ Bettina wie ein kleines dummes Mädchen stehen. Er ignorierte ihre Anwesenheit einfach. Kein Wort des Bedauerns, kein Versuch, sie zu überreden, kein Wort des Dankes kam ihm über die Lippen. Bettina fühlte sich in ihrer Entscheidung bestätigt. Sollte der Kerl zukünftig doch irgendwelche anderen armen Empfangsmitarbeiterinnen herumkommandieren.

Sie nahm ihre Handtasche und verließ das Zimmer. „Also dann… bis morgen."

Sie wartete einige Sekunden ab, ob sie noch eine Antwort erhalten würde. Dann verließ sie das Hotel.

Kapitel 29
Sonntag, 4. Juli 2021

Wenke haderte mit sich. Sie hatte schon so deutlich geführt, aber jetzt schien ihr das Match zu entgleiten. Dabei wäre der Punkt so wichtig, denn auf den beiden Nebenplätzen lagen ihre Mannschaftkolleginnen klar zurück. Ben versuchte, ihr von außen Mut zu machen.

„Auf geht's, Wenke! Nicht so viel Risiko. Halt den Ball im Spiel. Lass deine Gegnerin auch mal die Fehler machen."

Er war gekommen, um Bettina bei ihrem Punktspiel zuzusehen, aber sie war erst in der zweiten Runde dran. Erst musste Wenke ihr Match beenden. Und bevor er gelangweilt auf der Terrasse sitzen würde, konnte er genauso gut bei Wenke zugucken und ihr vielleicht noch den einen oder anderen Tipp geben.

Bettina beobachtete eines der anderen laufenden Matches, aber als sie mitbekam, dass Wenkes Spiel gerade in der entscheidenden Phase war, kam sie dazu. Sie setzte sich neben Ben und begrüßte ihn mit einer freundschaftlichen Umarmung.

„Oooh, du riechst so gut!", sagte sie zu ihm und hielt ihre Nase direkt an Bens Hals. Als er sie anlächelte, lief ihr für einen kurzen Moment ein kalter Schauer über die Haut.

„Wenke schwächelt gerade ein bisschen. Sie lag schon haushoch in Führung."

„Ja, habe ich schon mitbekommen. Wir müssen sie jetzt mal unterstützen. Die ist immer so ein Nervenbündel."

Den nächsten Ballwechsel gewann Wenke. Beide nickten anerkennend in ihre Richtung.

„Wann bist du dran?", wollte Ben von Bettina wissen.

„Jetzt gleich. Nach Wenkes Spiel."

„Okay, dann kann ich ja noch ein bisschen zugucken. In einer Dreiviertelstunde muss ich dann los. Ich muss ja heute selbst noch spielen."

Wenke schlug einen leichten Volley ins Netz. Bettina und Ben verzogen das Gesicht. Jetzt fehlten ihrer Gegnerin nur noch drei Punkte zum Sieg.

„Ja, ich weiß. Dann wünsche ich dir jetzt schon mal viel Erfolg." Bettina rückte ein kleines bisschen näher an Ben heran, um sein Aftershave riechen zu können.

„Danke, aber vorher musst du erstmal dein Spiel nach Hause bringen."

Der nächste Punkt ging wieder an die Gegnerin. Wenke hatte nach einem langen Ballwechsel einen Vorhandball ins Netz geschlagen. Aber Ben hatte davon nichts mitbekommen. Sein Blick war auf Bettina gerichtet. Bettina bemerkte, dass Ben sie anstarrte, anstatt das Spiel zu verfolgen. Er saß schließlich direkt neben ihr. Sie lächelte ihn an und errötete leicht. Er war schon süß!

Als ihre Gegnerin den ersten Matchball hatte, beendete Wenke das Spiel mit einem Doppelfehler. Das Nervenbündel hatte seinem Spitznamen mal wieder alle Ehre gemacht.

Bettina ging zu Wenke und versuchte sie zu trösten. Ben nutzte die kurze Pause, um sich ein Stück Kuchen zu mopsen, das die Damen auf einem der Tische für sich und ihre Gegnerinnen bereitgestellt hatten.

Kurz darauf betraten Bettina und ihre Gegnerin den Platz. Da sie sich erst einmal einspielten, klaute Ben sich noch ein Stück Kuchen und diesmal auch noch eine Tasse Kaffee. Viel Zeit hatte er nicht mehr. Aber ein paar Spiele von Bettina würde er noch sehen können.

Als die beiden Damen ihre Einschlagphase beendet hatten, setzte Ben sich wieder auf die Bank, auf der er auch schon bei Wenkes Spiel gesessen hatte. Bettina begann das Match mit ihrem Aufschlag. Bei den ersten Punkten spielte sie weit unter ihren Möglichkeiten. Ratzfatz war das Aufschlagspiel verloren. Eigentlich war Bettina eine nervenstarke Spielerin, aber heute begann sie sehr nervös. Dass Ben am Spielfeldrand saß und ihr zuguckte, brachte sie durcheinander. Und er hatte so gut gerochen! Sie wollte den Zuschauern, aber vor allem Ben, ihr bestes Tennis zeigen. Stattdessen war sie verkrampft und aufgeregt. Sie hatte schon so oft mit Ben trainiert, warum gelang ihr jetzt gerade nichts?

Ben redete ihr beim Seitenwechsel ins Gewissen: „Los jetzt, konzentrier dich. Die spielt doch nicht besser als du!"

Wenn das so leicht wäre, dachte Bettina sich! Wie sollte sie sich konzentrieren, wenn Ben am Rand saß und ihr zuguckte?

Auch das nächste Spiel ging an ihre Gegnerin, das übernächste an Bettina. Sie lag jetzt mit 1:2 zurück. Erneut kam Ben beim Seitenwechsel an den Zaun und redete auf Bettina ein:

„Ist dir eigentlich aufgefallen, dass deine Gegnerin eher an eine Sumo-Ringerin erinnert als an eine Tennisspielerin? Die bewegt sich doch kein Stück! Aber du spielst ihr immer schön die Bälle zu. Lass sie doch mal ein bisschen laufen!"

Der Spruch mit der Sumo-Ringerin war nicht übertrieben. Die Gegnerin hatte nicht zwanzig, sondern eher dreißig oder vierzig Kilo zu viel für die Sportart, die sie gerade betrieb. Sie hatte zweifellos ein gutes Händchen, und aufgrund ihrer schieren Masse hatten ihre Schläge eine unglaubliche Wucht. Ihr Bewegungsradius beschränkte sich allerdings auf die Größe eines Hula-Hoop-Reifens. Sofern sie da reingepasst hätte. Bettina konnte sich aber diesen Vorteil bislang nicht zunutze machen und spielte der Sumo-Ringerin immer schön den Ball zu.

Bettina grinste, als sie Bens Worte hörte und gelobte Besserung. Tatsächlich spielte sie danach mit etwas mehr Köpfchen und ging mit 3:2 in Führung.

„Na also, geht doch! Weiter so. Beweg sie ein bisschen, dann kannst du das Spiel gar nicht verlieren."

„Ja, ich versuch's."

Dass Bettina nicht von selbst auf die Idee gekommen war, eine Gegnerin, die mindestens doppelt so schwer war wie sie, ein bisschen laufen zu lassen, war Ben ein Rätsel. Aber egal.

„Bettina, ich muss jetzt leider los. Weiterhin viel Erfolg!"

„Okay, für dich auch nachher!"

Ben bekam es kurz mit der Angst zu tun, als Bettinas Gegnerin ihr Oberteil auszog und nur im Top weiterspielte. Er war dankbar, dass er losmusste.

Nachdem Ben die Anlage verlassen hatte, normalisierte sich auch Bettinas Herzschlag wieder, und ihre Aufregung ging zurück.

Die Sumo-Ringerin gewann kaum noch einen Punkt. Am Ende gewann Bettina mit 6:2 und 6:1.

Kapitel 30
Dienstag, 6. Juli 2021

Ben nahm einen Schluck von seinem Bier und stieß mit Erik an. Heute war er mit seiner Leistung zufrieden. Im Gegensatz zum letzten Mal hatte er Erik diesmal souverän im Griff gehabt und das Match glatt gewonnen. Dieses Mal hatten seine Hände auch nicht gezittert oder gezuckt. Ben verstand nicht, wann diese Symptome auftauchten und wann nicht, aber für den Moment war er froh, dass er heute beschwerdefrei hatte Tennis spielen können. Und dass er Spaß dabei gehabt hatte.

Seine Laune war auch deshalb so gut, weil er vorhin Bettina entdeckt hatte, wie sie mit einigen ihrer Mannschaftskolleginnen auf der Terrasse saß. Er sah zu ihr, und als sie ihn ebenfalls ansah, winkte er ihr zu und schenkte ihr ein Lächeln. Er war froh, sie zu sehen. Dass es ihm in den letzten Tagen besser ging, lag auch an ihr. Es lag vor allem an ihr. Er empfand für Bettina mittlerweile weit mehr als nur Freundschaft. Er hatte Schmetterlinge im Bauch, wenn er sie sah oder auch nur an sie dachte. Und auch wenn Bettina verheiratet war, so taten Ben ihre Gegenwart und ihre Nähe gut. Er hatte in einer schwierigen Lebensphase etwas gefunden, das im guttat. Etwas, worauf er sich freuen konnte. Jemanden, auf den er sich freuen konnte. Und dass dieser Jemand heute ebenfalls anwesend war, ließ sein Herz höherschlagen.

„Heute hast du die Verhältnisse wohl wieder geradegerückt", hörte er Erik sagen. Ben wusste erst nicht, worüber Erik sprach, aber dann wurde es ihm klar. Er hatte sich auf ihr heutiges Match bezogen.

„Ja, heute war es deutlich besser. Und das Ergebnis vom letzten Mal konnte ich so ja unmöglich stehen lassen."

Erik lächelte. Er war nicht sauer oder enttäuscht, dass er heute verloren hatte. Im Gegenteil, er konnte sein eigenes Leistungsvermögen sehr gut einschätzen und war trotz der glatten Niederlage nicht unzufrieden mit seiner Leistung gewesen.

„Ich hol mir noch ein Bier. Für dich auch noch eins?"

Ben nickte, und Erik machte sich auf den Weg. Ben ließ seinen Blick über die Terrasse schweifen und blieb wieder an Bettina hängen. Sie sah zu ihm und lächelte verlegen in seine Richtung. Die Damen saßen zu sechst an ihrem Tisch. Am Nachbartisch saßen weitere sieben Mitglieder. Es war einiges los heute. Der strahlende Sonnenschein hatte heute viele Leute auf die Tennisplätze und im Anschluss auf die Terrasse gelockt. Aber in Bens Herz schien momentan ohnehin die Sonne, wenn er Bettina sah.

Erik kam mit den Getränken zurück. Ben holte den Flaschenöffner, den Bettina ihm geschenkt hatte, aus seiner Tasche und öffnete die Flaschen.

„Danke, zum Wohl!"

„Prost!"

Kurz darauf setzten sich zwei weitere Mannschaftskollegen der beiden zu Erik und Ben an den Tisch. Sie hatten gerade ihr Match beendet und den Platz verlassen. Erik besorgte zwei weitere Bier für die beiden durstigen Kollegen, die sich nicht lange bitten ließen. Sie unterhielten sich über ihr zu Ende gegangenes Match und hatten ähnlich gute Laune wie Erik und Ben. Nach und nach stand im Laufe des Abends immer wieder einer der vieren auf und besorgte Getränkenachschub.

Ben hielt seine Hände vor seine Brust und beobachtete sie für einen Moment. Als er feststellte, dass sie ihm heute vollständig zu gehorchen schienen und nicht das kleinste bisschen zitterten, lächelte er zufrieden in sich hinein. Immer wieder sah er zu Bettina rüber, und jedes Mal, wenn er das tat, fiel ihm auf, dass sie ihn offenbar auch die ganze Zeit ansah. Erneut lächelten sie sich zu.

Erik schaute auf die Uhr. Es war mittlerweile fast einundzwanzig Uhr, und die ersten Mitglieder hatten sich bereits verabschiedet.

„So, ich muss euch jetzt verlassen. Ich wünsche noch einen schönen Abend!" Er leerte sein letztes Bier und machte sich auf den Heimweg. Im Abstand von wenigen Minuten folgten ihm die beiden anderen Mannschaftskollegen. Weil Ben nicht allein am Tisch sitzen wollte, ging er über die Terrasse zu den anderen Mitgliedern, um sich zu ihnen zu setzen. Er war erfreut, als er sah, dass ein Sitzplatz neben Bettina frei war.

Bettina freute sich, dass Ben sich neben sie setzte. Sie hatte gehofft, dass er es tun würde. Sie sah ihm sofort an, dass er heute gute Laune hatte, und darüber war sie froh. Sie hatte ihn zuletzt auch anders erlebt, aber heute schien er regelrecht zu strahlen. Sie wusste allerdings nicht, dass sie der Grund dafür war.

„Und, hast du deine Niederlage vom letztem Wochenende inzwischen verkraftet?", fragte Ben in Wenkes Richtung, die ihm und Bettina gegenübersaß.

Wenke lächelte gequält. „Na ja, geht so. Das war schon wieder ziemlich dämlich von mir. Das passiert mir ständig."

Bettina und die anderen vier Damen nickten alle synchron und grinsten.

„Willst du ein Stück Wolldecke?", fragte Bettina in Bens Richtung, als sie merkte, dass er zu frieren schien.

„Ja, gerne." Er rückte ein Stück näher an Bettina heran. Sie legte ihre Decke über ihre und Bens Beine.

„Aber trotzdem danke, dass du da warst, um mich zu unterstützen", sagte Wenke zu Ben.

„Gern geschehen. Wenn es gutes Tennis zu sehen gibt, komme ich immer gerne vorbei."

Ganz zufällig berührten sich Bettinas und Bens Hände unter der Wolldecke. Keiner der beiden zog die Hand zurück. Im Gegenteil, sie ließen die Berührung bereitwillig zu und hielten sich kurze Zeit später vollständig an ihren Händen.

„So, Mädels, mir wird auch langsam kalt", sagte Wenke. „Ich springe mal unter die Dusche. Was ist mit euch?"

Dass Frauen nicht allein auf die Toilette gehen konnten, wusste Ben bereits. Dass sie offenbar auch alle gemeinsam duschen gehen würden, war ihm neu. Aber die fünf anderen Damen inklusive Bettina signalisierten, Wenke zu begleiten.

„Okay, dann gehe ich auch duschen", sagte Ben in Bettinas Richtung. „Und danach trinken wir noch einen Aperol zusammen, okay?"

„Ja, gerne", lächelte Bettina ihn an. „Bis gleich."

Ben drehte die Dusche an und genoss das Gefühl, das das heiße Wasser auf seiner Haut hinterließ. Im Gegensatz zu den Damen stand er allein unter der Dusche. Er schüttelte kurz lächelnd den Kopf, als er sich vorstellte, wie sie sich gerade zu sechst vier Duschen teilten.

Nach ein paar Minuten drehte er das Wasser ab und trocknete sich ab. Er zog sich frische Sachen an und trug ein wenig von dem Aftershave auf, das Bettina so gut gefallen hatte. Er föhnte sich kurz die Haare und ging wieder nach draußen. Bettina saß bereits wieder auf der Terrasse und wartete auf ihn. Ihre fünf Mannschaftskolleginnen waren gerade im Begriff zu gehen und verabschiedeten sich voneinander. Allerdings hatten zwei von ihnen Bettina vorher noch die Meinung gegeigt, weil sie sich mit Ben unter eine Decke gesetzt hatte.

„So, ich hole uns mal was zu trinken", sagte Ben und orderte zwei Aperol. Er stellte sie vor Bettina auf den Tisch und setzte sich wieder neben sie. Ohne ihn zu fragen, deckte sie ihn und sich wieder mit der Wolldecke zu. Diesmal fanden sich ihre Hände sofort.

„Ah, du riechst schon wieder so gut", hauchte sie in seine Richtung und hielt ihre Nase wieder ganz dicht an seinen Hals. Er lächelte sie an und reichte ihr mit seiner freien Hand ihr Getränk.

„Prost, Bettina! Schön, dass wir hier heute zusammensitzen."

„Ja, finde ich auch. Prost!"

„Wo spielt ihr am Wochenende?", wollte Ben wissen.

„In Palling. Am Sonntag."

„Okay. Mal sehen, vielleicht komme ich vorbei. Beim letzten Mal habe ich ja nicht viel von dir zu sehen bekommen."

Bettina fühlte sich geschmeichelt, dass Ben seinen Sonntag dafür opfern wollte, ihr beim Tennisspielen zuzusehen, und dann auch noch bei einem Auswärtsspiel. Sie merkte, wie nervös es sie machte, dass Ben neben ihr saß und unter der Wolldecke ihre Hand hielt. Sie ließ ihn kurz los, um sich die Haare zu einem Zopf zu binden. Sofort suchte sie wieder seine Hand unter der Decke und fand sie.

Ben schaute sie an. „Mir gefällt es, wenn du einen Zopf trägst. Du siehst dann ein bisschen so aus wie ein Schulmädchen."

Bettina errötete leicht und nahm einen Schluck von ihrem Aperol.

Ben griff ebenfalls nach seinem Glas.

„Du, hast du Lust, dass wir mal zusammen ein Doppelturnier spielen? Es gibt fast jedes Wochenende irgendwo eines in der Nähe. Wenn du Lust hast, dann suche ich mal ein paar Termine raus, an denen wir beide keine Punktspiele haben."

Bettina gefiel der Gedanke, mit Ben zusammen Doppel zu spielen. „Klar, warum nicht?"

„Okay, ich habe schon ein Turnier im Auge. Das ist allerdings erst in vier Wochen. Aber da haben wir beide spielfrei."

„Okay, freut mich. Wenn du magst, dann melde uns an."

Ben drückte ganz leicht Bettinas Hand unter der Decke.

„So, Last Call für heute", rief der Wirt aus dem Clubhaus zu Bettina, Ben und den übrigen drei verbliebenen Mitgliedern am Nebentisch. „Habt ihr noch einen Wunsch? Ich schließe gleich zu."

Die drei vom Nebentisch lehnten dankend ab und bereiteten sich auf ihren Heimweg vor.

„Wollen wir noch einen nehmen?", fragte Ben in Bettinas Richtung.

Sie nickte ihm zu. „Ja, einer geht noch. Dann fahren wir auch heim."

„Alles klar!" Ben signalisierte dem Wirt per Handzeichen, dass er ihnen noch zwei Aperol bringen sollte.

Bettina rückte wieder ein wenig näher an Ben heran, um sein Aftershave riechen zu können. „Was macht dein Arm? Geht's dir besser?"

„Ja, im Moment ist alles gut." Er hob seine freie Hand, um zu demonstrieren, dass alles in Ordnung war. Bettina lächelte zufrieden.

„Und was gibt's bei dir Neues?", fragte Ben.

Bettina wartete mit ihrer Antwort, als der Wirt ihre Aperol servierte. „So, dann zum Wohl. Bitte die Gläser später dort abstellen. Ich schließe jetzt zu. Schönen Abend noch, ihr beiden!"

Ben drückte ihm einen Zehneuroschein in die Hand. „Danke gleichfalls."

Bettina und Ben waren jetzt allein auf der Terrasse. Sie stießen mit ihren neuen Gläsern an, bevor Bettina auf Bens Frage zurückkam.

„Ich habe meinen Job gekündigt. Vor zwei Wochen."

„Du hast gekündigt? Wieso das?"

„Ach, ich brauche einfach mal ein bisschen Pause. Ich muss mal wieder neue Kraft tanken. Und mich um meine Mutter kümmern. Beziehungsweise darum, dass sich unsere Beziehung wieder normalisiert. Oder sich zumindest etwas verbessert."

Ben schaute nachdenklich auf seinen Aperol.

„Und zuletzt hat mir die Arbeit auch nicht mehr so viel Spaß gemacht", fuhr Bettina fort. „Mein Chef ging mir nur noch auf den Keks."

Ben wusste so gut wie kein Zweiter, was ein gestörtes Verhältnis zu seinem Chef mit einem machen konnte. Er drückte Bettinas Hand wieder etwas fester.

„Okay, und willst du dir denn was Neues suchen? Oder hast du sogar schon was in Aussicht?"

„Nee, ich mach jetzt erstmal ein bisschen Pause. Irgendwann fange ich bestimmt wieder an, aber im Moment will ich mal ein bisschen Zeit für mich haben."

Ben schaute Bettina an und warf ihr einen tröstenden Blick zu. Er stellte sein Glas auf dem Tisch ab und berührte mit der Hand vorsichtig ihren Nacken. Er rückte noch ein klein wenig näher an sie heran und strich ihr mit den Fingern eine Haarsträhne aus dem Gesicht.

Er berührte mit seinen Fingern vorsichtig ihre Wange und schaute ihr dabei direkt in die Augen. Mit der anderen Hand streichelte er unter der Decke über ihren Handrücken. Er kam noch ein wenig näher. Er war mit seinem Gesicht jetzt direkt vor ihrem. Noch immer streichelte er zärtlich ihre Wange.

Er beugte seinen Kopf noch ein paar Zentimeter nach vorn, bis sich ihre Lippen berührten. Nach zwei Sekunden wich er ein kleines Stück zurück, um ihre Reaktion zu beobachten. Sie sagte aber nichts, sondern schaute ihn einfach nur an. Da küsste er sie erneut auf den Mund, diesmal etwas länger und leidenschaftlicher. Sie erwiderte seinen Kuss, doch nach ein paar Sekunden drehte sie ihren Kopf zur Seite. Sie durfte das nicht tun! Und doch genoss sie es.

Ben ließ kurz von ihr ab. Doch nur einen kleinen Moment später näherte er sich wieder, um sie erneut zu küssen. Wieder erwiderte sie seinen Kuss. Ihre Zungen berührten sich und kreisten umeinander. Bettina merkte, wie ihr Herzschlag zunahm. Und doch drehte sie sich nach wenigen Sekunden wieder weg. Sie war verheiratet, verdammt nochmal!

Ben unternahm keinen weiteren Versuch, sie zu küssen. Er schaute ihr einfach nur tief in die Augen und lächelte sie an. Bettina lächelte zurück, und gleichzeitig fragte sie sich, was hier gerade passierte.

„Wollen wir langsam auch nach Hause?", fragte sie schließlich.

Nach Hause zu fahren, war so ziemlich das Letzte, was Ben jetzt tun wollte, aber er stimmte trotzdem zu.

„Okay, lass uns. Ich begleite dich noch ein Stück."

Sie schoben ihre Fahrräder wieder nebeneinanderher. Keiner der beiden sagte auch nur ein einziges Wort. Sie waren beide damit beschäftigt, einzuordnen, was gerade passiert war. Als sich ihre Wege schließlich trennten, stellte Ben sein Fahrrad nochmal ab und deutete Bettina an, es ebenfalls zu tun.

Er stellte sich vor Bettina und schaute ihr wieder direkt in die Augen. Wieder konnte sie Bens Aftershave riechen. Sie wusste, was jetzt passieren würde. Sie hatte einerseits Angst davor, doch andererseits wünschte sie sich nichts anderes.

Wieder küsste er sie auf den Mund. Diesmal hielt er ihren Kopf vorsichtig zwischen seinen Händen, um sicherzustellen, dass sie sich nicht abwenden konnte.

Kapitel 31
Mittwoch, 7. Juli 2021

„What??"

Annika traute ihren Ohren nicht. „Ihr habt *was* getan? Euch geküsst?"

„Ja. Es ist einfach passiert", antwortete Bettina und blickte auf das Weinglas in ihrer Hand.

„Bettina, du bist verheiratet!"

„Ich weiß", entgegnete sie nach einer kurzen Pause, ohne ihren Blick von dem Weinglas abzuwenden. „Es ist einfach passiert", wiederholte sie sich schließlich, aber Annika gab sich mit dieser Antwort nicht zufrieden.

„Nun lass dir doch nicht jedes Wort aus der Nase ziehen. Erzähl schon!"

Bettina stieß einen kräftigen Seufzer aus, leerte ihr Weinglas in einem Zug und holte tief Luft.

„Wir haben gestern beide Tennis gespielt und im Anschluss noch zusammen im Club gesessen. Wir saßen gemeinsam unter einer Wolldecke, da hat er mir unter der Decke schon immer über die Hand und den Oberschenkel gestreichelt."

„Und du hast das zugelassen?"

„Ja." Bettina lächelte, als sie antwortete.

„Und dann?"

„Irgendwann waren wir die Letzten im Club. Dann hat er angefangen, an meinen Haaren herumzuspielen und mich dabei so verliebt angesehen."

Annika hörte geduldig zu und füllte nochmal Bettinas Weinglas auf. Sie selbst gönnte sich auch noch ein weiteres Glas.

„Und weiter?"

„Dann hat er mich geküsst... Und später zum Abschied nochmal..."

Bettina nahm einen Schluck von ihrem Weinglas. Wieder lächelte sie.

„Scheiße, dich hat's erwischt, oder?"

Bettina zuckte mit den Schultern. Dann sah sie Annika fast schon entschuldigend an und nickte mit dem Kopf.

„Ja, irgendwie schon. Wir kennen uns ja schon länger. Und irgendwie ist da mehr draus geworden. Ich weiß auch nicht."

„Aber er weiß schon, dass du verheiratet bist, oder?"

„Ja, natürlich weiß er das."

„Und jetzt? Was will Ben denn jetzt?"

„Weiß nicht. Darüber haben wir nicht gesprochen."

„Oh Mann, Schätzchen, du machst Sachen! Was willst *du* denn jetzt machen?"

Bettina überlegte einige Sekunden. Dann setzte sie zur Antwort an, aber sagte dann doch nichts. Sie wusste nicht, was sie ihrer Freundin antworten sollte. Sie hatte selbst keine Antwort auf die Frage.

„Weiß ich doch auch nicht. Er ist schon süß!"

Jetzt musste Annika grinsen. „O je, dich hat's *wirklich* erwischt!"

Bettina lächelte nur. Obwohl Annika auch mit Bettinas Mann befreundet war, war sie ihr überhaupt nicht böse oder verurteilte sie in irgendeiner Art und Weise. Im Gegenteil, sie freute sich für ihre beste Freundin.

„Na, dann genieß das mal, solange die Schmetterlinge in deinem kleinen Bäuchlein anhalten, mein Schatz! Hauptsache, du brichst dem armen Kerl nicht das Herz."

Bettina bekam gar nicht mit, was Annika gerade gesagt hatte. Sie war mit ihren Gedanken bei Ben.

„Was sagst du?", fragte sie schließlich.

„Schon gut", grinste Annika. „Dass ihr beide euch gut versteht, das hat man ja schon länger gesehen. Aber dass ihr euch *so* gut versteht…"

„Ich musste mir gestern auch schon was anhören aus der Mannschaft. Weil ich abends noch mit Ben dageblieben bin."

Annika lachte. „Ha, die sind wahrscheinlich nur neidisch, weil du mit einem jungen Kerl flirtest, während auf sie zuhause nur ihre alten Säcke warten."

Bettina musste auch lachen. Vermutlich lag Annika damit gar nicht mal so falsch.

„Ach, komm mal her! Ich freue mich für dich!", sagte Annika, während sie Bettina in die Arme schloss. „Eins musst du mir aber noch erzählen."

Bettina guckte ihre Freundin fragend an.

„Was denn?"

Annika grinste sie an. „Wie küsst der Süße denn so?"

Kapitel 32
Freitag, 9. Juli 2021

Ben saß auf der Terrasse des Tennisclubs und trank einen Schluck aus seiner Cola. Er hatte gemeinsam mit seinem heutigen Tennispartner Konrad einige Minuten zuvor den Platz verlassen. Konrad war in Eile gewesen und direkt nach dem Spiel nach Hause gefahren. Ben hatte sich daher zu einigen anderen bekannten Clubmitgliedern gesetzt, die nach dem Sport bereits zum gemütlichen Teil des Abends übergegangen waren.

Ben war heute unkonzentriert und mit seinen Gedanken nicht ganz bei der Sache gewesen. Er hatte zwischenzeitlich immer wieder auf die Terrasse zu Bettina geschaut, die dort im Kreise ihrer Mannschaftskolleginnen saß. Sie hatten heute auch schon gespielt und saßen inzwischen seit einiger Zeit zur Mannschaftsbesprechung zusammen. Am Wochenende stand für sie das Auswärtsspiel in Palling an, und man diskutierte gerade die Aufstellung für Sonntag. In der Tischmitte standen bereits zwei leere Flaschen Sekt und eine weitere angebrochene. Sie waren zu sechst. Auch Annika saß mit am Tisch. Bettina hatte genau mitbekommen, dass Ben sie während seines Matches ständig angesehen hatte. Sie hatte auch genau gesehen, wie er den Platz verlassen und sich an einen der anderen Tische gesetzt hatte.

Bettinas Mannschaftskolleginnen war es nicht unbemerkt geblieben, wie sie mit Ben geflirtet hatte, als er sich vor einigen Tagen zu den Damen an den Tisch gesetzt hatte. Und wie sie gemeinsam unter einer Wolldecke gesessen hatten. Vor allem aber, dass Bettina abends noch geblieben war, als ihre Kolleginnen sich verabschiedet hatten. Einige von ihnen hatte das skeptisch gemacht, und sie hatten Bettina am nächsten Tag direkt darauf angesprochen. Sie hatte sich einiges anhören müssen. Bettina hatte Ben noch am selben Tag eine Nachricht auf sein Handy geschickt und es ihm gesteckt.

Ben nahm einen weiteren Schluck aus seiner Cola und schaute zu den Damen herüber. Bettinas und sein Blick trafen sich für einen Moment. Sie lächelte zu ihm rüber, und er lächelte zurück. Er wollte mit Bettina reden, aber im Moment waren die Voraussetzungen dafür schlecht. Er wandte sich wieder seinen Tischnachbarn zu und übte sich in Geduld.

Etwa eine Stunde später stand Bettina auf, um die Toilette aufzusuchen. Endlich. Sie musste dafür an den anderen Tischen vorbeigehen. Als sie an Ben vorbeikam, legte sie kurz ihre Hand auf seine Schulter und begrüßte ihn. So herzlich und gleichzeitig so unauffällig wie möglich, damit sie nicht gleich wieder das Gesprächsthema Nummer Eins am Damentisch sein würden. Ben bemerkte, wie die anderen Damen Bettina ausnahmslos dabei beobachteten, wie sie ihn begrüßte. Als Bettina weiterging, drehte er sich demonstrativ in Richtung der neugierigen Damen und prostete ihnen übertrieben freundlich mit seiner Cola zu. Annika musste grinsen. Die anderen Damen zeigten keine Regung oder taten so, als hätten sie seine Geste nicht bemerkt.

Ben sah jetzt die Gelegenheit gekommen, ein paar Worte mit Bettina zu wechseln. Er war sich allerdings bewusst, dass ihre Mannschaftskolleginnen wieder anfangen würden, sich die Mäuler zu zerreißen, wenn er jetzt aufstünde und Bettina folgen würde. Er scherte sich nicht darum und erhob sich. In dem Moment kam Bettina ihm schon wieder entgegen. Mist! Er beschloss, die Sache jetzt trotzdem durchzuziehen. Er ging ein paar Schritte auf Bettina zu, hielt sie kurz am Arm und fragte sie: „Hast du mal einen kleinen Moment?"

Sie zögerte. Sie musste nicht zu ihren Mannschaftskolleginnen hinüberschauen, um zu wissen, dass sie unter Beobachtung stand. Aber Ben führte sie bereits zurück in die Richtung, aus der sie gekommen war.

„Ben, was ist? Wir werden beobachtet."

„Kümmert dich das? Es sollte dir egal sein."

Es war ihr aber nicht egal. Im Gegenteil, es beschäftigte sie. „Nein, ist es nicht!"

Ben kam direkt zum Punkt. „Um wieviel Uhr spielst du am Sonntag? Ich komm vorbei."

Bettina hätte Ben sehr gern dabeigehabt, aber sie wusste, dass seine Anwesenheit dem Getuschel neue Nahrung bieten würde.

„Ben, ich weiß nicht, ob das eine gute Idee ist. Lass uns Mädels das am Sonntag mal allein machen."

Ben war von der Antwort überrascht und auch ziemlich enttäuscht. Vor ein paar Tagen war sie doch noch einverstanden gewesen. Er dachte, dass Bettina sich freuen würde, wenn er sie unterstützt. Aber offenbar wollte sie das gar nicht.

„Okay, wie du willst."

Bettina sah ihm seine Enttäuschung an, aber sie hatte jetzt keine Zeit für weitere Erklärungen. Sie legte erneut ihre Hand auf seine Schulter. „Danke!" Dann ging sie zurück zu ihren Mannschaftskolleginnen. Ben verstand nicht, was sie zu ihr sagten, aber sie schienen alle durcheinander zu reden, und er konnte der Situation entnehmen, dass Bettina sich gerade gegenüber der ganzen Mannschaft rechtfertigen musste, was sie in den letzten zwei Minuten getan hatte. Ben wünschte sich, dass Bettina souveräner mit der Situation umgehen würde. Dass ihr die Blicke und das Getratsche hinter ihrem Rücken egal sein würden. Dass sie unangenehme oder unverschämte Fragen einfach freundlich weglächeln würde. Aber das konnte sie nicht.

Ben besorgte sich noch eine Cola, stellte sie auf dem Tisch ab und ging auf die Toilette. Auch Annika war dabei, Getränkenachschub für den Klatsch- und Tratschtisch zu organisieren und die Wartezeit für eine Toilettenpause zu nutzen. Ben nutzte die Chance und passte Annika vor der Toilette ab.

„Na, Schätzchen? Was möchtest du?", fragte sie ihn. Sie wusste genau, was er wollte.

„Ich muss mal mit dir reden. Am Sonntag ist doch euer Punktspiel. Ich habe Bettina gefragt, ob ich zum Zuschauen kommen darf, aber sie war ziemlich reserviert. Weißt du, was mit ihr los ist?"

Ihr Gespräch verstummte kurzzeitig, als eine der Mannschaftskolleginnen auf dem Weg zur Toilette an den beiden vorbeiging. Sie schaute Annika und Ben argwöhnisch an. Es war für sie völlig klar, dass die beiden sich über Bettina unterhielten. Die ganze Mannschaft wusste, dass zwischen Bettina und Ben irgendetwas lief, aber niemand wusste genau, was. Annika bemerkte den vergifteten Blick ihrer Mannschaftskollegin ganz genau, aber im Gegensatz zu Bettina juckte sie das nicht.

Als die Mannschaftskollegin außer Hörweite war, nahm Annika das Gespräch wieder auf. „Na ja, das ist doch klar. Bettina kann sich nicht konzentrieren, wenn du dabei bist."

„Warum nicht?" Er wollte mehr aus Annika herausbekommen. Er wusste, dass sie Bettinas beste Freundin war und dass sie ihr alles erzählte. Da Bettina sich ihm gegenüber sehr bedeckt hielt, was ihre Gefühle anging, wollte er nun von Annika erfahren, was in Bettina vorging.

„Weil ihr Herz immer ein kleines bisschen schneller schlägt, wenn du in ihrer Nähe bist", sagte sie mit süß säuselnder Stimme.

Die Mannschaftskollegin kam wieder von der Toilette zurück. Im selben Moment tauchte schon die nächste auf. Auch sie schaute Annika und Ben an. Alle wussten, worüber die beiden sich unterhielten. Die Tatsache, dass das Gespräch jedes Mal verstummte, wenn jemand vorbeiging, machte es umso offensichtlicher.

„Ist das so?", tat er unwissend, als die Luft wieder rein war.

„Natürlich ist das so. Weißt du das etwa nicht? Ich freue mich ja für sie, dass sie mal wieder Schmetterlinge im Bauch hat."

Nach einigen Sekunden fuhr sie fort: „Was möchtest du denn von Bettina? Was reizt dich an ihr?"

Annika wollte jetzt ihrerseits von Ben wissen, welche Pläne er verfolgte. War er nur an einer schnellen Nummer interessiert? Oder hatte er ernste Absichten? Annika war nicht nur Bettinas beste Freundin, auch die beiden Familien verband eine Freundschaft. Sie waren schon mehrfach gemeinsam im Urlaub gewesen. Annika mochte auch Arne, und sie wollte nicht, dass es ihm schlecht ging. Sie fand allerdings auch Ben sympathisch, obwohl sie ihn kaum kannte. Aber in erster Linie wollte sie, dass es Bettina gut ging. Die beiden waren wie Schwestern. Wenn Bettina sich auf eine Affäre einlassen wollte, dann hätte sie Annikas Segen, solange es ihr dabei gutging. Aber sie war sich über Bens Absichten im Unklaren.

„Ich habe mich in sie verliebt", beantwortete Ben schließlich Annikas Frage. „Es geht mir nicht darum, sie ins Bett zu kriegen oder so. Ich möchte, dass sie die Frau an meiner Seite wird."

„Wie stellst du dir das vor? Bettina ist verheiratet."

Nun kam auch die zweite Mannschaftskollegin von der Toilette zurück. Sie guckte die beiden noch mürrischer an als vorher. Vermutlich hatte sie das Gespräch der beiden verfolgt. Sie standen schließlich direkt vor der Tür.

Annika wartete noch ein paar Sekunden und fuhr dann fort: „So eine Affäre ist natürlich nicht leicht, wenn ihr hier gemeinsam im Club seid."

Ben wusste nicht, worauf sie hinauswollte, und schaute sie fragend an.

„Na ja, es wäre einfacher, wenn ihr euch irgendwo anders sehen könntet, wo nicht ständig zwanzig Leute zusehen. Aber hier fällt das halt auf, weil ihr immer auf dem Präsentierteller sitzt. Du merkst ja, wie die Leute tuscheln und euch angucken. Und wenn du am Sonntag auch noch vorbeikommst, dann wird das Getuschel noch größer. Bei einem Heimspiel wäre das kein Problem, da sind ja sowieso viele Mitglieder hier, aber auswärts? Lass das lieber."

Ben dachte kurz darüber nach, was Annika ihm gerade sagte.

„Na schön, dann bleibe ich halt weg", gab er sich für dieses Mal geschlagen. Es ärgerte ihn, dass andere Leute darüber entschieden, was er zu tun und zu lassen hatte. Leute, die die ganze Sache gar nichts anging.

Später am Tag, als er schon lange zuhause war, schrieb er Bettina noch eine kurze Nachricht: *„Okay, ich bleibe Sonntag zuhause. Viel Spaß und viel Erfolg!"*

„Danke!", antwortete sie und setzte noch einen lächelnden und ein Küsschen-Smiley mit dazu.

Kapitel 33
Dienstag, 13. Juli 2021

Ben verabschiedete seinen heutigen Tennispartner Jürgen und ging zu den anderen Mitgliedern auf die Terrasse. Es saßen einige Seniorinnen am Tisch und daneben fünf Kinder, die sich nach ihrem Training noch eine Cola genehmigten. An einem weiteren Tisch saßen Bettina und Mathias. Ben war froh, niemanden aus Bettinas Mannschaft entdeckt zu haben und setzte sich dazu.

„Hallo ihr beiden! Habt ihr schon gespielt?"

„Ja", antwortete Mathias. „Bettina hat mich ganz schön gescheucht!"

„Das glaub ich sofort", grinste Ben.

Bettina nahm einen Schluck aus ihrer Limo und machte ein zufriedenes Gesicht. Ben sah zu ihr.

„Wie war euer Spiel in Palling?"

Dass Bettina ihre Spiele gewonnen hatte, wusste er bereits. Sie hatte es ihm direkt nach dem Spiel geschrieben.

„Gut. Wir haben 6:3 gewonnen. Ich habe mein Einzel und Doppel gewonnen. Weißt du ja schon."

„Sehr schön. Ich habe nichts anderes erwartet."

„Ich auch nicht", ergänzte Mathias, während er vom Tisch aufstand. „So wie du heute gespielt hast!"

Wieder machte Bettina ein zufriedenes Gesicht.

„Du hast sie gut trainiert", sagte Mathias in Bens Richtung. „So, ich springe mal kurz unter die Dusche. Meine Frau wartet mit dem Abendessen auf mich, und das will ich mir nicht entgehen lassen."

„Was gibt's denn? Vielleicht komm ich auch!", fragte Ben im Scherz.

„Nee, nee. Das ist ein ganz privates Candle Light Dinner", lachte Mathias augenzwinkernd.

Kein Problem, dachte Ben. Geh du nur nach Hause, dann kann ich mich wenigstens in Ruhe mit Bettina unterhalten.

Er wandte sich wieder Bettina zu und griff das Thema von vorher nochmal auf:

„Ich hätte mir dein Spiel am Sonntag ja gern angesehen, aber ich durfte ja nicht."

Bettina war sich nicht sicher, ob Ben das als Witz meinte oder ob er wirklich darüber sauer war, dass sie ihn gebeten hatte, zuhause zu bleiben. Aber er hatte ein Lächeln im Gesicht, daher ignorierte sie seinen Kommentar und lächelte einfach zurück.

„Wann spielt ihr denn das nächste Mal mit den Herren 30?", fragte sie.

„Am Sonntag. Wir haben ein Heimspiel. Kommst du vorbei?"

Sie hatte große Lust, Ben bei seinem Spiel zuzusehen. Aber sie zögerte.

„Muss ich gucken. Aber ja, vielleicht. Ich habe ja spielfrei am Wochenende."

Ben wusste, was ihre Bedenken waren. „Komm, wir spielen zuhause. Da ist die Anlage sowieso voll. Da fällt es nicht weiter auf, wenn du dich unters Volk mischst. Und ich hätte dich sehr gerne dabei."

Bens Argument klang für Bettina plausibel. „Ja, okay. Ich komm vorbei."

„Versprochen?"

„Ja, versprochen."

„Cool! Mein Spiel beginnt so gegen elf Uhr."

„Elf Uhr, okay, das passt. Ich werde da sein!"

Ben streckte zustimmend seinen Daumen nach oben. Er überlegte, ob er sich ein Getränk organisieren oder doch erst duschen gehen sollte. Bettina war bereits geduscht und frisch gestrichen, und das, was er heute noch mit ihr vorhatte, wollte er nicht verschwitzt tun.

„Ich glaube, ich gehe auch erstmal duschen. Bleibst du noch ein bisschen?"

Bettina nickte ihm zu.

„Okay, dann bis gleich. Ich beeil mich. Dann können wir noch einen Aperol trinken, wenn du magst."

„Klar. Ich werde uns mal welchen besorgen. So in zehn Minuten."

Erneut streckte Ben seinen Daumen empor und verabschiedete sich unter die Dusche.

In der Umkleidekabine traf er wieder auf Mathias, der sich gerade abtrocknete. Ben war überrascht, als dieser ihn auf Bettina ansprach: „Du, pass ein bisschen auf, was du mit Bettina machst, okay?"

„Was ich mit ihr mache? Was mache ich denn mit ihr?"

„Es ist schon nicht zu übersehen, dass ihr euch gut versteht."

Bei den Worten ‚gut versteht' deutete er mit seinen Fingern An- und Abführungszeichen an. Ben war verwundert, dass Mathias offenbar Wind von der Sache bekommen hatte. Woher wusste er davon? Und was wusste er genau?

„Ist das verboten?"

„Nein, das ist nicht verboten. Aber denk dran, dass Bettina verheiratet ist."

„Das weiß ich. Was willst du denn damit sagen?"

„Nichts, alles gut. Ich wollte es nur mal erwähnt haben."

Ben zog die Augenbrauen nach oben und beschloss, nicht weiter auf Mathias einzugehen. Aber mehr schien Mathias ohnehin nicht sagen zu wollen. Er hatte seine Warnung platziert und war zufrieden mit sich.

Ben drehte das Wasser an und stellte sich unter die Dusche. Er dachte darüber nach, wann er Mathias das letzte Mal im Tennisclub gesehen hatte. Das musste schon Wochen her gewesen sein. Beobachten können hatte Mathias ihn und Bettina also nicht. Hatte etwa eine ihrer Mannschaftskolleginnen Bettina und Ben beim Ersten Vorsitzenden verpetzt beziehungsweise irgendein Gerücht in die Welt gesetzt?

„Ich bin weg! Schönen Abend noch!", rief Mathias aus der Umkleide zu Ben.

„Pass auf, dass dir dein Abendessen nicht im Halse stecken bleibt!", dachte Ben und sagte: „Tschüß und guten Appetit!"

Als Ben wieder auf die Terrasse zurückkehrte, stellte er erfreut fest, dass außer Bettina nur noch zwei ältere Damen am Nebentisch anwesend waren. Er erkannte sie erst jetzt wieder. Ben und Jürgen hatten nach ihnen auf demselben Tennisplatz gespielt. Sie gehörten zu der Sorte Tennisspielerinnen, die immer ein perfekt abgestimmtes Outfit trugen, aber beim Tennis keinen einzigen Ball trafen. Und die sich auf dem Platz die meiste Zeit nur am Netz unterhielten und abends ihren Männern erzählten, dass sie sich heute wieder sportlich verausgabt hatten.

Vor Bettina standen bereits zwei frische Aperol auf dem Tisch. Ben setzte sich neben sie und achtete darauf, sich nah genug heranzusetzen, damit sie sein Aftershave riechen konnte. Was sie auch sofort mit einem tiefen und wohligen Atemzug tat.

„Prost, Bettina! Auf deinen Sieg vom Wochenende! Ich versuche am Sonntag nachzuziehen!"

„Ich bin gespannt! Prost!"

Ben griff nach Bettinas Hand. Für einen Moment überlegten beide, ob sie ansprechen sollten, was bei ihrer letzten Begegnung passiert war. Aber sie entschieden sich beide dagegen. Ben schaute zu den top gekleideten Seniorinnen rüber. Er hoffte, dass sie bald nach Hause gehen würden. Er kannte die beiden nicht, aber nach seiner Unterhaltung mit Mathias wollte er nicht ausschließen, dass sie Spione in seinem Auftrag waren. Er hielt sich daher zurück, was weitere Annäherungsversuche zu Bettina anging.

„Ich muss mal eben wohin", entschuldigte sich Bettina. Ben nickte ihr kurz zu. Bettina ging an den beiden älteren Damen vorbei und bog um die Ecke des Clubhauses ab, um zur Toilette zu gehen. Kurz danach stand Ben ebenfalls auf, um sie vor der Toilette abzupassen, sobald sie wieder herauskommen würde. Hier waren sie vor den Blicken der älteren Damen geschützt. Sofern die sich überhaupt einen feuchten Kehricht um sie scherten.

Als Bettina herauskam, ging Ben zu ihr und verschränkte seine Arme hinter ihrem Rücken. Er war sich unsicher, wie sie reagieren würde, aber sie tat es ihm gleich. Sie standen nun da, als würden sie miteinander tanzen. Bens Gesicht war direkt vor ihrem. Er roch an ihrem Haar und spielte ein wenig an ihrem Ohr herum. Bettina saugte den Geruch von Bens Aftershave in sich auf. Dann näherte er sich ihr langsam mit seinen Lippen, doch kurz bevor er sie küssen konnte, drehte sie ihren Kopf zur Seite.

Ben wich mit seinem Kopf wieder etwas nach hinten. Bettina drehte sich wieder zurück. Sie sahen sich jetzt direkt in die Augen, ihre Arme noch immer hinter dem Rücken des anderen verschränkt. Erneut versuchte Ben sie zu küssen, aber wieder drehte Bettina sich weg. Er gab ihr stattdessen einen Kuss auf die Wange und beschloss, es dabei zu belassen. Er wartete, ob Bettina etwas sagen wollte, aber sie machte keine Anstalten. Sie sah ihn einfach nur an. Aber sie musste auch nichts sagen. Ben konnte ihr auch so ansehen, wie sehr sie mit sich kämpfte.

Kapitel 34
Sonntag, 18. Juli 2021

Ben setzte sich zum Seitenwechsel auf seine Bank. Er führte bereits mit 5:2 im ersten Satz. Er schaute auf die Uhr. Elf Uhr vierzig. Er ließ seinen Blick über die anwesenden Zuschauer schweifen und versuchte, Bettina zu entdecken, aber vergeblich. Er fragte sich, wo sie blieb. Würde sie nicht bald auftauchen, wäre sein Match vorbei, bevor sie hier sein würde.

Nach weiteren fünfzehn Minuten war der erste Satz vorbei. 6:4 für Ben. Erneut nahmen sein Gegner und er auf ihren Bänken Platz. Ben holte sein Handy aus der Tasche und schrieb Bettina eine Nachricht: *„Wo bleibst du?"*

Den irritierten Blick seines Gegners ignorierte er.

Nach einer kurzen Pause betraten sie wieder den Platz und setzten ihr Match mit dem zweiten Satz fort. Bei jeder Gelegenheit beobachtete Ben das Eingangstor des Tennisclubs, um zu sehen, ob Bettina noch auftauchen würde.

Beim übernächsten Seitenwechsel sah er nach, ob sie ihm vielleicht auf seine Nachricht geantwortet hatte. Er konnte sehen, dass sie seine Nachricht gelesen hatte, aber eine Antwort hatte sie nicht geschickt. Mittlerweile führte er auch im zweiten Satz mit 3:0. Lange würde das Match nicht mehr dauern.

Bei jedem weiteren Seitenwechsel und auch zwischen den Ballwechseln ging sein Blick immer wieder ins Publikum. Aber sie war nicht da.

Um zwölf Uhr dreißig verwandelte Ben seinen zweiten Matchball. Er hatte das Match mit 6:4 und 6:2 gewonnen. Gut gelaunt war er trotzdem nicht. Er hätte Bettina so gern dabeigehabt.

Ben holte sich die Glückwünsche der Zuschauer ab. Aber *die* Zuschauerin, von der er sich jetzt beglückwünschen lassen wollte, war nicht da. Dabei hatte sie es ihm versprochen.

Er setzte sich auf die Clubterrasse, um die noch laufenden Matches seiner Mannschaftskollegen zu beobachten. Das Spiel von Theo war gerade in seiner heißen Phase. Es ging hin und her. Am Ende hatte Theo knapp die Nase vorn. Der nächste Punkt für den SV Wacker. Rein sportlich gesehen lief der Tag bislang gut.

Als auch das letzte Einzel beendet war, zeigte die Uhr dreizehn Uhr vierzig. Nach den Einzeln führte Bens Mannschaft mit 4:2. Die sechs Spieler zogen sich in eine Ecke zurück und beratschlagten über die Aufstellung für die Doppel. Dann sah er sie, wie sie gemeinsam mit Annika die Anlage betrat. Es war inzwischen fast vierzehn Uhr.

Als die kurze Mannschaftsbesprechung beendet war, ging Ben zu Bettina. Sie hatte inzwischen schon in Erfahrung gebracht, dass er sein Einzel gewonnen hatte.

„Hey, hast du gewonnen? Glückwunsch!"

„Danke. Wo warst du denn?"

„Hab's leider nicht geschafft, sorry. Annika kam spontan zu Besuch, und dann hat auch noch meine Mutter angerufen." Die beiden Frauen hatten auffallend gute Laune.

Soso, ihre Mutter hatte also angerufen, dachte Ben sich. Muss ja ein ziemlich langes Telefonat gewesen sein. Und dass Annika sie sonntags morgens spontan besuchte, wagte er auch zu bezweifeln. Und selbst wenn es so gewesen wäre, hätten sie immer noch gemeinsam vorbeikommen können. Jetzt waren sie ja auch da. Es hatte für Ben eher den Eindruck, als hätte Bettina schlichtweg eine bessere Alternative gefunden, als ihm beim Tennis zuzusehen. Er war enttäuscht von ihr. Zumindest hätte sie ihm Bescheid sagen können.

„Schade. Aber gleich fangen die Doppel an." Immerhin, dachte Ben sich, wäre sie bei den Doppeln dabei.

„Ja, dann mal los. Viel Erfolg!"

Ben betrat mit seinem heutigen Doppelpartner Chris und ihren Gegnern den Platz, um sich einzuspielen. Ben sah, wie Annika und Bettina sich mit einer Cola in der Hand mit anderen Zuschauern unterhielten und hin und wieder laut lachten.

Nach zehn Minuten war die Einspielphase beendet, und das Match konnte beginnen.

Noch bevor der erste Punkt ausgespielt wurde, waren Annika und Bettina wieder verschwunden.

Ben überlegte, ob er Bettina auf letzten Sonntag ansprechen oder ob er es lieber lassen sollte. Er ließ es. Er war verunsichert. Sie hatte ihn versetzt, und auch seine Handynachrichten in den letzten Tagen hatte sie nicht beantwortet, und wenn doch, dann nur sehr einsilbig.

Die Tennisanlage war gut gefüllt. Zwar saßen keine von Bettinas Mannschaftskolleginnen mit ihr am Tisch, aber vier von ihnen standen auf dem Platz und spielten ein Doppel. Bettina saß seit zwei Minuten allein am Tisch, nachdem ihre heutige Partnerin Wenke duschen gegangen war. Ben nutzte die Gelegenheit und setzte sich zu ihr.

„Hi. Alles klar bei dir?"

„Ja, soweit…"

Ben schaute sie an. Er erwartete, dass sie etwas mehr sagen würde, aber er wartete vergebens. Er beschloss, erstmal ein unverfängliches Gesprächsthema zu wählen.

„Habt ihr ein Heimspiel am Sonntag?"

„Ja, um neun. Spielt ihr auch?"

„Nee."

„Du kannst ja zugucken kommen, wenn du magst", sagte sie nach einer kurzen Pause.

Dass Ben ihr bei einem Heimspiel zugucken würde, war offenbar kein Problem für sie. Er wollte ihr gern zuschauen, aber er war noch enttäuscht wegen letztem Sonntag. Daher hielt er sich alle Optionen offen.

„Mal sehen. Wenn ich's schaffe, komm ich vielleicht gucken."

„Okay."

Es war offensichtlich, dass Bettina etwas bedrückte. Ben versuchte sich heranzutasten: „Ist zwischen uns alles gut?"

„Ja… weiß ich nicht."

Ben entschied sich, Bettina jetzt doch auf letzten Sonntag anzusprechen.

„Was ist los? Warum warst du am Sonntag nicht da? Wenn du nicht kommen willst, ist das schon okay. Aber du hättest mir zumindest Bescheid sagen können. Ich habe ständig nach dir Ausschau gehalten."

„Ja, Annika kam spontan zu Besuch", wiederholte sie ihre Ausrede vom letzten Mal, aber sie merkte sofort, dass er ihr das nicht abkaufte. Also redete sie weiter.

„Ben… ich wäre sehr gern vorbeigekommen. Aber wir müssen aufpassen. Ich bin schon mehrfach auf uns angesprochen worden. Und dass wir uns geküsst haben… eigentlich darf ich das nicht."

„Aber?"

„Nichts aber. Ich bin im Moment ziemlich durcheinander. Du machst es mir wirklich nicht leicht…"

„Ich will's dir auch gar nicht leicht machen."

Ben prüfte kurz, ob eine von Bettinas Mannschaftskolleginnen sie beobachteten, aber sie waren gerade mitten in einem Ballwechsel. Also nahm er Bettinas Hand, aber sie zog sie direkt weg.

„Wie soll's denn deiner Meinung nach weitergehen? Was willst du denn eigentlich?", fragte er.

„Ich weiß es nicht", antwortete sie ehrlich. „Ich… ich weiß es nicht. Was willst *du* denn?"

„Was willst du jetzt hören, Bettina? Dass ich mich in dich verliebt habe? Das weißt du doch schon."

Das wusste sie allerdings.

„Ben… ich bin nicht allein."

„Ja, ich weiß."

Bettina war hin- und hergerissen. Sie konnte sich nicht vorstellen, ihre mittlerweile fünfundzwanzig Jahre Ehe aufs Spiel zu setzen für einen jüngeren Kerl, den sie ein einziges Mal geküsst hatte. Aber zweifellos fühlte sie sich zu ihm hingezogen.

„Ich muss mich jetzt erstmal sortieren, okay? Ich kann jetzt in meinem Zustand keine Entscheidung treffen."

„Das musst du nicht. Du wirst eines Tages das Richtige tun."

„Ich geh jetzt erstmal duschen." Es war offensichtlich, dass Bettina das Gespräch nicht weiterführen wollte.

„Tu das. Ich fahre gleich nach Hause. Steffi kommt gleich."

„Okay, dann vielleicht bis Sonntag." Bettina stand auf und ging in Richtung Dusche.

Ben rief ihr hinterher: „*Dich* will ich, Bettina! – um deine Frage von eben noch zu beantworten."

Sie antwortete nicht. Aber sie hatte es schon gewusst. Ben meinte es ernst mit ihr. Und sie hatte ebenfalls Gefühle für ihn entwickelt.

Und das stellte sie vor ein Problem.

Kapitel 36
Sonntag, 25. Juli 2021

Bettina hatte ihr Match pünktlich um neun Uhr begonnen. Sie war die deutlich stärkere Spielerin und hatte den ersten Satz in Windeseile mit 6:0 gewonnen. Während der Satzpause saß sie auf ihrer Bank und erhielt aufmunternden Applaus von ihren Mannschaftskolleginnen, die am Spielfeldrand standen, um sie moralisch zu unterstützen.

„Auf geht's, Bettina! Weiter so!"

„Prima, nicht nachlassen!"

Sie nickte ihren Mitspielerinnen zu und riskierte einen flüchtigen Blick über die Anlage, um zu prüfen, ob sie Ben irgendwo sehen konnte. Nur für ein paar Sekunden, aber sofort hatten zwei oder drei ihrer Mannschaftskolleginnen gerochen, wonach beziehungsweise *nach wem* sie Ausschau hielt.

„Bettina, konzentrier dich auf dein Spiel!"

Sie fühlte sich regelrecht ertappt. Sie versuchte, sich wieder zu fokussieren und kehrte zurück auf den Platz. Ihre Gegnerin war auch im zweiten Satz überfordert. Bettina überrollte sie mit 6:0 und 6:1. Sie hatte heute wirklich stark gespielt und konnte mit ihrer Leistung mehr als zufrieden sein. Sie bedauerte, dass Ben nicht da war und sie in ihrer starken Verfassung gesehen hatte. Sie hatte heute einige seiner Tipps beherzigt und war sogar ein paar Mal am Netz aufgetaucht.

Da sie schon um neun Uhr begonnen und ihre Gegnerin so schnell vermöbelt hatte, hatte sie nun eine längere Pause, bevor es mit den Doppeln weitergehen würde. Sie gönnte sie sich einen Kaffee und ein Stück Kuchen und schaute den anderen Matches zu.

Bis das letzte Einzel zu Ende gespielt war, war es fast zwölf Uhr. Langsam bereite Bettina sich auf das bevorstehende Doppel vor.

Sie spielte ihr Doppel mit Dagmar. Sie traf erneut auf ihre Gegnerin von vorher und eine neue Spielerin, die im Einzel noch nicht gespielt hatte.

Bettina bestätigte ihre Topform und gewann auch das Doppel mit Dagmar glatt in zwei Sätzen. Ihre Mannschaft gewann am Ende mit 5:4, und Bettina war heute die Einzige, die sowohl ihr Einzel als auch ihr Doppel gewonnen hatte.

Als das obligatorische gemeinsame Essen mit den Gästen beendet war, zückte sie ihr Handy und schrieb Ben eine Nachricht: *„Einzel und Doppel gewonnen!"* Sie schmückte ihre Nachricht mit zahlreichen Smileys und Emoticons, die zum Ausdruck brachten, dass sie zufrieden und stolz auf sich war.

Annika stupste Bettina vorsichtig mit dem Ellenbogen in die Seite. „Na, Schätzchen? Du warst super heute. Es scheint sich ja langsam bezahlt zu machen, dass du so oft mit Ben spielst. Du bist wirklich gut geworden."

Bettina hatte schon Situationen mit ihren anderen Mannschaftskolleginnen erlebt, in denen sich selbst ein Lob teilweise wie eine Drohung angehört hatte, zumindest wenn es um Ben ging. Da es aber aus Annikas Munde kam, war ihr klar, dass es als ehrliches Kompliment gemeint war. Im Gegensatz zu den anderen wäre Annika auch nie auf die Idee gekommen, ihrer besten Freundin irgendwelche zweideutigen Bemerkungen an den Kopf zu werfen. Sie hatte auch keinen Grund dazu. Sie war als Einzige eingeweiht, während die anderen nur spekulieren konnten und so die Gerüchteküche weiter anfeuerten.

„Danke", sagte Bettina lächelnd. Sie war noch ein kleines bisschen stolzer als ohnehin schon. Und Annika hatte recht. Bettina war in den letzten Wochen wirklich deutlich besser geworden. Und das lag auch an Ben.

Während sich die Gegnerinnen für heute verabschiedeten und auf den Heimweg machten, brummte Bettinas Handy. Ben hatte ihr geantwortet:

„Gratuliere. Ich wäre unglaublich gern vorbeigekommen, aber dann habe ich spontan Besuch bekommen. Und dann hat auch noch meine Mutter angerufen. Außerdem hatte mein Hamster Geburtstag."

„Was ist los, hast du ein Gespenst gesehen?", fragte Annika, als sie Bettinas traurigen Gesichtsausdruck sah.

Von da an war der Tag für Bettina gelaufen.

Kapitel 37
Freitag, 30. Juli 2021

Bettina schaute auf den Nebenplatz, wo Ben ein Doppel spielte. Sie hatte genau bemerkt, wie er während des Spiels immer wieder Blickkontakt zu ihr suchte. Hin und wieder hatten sich ihre Blicke getroffen, aber da sie beide mitten im Spiel waren, ergab sich keine Gelegenheit, miteinander zu sprechen. Sie waren sich im Verlauf der Woche einige Male im Tennisclub begegnet, aber sie waren dabei niemals allein gewesen. Daher war außer ein wenig Smalltalk kein Gespräch zwischen den beiden möglich gewesen. Von körperlicher Nähe ganz zu schweigen. Bettina war an den Abenden immer recht früh nach Hause gefahren, meist im Beisein ihrer Mannschaftskolleginnen. Ben hatte ihr daraufhin unter der Woche einige Nachrichten geschickt und sie gefragt, warum sie ihm aus dem Weg ging. Zumindest hatte er den Eindruck, dass sie das tat. Aber sie hatte seine Nachrichten nicht beantwortet. Jetzt konnte sie ihm ansehen, dass er enttäuscht war, denn sie sah kein Lächeln in seinem Gesicht, wenn sich ihre Blicke zwischenzeitlich trafen. Sie war Ben in den letzten Tagen tatsächlich aus dem Weg gegangen, weil sie sich über ihre eigenen Gefühle nicht im Klaren war. Aber heute wollte sie gern Zeit mit ihm verbringen.

Als Bettina zwischen zwei Ballwechseln zum Zaun ging, um einen Tennisball aufzusammeln, ergriff sie die Chance, denn auch Ben war auf seiner Seite des Zauns mit Bällesammeln beschäftigt. Sie würden nur ein paar Sekunden haben, deshalb kam sie direkt zum Punkt.

„Bleibst du heute?", fragte sie ihn durch den Zaun und achtete darauf, dass ihre Mitspielerinnen die Frage nicht mitbekamen.

„Ja. Du auch?"

Sie nickte ihm zu, und damit war ihr kurzes Gespräch schon wieder beendet. Bettina war froh über Bens Antwort, und auch Ben fiel ein Stein vom Herzen. Er ließ es sich nicht anmerken, aber er war unglaublich erleichtert darüber, dass Bettina heute nicht wieder vorzeitig verschwinden würde. Von dem Moment an spielte er deutlich besser als in der halben Stunde vorher.

Beide verbrachten den Abend nach ihren Matches zusammen mit ihren heutigen Spielpartnern auf der Terrasse und warteten geduldig darauf, dass alle anderen Mitglieder nach Hause gingen.

Als Bettina zwischendurch auf die Toilette ging, folgte Ben ihr. Sie bemerkte, dass er ihr folgte und erwartete, dass er sie vor der Toilette abfangen würde, sobald sie wieder rauskäme. Aber stattdessen folgte er ihr bis auf die Damentoilette.

„Ben, was machst du hier??"

„Ich will einen Kuss!"

Bettina bekam leichte Panik, denn es hätte jeden Moment jemand hereinkommen können.

„Ben, wenn uns hier jemand erwischt!"

Ben machte keine Anstalten zu gehen. „Dann sollten wir uns lieber beeilen…"

Bettina überlegte für eine Zehntelsekunde, was sie tun sollte. Dann küsste sie ihn.

„Was grinst du denn so?", fragte Theo ihn, als er wieder an den Tisch zurückkehrte.

„Ach nix", erwiderte Ben. Als kurz darauf Bettina mit hochrotem Kopf an dem Herrentisch vorbeikam, grinste Ben immer noch. Nun hatte auch Theo verstanden, was los war.

Erfreulicherweise blieben Bettinas Mannschaftskolleginnen nicht lang. Als sie gingen, flüsterten sie ihr noch irgendetwas zu, aber Ben konnte nicht verstehen, worüber sie sprachen. Er konnte es sich denken. Drei Sekunden, nachdem sie die Anlage verlassen hatten, wechselte Ben den Tisch und setzte sich zu Bettina. Wie zuletzt faltete sie die Wolldecke auf ihrem Schoß auseinander und deckte beide damit zu.

Bettinas Wachhunde waren schon mal weg. Es waren aber immer noch zahlreiche andere Mitglieder zugegen. Bettina und Ben mussten sich vorerst damit zufriedengeben, sich unter der Wolldecke an den Händen zu halten. Aber sie saßen allein an ihrem Tisch, sie konnten sich also zumindest unterhalten.

Als Theo von der Toilette kam, ließ er seinen Blick auf der Suche nach Ben über die Terrasse schweifen. Offenbar hatte Ben den Platz gewechselt. Als Theo ihn entdeckte, wollte er sich zu ihm setzen. Doch dann sah er, dass Ben mit Bettina im wahrsten Sinne des Wortes unter einer Decke steckte. Er grinste sich einen und setzte sich wieder auf seinen alten Platz. Er wollte die beiden Turteltauben nicht stören.

Bettina und Ben sahen sich verliebt an und ließen ihren Händen unter der Decke freien Lauf. Bettina überlegte, ob sie Ben auf seine Hamster-Nachricht vom Wochenende ansprechen sollte, aber sie wollte das Knistern, das gerade zwischen ihnen in der Luft lag, nicht gefährden, also schwieg sie.

Schließlich ergriff Ben das Wort.

„Bettina, ich würde gern von dir wissen, was du denkst. Und was du fühlst."

„Was willst du denn jetzt hören?"

„Was du denkst und was du fühlst", wiederholte er sich.

„Ich weiß nicht, was ich denke. Ich bin im Moment nicht ich selbst. Ich denke heute so und morgen so. Eigentlich darf ich das hier nicht, aber ich will auch nicht aufhören. Dafür genieße ich das viel zu sehr."

„Sei bitte einfach ehrlich zu mir, okay?"

Ben wollte wissen, woran er bei Bettina war. Er hatte Verständnis dafür, dass sie nicht jeden Abend mit ihm im Club bleiben konnte. Er hatte auch Verständnis dafür, dass sie ihm nicht immer sofort auf seine Handynachrichten antworten konnte. Das hatte er wirklich. Er erwartete nicht, dass sie nach ein paar Küssen ihr ganzes Leben hinter sich lassen würde, er wollte nur wissen, ob er eine realistische Chance bei ihr hatte. Er hatte sich in sie verliebt, und er wollte ihren Flirt nicht zu intensiv werden lassen, wenn das Unterfangen für ihn hoffnungslos gewesen wäre.

„Ich bin ehrlich zu dir. Ich muss im Moment erstmal zu mir selbst finden, bevor ich weiß, wo ich hingehöre. Ich dachte eigentlich, ich wüsste das. Aber dann bist du aufgetaucht. Mir ist das noch nie passiert. Dass ich plötzlich alles in Frage stelle!"

Als Ben das hörte, war er erst einmal zufriedengestellt. Mehr als die Tatsache, dass er überhaupt in der Verlosung mit dabei war, konnte er im Moment nicht erwarten. Und er glaubte ihr.

„Was möchtest du denn?", wiederholte Bettina ihre Frage vom letzten Mal, obwohl sie die Antwort darauf bereits kannte.

„Ich möchte der Mensch sein, mit dem du nicht mehr gerechnet hast, Bettina."

„Ja, das bist du allerdings! Und du machst es mir so schwer!"

Das fasste Ben nicht als einen Vorwurf auf, sondern vielmehr als ein Kompliment. Und so war es auch gemeint.

Bettina hatte die Wahrheit gesagt, als sie meinte, sie denke heute so und morgen so. Sie war vollkommen unentschlossen. An einem Tag vermisste sie Ben genauso sehr wie er sie, und am nächsten Tag versuchte sie, sich ihn aus dem Kopf zu schlagen. Ben war es auch aufgefallen, dass Bettina sich von einem Tag auf den anderen unterschiedlich verhielt. Aber heute war definitiv ein Tag, an dem sie pro Ben eingestellt war.

„Soll ich uns mal was zu trinken besorgen? Ich glaube, ein bisschen müssen wir noch ausharren", flüsterte sie Ben zu.

Er verstand sofort, was sie meinte. Einige Vereinsmitglieder waren bereits nach Hause gegangen, aber eine Handvoll Tennisspieler saß noch bei einem Getränk am Nebentisch, unter ihnen auch Theo.

„Ja, mach mal."

Bettina ging ins Clubhaus und gab die Bestellung auf. Ben nutzte die kurze Phase ihrer Abwesenheit und holte aus seiner Tennistasche einen kleinen glattgeschliffenen Stein in Herzform hervor, den er ein paar Tage zuvor in einem Souvenirladen besorgt hatte. Er ließ ihn in Bettinas Jackentasche verschwinden und setzte sich wieder auf seinen Platz.

Kurz darauf kam Bettina mit zwei Aperol zurück. Sie hatte von Bens Aktion nichts mitbekommen. Auf ihrem Weg zum Tisch kam ihr Theo entgegen, um im Clubhaus seine Rechnung zu begleichen. Nach kurzer Zeit kam er wieder heraus.

„So, ihr beiden. Noch einen schönen Abend für euch! Macht's gut!"

„Ja, danke, du auch", antwortete Bettina. Ben reckte lediglich seinen Daumen nach oben.

Ein paar Minuten danach trotteten auch die übrigen Verbliebenen vom Nebentisch ins Clubhaus, um ihre heutigen Getränke zu zahlen, denn der Wirt hatte angekündigt, demnächst zuzuschließen. Bettina und Ben warteten geduldig ab und genossen in der Zwischenzeit ihren Aperol.

Eine Viertelstunde, nachdem sie gezahlt und sich eigentlich schon dreimal verabschiedet hatten, quatschten zwei Senioren immer noch auf der Terrasse. Ben sah zu Bettina und musste grinsen. Beide dachten in diesem Moment dasselbe. Diese beiden Quatschköpfe sitzen wir jetzt auch noch aus!

Als die beiden Senioren sich zum vierten Mal verabschiedeten, gingen sie wirklich. Endlich. Ben stand auf und stellte sich hinter Bettina, die noch auf der Bank saß. Er begann, ihr leicht die Schultern und ihren Nacken zu massieren. Sie schloss die Augen und genoss seine Berührungen auf ihrer Haut. Eine ganze Weile verblieben sie so, ohne dass einer von beiden ein Wort sagte.

„Steh mal auf", flüsterte er ihr schließlich leise ins Ohr.

Er hätte gern noch eine Stunde weitermachen dürfen, dachte sie, aber sie erhob sich trotzdem. Er nahm ihre Hände und sah sie an. Erneut sagte keiner für eine Zeitlang ein Wort. Er schlang seine Arme um

Bettinas Taille und zog sie ganz nah an sich heran. Auch sie legte ihre Arme um ihn. In derselben Position hatten sie vor einigen Tagen schon einmal voreinander gestanden. Ben schaute Bettina tief in die Augen und sagte zu ihr, beinahe im Flüsterton:

„Drehst du dich heute wieder vor mir weg, Bettina? Tu das nicht."

Er näherte sich mit seinen Lippen ihrem Mund. Diesmal drehte sie sich nicht weg. Sie hatte es nicht eine Sekunde in Betracht gezogen. Sie hatte stundenlang auf diesen Moment gewartet.

Kapitel 38
Freitag, 6. August 2021

„Hallo Bettina! Du fehlst mir! Ich würde jetzt gerne deine Lippen auf meinen spüren. Ich möchte gern Dinge mit dir tun, die noch niemand mit dir getan hat!"

Bettina las Bens Nachricht und hatte ein beklemmendes Gefühl im Bauch. Er hatte ihr in den letzten Tagen mehrere Nachrichten geschickt, aber sie hatte nie gewusst, was sie ihm antworten sollte. Ob sie ihm überhaupt antworten sollte. Jetzt überlegte sie wieder, aber erneut wusste sie nicht, was sie Ben schreiben sollte.

Annika hatte ihr geraten, dass sie nichts überstürzen sollte, was die Sache mit Ben anging. Bettina hatte vor kurzem ihren Job gekündigt, und außerdem hatte sie ihre Dauerbaustelle mit ihrer Mutter. Sie war ohnehin momentan in einer labilen psychischen Verfassung, da sollte sie nicht noch zusätzlich eine weitere, eine noch viel größere Baustelle aufmachen. Annika hatte ihr empfohlen, einfach mal eine Zeitlang gar nichts zu antworten, wenn Ben ihr schrieb. Bettina war sich nicht sicher, ob dies der richtige Weg war, aber sie hatte Annikas Ratschlag in den letzten Tagen befolgt.

„Mama, alles klar bei dir?"

Bettina erschrak. Sie hatte gar nicht gemerkt, dass ihre Tochter ins Wohnzimmer gekommen war.

„Ja, alles klar. Wieso?"

Jessica bemerkte, dass ihre Mutter hastig ihr Handy zur Seite legte. Sie ahnte, was ihre Mutter beschäftigte, aber sie sprach ihren Verdacht nicht offen aus.

„Mama, ich sehe doch, was los ist... Was ist denn mit dir? Du bist so nachdenklich in letzter Zeit. Und ständig mit deinem Handy beschäftigt."

Bettina fühlte sich ertappt.

„Ich bin zurzeit etwas durch den Wind… es ist wegen Oma."

Mit ‚Oma' meinte Bettina in diesem Fall ihre Mutter, also Jessicas Oma. Der erste Satz entsprach der Wahrheit, der zweite war gelogen. Es kam für Bettina nicht in Frage, ihrer Tochter die Wahrheit zu erzählen. Dass sie mit ihren Gedanken bei Ben war. Dass sie zeitweise ernsthaft darüber nachdachte, mit Ben neu anzufangen. Dass es einen Moment gab, in dem sie sogar kurz darüber nachgedacht hatte, ob sie zuhause ausziehen sollte. Und dass sie am nächsten Tag schon wieder ganz anders über die Sache dachte und sich selbst ermahnte, keinen Unsinn zu machen.

Jessica hatte ihre Zweifel, ob der Dauerärger zwischen ihrer Mutter und ihrer Oma wirklich die Ursache für Bettinas merkwürdiges Verhalten war. Sie konnte es aber auch nicht mit Gewissheit ausschließen.

„Was ist denn mit Oma?"

Bettina überlegte, was sie ihrer Tochter antworten sollte. Aber ihr fiel auf die Schnelle nichts ein. Ironischerweise hatte sie in den letzten Wochen keine größeren Streitigkeiten mit ihrer Mutter gehabt. Wie sollte sie jetzt aus dieser Nummer wieder rauskommen? Sie versuchte es.

„Es belastet mich, dass wir uns einfach ständig streiten."

Sie hoffte, dass Jessica nicht weiter nachfragen würde, aber den Gefallen tat ihr ihre Tochter nicht.

„Worüber habt ihr euch denn diesmal gestritten?"

Jetzt hatte sie den Salat.

„Über nichts Besonderes. Es macht mich einfach traurig, dass wir so ein schwieriges Verhältnis haben. Wir können überhaupt nicht normal miteinander reden. Es regt mich auf. Ich wünschte, es wäre anders."

Während sie ihrer Tochter die Geschichte auftischte, dachte sie an Ben und an die Nachricht, die er ihr geschickt hatte. Dass er ihre Lippen auf seinen spüren wollte. Dass er Dinge mit ihr tun wollte, die noch niemand mit ihr getan hatte. Sie war innerlich zerrissen. Gestern hatte sie noch kategorisch ausgeschlossen, ihre Familie zu verlassen, aber jetzt hatte sie gerade das Gefühl, am falschen Ort zu sein. Und sie wusste, dass sie diese Gedanken nicht haben sollte. Vor allem hasste sie sich dafür, ihre eigene Tochter anlügen zu müssen.

Jessica schaute ihre Mutter tröstend an und berührte sie leicht am Arm. „Ich bin froh, dass wir zumindest ein gutes Verhältnis haben und über alles reden können, Mama."

Bettina versuchte in dem Gesicht ihrer Tochter zu lesen. Hatte sie das ernst gemeint oder war es ein versteckter Seitenhieb, weil sie das Gefühl hatte, dass ihre Mutter im Moment eben gerade nicht offen mit ihr redete? So oder so fühlte Bettina sich danach noch schlechter als ohnehin schon. Sie bemühte sich, ihre Tränen zurückzuhalten.

„Ja, darüber bin ich auch froh, Jessica."

Sie antwortete auch in den folgenden Tagen nicht auf Bens Nachrichten.

Kapitel 39

Montag, 9. August 2021

Ben öffnete seine Wohnungstür, stellte seine Tennistasche im Flur ab und hängte seine Jacke an die Garderobe. Seine Hände zitterten so sehr, dass er zwei Versuche brauchte. Er ließ seine Tasche auf dem Boden stehen und warf sich aufs Sofa. Sofort holte er sein Handy raus und sah nach, ob Bettina ihm geschrieben hatte. Nichts.

Er dachte daran, wie er ihr vor ein paar Tagen den kleinen Stein in Herzform in ihre Jackentasche gesteckt hatte. Hatte sie ihn überhaupt gefunden? Um sicherzugehen, hatte er ihr gestern noch eine Nachricht geschrieben, dass sie mal in ihre rechte Jackentasche schauen sollte. Aber sie hatte darauf nicht reagiert. Überhaupt hatte er ihr seit ihrem letzten Treffen zahlreiche Nachrichten geschickt, aber sie hatte keine einzige davon beantwortet.

Deshalb war er froh gewesen, Bettina heute im Tennisclub getroffen zu haben. Aber sie hatte ihm die kalte Schulter gezeigt. Sie hatte ihn nicht einmal vernünftig begrüßt. Im Gegenteil, sie war ihm regelrecht aus dem Weg gegangen. Ben hatte sich zu Bettina an den Tisch gesetzt, aber keine zwei Minuten später war sie unter die Dusche verschwunden. Als sie wieder rauskam, hatte Ben sie so angesehen, dass sie sofort gewusst haben musste, dass er mit ihr reden wollte, aber sie war direkt nach Hause verschwunden, ohne sich noch einmal hingesetzt zu haben.

Manchmal hatte Ben den Eindruck, zwei verschiedene Menschen kennengelernt zu haben. Der eine Teil von Bettina war fürsorglich, zärtlich, leidenschaftlich, der andere Teil abweisend und ignorant. An einem Tag küssten sie sich, und keine vierundzwanzig Stunden später stellte sie jegliche Kommunikation mit ihm ein. Es verunsicherte ihn so stark, dass seine körperlichen Symptome, insbesondere das Händezittern, wiedergekehrt waren. Ben wusste jetzt, dass es mit Bettina zusammenhing.

In ein paar Tagen sollten sie zusammen das Doppelturnier spielen, aber im Moment konnte Ben sich das beim besten Willen nicht vorstellen. Er nahm sein Handy, um Bettina zu schreiben, dass er die Teilnahme absagen würde. Er las sich seine Nachricht vor dem Absenden noch einmal durch. Warum nur war sie in den letzten Tagen so abweisend? Er hatte doch genau gespürt, wie sehr sie ihn mochte. Warum ließ sie ihn plötzlich am langen Arm verhungern? Wenn sie sich nicht auf eine Affäre mit ihm einlassen wollte, sollte sie es ihm doch einfach sagen.

Während er immer noch auf seine unversendete Nachricht starrte, vibrierte sein Handy, weil er seinerseits eine Nachricht erhalten hatte. Sie war von Theo.

„Hi Ben, Lust auf eine Runde Tennis morgen Abend?"

Eigentlich hatte er keinen Bock. Aber nach ein paar Minuten Bedenkzeit sagte er Theo zu. Aber nur, weil er hoffte, im Tennisclub auf Bettina zu treffen, um nochmal mit ihr zu reden.

Er löschte seine unversendete Nachricht an Bettina und hoffte auf den morgigen Tag.

Kapitel 40
Dienstag, 10. August 2021

„Danke für das schöne Match! Hat Spaß gemacht!", sagte Ben zu Theo, als sie am Netz zum Handshake zusammenkamen. Sie unterhielten sich kurz über einige besonders schöne Punkte und Gewinnschläge, um dann den Platz abzuziehen und zu verlassen, denn die nächsten Mitglieder warteten bereits darauf, die beiden abzulösen. Ben und Theo setzen sich an einen Tisch, an dem bereits einige andere Mannschaftskollegen saßen, die vorher ebenfalls Tennis gespielt hatten, und organisierten sich ein Bier. Die Anlage war gut besucht heute. Alle Plätze waren belegt, und auch die Tische waren allesamt besetzt. Ben war froh, auch Bettina entdeckt zu haben. Sie hatte heute auch Tennis gespielt und saß mittlerweile im Kreise ihrer Freundinnen an einem der Nebentische. Sie tranken Prosecco und kicherten vor sich hin. Ben drehte seinen Stuhl so, dass er Bettina sehen konnte. Er nahm einen Schluck von seinem Bier und beobachtete sie. Sie blickte einige Male zu ihm herüber und wandte sich dann wieder ihren Freundinnen zu. Immer wenn sie zu Ben sah, schaute er ihr direkt in die Augen. Aber es war kein Lächeln in seinem Gesicht. Sie sah in seinem Blick, dass er enttäuscht war. Beide wussten, dass sie sich unterhalten sollten, aber die Situation war dafür unpassend. Es waren zu viele Leute anwesend.

Ben trank gemeinsam mit seinen Mannschaftskollegen noch ein weiteres Bier und verließ irgendwann den Tisch, um duschen zu gehen. Er betrat die Umkleidekabine. Es war niemand sonst dort. Er schloss die Tür, zog sich aus und stellte sich unter die heiße Dusche. Für mehrere Minuten stand er einfach nur da. Er dachte an sie.

Als er fertig mit Duschen und wieder angezogen war, kramte er seine Sachen zusammen und stopfte sie mit zitternden Händen in seine Tennistasche.

„Hey. Alles klar bei dir?", fragte Bettina, die plötzlich in der Tür stand. Sie hatte sich kurz von ihren Freundinnen abgesetzt.

Ben antwortete ihr nicht. Sie betrat die Umkleide und setzte sich auf die Bank gegenüber und sah Ben an. Er kramte weiter in seiner Tennistasche herum, ohne sie anzusehen. Er überlegte, was er sagen sollte. Schließlich ließ er seine Tasche los und blickte Bettina in die Augen. Sie hielt seinem Blick für ein paar Sekunden stand und blickte dann ihrerseits zu Boden.

„Bettina, warum antwortest du mir nicht, wenn ich dir Nachrichten schicke? Und warum bist du so abweisend zu mir?"

Nach einigen Sekunden Wartezeit fuhr er fort: „Gehst du mir absichtlich aus dem Weg in der Hoffnung, dass ich irgendwann das Interesse an dir verliere?"

„Nein", sagte sie sofort.

Ben nahm die Antwort zur Kenntnis, aber er war sich nicht sicher, ob es die Wahrheit war. Bettina wusste es selbst nicht.

„Was ist es dann?", wollte er wissen.

Diesmal war sie diejenige, die nichts sagte.

Er versuchte es anders: „Warum spielst du das Turnier mit mir, Bettina?"

Sie dachte über ihre Antwortmöglichkeiten nach und sagte schließlich: „Warum tust du es?"

„Weil ich gerne mit dir Tennis spiele", sagte er nach einiger Bedenkzeit.

Sie nickte. „Das tu ich auch."

„Und weil ich gern Zeit mit dir verbringe."

Sie nickte erneut. „Das gilt auch für mich."

„Das fühlt sich aber im Moment für mich nicht so an, Bettina", entgegnete er. „Warum antwortest du mir nie?", wiederholte er seine Eingangsfrage und blickte sie dabei fragend an.

„Ich weiß es nicht", antwortete sie schließlich und kam sich im selben Moment ziemlich blöd vor. „Jetzt lass uns doch erstmal das Turnier spielen. Ich freue mich darauf. Holst du mich ab?"

Er nickte zustimmend, ohne eine weitere Regung zu zeigen. Bettina konnte ihm seine Enttäuschung ansehen. Er war mit ihrer Erklärung nicht glücklich, und sie wusste es. Sie stand auf, ging zu ihm und legte kurz ihre Hand auf seine Schulter. Er zeigte keine Reaktion und begann wieder, in seiner Tasche zu kramen.

„Bis Sonntag", sagte sie mit einem gequälten Lächeln und verließ die Kabine.

Ben nickte erneut, aber sie konnte es nicht mehr sehen. Sie war schon auf dem Weg nach draußen.

Kapitel 41
Sonntag, 15. August 2021

„Kommst du, Steffi? Wir müssen los. Wir müssen in zehn Minuten bei Bettina sein."

„Kleinen Moment noch, Papa! Ich putze mir gerade die Zähne!"

Ben räumte seine gepackte Tennistasche vom Sofa, setzte sich und wartete auf seine Tochter. Er dachte an das Gespräch mit Bettina vor ein paar Tagen in der Umkleide. Sie hatte sich in den Tagen zuvor merkwürdig verhalten. Zumindest empfand er das so. Er fragte sich, wie es wohl heute werden würde. Bettina und er würden heute das erste Mal außerhalb des eigenen Tennisclubs Zeit miteinander verbringen. Sie würden zusammen Tennis spielen und sich unterhalten können, ohne von quatschenden und tratschenden Clubmitgliedern kritisch beäugt zu werden. Ganz allein würden sie allerdings nicht sein, denn Steffi war übers Wochenende bei ihrem Vater und begleitete die beiden.

Steffi kam aus dem Badezimmer. „Bin soweit! Von mir aus kann's losgehen!"

„Alles klar, dann los."

Bettina wartete mit ihrer Tennistasche über den Schultern bereits am Straßenrand vor ihrem Haus, als sie Bens Auto entdeckte. Ben hielt an und stieg aus, um sie freundlich zu begrüßen: „Guten Morgen! Na, alles fit für heute?" Er öffnete den Kofferraum, damit Bettina ihre Tasche einladen konnte.

„Guten Morgen! Jo, schauen wir mal, was das heute wird." Sie lächelte und freute sich auf den heutigen Tag, und das sah Ben ihr innerhalb von wenigen Sekunden an. Das war schon mal gut.

„Hi Steffi", sagte sie zu Bens Tochter, als sie auf dem Beifahrersitz Platz nahm.

„Hi Bettina", kam vom Rücksitz zurück.

Die Fahrtzeit nach Traunstein betrug gute fünfundvierzig Minuten.

„Alles klar bei dir?", fragte Ben in Bettinas Richtung, kurz nachdem er losgefahren war.

Sie ahnte, worauf er hinauswollte. „Ja, soweit…"

Ben wollte das Gespräch, das sie vor fünf Tagen in der Kabine geführt hatten, fortsetzen. Er wollte nach wie vor von Bettina wissen, warum sie in den Tagen zuvor so abweisend gewesen war. Aber in Anwesenheit von Steffi würde aus Bettina wenig herauszubekommen sein. Außerdem schien die Stimmung gerade gut und positiv zu sein, und das wollte Ben nicht gefährden. Also beschloss er, das Thema erstmal nicht anzusprechen. Vielleicht würde sich im weiteren Verlauf des Tages noch die Gelegenheit dazu ergeben. Für den Moment beließ er es daher beim Smalltalk über unverfänglichere Themen. Bettina war froh darüber, dass er nicht weiter nachbohrte. Nach fünfundvierzig Minuten erreichten sie ihr Ziel und luden ihre Taschen aus.

„Ich melde uns mal bei der Turnierleitung an. Magst du uns in der Zwischenzeit einen Kaffee organisieren?", fragte Ben in Bettinas Richtung.

„Ja, gute Idee."

Der Tennisclub machte einen ziemlich abgewrackten Eindruck. Und der Kaffee verdiente eigentlich den Namen nicht. Es war eher hellbraunes, lauwarmes Wasser. Aber egal, sie waren nicht zum Kaffeetrinken gekommen.

Der Turnierplan sah für den heutigen Tag zwei Spiele vor. Die ersten Gegner waren ein junges Ehepaar, das bereits auf der Terrasse saß und auf den Spielbeginn wartete. Bettina und Ben stellten sich den beiden vor, würgten ihren Kaffee herunter und verschwanden in der Umkleidekabine, um sich umzuziehen. Steffi suchte sich in der Zwischenzeit einen geeigneten Platz, um Bettina und ihrem Papa zusehen zu können.

Bettina und Ben hatten schon häufig miteinander Tennis gespielt, allerdings immer nur zum Spaß und noch nie unter

Wettkampfbedingungen. Insofern waren beide zu Beginn des Spiels etwas nervös.

Das junge Ehepaar stellte sich allerdings als ein dankbarer Aufbaugegner heraus. Trotz ihrer Nervosität waren Bettina und Ben die deutlich besseren Tennisspieler und merkten frühzeitig, dass sie das Spiel nicht verlieren konnten. Nach fünfundvierzig Minuten war die Sache erledigt.

Nachdem sie ihren Matchball verwandelt hatten, kramte Ben aus seiner Tennistasche eines der Schleifchen heraus, die er letztes Jahr beim Schleifchenturnier gewonnen hatte. Er hatte sie aufbewahrt. Er steckte eines davon an Bettinas Kragen. „Herzlichen Glückwunsch! Du warst super!"

„Danke, du auch", gab Bettina das Kompliment zufrieden zurück.

„Gut gemacht, Papa!", rief Steffi vom Spielfeldrand und hob den Daumen anerkennend nach oben. Teil eins der Aufgabe hatten die beiden souverän gemeistert. Bisher verlief der Tag absolut nach Plan.

Ein weiteres Doppel lief noch auf dem Nebenplatz und war gerade in der entscheidenden Phase. Das siegreiche Paar würde der nächste Gegner von Bettina und Ben sein. Sie setzten sich auf eine Bank am Spielfeldrand und sahen sich die potenziellen Gegner schon einmal an. Schnell war ihnen klar, dass im zweiten Spiel eine weitaus anspruchsvollere Aufgabe auf sie wartete.

Sie nahmen wieder auf der Terrasse Platz und genehmigten sich mangels Alternativen noch eine Tasse hellbraunen, lauwarmen Wassers. Steffi bekam eine Cola. Irgendwann wurde es ihr langweilig, und sie verdrückte sich auf den Spielplatz neben der Clubterrasse.

Während die beiden auf der Terrasse saßen, dachte Bettina an ihr Gespräch mit Ben fünf Tage zuvor. Er hatte sie gefragt, warum sie so abweisend zu ihm war und warum sie nicht auf seine Nachrichten reagierte. Sie wüsste es selbst nicht, hatte sie ihm geantwortet. Dabei wusste sie es genau. Sie hatte inzwischen Gefühle für ihn entwickelt, die weit über eine reine Freundschaft hinausgingen. Sie war seit vielen

Jahren verheiratet, aber sie fühlte sich von Ben angezogen, und das hatte sie furchtbar durcheinandergebracht. Aus diesem Grund war sie in den letzten Tagen so zurückhaltend. Sie war sich im Unklaren darüber, wohin und vor allem wie weit ihre gemeinsame Reise noch gehen würde.

Bettina beobachtete Ben, während er seinen Kaffee trank. Die Tatsache, dass die beiden heute nicht unter Beobachtung standen, ließ sie ihre Zweifel für den Moment vergessen. Sie war froh, dass sie hier waren. Und sie war auch ein kleines bisschen stolz darauf, dass Ben mit ihr zusammen das Turnier spielte.

Die zweiten Gegner stellten sich als die erwartet harte Nuss heraus. Aber Bettina und Ben hatten ihre Nervosität aus dem ersten Spiel inzwischen abgelegt und erwischten den besseren Start. Sie gingen früh in Führung, die sie auch nicht mehr hergaben. Der erste Satz ging mit 6:2 an sie.

Eine kurze Schwächephase in zweiten Satz ließ sie in Rückstand geraten, den sie nicht mehr aufholen konnten. Der zweite Satz ging mit 6:3 an das gegnerische Paar. Die Entscheidung über den Turniersieg musste im dritten Satz fallen.

Ben redete auf Bettina ein. „Auf geht's, Bettina! Lass uns den zweiten Satz abhaken. Volle Konzentration auf den dritten Satz! Wir gewinnen das Ding hier!"

Obwohl es eigentlich um nichts ging, war er ehrgeizig, fokussiert und fest entschlossen, das Match zu gewinnen, und das imponierte Bettina. Sie nickte ihm zustimmend zu und versuchte dabei, ihrerseits so entschlossen wie möglich auszusehen. In Wirklichkeit machte sie sich vor Anspannung fast in ihr Tennisröckchen.

Der dritte Satz war extrem ausgeglichen; die Führung wechselte hin und her. Gegen Ende des Satzes lagen ihre Gegner vorn und hatten irgendwann ihren ersten Matchball. Bettina schlug auf. Die Vorhand der Gegnerin landete knapp im Aus. Der nächste Punkt ging wieder an die Gegner. Wieder Matchball. Erneut schlug Bettina auf. Der Gegner returnierte ihren Aufschlag mit seiner Rückhand. Ben ging am Netz dazwischen und versenkte den Volley. Auch der zweite Matchball war abgewehrt. Das Spiel stand jetzt auf des Messers Schneide. Kurze Zeit später hatten auch Bettina und Ben ihren ersten Matchball, aber auch sie konnten ihn nicht nutzen. Plötzlich hatten ihre Gegner wieder ihre Nase vorn. Wieder Matchball. Wieder abgewehrt. Kurz darauf der nächste. Wieder abgewehrt. Die Gegner hatten mittlerweile sieben Matchbälle vergeben. Jetzt lagen Bettina und Ben wieder vorn und hatten ihrerseits ihren dritten Matchball. Die Gegnerin schlug auf. Ben returnierte den Ball mit seiner Rückhand. Der Ball flog ein paar Mal hin und her. Die Gegnerin versuchte an Bettina vorbeizuspielen, die am Netz stand. Bettina sah den Ball auf sich zukommen. Sie wusste, dass der Ball für Ben nicht erreichbar sein würde. Sie holte wie gewohnt in einer riesigen Schleife aus und knallte den Volley unerreichbar für die Gegner in die Ecke. Sie hatten die Partie tatsächlich noch gedreht und das Ding gewonnen!

Bettina und Ben fielen sich freudig in die Arme. Ben war stolz auf seine Partnerin und wollte sie gar nicht mehr loslassen. Ihre enttäuschten Gegner trotteten zum Netz und gratulierten den beiden zum Turniersieg. Kurz darauf holte Ben erneut eines der Schleifchen hervor und steckte sie Bettina an. „Herzlichen Glückwunsch zum Turniersieg!" Sie strahlte ihn an! Er drückte ihr einen Kuss auf die Wange. Erneut umarmten sie sich und beglückwünschten sich gegenseitig. Inzwischen war auch Steffi auf den Platz gelaufen und feierte die beiden. Sie war stolz, vor allem natürlich auf ihren Papa!

Für den Turniersieg bekamen beide von der Turnierleitung jeweils einen kleinen Pokal überreicht. Zu ihrer Überraschung erhielten sie sogar noch ein Preisgeld in Höhe von fünfzig Euro. Sie nahmen den Preis entgegen und posierten für ein Siegerfoto, das Steffi mit Bens Handy machte.

Da der Tennisclub außer schrecklichem Kaffee nicht viel zu bieten hatte, beschlossen sie, zurück zum SV Wacker zu fahren und den Tag dort ausklingen zu lassen. Sie waren sich schnell einig, dass sie das Preisgeld noch am selben Abend für Pizza und Sekt auf den Kopf hauen wollten.

Einige Vereinsmitglieder hatten davon gewusst, dass Bettina heute mit Ben ein Turnier spielte. Als die beiden mit Steffi die heimische Anlage betraten, konnten alle bereits an ihrem breiten Grinsen und den Pokalen in ihren Händen erkennen, dass der Tag offenbar erfolgreich verlaufen war.

Ben organisierte eine Flasche Sekt und bestellte zwei Pizzen. Auf der Anlage war die Hölle los. Eine halbe Stunde später wussten alle Mitglieder, die es hören wollten, und auch alle, die es nicht hören wollten, dass Bettina und Ben Turniersieger waren. Ben beschrieb mindestens zehn Mal, wie viele Matchbälle sie abgewehrt hatten und wie Bettina den entscheidenden Volley versenkt hatte. Bettina grinste jedes Mal bis über beide Ohren und platzte fast vor Stolz. Und das zu Recht.

Sie nahmen an einem der Tische nebeneinander Platz, genossen ihren Siegersekt und schauten dem regen Treiben auf den Tennisplätzen zu. Auf dem Tisch standen ihre Pokale, daneben die fünfzig Euro und die Sektflasche, die Ben organisiert hatte. Im Laufe des Abends gesellten sich mehrere Clubmitglieder zu den beiden dazu, um sich in lockerer Atmosphäre zu unterhalten und dann irgendwann weiterzuziehen. Bettina, Ben und Steffi hatten mittlerweile ihre Pizzen verdrückt, und Ben hatte eine weitere Sektflasche aufgetrieben. Da es langsam frisch wurde, besorgte Bettina ein paar Wolldecken aus dem Clubhaus. Ben rückte etwas näher an Bettina heran, sodass sie sich wieder eine Decke teilen konnten. Sofort berührten sich ihre Hände unter der Decke, geschützt vor den neugierigen Blicken der anderen.

Steffi saß in ihre eigene Decke eingehüllt daneben und gähnte. Sie war den ganzen Tag mit den beiden unterwegs gewesen, und es war offensichtlich, dass sie langsam müde wurde. Bettina bot ihr an, ihren Kopf auf ihren Schoß zu legen, um sich auszuruhen. Ein paar Minuten später war Steffi eingeschlafen.

Ben war glücklich, dass Bettina und Steffi sich so gut verstanden. Steffi mochte Bettina sehr und hatte keinen Moment gezögert, als sie ihr ihren Schoß als Schlafstätte angeboten hatte. Ben schaute die beiden an und hoffte, dass es zukünftig noch viele Situationen wie diese geben würde. Noch immer hielt er Bettinas Hand unter der Decke.

Als Steffi zwischenzeitlich wach wurde, beschloss Ben, nach Hause zu fahren, um sie ins Bett zu bringen.

„Bettina, wir fahren nach Hause. Es hat sehr viel Spaß gemacht heute. Feiere deinen Erfolg ruhig noch ein bisschen."

„Das werde ich", lächelte Bettina. „Kommt gut heim, ich beiden!"

Bettina blieb noch eine Zeitlang auf der Terrasse sitzen, bis sie ihr Glas Sekt geleert hatte. Dann machte auch sie sich auf den Heimweg.

Zuhause holte Bettina ihr Handy hervor und schrieb eine Nachricht an Ben: *Es war ein superschöner Tag heute! Danke!"*

Seine Antwort ließ nicht lange auf sich warten: *„Finde ich auch! An den Matchball werden wir uns noch lange erinnern! Bis bald, Bettina!"*

An ihr Gespräch fünf Tage zuvor erinnerte sich zu diesem Zeitpunkt schon lange keiner der beiden mehr.

Kapitel 42
Donnerstag, 19. August 2021

Ben betrat die Anlage und begrüßte seinen heutigen Spielpartner Max, der schon auf ihn wartete, mit einem Handshake.

„Hi, Max. Alles fit?"

„Klar, und bei dir?"

„Auch alles gut. Haben wir einen Platz?"

„Ja, ich habe uns auf Platz 2 gehängt."

„Alles klar, ich geh mich schnell umziehen."

Als Ben umgezogen aus der Kabine kam, sah er Dennis, einen seiner Mannschaftskameraden, mit einer Kiste Wein über die Terrasse laufen. Dennis stammte aus einer Winzerfamilie, und Ben erinnerte sich daran, dass er für den Abend eine Weinprobe für die Clubmitglieder organisiert hatte. Er steckte gerade in den Vorbereitungen.

„Hallo Dennis, brauchst du Hilfe?", fragte Ben.

„Hi. Nee, danke, geht schon."

„Okay, dann los uns loslegen, Max", sagte Ben in Richtung seines Spielpartners. Die beiden betraten den Platz und begannen sich einzuschlagen.

Dennis hatte für die Weinprobe um vorherige Anmeldung gebeten, damit er wusste, wieviel Wein er mitzubringen und wie viele Sitzgelegenheiten er aufzubauen hatte. Max hatte sich angemeldet, Ben aber nicht. Als er jetzt Dennis bei den Vorbereitungen sah, überlegte er allerdings, ob er nicht doch teilnehmen sollte. Sein Tennis-Match würde bis dahin sicher vorbei sein.

Nach zehn Minuten nahmen Max und Ben kurz auf ihren Bänken Platz, um einen Schluck Wasser zu trinken.

„Warte mal eben", sagte Ben zu seinem Partner, „ich muss nochmal eben was klären."

„Alles gut, mach nur."

Ben beschloss, doch an der Weinprobe teilzunehmen. Aber er wollte Bettina dabeihaben. Er kramte sein Handy hervor und schrieb ihr eine Nachricht:

„Hi Bettina, heute Abend findet die Weinprobe von Dennis statt. Bist du angemeldet?"

Nach weiteren zehn Minuten sah er nach, ob er eine Antwort erhalten hatte. Hatte er.

„Nee, bin ich nicht. Aber ich spiele nachher mit Birgit. Vielleicht ergibt sich ja dann noch spontan die Gelegenheit."

Das reichte Ben. Er ging an den Zaun am Spielfeldrand und sprach Dennis an, der gerade damit beschäftigt war, Stehtische aufzubauen und mit weißen Tischdecken auszustatten. Vorher hatte er schon Stühle und Bänke auf der Wiese vor der Clubterrasse platziert.

„Hey Dennis! Kann man sich noch anmelden für nachher? Ich weiß, eigentlich ist die Anmeldefrist abgelaufen."

Dennis ließ kurz von seiner Arbeit ab und kam zu Ben an den Zaun.

„Kein Problem, kriegen wir hin."

„Okay, cool, dann setze bitte Bettina und mich auf die Gästeliste."

Dennis grinste sich einen. „Alles klar, mach ich. Dann bis später."

Ben ging wieder zu seiner Bank und schrieb Bettina eine weitere Nachricht:

„Alles klar, ich habe uns angemeldet. Bis nachher!"

Als er eine Viertelstunde das nächste Mal auf sein Handy guckte, sah er Bettinas Antwort. Es war nur ein einziges Emoticon. Eine Frau, die sich mit der Hand an die Stirn klatschte. Ben grinste und setzte sein Spiel mit Max fort.

Als Max und Ben eine Dreiviertelstunde später den Platz verließen, betrat Bettina mit Birgit gerade den Nebenplatz.

„Ich hoffe, du hast Durst heute!", begrüßte Ben sie. Sie grinste nur und schüttelte dabei leicht den Kopf.

Die Weinprobe hatte gerade begonnen. Circa fünfunddreißig Mitglieder standen oder saßen mit einem Weinglas in der Hand auf dem Rasen und ließen sich von Dennis die Geschichte des Weines erzählen, den sie gerade in ihren Gläsern hatten. Herkunft, Jahrgang, Anbaugebiet, Herstellprozess und so weiter. Dennis hatte insgesamt fünf verschiedene weiße und rote Weine mitgebracht, allesamt aus dem oberen Preisregal. Auch Bens Mannschaft war zahlreich vertreten. Max und Ben beschlossen, zuerst zu duschen und dann dazuzustoßen.

Als sie schließlich dazukamen, waren die ersten drei Weine bereits verkostet worden. Aber Dennis hatte genug Kisten dabei, so dass auch die Zuspätkommer nicht zu kurz kamen. Max und Ben bemühten sich, die verlorene Zeit aufzuholen und die drei Weine, die sie verpasst hatten, im Schnelldurchgang herunterzustürzen, wodurch sie sich eine Rüge von Dennis einfingen.

„Leute, bitte. Das sind Top-Weine, die genießt man und lässt sich Zeit dabei. Die haut man nicht auf Ex weg."

„Ach was, her mit dem Zeug. Wir müssen die verlorene Zeit wieder reinholen. Und wir sind doch nicht zum Spaß hier!"

Dennis schüttelte nur mit dem Kopf. Aber er lachte dabei.

Nach den fünf Verkostungen waren die meisten Anwesenden schon leicht angetrunken, zumal Dennis regelmäßig sämtliche Gläser nachgefüllt hatte, sobald sie auch nur halbleer waren. Irgendwann war die Verkostung offiziell beendet, aber wer wollte, konnte noch bleiben, den Abend mit Gleichgesinnten genießen und sich beliebig häufig Nachschub holen. Was auch alle taten.

Ben ging zu Bettina, die gerade mit Birgit den Platz verließ.

„Kommst du? Der offizielle Teil ist schon beendet, aber es ist noch genug da."

„Ich muss erst duschen. Und dann trinken Birgit und ich erst noch ein Glas Sekt, dann komm ich rüber. Ich will sie hier jetzt nicht allein sitzen lassen."

„Okay, mach das. Ich warte auf dich und trink in der Zwischenzeit noch zwei oder drei Wein." Ben war mittlerweile auch schon leicht angeduselt.

Aus dem einen Glas Sekt wurden zwei. Aus den zweien wurden drei. Irgendwann hatte Birgit endlich genug und verabschiedete sich für heute. Sofort drückte Ben Bettina den ersten Wein in die Hand.

„Na endlich, ich dachte schon, Birgit will gar nicht mehr nach Hause gehen. Hier, das ist Wein Nummer eins." Er las Bettina aus der bereitgelegten Karte vor, was sie da gerade in den Händen hielt, und stieß mit ihr an.

„Wie hast du gegen Birgit gespielt? Hast du gewonnen?"

„Ja, habe ich. Und meine Rückhand wurde von ihr explizit gelobt", sagte sie stolz.

„Zu Recht", grinste Ben. „Komm, du hast noch einiges aufzuholen."

„Oh je, das kann ja lustig werden."

Ben war schon wieder unterwegs, um Bettina ein Glas von Wein Nummer zwei zu besorgen.

„Hier, das ist Nummer zwei." Wieder las er vor, um was für einen Wein es sich handelte. Bettina nahm das Glas entgegen, dabei war ihr erstes noch fast voll.

Ben deutete auf eine freie Bank. „Wollen wir uns vielleicht setzen? Nicht dass du mir hier noch umkippst, wenn du so viel säufst."

„Haha. Aber okay, gerne."

Sie setzten sich auf die Bank und ließen sich ihre Weine schmecken. Bettina Nummer eins und zwei. Ben hatte keine Ahnung, was er gerade in seinem Glas hatte.

„Hast du auch gewonnen?", wollte Bettina von Ben wissen.

„Wir haben kein Match gespielt. Nur Bälle geschlagen. Aber sonst hätte ich natürlich gewonnen!"

Er sagte es bewusst in einer Lautstärke, dass Max es hören konnte. Er stand ein paar Meter entfernt und unterhielt sich gerade mit Dennis. Er guckte kurz zu Bettina und Ben rüber, grinste und prostete ihnen zu. „Prost, ihr Süßen!"

„Was gibt's Neues bei deiner Mutter?", wollte Ben wissen. „Vertragt ihr euch? Oder kratzt ihr euch die Augen aus?"

Bettina leerte das Glas mit Wein Nummer eins. „Na ja, irgendwas dazwischen, würde ich sagen. Jetzt fliegt sie bald erstmal für drei Wochen in den Urlaub. Nach Spanien. Da bin ich ganz froh drüber. Dann habe ich mal für drei Wochen meine Ruhe. Hoffe ich zumindest."

„Wer weiß? Vielleicht ruft sie dich ja auch gleich am ersten Tag an, weil der Kühlschrank in ihrem Hotelzimmer kaputt ist." Ben lachte sich über seinen eigenen Witz schlapp. Bettina lächelte nur und kümmerte sich wieder um Wein Nummer zwei.

„So, ich organisier mal die Nummer drei für dich."

„Mach langsam", antwortete Bettina. Sie merkte ihre drei Sekt und zwei Weine schon.

Ben überhörte Bettinas Antwort und kam kurz darauf mit Wein Nummer drei zurück, diesmal ein roter. Auch sein eigenes Glas hatte er nochmal auffüllen lassen.

Er reichte Bettina ihr Glas. „Hier kommt Nummer drei. Warte mal, ich hol uns mal eine Wolldecke."

Es war mittlerweile nach einundzwanzig Uhr und spürbar frisch geworden.

„Ja, gute Idee."

Ben setzte sich zu Bettina und deckte sie beide mit der Wolldecke zu. Es dauerte nicht lange, bis sich ihre Hände unter der Decke fanden.

„Hast du Lust, dass wir am Wochenende nochmal Tennis spielen? Ich will mir deine starke Rückhand auch mal angucken."

Bettina lächelte ihn an. „Ja, gerne. Am Samstag wäre gut. Zehn Uhr?"

„Alles klar, dann Samstag zehn Uhr." Im nächsten Moment stand Ben schon wieder auf, um Nachschub zu holen. Diesmal brachte er Bettina gleich zwei Gläser mit.

„Voilà! Nummer vier und fünf!"

Bettina nahm ihre neuen Gläser entgegen und stellte sie auf den Tisch neben sich. „Ich kann nicht so schnell trinken. Ich bin noch bei Nummer drei. Nun mach mal langsam."

„Okay, ich mach langsam." Er stellte sein Glas ebenfalls auf dem Tisch ab. „Dann komm mal in der Zwischenzeit zu mir."

Er rückte näher an Bettina heran, setzte sich seitlich und drehte sie so, dass sie jetzt vor ihm saß. Er lehnte seinen Oberkörper ein Stück zurück und zog Bettina behutsam mit sich, so dass ihr Kopf nun auf seiner Brust lag und er seine Arme um ihre Taille legen konnte. Hin und wieder löste er seinen Griff und spielte an Bettinas Haaren herum.

Bettina war in Anwesenheit anderer Clubmitglieder zuletzt deutlich zurückhaltender geworden, wenn es um körperliche Nähe zu Ben ging, weil sie schon mehrfach dumm angequatscht worden war. Aber heute hatte sie offenbar keine Hemmungen, vor den Augen der anderen mit ihm zu kuscheln. Drei Sekt und dreieinhalb Gläser Wein waren daran sicherlich nicht ganz unschuldig. Es schien aber auch niemanden wirklich zu interessieren. Aus Bettinas Mannschaft war zum Glück niemand anwesend, und die anderen Gäste waren mittlerweile zu betrunken, um sich daran zu stören, oder es war ihnen schlichtweg egal.

Viele Leute waren aber ohnehin nicht mehr da. Die meisten waren inzwischen nach Hause gegangen oder hatten sich ins warme Clubhaus verkrümelt. Nur eine kleine Gruppe von fünf Leuten hielt weiterhin tapfer durch und hatte sich um einen der Stehtische versammelt. Cedric war einer der Verbliebenen. Er hielt sein Weinglas in der Hand und hatte ein fettes Grinsen im Gesicht, als er Bettina und Ben engumschlungen auf der Bank sitzen sah. Was er wegen der Wolldecke allerdings nicht sehen konnte, war, dass Ben seine Hände mittlerweile unter Bettinas T-Shirt hatte.

Irgendwann verabschieden sich auch die letzten Gäste. Nur Dennis war noch da und räumte seine Sachen zusammen. Bettina hatte inzwischen tapfer Wein Nummer vier und fünf bezwungen und schmiegte sich an Ben an. Er legte seinen Kopf von hinten auf ihre Schulter und fing an, leicht an ihrem Ohr zu knabbern.

„Welcher der fünf Weine hat dir am besten geschmeckt? Ich fand Nummer zwei am besten."

„Ja, der war gut. Nummer vier aber auch."

Dennis sprach die beiden Turteltauben an. „So, habt ihr noch einen letzten Wunsch für heute?"

„Nee, danke, ich habe genug", antwortete Bettina.

Aber Ben hatte nicht vor, schon nach Hause zu fahren. „Wir haben gerade festgestellt, dass Nummer zwei uns am besten geschmeckt hat. Wir nehmen davon noch eine Flasche."

Er vernahm ein deutliches Stöhnen von Bettina. Er wusste aber nicht, ob sie stöhnte, weil er noch eine weitere Flasche Wein geordert hatte oder ob seine Hände unter ihrem T-Shirt etwas damit zu tun hatten.

„Alles klar, bitte schön", sagte Dennis, als er Ben die Flasche reichte. „Die Gläser könnt ihr hier auf einem der Tische abstellen, die hole ich morgen ab. Dann noch einen schönen Abend für euch." Auch er grinste, als er sich verabschiedete.

Ben öffnete die Flasche und füllte die Gläser nach. Sobald Dennis aus ihrem Blickfeld verschwunden war, drehte er vorsichtig Bettinas Kopf und küsste sie auf den Mund. Sie erwiderte seinen Kuss. Bettinas Blick ging kurz in Richtung Clubhaus, aber von dort konnte sie niemand sehen. Also küsste sie Ben nochmal. Und nochmal. Und nochmal.

Als Bettina einen Schluck von ihrem Wein trank, stellte Ben ihr eine Frage: „Du, wollen wir vielleicht nochmal ein Turnier zusammen spielen? Das hat beim letzten Mal doch echt Spaß gemacht. Ich habe schon mal geguckt. Am letzten Septemberwochenende wäre nochmal eines."

Bettina rechnete. „An dem Wochenende kommen wir aus dem Urlaub zurück. Ich weiß nicht, ob das klappt."

„Ihr fahrt in den Urlaub?"

„Ja, Arne hat spontan für uns eine Woche Urlaub in Dänemark gebucht. Am 18. September fahren wir los."

Ben gefiel der Gedanke nicht, dass Bettina mit Arne zusammen in den Urlaub fahren würde. Er wäre viel lieber selbst mit ihr in den Urlaub gefahren, aber er wusste natürlich, dass das nicht ging.

„Dann kommt ihr doch auch am Samstag wieder zurück, oder?"

„Weiß nicht. Kann sein. Ja, ich glaub schon." Bettina war zu betrunken, um sich sicher zu sein.

„Dann passt das doch. Wenn ihr am Samstag zurückkommt, können wir ja am Sonntag Turnier spielen. Soll ich uns anmelden?"

„Ben… muss ich gucken. Ich muss das auch mit Arne klären."

Sie hätte nichts dagegen einzuwenden gehabt, jedes Wochenende ein Turnier mit Ben zu spielen. Aber sie wusste auch, dass sie es mit Ben nicht übertreiben durfte, sonst würde Arne Wind davon bekommen, dass zwischen ihnen etwas lief.

„Okay, dann sag mir Bescheid."

Ben schenkte ihnen noch einmal nach. Bettina war heilfroh, dass die Flasche jetzt endlich leer war.

„Ben, ich kann nicht mehr. Lass uns mal nach Hause fahren. Aber lass uns einfach gehen und nicht nochmal im Clubhaus vorbei."

„Wieso das?"

„Mathias ist da drin. Wenn der uns jetzt sieht, wie wir zusammen die Anlage verlassen, dann kommt nur wieder ein blöder Spruch."

„Na gut, wie du willst."

Sie stürzten ihren letzten Wein herunter und warfen die Wolldecke beiseite. Bettina kippte beinahe um, nachdem sie aufgestanden war, aber dann fand sie doch die Balance.

„Mein Gott, wieviel Gläser Wein habe ich eigentlich getrunken? Sieben? Oder acht? Und dann noch der Sekt vorher."

„Keine Ahnung, ich habe irgendwann aufgehört zu zählen." Ben hatte auch ziemlich einen sitzen.

Sie stellten die leeren Weingläser auf einen der Stehtische und schlichen sich wie Einbrecher im Dunkeln davon, damit Mathias und die anderen im Clubhaus sie nicht sehen konnten.

Ben nahm einen kleinen Umweg in Kauf und begleitete Bettina noch bis nach Hause. Ihre Fahrräder schoben sie nebeneinanderher. Aber Bettina hätte ohnehin nicht mehr fahren können. Kurz bevor sie Bettinas Zuhause erreicht hatten, stellte Ben sein Fahrrad auf dem Bürgersteig ab, um Bettina zu verabschieden. Sie tat es ihm gleich. Ben nahm Bettinas Kopf zwischen seine Hände und küsste sie leidenschaftlich auf den Mund.

Sie achteten darauf, dass der große Lieferwagen, der am Straßenrand parkte, die möglichen Blicke neugieriger Nachbarn verhinderte.

Kapitel 43
Samstag, 21. August 2021

„Sehr schön, Bettina! Deine Rückhand ist nochmal besser geworden", sagte Ben zu ihr, als sie ihre heutige Tennis-Session am Netz mit einer Umarmung beendeten.

Bettina freute sich über das Kompliment und schenkte Ben ihr schönstes Lächeln.

Ben packte seinen Schläger in seine Tennistasche. „Komm, wir ziehen ab, und dann trinken wir noch was zusammen."

„Ja, gerne. Aber lass uns vorher duschen gehen."

Ben kam als erstes aus der Dusche. Er organisierte zwei Apfelschorlen und setzte sich auf die Terrasse. Kurz darauf kam auch Bettina raus. Sie hatten heute bereits um zehn Uhr gespielt, und dementsprechend leer war es im Club. Ein Tennisplatz war noch besetzt, aber die Spieler waren außer Hör- und Sichtweite, so dass Bettina und Ben ungestört waren.

Noch bevor Bettina sich setzen konnte, ging Ben zu ihr und küsste sie.

„Ben!"

„Das musste jetzt sein", grinste er sie an.

Er sah ihr an, dass sie etwas sagen wollte.

„Was ist?", fragte er.

„Ich sollte das nicht tun."

„Ich finde, du solltest es sogar noch viel häufiger tun", grinste er.

Wieder küsste er sie. Sie erwiderte seinen Kuss, aber ihre Zweifel und ihr schlechtes Gewissen ließen sie nicht los.

„Ben, ich bin verheiratet. Ich sollte das Arne nicht antun."

„Mach dir nicht so viele Gedanken, Bettina. Eigentlich ist doch noch gar nichts passiert. Wir haben nur ein bisschen geknutscht."

„Mmmh." Bettina sah das ein bisschen anders.

Ben strich ihr mit seinen Fingern vorsichtig über die Wange.

„Bettina, wenn Arne irgendwann in dreißig Jahren mal auf dem Sterbebett liegt und dich fragt, ob du ihm treu warst und du ihm dann sagst: ja, das war ich, aber vor dreißig Jahren habe ich mal einen jüngeren Kerl im Tennisclub geküsst, dann wird er selig einschlafen, glaub mir."

Der Gedanke erschein Bettina nicht besonders charmant.

„Aber ich habe Arne gegenüber ein so schlechtes Gewissen. Er vertraut mir. Und er macht auch überhaupt nichts falsch!"

Jetzt wurde Ben plötzlich ernst. „Weiß er irgendwas?"

„Nein."

Ben wusste für den Moment nicht, was er darauf antworten sollte. Er war froh, dass Bettina weiterredete:

„Warum hast *du* eigentlich nie geheiratet?"

„Ich habe auf dich gewartet."

Bettina lächelte. Natürlich wusste sie, dass das nicht die Wahrheit war, aber Bens Antwort schmeichelte ihr.

Tatsächlich hatte Ben nie geheiratet, weil ihm in seiner langjährigen Beziehung zu Doro immer etwas gefehlt hatte. Aber mit Bettina war das anders. Sie verkörperte all die Eigenschaften einer Frau, die ihm wichtig waren. Sie stand mit beiden Füßen fest im Leben, und sie hatte einen großen Freundes- und Bekanntenkreis. Sie war von niemandem abhängig. Sie war humorvoll, intelligent und wunderschön! Und sie teilte mit Ben sein größtes Hobby, den Tennissport.

Bettina hingegen war glücklich verheiratet. Eigentlich. Aber im Moment stellte sie das alles in Frage, denn Ben hatte ihr in jeglicher Hinsicht den Kopf verdreht. Mit ihm erlebte sie all die Dinge, die sie in ihrer Ehe mit Arne in den letzten Jahren so nicht kannte. Sie lebte keine langweilige Ehe, nein, aber Ben hatte sie daran erinnert, was Spontaneität, Humor, Überraschung, Leidenschaft, Begierde und Schmetterlinge im Bauch bedeuteten. Sie hatte diese Dinge vermisst, ohne es wirklich gewusst zu haben. Und doch waren fünfundzwanzig Jahre Ehe ein Rucksack, den sie nicht einfach ablegen konnte.

„Ben, du machst es mir wirklich schwer. Ich brauche mal dringend Zeit für mich, um mir darüber klar zu werden, was ich denn eigentlich will."

Genau das wollte Ben auch. Er wollte es Bettina so schwer wie möglich machen. Wenn es nach ihm ging, dann war klar, wo die Sache enden sollte. Er wollte, dass sie Arne für ihn verließ. Aber er wusste genau, dass er sie nicht vor diese Wahl stellen durfte. Noch nicht. Er wusste, dass Bettina Gefühle für ihn hatte und dass sie gerade dabei war, alles infrage zu stellen. Aber er konnte und durfte sie nicht bedrängen. Er spielte auf Zeit. Er spekulierte darauf, wenn Bettina nur genug Zeit mit ihm verbringen würde, dann würde sie sich irgendwann von ganz allein für ihn entscheiden. Bis dahin würde er sich in Geduld üben und versuchen, jede Chance zu ergreifen, die sich ihm bot.

Er näherte sich Bettina und flüsterte ihr zu: „Das macht die Sache jetzt vielleicht nicht einfacher, aber trotzdem…"

Er hielt ihren Kopf zwischen seinen Händen und küsste sie. Aber er ließ nicht nach wenigen Sekunden von ihr ab, sondern küsste sie ununterbrochen. Und Bettina nahm das Angebot nur allzu gern an. Es waren Momente wie diese, in denen sie die Spontaneität und Leidenschaft, die ihr abhandengekommen waren, unendlich genoss. Und ihr Herz vor Aufregung fast explodieren ließen.

„Nee, das macht es mir wirklich nicht einfacher…", sagte sie, als Ben für einen kleinen Moment von ihr abließ.

„Ich weiß…", sagte Ben. Und küsste sie wieder.

Kapitel 44
Dienstag, 24. August 2021

Ben stieß mit seinen drei Mannschaftskollegen auf ihr heutiges Doppel an. Ben und Theo hatten Erik und Chris nach fast zwei Stunden Spielzeit niedergerungen. Jetzt hatten die vier sich ihr Feierabendbier redlich verdient. Mathias saß mit ihnen am Tisch und hatte ebenfalls ein Bier in der Hand. Er hatte das Doppel beobachtet und gab den vieren gerade ein paar schlaue Ratschläge, was sie hätten besser machen können. Ben hörte ihm nicht zu und hielt Ausschau nach Bettina, aber sie war nicht zu sehen. Er schaute auf die Uhr. Kurz vor sieben. Bettina hatte ihm erzählt, dass sie um sechs mit Annika zum Tennis verabredet war, und er fragte sich, wo sie blieb. Vermutlich hatten sie ihre Verabredung kurzfristig abgesagt.

Er hatte sich gerade von dem Gedanken verabschiedet, Bettina heute zu sehen, da betrat sie mit ihrer Tennistasche die Anlage. Sie begrüßte Mathias und Theo mit einer Umarmung. Da sie Chris und Erik nur flüchtig kannte, nickte sie den beiden nur freundlich zu. Ben war überrascht, dass er auch lediglich ein Kopfnicken und ein kurzes „Hi" zur Begrüßung erhielt und Bettina direkt in der Umkleidekabine verschwand.

Er wusste zwar nicht, was los war und auch nicht, warum Bettina so spät kam, aber er beschloss zu bleiben und ihr bei ihrem Spiel zuzusehen. Er würde sie später fragen, warum sie ihn kaum beachtet hatte, als sie kam.

„Ich hole uns nochmal eine Runde", sagte Ben zu seinen vier Tischnachbarn. Keiner antwortete ihm, sie redeten einfach weiter. Aber Ben hatte auch keine Reaktion erwartet. Unter den Männern war es ganz normal, dass irgendwann einer aufstand und Getränkenachschub besorgte. Die anderen wurden in der Regel gar nicht gefragt, sondern bestenfalls informiert, dass sie in Kürze noch ein Bier bekamen. Am Ende warf jeder irgendeinen Schein in die Mitte, und gut war, während die Damen im Club in der Regel vor dem Bezahlen erstmal zehn Minuten diskutierten, ob die eine nun einen halben und die andere einen Dreiviertelprosecco hatte.

Als Ben mit den fünf Bier an den Tisch zurückkehrte, betrat auch Annika die Anlage. Sie wirkte abgehetzt. Sie begrüßte die Herren kurz im Vorbeigehen und verschwand ebenfalls in der Umkleidekabine.

„Wie war euer Turnier?", fragte Mathias in Bens Richtung.

„Was für ein Turnier?"

„Euer Doppelturnier. Du hast doch mit Bettina ein Turnier gespielt."

Es war kein Geheimnis, dass er mit Bettina das Turnier gespielt hatte. Sie waren ja danach noch im Club gewesen und hatten jedem von ihrem Triumph erzählt. In dem Moment fiel Ben ein, dass auch Mathias dort gewesen war. Ben war sich nicht mehr sicher, ob er damals mit Mathias gesprochen hatte, aber dass er da war, daran erinnerte Ben sich ganz genau. Mathias wusste also sehr gut, wie das Turnier gelaufen war. Ben wurde skeptisch. Wollte Mathias ihn etwa nur in ein Gespräch über Bettina verwickeln, um ihm gegenüber am Ende wieder irgendeine Drohung auszusprechen?

Nach seiner letzten Begegnung mit Mathias in der Umkleidekabine war Ben lieber vorsichtig, um ihm bloß keine Angriffsfläche zu bieten.

„Das war erfolgreich. Wir sind Turniersieger geworden", sagte Ben so emotionslos wie möglich.

„Oh, cool. Glückwunsch!"

Ben zog die Augenbrauen hoch und schaute Mathias an. Verarschte er ihn gerade? Ben nahm einen Schluck von seinem Bier und beschloss, nichts weiter zu dem Thema zu sagen.

Aber Mathias fragte weiter: „Spielt ihr nochmal irgendwo ein Turnier?"

Ben hatte Bettina vor Kurzem gefragt, ob sie nochmal ein Turnier zusammen spielen wollten, aber sie hatte sich noch nicht geäußert. Wusste Mathias etwa davon? Woher hatte er diese Information schon wieder?

„Weiß noch nicht. Vielleicht." Das war sogar die Wahrheit.

Ben erwartete, dass Mathias weiterbohren würde, aber erfreulicherweise tat er es nicht. Vielleicht sah Ben auch Gespenster, und Mathias wollte gar nichts aus ihm herauslocken, sondern war wirklich nur interessiert.

Im nächsten Moment kamen Annika und Bettina umgezogen aus der Kabine und betraten den Tennisplatz.

„So, meine Damen, viel Spaß! Jetzt wollen wir aber noch was sehen", gab Mathias den beiden mit auf den Weg. Annika verdrehte die Augen, und Bettina grinste.

„Ich spring mal unter die Dusche", sagte Theo. Ben nutzte die Gelegenheit mitzugehen, bevor Mathias ihn doch noch weiter aushorchen würde.

„Was genau läuft denn da zwischen Bettina und dir?", fragte Theo, als beide unter der Dusche standen.

Anders als bei Mathias hatte Ben kein Problem damit, Theo reinen Wein einzuschenken.

„Tja, wenn ich das so genau wüsste. Sagen wir mal so, wir sind uns nähergekommen. Aber Bettina ist seit fünfundzwanzig Jahren verheiratet, und das ist natürlich eine Riesenhürde für sie. Ich glaube, sie ist genauso verliebt in mich wie ich in sie, aber sie ist eben schon vergeben. Und sie hat mir neulich gesagt, Arne macht auch nichts falsch. Ich will sie auch nicht unter Druck setzen."

„Er macht nichts falsch? Er scheint aber auch nicht besonders viel richtig zu machen, sonst hätte sie sich wohl kaum auf dich eingelassen."

Ihr Gespräch verstummte in dem Moment, als Erik und Chris die Umkleidekabine betraten.

Chris machte als erstes ein Fenster auf. „Boah, was für eine Waschküche hier!"

„Habt ihr uns noch ein bisschen warmes Wasser übriggelassen?", fragte Erik.

„Hauptsache, ihr habt uns noch ein bisschen Bier übriggelassen", antwortete Theo aus der Dusche.

Kurz darauf saßen Theo und Ben wieder mit einem neuen Bier bei Mathias am Tisch. Mathias textete Theo mit irgendeiner Geschichte aus seinem Job voll. Ben hörte nicht zu. Er sah zu Bettina auf dem Tennisplatz und dachte über das nach, was Theo ihm unter der Dusche gesagt hatte. Hatte er recht gehabt?

Erneut waren es Chris und Erik, die ihn aus seinen Gedanken rissen, als sie aus der Umkleidekabine kamen. Im Gegensatz zu Theo und Ben hatten sie genug für heute und verabschiedeten sich.

„Meine Herren! Noch einen schönen Abend!", sagte Erik.

„Bis nächstes Mal", ergänzte Chris.

Die drei Männer am Tisch verabschiedeten die beiden und wandten sich wieder ihren Getränken zu.

Mathias' Monolog dauerte noch eine knappe halbe Stunde an. Als Mathias nicht hinsah, schaute Theo zu Ben und verdrehte genervt die Augen. Der arme Kerl tat Ben leid.

Irgendwann hatte Theo die Faxen dicke. „So, Leute, ich pack's auch für heute. Macht's gut."

„Ja, du auch", grinste Ben ihn an und sah wieder zu Bettina. Annika und sie hatten ihr Spiel gerade beendet und waren bereits damit beschäftigt, ihre Tennissachen einzupacken. Kurz darauf verließen sie den Platz.

Ben konnte hören, wie sie sich unterhielten.

„Wollen wir erst essen oder erst duschen?", fragte Bettina.

„Erst duschen", antwortete Annika und verschwand in der Umkleide.

„Okay."

Bettina trottete Annika hinterher. Ben folgte ihr und schnappte sie sich, bevor sie die Kabine erreichte.

„Bettina, warte mal eben. Ist alles okay zwischen uns?"

„Ja, wieso?"

„Wieso hast du mich denn vorhin so komisch begrüßt?"

„Wie habe ich dich denn begrüßt?"

„Eigentlich gar nicht. Theo und Mathias hast du herzlich umarmt, aber an mir bist du fast grußlos vorbeigelaufen. Habe ich irgendwas falsch gemacht?"

„Nein, hast du nicht. Aber du weißt doch, wie wir unter Beobachtung stehen. Wenn ich dich zur Begrüßung umarme, dann geht doch gleich wieder das Gerede los. Vor allem, wenn Mathias dabei ist."

Das Argument erschien Ben nicht besonders plausibel. Wenn sie alle anderen herzlich begrüßte, nur ihn nicht, dann würde das erst recht auffallen, dachte er sich.

„Alles gut, wirklich", schob Bettina noch hinterher. Ben beschloss, es dabei zu belassen und quittierte es mit einem Lächeln und einem Kopfnicken.

„Okay. Dann geh erst mal duschen."

Ben kehrte zu Mathias an den Tisch zurück. Mathias hatte genau bemerkt, dass Ben Bettina gefolgt war, aber er verkniff sich einen Kommentar. Ben besorgte den beiden noch zwei Bier.

Nach ihrer Dusche nahmen Annika und Bettina auf der Terrasse am Nachbartisch Platz. Annika besorgte für die beiden etwas zu trinken, und Bettina holte aus einem mitgebrachten Korb zahlreiche Leckereien hervor, die sie für Annika und sich mitgebracht hatte. Baguettebrot, Käsewürfel, Paprikastreifen, verschiedene Kräuteraufstriche, geschnittene Karotten, Mini-Salamis, Oliven. Es nahm gar kein Ende. Ben schüttelte ungläubig den Kopf. Manchmal aßen auch die Männer gemeinsam im Club zu Abend. Dann wurde der Grill angeworfen, und es wurden zwanzig Würstchen gegrillt. Mit Glück gab's noch ein paar trockene Brötchen dazu. Die Damen hingegen mussten den halben

Nachmittag in der Küche verbracht haben und tischten gerade ein Buffet auf, das manches All-Inclusive-Hotel in den Schatten stellte.

Ben dachte immer noch über die Worte nach, die Theo ihm unter der Dusche gesagt hatte, als Bettina auf ihn zu kam und ihm einen Teller mit Brot, Paprika, Käse und geschnippelten Karotten brachte.

„Hier, bevor du mir vom Fleisch fällst."

Ben lächelte sie an und griff nach einem Stück Paprika. „Oh, danke!"

„Guten Appetit. Ich geh mal wieder zurück zu Annika, okay?"

„Ja, okay. Aber nachher will ich dir noch was zeigen."

„Was denn?"

„Das sag ich nicht. Ist eine Überraschung."

„Was ist es? Zeig's mir jetzt."

„Na gut, wenn du willst. Dann komm mal mit."

Er steckte sich noch ein Stück Paprika in den Mund und nahm Bettina an die Hand, um sie in Richtung der Umkleidekabinen zu führen. Ben sah, wie Annika grinste. Zu Mathias sah er lieber nicht.

Bettina war die Sache nicht geheuer.

„Wo gehen wir denn hin?"

„In die Umkleidekabine. Komm mit. Ich sag doch, ich will dir was zeigen."

Ben öffnete die Tür der Herrenumkleide und führte Bettina hinein. Niemand war dort. Ben schloss die Tür von innen. Bettina sah sich in der Kabine um, konnte aber nichts entdecken. Was wollte Ben ihr hier zeigen? Sie sah noch, wie Ben das Licht ausschaltete. Plötzlich war es so stockfinster, dass man seine eigene Hand vor Augen nicht mehr sehen konnte. Aber Ben hatte sich Bettinas Position genau eingeprägt, und ehe sie sich versah, hielt er schon ihren Kopf zwischen seinen Händen und küsste sie. Sie wollte eine Zehntelsekunde lang protestieren, aber dann hatte sie sich mit der Überraschung angefreundet und erwiderte seinen Kuss.

Gerade als ihre Zungen sich berührten, flog die Tür auf, und das Licht ging an. Es war Mathias.

„Na, na, na! Wir wollen hier doch bitte keinen Unsinn machen!"

Mehr hatte er nicht zu sagen. Er war genauso schnell wieder weg, wie er aufgetaucht war.

Bettina rutschte das Herz in die Hose. Das war das letzte, was hätte passieren dürfen. Sie und Ben waren sowieso schon das Gesprächsthema Nummer eins im Club, und jetzt hatte ausgerechnet Mathias sie in flagranti erwischt.

Ben war einfach nur sauer auf Mathias. Was mischte der Kerl sich in Dinge ein, die ihn nichts angingen?

Mit hochrotem Kopf kehrte Bettina zurück zu ihrem gedeckten Tisch, an dem Annika bereits auf sie wartete. Wenigstens war Mathias verschwunden. Wenn er jetzt noch am Nebentisch gesessen hätte, hätte sie mit Sicherheit keinen einzigen Bissen herunterbekommen.

Annika hatte sich gewundert, wie Mathias eben aus dem Clubhaus kam und direkt grußlos die Biege machte. Jetzt sah sie Bettinas hochroten Kopf. Sie wollte gerade ansetzen zu reden, da kam Ben aus der Tür. Er winkte den beiden Damen kurz zu.

„Schönen Abend noch für euch beide!"

Ohne eine Antwort abzuwarten, war er verschwunden. Annika guckte Ben noch für ein paar Sekunden nach, bis er um die Ecke verschwand. Dann wandte sie sich Bettina zu.

„So, Schätzchen, könntest du mir vielleicht mal erzählen, was hier gerade los war?"

Kapitel 45
Sonntag, 29. August 2021

„Hallo Traumfrau! Hat dir heute schon jemand gesagt, wie wunderschön du bist?"

Bettina las Bens Nachricht und legte ihr Handy zur Seite. Sie dachte daran, wie Mathias sie und Ben vor ein paar Tagen in der Umkleidekabine erwischt hatte. Ausgerechnet er! Mathias hatte Bettina am nächsten Tag direkt darauf angesprochen. Er hatte die Situation in der Umkleide nicht explizit erwähnt, aber es war völlig klar, dass er sich darauf bezogen hatte. Bettina hatte erwartet, einen Anschiss von Mathias zu bekommen, aber er hatte ihr nur gesagt, wenn sie mal das Bedürfnis hätte, mit jemandem zu reden, dann könnte sie sich jederzeit bei ihm melden. Sie hatte sich höflich für das Angebot bedankt, aber nicht für eine einzige Sekunde daran gedacht, es anzunehmen.

Bettina und Mathias kannten sich schon seit Ewigkeiten. Und nicht nur das, Mathias war auch mit Arne befreundet. Bisher hatte Arne nichts zu ihr gesagt, aber jedes Mal, wenn sie ihn sah, befürchtete sie, dass er es erfahren haben könnte. Ihr rutschte jedes Mal das Herz in die Hose, wenn sie mitbekam, dass Arne eine Nachricht auf sein Handy bekam.

Sie erinnerte sich daran, was sie Ben gesagt hatte. Dass Arne in ihrer Ehe nichts falsch machte. Sie ertappte sich bei dem Gedanken daran, etwas zu finden, das er eben doch falsch machte, um ihr eigenes Handeln vor sich selbst zu rechtfertigen. Es gab Momente, da wünschte sie es sich sogar, dass Arne ihr einen Anlass gab, sich mit Ben einzulassen.

Sie las Bens Nachricht ein weiteres Mal.

„Hallo Traumfrau! Hat dir heute schon jemand gesagt, wie wunderschön du bist?"

Nein, das hatte ihr heute noch niemand gesagt. Zumindest bis eben gerade.

Sie vermisste Ben. Und doch entschied sie, ihm nicht auf seine Nachricht zu antworten. Genauso wenig wie auf die Nachricht davor. Und die davor. Und die davor.

Sie antwortete ihm auch nicht auf die Nachrichten, der er ihr in den Tagen danach schrieb.

Kapitel 46
Donnerstag, 2. September 2021

Wie fast jeden Tag saß Ben auf der Terrasse des Tennisclubs und hatte ein Getränk vor sich stehen. Heute hatte er mit Cedric gespielt, der jetzt neben ihm saß und mit zwei anderen Mitgliedern am Nebentisch plauderte.

Ben war mit seinen Gedanken woanders. Bei Bettina. Sie war mal wieder auf Tauchstation gegangen. Dieses Auf und Ab nagte an ihm. Er hatte gehofft, ihr heute im Tennisclub zu begegnen, um mit ihr zu reden. Aber sie war nicht da.

Er schrieb ihr eine Nachricht: *„Hi, Bettina! Alles klar bei dir? Wollen wir morgen früh nochmal eine Stunde Tennis spielen?"*

Eine knappe Stunde später schrieb sie zurück: *„Kann morgen nicht, sorry. Melde mich."*

Ben legte sein Handy zur Seite. Er hatte auf eine etwas ausführlichere Kommunikation gehofft. Er bemerkte, dass seine Hände wieder anfingen zu zittern. Er versteckte sie unter dem Tisch und ließ nachdenklich seinen Blick über die anwesenden Mitglieder schweifen. Cedric bemerkte, dass Ben in den letzten Minuten geistesabwesend war und stupste ihn an. „Hey, alles gut? Du bist so still."

„Ja, alles gut."

„Du bist ein schlechter Lügner", lachte Cedric. „Komm, ich hol uns nochmal was zu trinken, dann kannst du mir erzählen, was los ist."

Cedric drückte seine Zigarette im Aschenbecher aus und begab sich in Richtung Clubhaus, um Getränkenachschub zu organisieren. Cedric war einer der wenigen Mannschaftskollegen, die rauchten. Als Ben genauer darüber nachdachte, kam er zu dem Schluss, dass er sogar der Einzige war.

„Komm, wir gehen mal um die Ecke, dann können wir in Ruhe reden", sagte Cedric, als er Ben sein Bier in die Hand drückte.

Ben hatte noch gar nicht eingelenkt zu reden, aber er folgte Cedric trotzdem. Sie nahmen an einem freien Tisch außer Hörweite der anderen Mitglieder Platz.

„Was ist los mit dir? Du bist so nachdenklich. Hat es was mit Bettina zu tun?"

Ben war überrascht, dass Cedric sofort wusste, worum es ging. War er so einfach zu durchschauen?

„Wie kommst du darauf?", tat er zunächst unwissend.

Cedric zündete sich eine Zigarette an. „Komm, das sieht man doch, dass zwischen euch was läuft. Ihr spielt ständig zusammen Tennis. Ihr spielt zusammen Turniere. Und ihr sitzt hier stundenlang zusammen und kuschelt euch unter eine Decke. Und bei der Weinprobe neulich habt ihr auch wieder rumgekuschelt."

Ben merkte, dass es keinen Zweck hatte, es zu leugnen. „Ist das so offensichtlich?"

„Ja", sagte Cedric nur und grinste. „Nun sag schon, was läuft da zwischen euch?"

Ben überlegte kurz, was er preisgeben sollte und was nicht. Er wollte Bettina nicht in Schwierigkeiten bringen. Auf der anderen Seite vertraute er Cedric. Daher entschied er sich für die Wahrheit. Zumal es ja offenbar sowieso schon alle wussten. „Na ja, wir sind uns in den letzten Wochen etwas nähergekommen."

Cedric redete nicht lange drumherum: „Wart ihr zusammen im Bett?"

„Nein. Es geht mir nicht darum, sie ins Bett zu kriegen. Ich habe andere Absichten."

„Du bist verknallt."

„Ja, bin ich."

„Und sie? Ist sie auch verknallt?"

„Ich bin mir nicht sicher", gab Ben wahrheitsgemäß zu Protokoll. „Ich glaub schon. Du hast ja selbst gesagt, dass wir hier vor ein paar Tagen noch rumgekuschelt haben. Aber im Moment herrscht mal wieder Funkstille. Nicht das erste Mal."

„Habt ihr euch schon geküsst?"

„Ja, natürlich. Schon oft." Ein Lächeln huschte ihm durchs Gesicht, als er sich selbst reden hörte.

Cedric drückte seine Kippe aus und dachte einen Moment darüber nach, was er gerade gehört hatte. „Oh Mann, Ben. Du machst Sachen."

Nach einer kurzen Pause fuhr Cedric fort: „Bettina ist ja auch wirklich eine Süße. So ein richtiges Engelchen. Aber überleg dir das, ob du wirklich eine Ehe kaputtmachen willst. Lass das lieber."

„Ich will nichts kaputtmachen. Ich möchte etwas Wundervolles aufbauen."

Cedric merkte, dass es Ben voll erwischt hatte und es keinen Sinn hatte, ihm irgendetwas auszureden. Er beschloss daher, es dabei zu belassen, und gab Ben einen Klaps auf die Schulter. „Komm, wir gehen wieder rüber zu den anderen. Noch ein Bier?"

Ben nickte und setzte sich wieder an den Tisch, an dem sie vor zehn Minuten schon gesessen hatten. Cedric kam mit zwei Bieren zurück: „Prost, auf die Liebe!"

Ben lächelte gequält und prostete zurück. Cedric dachte nochmal kurz an das, was Ben ihm gerade erzählt hatte. Er schüttelte lächelnd seinen Kopf und fingerte eine Zigarette aus seiner Tasche.

„Gibst du mir auch eine?"

Cedric brauchte einen Moment, bis er begriff, was Ben von ihm wollte. „Was, *du* willst eine rauchen? Echt jetzt?"

„Ja, heute rauche ich auch mal eine. Gib mal her."

Cedric reichte Ben die Zigarettenschachtel und das Feuerzeug. „Okay, bitte. Krass!"

Er war sich immer noch nicht sicher, ob Ben ihn auf den Arm nehmen wollte, aber er meinte es offenbar ernst.

Ben nahm eine Zigarette aus der Schachtel und steckte sie sich an. Cedric konnte noch nicht so richtig glauben, was er gerade sah. Er schüttelte ungläubig den Kopf und wandte sich schließlich wieder den anderen Tischnachbarn zu.

Ben zog an der Zigarette und stieß den Qualm aus. Als er das letzte Mal eine Zigarette geraucht hatte, war er dreizehn Jahre alt gewesen. Er hatte sich damals mit einem Freund heimlich eine Schachtel aus einem Automaten gezogen. Sie hatten vorm Fußballtraining eine nach der anderen geraucht, bis die Packung leer war. Am Ende war ihnen so schlecht gewesen, dass sie nicht mehr am Fußballtraining teilnehmen konnten. Es hatte einen Riesenanschiss vom Trainer gegeben, aber das richtige Donnerwetter hatte ihn erst zuhause erwartet. Diese Erfahrung hatte Ben geprägt. Er hatte in den letzten siebenundzwanzig Jahren nie wieder eine Kippe auch nur angefasst.

Bis heute.

Kapitel 47
Dienstag, 7. September 2021

Ben starrte auf sein Notebook. Er starrte jetzt schon seit fast drei Stunden darauf, aber er war nicht das kleinste Stück vorangekommen. Morgen und übermorgen würde er eine zweitägige Online-Schulung durchführen müssen, aber er hatte die Schulungsunterlagen noch lange nicht fertig. Er hatte gerade mal ein paar Folien zusammenbekommen. Er sah auf die mindestens einhundert leeren Folien, die er noch würde füllen müssen, aber er nahm sie gar nicht wahr. Er dachte immer nur an Bettina. Jede Minute blickte er auf sein Handy, ob sie ihm eine Nachricht geschrieben hatte.

Eigentlich hatte er genug Zeit gehabt, die Schulungsunterlagen zusammenzustellen. Er hatte sich auch Unterstützung aus seinem Team geholt. Anna und Stefan halfen ihm bei der Zusammenstellung der Schulungsunterlagen, und sie hatten sich auch bereiterklärt, einen Teil der Schulung zu übernehmen. Wobei sie nicht wirklich eine Wahl hatten, denn Ben war ihr Chef. Ben hatte den beiden zugesagt, die Themen gerecht und vor allem rechtzeitig zwischen den dreien aufzuteilen, damit jeder wusste, was er oder sie vorzubereiten und später vorzustellen hatte. Aber er hatte es immer wieder aufgeschoben. Seit zwei Wochen saß er mittlerweile an diesen Scheißfolien, aber das, was er wirklich zustande gebracht hatte, entsprach vielleicht der Arbeit von drei oder vier Stunden. Seine Gedanken waren immer nur bei Bettina. Er vermisste sie. Er wollte bei ihr sein. Sie berühren. Sie küssen. Zumindest wollte er, dass sie ihm schrieb. Aber es herrschte absolute Funkstille. Er hatte so schöne Momente mit Bettina erlebt. Warum tauchte sie seit Tagen so ab? Hatte sie sich dazu entschlossen, ihn nicht mehr zu sehen? Seine Gedanken kreisten seit Tagen immer nur um dieses eine Thema. Sie sorgten dafür, dass er nachts nicht schlafen und tagsüber nicht arbeiten konnte.

Wieder schaute er auf sein Handy. Es war keine Nachricht von ihr dabei. Dafür eine von Stefan. Er hatte Ben geschrieben, dass er eines seiner Themen in der Schulung vollständig weglassen würde. Er hatte einfach nicht mehr genug Zeit für die Vorbereitung. Ihm und Anna ging es genauso wie Ben. Aber im Gegensatz zu Ben hatten sie die Arbeit nicht vernachlässigt, weil sie mit ihren Gedanken woanders waren. Ben hatte ihnen einfach viel zu spät Bescheid gegeben, und deshalb standen sie jetzt unter demselben Zeitdruck wie er. Sie taten Ben leid. Er wusste genau, dass sie genau wie er eine Nachtschicht einlegen mussten, um seine blöde Schulung zu retten. Ben beschloss, sich später bei Anna und Stefan mit einem Abendessen zu entschuldigen und zu revanchieren. Das würde das mindeste sein.

Ben hasste es, unvorbereitet zu sein. Egal, zu welchem Anlass. Aber jetzt war ihm klar, dass die Schulungsunterlagen, wenn überhaupt, erst Minuten vor dem Beginn der Schulung fertig sein würden. Und bei Anna und Stefan würde es genauso sein. Sie würden keine Gelegenheit mehr haben, ihre Unterlagen nochmals gemeinsam durchzusprechen. Sie würden auch keine Gelegenheit haben, das Ganze vorher einmal testweise zu üben. Sie würden ohne eine Stunde Schlaf morgens um acht die allerletzten Folien fertigstellen und Minuten später mit der Schulung beginnen. Und so war es auch.

Ben hatte immer die Menschen und Kollegen beneidet, die in der Lage waren, ihre privaten Schwierigkeiten bei der Arbeit vollständig auszublenden und sich voll und ganz in ihren Job zu stürzen. Ben konnte das nicht. Im Gegenteil, er war so sehr mit seinen Gedanken beschäftigt, dass er sich überhaupt nicht konzentrieren konnte und seine Arbeitsleistung massiv zurückging. Und als ob das nicht schon schlimm genug gewesen wäre, hatte er auch noch zwei seiner Kollegen mit in den Schlamassel gezogen.

Umso erstaunter war er, dass er nach Ablauf der zwei Tage eine absolut positive Resonanz der Schulungsteilnehmer erhielt. Sie bedankten sich für die gute Vorbereitung und die ebenso gute Durchführung. Dabei war Ben zwischenzeitlich fast eingeschlafen, und Anna und Stefan war es nicht anders gegangen. Die drei waren sich darüber einig, mit einem blauen Auge davongekommen zu sein, und Anna und Stefan hatten auch keinerlei Skrupel, bei dem anschließenden Abendessen auf Bens Rechnung ordentlich zuzulangen. Sie hatten es sich verdient.

Kapitel 48
Freitag, 10. September 2021

„Wie war deine Schulung?", wollte Bettina wissen.

„Ganz okay. Die Rückmeldungen, die wir bekommen haben, waren eigentlich durchgängig positiv."

Die Tatsache, dass er das Ding fast versemmelt hatte, weil er mit seinen Gedanken immer nur bei ihr war, verschwieg Ben.

Heute war der offizielle Trainingstag der Herren-30-Mannschaft. Über zehn Leute aus Bens Mannschaft waren anwesend und hatten auf drei Plätzen Einzel und Doppel gespielt. Ben hatte das offizielle Training geschwänzt und lieber mit Bettina gespielt. Er war froh, dass sie ihm zugesagt hatte. Die Tatsache, dass Bettina seit ihrer letzten Begegnung zum wiederholten Male die Kommunikation eingestellt hatte, hatte Ben wieder zweifeln lassen, wie sie zu ihm stand. Er hatte ihr daher heute Vormittag noch eine Nachricht geschickt. Er hatte ihr geschrieben, dass er sie heute küssen werde, wenn sie sich sehen. Wenn sie das nicht wollte, dann sollte sie zuhause bleiben. Umso erfreuter war er, dass sie jetzt neben ihm saß.

Bens Mannschaft saß auf der Clubterrasse und hatte den Grill angeworfen. Ben hatte sich mit Bettina abgesetzt und sich einen freien Tisch außer Sichtweite der anderen gesucht.

„Das freut mich. Ich habe mich übrigens entschieden, auch wieder anzufangen zu arbeiten."

„Tatsächlich? Hast du schon was in Aussicht?"

„Vielleicht. Ich habe mir schon ein paar Hotels in der Nähe angesehen. Bei dem einen könnte ich wohl auch anfangen, aber da passen mir die Arbeitszeiten nicht so richtig. Mal sehen. Nächste Woche habe ich nochmal woanders ein Vorstellungsgespräch."

„Okay. Na dann, viel Glück. Ich glaube, es würde dir guttun, wieder einen Job zu haben. Es wäre sicherlich hilfreich, um wieder ein bisschen Struktur in deinen Alltag zu bekommen."

Ben hatte den Nagel auf den Kopf getroffen.

„Ja, das sehe ich genauso. Ich habe gemerkt, dass mir die Arbeit irgendwie fehlt."

„Ich bekomme übrigens auch einen neuen Chef."

„Echt? Oh, wie schön! Wann denn? Hat dein jetziger Chef gekündigt?"

„Nee, gekündigt hat er nicht. Bei uns wird mal wieder umstrukturiert. So wie alle paar Jahre. Ich habe das schon ein paar Mal mitgemacht. Mein jetziger Chef behält seinen Job, aber meine Gruppe wird ab Oktober einer anderen Abteilung zugeordnet, und deshalb bekomme ich eben einen neuen Chef. Der erste Oktober wird für mich ein Feiertag sein, dann bin ich den Penner endlich los."

Ben hatte sich in den letzten Monaten zwar mit seinem Noch-Chef einigermaßen arrangiert, aber von einem guten Verhältnis waren sie nach wie vor meilenweit entfernt.

„Das freut mich für dich. Dann scheint es ja für uns beide beruflich in die richtige Richtung zu laufen."

Ben griff nach Bettinas Hand und rückte etwas näher an sie heran.

„Bettina, du hast mir zuletzt wieder tagelang nicht geantwortet. Warum tust du das immer?"

Bettina schluckte. „Ben, ich weiß einfach nicht, was ich dir antworten soll, wenn du mir schreibst. Und bevor ich was Falsches schreibe, schreibe ich lieber gar nichts."

„Gar nichts zu schreiben, ist das Falscheste, Bettina. Das ist so ein bisschen wie bei unterlassener Hilfeleistung bei einem Unfall. Wenn du nur danebenstehst und nichts tust, dann ist das das Schlechteste, was du machen kannst. Es ist immer besser, irgendetwas zu tun, auch wenn man befürchtet, vielleicht das Falsche zu tun."

„Mmmh."

Der Vergleich mit der unterlassenen Hilfeleistung erschien Bettina ein wenig an den Haaren herbeigezogen.

„Weißt du, Bettina, in einer Beziehung ist es wichtig, dass beide Seiten gleichermaßen bereit sind, in den Erhalt und die Pflege dieser Beziehung zu investieren. Ganz gleich, ob es sich um eine berufliche, eine freundschaftliche oder eine Liebesbeziehung handelt. Wenn immer nur eine Seite investiert, dann wird jede Beziehung früher oder später zerbrechen. Es kommt häufig genug vor, dass Freundschaften zerbrechen. Oder vielleicht sollte ich besser sagen: im Sande verlaufen. Weil sich immer nur der eine meldet und der andere nie. Und bei uns habe ich das Gefühl, dass wir nicht gleichermaßen in unsere Beziehung investieren. Welcher Art unsere Beziehung auch immer sein möge."

Er sah, wie Bettina über seine Worte nachdachte.

„Oder hast du Angst, dass ich deine Nachrichten irgendwann mal jemandem unter die Nase halte?"

„Nein, das ist es nicht. Ich kann über Textnachrichten einfach keine Gefühle ausdrücken. Und ich will das auch nicht. Wenn, dann sage ich dir das persönlich."

„Dann sag's mir."

„Ben, was willst du jetzt hören?"

„Was du fühlst."

„Ich fühle mich zu dir hingezogen, das weißt du ganz genau. Aber ich kann im Moment nicht fest mit dir zusammen sein. Ich bin so lange verheiratet! Und ich kann das auch Jessica nicht antun!"

„Bettina, wenn du willst, dass wir uns nicht mehr sehen oder nicht mehr schreiben, dann sag es einfach. Dann muss ich mich hier auch nicht zum Affen machen."

Bettina dachte einen Moment darüber nach, was sie antworten sollte.

„Nein, ich will nicht, dass wir uns nicht mehr sehen. Ich bereue auch keine einzige Entscheidung, die uns hierhergeführt hat. Und ich gucke ja auch ständig auf mein Handy, ob du mir was geschrieben hast. Aber…"

„Was, aber?"

„Ich bin schon von so vielen Leuten angesprochen worden. Alle aus meiner Mannschaft haben mich angesprochen, und zum Teil war das nicht gerade nett! Und vor Kurzem hat Mathias zu mir gesagt, dass ich mich jederzeit bei ihm melden kann, wenn ich mal jemandem zum Reden bräuchte."

„Na, dann tu das doch", grinste Ben.

„Im Leben nicht!"

Ben wurde wieder ernst. „Bettina, du bist niemandem aus deiner Mannschaft Rechenschaft schuldig. Und Mathias erst recht nicht. Noch nicht einmal deiner Tochter gegenüber. Nur dir selbst. Du solltest das tun, was *du* möchtest."

„Ich weiß im Moment selbst nicht, was ich möchte…"

Besser vermochte Bettina es nicht auszudrücken. Ben sah, dass Bettina plötzlich extrem in sich gekehrt war. Ihr bezauberndes Lächeln, das sie noch vor wenigen Minuten zeigte, war aus ihrem Gesicht verschwunden. Alle anderen Clubmitglieder, vielleicht von Annika abgesehen, kannten Bettina nur gut gelaunt und lächelnd, aber Ben sah jetzt auch ihre andere Seite. Er konnte ihren Konflikt beinahe spüren. Tatsächlich sagte ihre Vernunft ihr, dass sie ihre Ehe nicht für Ben aufgeben sollte, aber ihr Herz sagte ihr etwas anderes. Sie wollte beides, und sie wusste, dass dies keine dauerhafte Lösung sein konnte. Sie würde sich früher oder später entscheiden müssen.

Ben versicherte sich, dass sie nach wie vor außer Sichtweite seiner Mannschaftskollegen waren. Er strich Bettina mit der Hand über die Wange und küsste sie. Sie schloss die Augen und gab sich Ben für ein paar Sekunden hin, aber dann wich sie doch zurück. Er machte es ihr wirklich nicht leicht!

Ben sah ihr direkt in die Augen und lächelte sie an. Dieser Blick traf Bettina jedes Mal tief ins Herz, und sie schaffte es nicht, ihm länger als ein paar Sekunden standzuhalten.

„Darf ich mich mal als Hobbypsychologe versuchen?", fragte Ben, während er sie zärtlich am Nacken kraulte.

„Nur zu..."

„Wenn ich ein psychosomatisches Profil von dir erstellen müsste, dann würde ich sagen: Du bist die personifizierte Ambivalenz. Du bist ein herzensguter und liebenswerter Mensch mit Helfersyndrom, doch du trägst selbst Konflikte in dir aus, bei denen du nicht weiterkommst. Wenn du dich in einer Situation befindest, die dir vertraut ist, dann bist du das blühende Leben, bist völlig entspannt, lachst und strahlst, zum Beispiel wenn du hier im Club mit deinen Mädels und einen Glas Prosecco zusammensitzt. Genauso kennen dich die meisten Leute hier. In anderen Momenten scheint diese Leichtigkeit, diese Souveränität komplett zu verschwinden. Du fühlst dich unwohl in deiner Haut und möchtest der Situation entfliehen. Dir fehlt das Selbstvertrauen, die Dinge in deinem Sinne aktiv in die Hand zu nehmen. Sei es im Umgang mit deiner Mutter, sei es im Umgang mit mir oder auch auf dem Tennisplatz, wo du in Drucksituationen gehemmt bist, ängstlich, zittrig und nicht frei aufspielst. In all diesen Situationen fällst du zurück in dasselbe Muster. Du veränderst deine Mimik, deine Ausstrahlung, sogar deine Stimme. Du wirst plötzlich schüchtern und zurückhaltend. Du baust eine Mauer um dich auf und lässt niemanden an dich ran. Und es fällt dir schwer, über deine Gefühle zu sprechen."

Bettina schaute Ben einfach nur an. Ihr Schweigen bestätigte ihm, dass er mit seiner Analyse richtig lag. Zumindest nicht ganz falsch. Bettinas Augen schienen ihn regelrecht hilfesuchend anzustarren.

Erneut küsste er sie. Dann schein ihm der Moment gekommen, das Thema zu wechseln:

„Was ist eigentlich mit dem Turnier? Du wolltest mir noch Bescheid sagen, ob wir nochmal ein Doppelturnier mitspielen wollen. Erinnerst du dich?"

Natürlich erinnerte Bettina sich. Und sie hatte große Lust dazu.

„Ich hatte noch keine Gelegenheit, es mit Arne zu besprechen. Mach ich noch."

Tatsächlich hatte sie mindestens zwanzig Gelegenheiten gehabt. Aber sie hatte sich nie getraut.

Kapitel 49
Samstag, 11. September 2021

Ben schlug seinen Return meilenweit ins Aus. Sein Doppelpartner Chris schaute ihn ungläubig an. Wie konnte man einen Ball so weit ins Aus schlagen? Der Ball war fast über den Zaun geflogen, ohne vorher überhaupt den Boden berührt zu haben. Von der Gegenseite bekam er hämische Kommentare zu hören. „Schön, Ben!" Ihre Gegner feixten sich einen.

Es war nicht der erste Ball, den Ben heute verzog. Er war unkonzentriert und mit seinem Kopf und seinen Augen nicht auf dem Platz. Sondern auf dem Nebenplatz. Bettina spielte ebenfalls ein Doppel mit dreier ihrer Mannschaftkolleginnen, und Ben schaute ständig zu ihr herüber. Manchmal sogar während der eigenen Ballwechsel.

Chris und Ben verloren ihr Doppel sang- und klanglos, und das lag im Wesentlichen daran, dass Ben heute keinen Ball traf. Er war froh, als das Match endlich vorbei war.

„Sorry, das war gar nichts heute", sagte er nach dem letzten Ballwechsel entschuldigend zu seinem Doppelpartner.

„Kein Thema. Jeder hat mal einen schlechten Tag." Chris war sehr wohl aufgefallen, warum Ben so abgelenkt war. Er kannte auch die Hintergründe – so wie sie mittlerweile fast jeder kannte – und deshalb konnte er ihm nicht böse sein.

Die vier nahmen auf der Clubterrasse Platz und gönnten sich ihr obligatorisches Bier danach. Ben platzierte sich so, dass er gute Sicht auf Bettinas Doppel hatte. Die vier Damen hatten heute einige Zuschauer. Auch Bettinas Mann Arne stand mit ein paar anderen am Zaun und schaute seiner Frau zu. Ben kannte Arne. Die beiden waren sich gegenseitig durchaus sympathisch. Sie hatten sogar zwei- oder dreimal zusammen Tennis gespielt. Was Bettina anging, mochten die beiden Rivalen gewesen sein, aber Ben betrachtete Arne in keiner Weise als seinen Feind. Er verlor auch niemandem gegenüber jemals ein schlechtes Wort über ihn, auch nicht gegenüber Bettina. Trotzdem war er nicht erfreut, ihn hier heute zu sehen, denn ein persönliches Gespräch oder gar körperliche Nähe zu Bettina waren unter diesen Umständen undenkbar.

Nach ein paar Minuten entschloss Ben sich, aus der Not eine Tugend zu machen. Er ging zu Arne und begrüßte ihn mit einem Klaps auf den Rücken. „Hi Arne! Wie schlägt sich deine Frau?"

„Hi. Ganz okay, würde ich sagen."

Ben hatte sein Bier inzwischen ausgetrunken. Er sah, dass auch Arne eine leere Flasche in der Hand hielt. „Ich hol mir noch ein Bier. Willst du auch eins?"

„Ja, gerne."

Zwei Minuten später drückte Ben Arne ein neues Bier in die Hand. „Prost! Jetzt will ich hier aber nochmal großes Tennis sehen."

„Da bist du hier genau richtig! Prost!"

Bettina stand gerade am Netz und wartete darauf, dass ihre Partnerin aufschlug.

„Oh, wie ich sehe, ist Bettina wieder in ihrer Komfortzone!", sagte Ben bewusst so laut, dass sie es hören konnte. Sie warf ihm einen bösen Blick zu, und Ben grinste sich einen.

Zusammen schauten Arne und Ben Bettinas Doppel zu. Jeder schöne Punktgewinn wurde von ihnen und den anderen Anwesenden lauthals bejubelt. Die Damen genossen sichtlich die unerwartete Aufmerksamkeit von außen. Bettina hingegen war es nicht entgangen, dass Arne und Ben einträchtig nebeneinanderstanden und sich unterhielten. Es machte sie nervös.

„Arne, Bettina und ich überlegen, nochmal ein Turnier zu spielen. Ist das okay für dich?", fragte Ben ihn nach ein paar Minuten.

Er hatte überhaupt nichts dagegen. „Klar, macht das."

„Okay, cool. Dann melde ich uns an. Prost!"

„Ja, mach das. Prost!"

Es hatte keine zwanzig Sekunden gedauert, Arnes Einverständnis einzuholen. Bettina hatte es in den letzten drei Wochen nicht geschafft. Ben hatte zwischenzeitlich ein paar Mal bei ihr nachgefragt und bemerkt, wie sie jedes Mal rumeierte. Sie hatte Bedenken, dass Arne skeptisch werden könnte, deshalb hatte sie ihn noch gar nicht gefragt. Also übernahm Ben das jetzt kurzerhand einfach selbst.

Noch während Bettinas Doppel lief, schickte Ben ihr eine Nachricht auf ihr Handy: „Einverständnis von Arne für das Turnier ist erteilt. Ich melde uns an!" Er setzte einen fett grinsenden Smiley dazu.

Eine Viertelstunde später beendeten die Damen ihr Match und setzten sich ebenfalls auf die Terrasse. Ben hatte wieder bei seinen heutigen Spielpartnern Platz genommen und drehte seinen Stuhl so, dass er Bettina im Blickfeld hatte. Arne saß neben ihr und unterhielt sich angeregt mit den anderen Damen. Ben beobachtete Bettina, wie sie auf ihr Handy schaute. Offenbar las sie gerade seine Nachricht. Sie löste ihren Blick von ihrem Telefon und schaute Ben strafend an. Er konnte allerdings auch ein klitzekleines Lächeln bei ihr erkennen. Er grinste sie an und prostete ihr aus der Entfernung zu.

An nächsten Tag holte er sich noch einen Anschiss von ihr ab, aber das war ihm egal. Er hatte sie in der Zwischenzeit schon längst für das Turnier angemeldet.

Nina und Ben stießen mit ihren Aperol-Gläsern an. Sie hatten vor zehn Minuten ihre Tennis-Session beendet. Ben hatte inzwischen viele Mitglieder im Tennisclub kennengelernt, und das lag vor allem daran, dass er keine Hemmungen hatte, einfach jeden zu fragen, ob er oder sie mal mit ihm spielen würde, und zwar unabhängig von Alter, Geschlecht und Spielstärke. Nina spielte in der Damen-30-Mannschaft des Vereins, und in Sachen Tempo konnte sie es problemlos mit Ben aufnehmen. Nina war Single, was Ben gewundert hatte, denn sie konnte nicht nur gut Tennis spielen, sondern sah auch klasse aus und war nicht auf den Kopf gefallen. Aber er hatte kein Interesse an ihr als Frau. Er wollte einfach nur mit ihr Tennis spielen. Sein Herz hatte sich schon lange für jemand anderen entschieden.

Nina und Ben unterhielten sich in ungezwungener Atmosphäre und ließen sich ihren Aperol schmecken. Mit ihnen am Tisch saßen weitere vier Club-Mitglieder, zwei davon aus Bens Mannschaft. Im Laufe des Abends gesellten sich weitere Mitglieder dazu, die ihre eigenen Matches beendet hatten und gegenüber einem Kaltgetränk nach dem Sport auch nicht abgeneigt waren.

Bettina und einige ihrer Freundinnen und Mannschaftskolleginnen waren ebenfalls da. Wie die meisten anderen Anwesenden auch, hatten sie ihr Tennis bereits hinter sich und saßen an einem der Nachbartische mit einem Glas Prosecco in der Hand und schnatterten. Bettina und Ben hatten sich kurz aus der Ferne per Handzeichen begrüßt, hatten aber noch nicht die Gelegenheit gehabt, miteinander zu sprechen.

Nach dem dritten Glas Prosecco verließ Bettina ihren Tisch, um auf die Toilette zu gehen. Als sie an Bens Tisch vorbeiging, legte sie kurz ihre Hand auf seine Schulter. „Na du? Alles klar bei dir?"

„Alles gut", lächelte er zurück.

„Schön", erwiderte Bettina und verschwand auf der Toilette. Ben wandte sich wieder Nina und den anderen Tischnachbarn zu.

Kurz darauf kehrte Bettina von der Toilette zurück. Ihr Weg führte sie wieder an Bens Tisch vorbei. Diesmal nahm er allerdings ihre Hand und zog sie zu sich auf seinen Schoß.

„Komm mal her! Erzähl mir mal von deinem Punktspiel gestern."

Bettina hatte mit ihrer Mannschaft am Vortag ein Auswärtsspiel in Altötting gehabt. Dass sie erneut ihr Einzel und Doppel gewonnen hatte, wusste Ben schon. Sie hatte es ihm geschrieben. Jetzt wollte er von ihr noch ein paar Einzelheiten wissen.

„Das Einzel war okay. Die andere war aber auch nicht so gut. Ich habe glatt gewonnen."

„Okay, und das Doppel? Mit wem hast du gespielt?"

„Mit Annika. Wir haben uns ziemlich schwergetan, aber am Ende doch gewonnen. Aber nur knapp."

„Sauber! Du hast wie immer zwei Punkte eingefahren. Gut gemacht!"

Bettina freute sich über das Lob und lächelte Ben an. Als sie kurz in Richtung ihres Damentisches guckte, stellte sie allerdings fest, dass alle ihre Mannschaftskolleginnen Ben und sie ausnahmslos anglotzten. Ben hatte das nicht bemerkt, da er den Damen den Rücken zugewandt hatte, aber Bettina schaute ihnen direkt ins Gesicht. Und dass Bettina auf Bens Schoß saß und er auch noch mit seiner Hand leicht durch ihr Haar fuhr, war für die tratschenden Hyänen ein gefundenes Fressen.

„Ich geh mal wieder rüber zu meinen Mädels, okay?", sagte Bettina zu Ben und erhob sich von seinem Schoß.

„Okay, bis später!" Er hatte von dem Geglotze nichts mitbekommen. Es wäre ihm aber auch völlig gleichgültig gewesen.

Auch die meisten anderen an Bens Tisch juckte es überhaupt nicht, was gerade passiert war. Sie hatten ihre Unterhaltung einfach fortgeführt und achteten gar nicht auf Bettina und Ben. Nina allerdings hatte überrascht ihre Augenbrauen nach oben gezogen. Fünf Minuten später fuhr sie nach Hause.

Kapitel 51

Donnerstag, 16. September 2021

Ben saß auf dem Wohnzimmersofa und überlegte, was er tun sollte. Er hatte den ganzen Tag über versucht, für den Abend jemanden zum Tennisspielen zu finden, hatte aber kein Glück. Alle waren entweder schon verabredet oder hatten aus irgendwelchen Gründen keine Zeit.

Ben entschied sich, trotzdem in den Tennisclub zu fahren, um ein oder zwei Bier zu trinken. Vielleicht würde er ja Bettina sehen.

Als er sein Fahrrad abstellte, entdeckte er sie schon. Sie spielte ein Einzel mit Rita. Er winkte ihr kurz zu, als er an ihrem Platz vorbeiging, und formte mit seinen Händen ein Herz in ihre Richtung. Sie lächelte und hoffte gleichzeitig, dass niemand Bens Geste gesehen hatte.

Ben setzte sich zu einigen bekannten Gesichtern auf die Terrasse. Unter anderem waren Cedric und Theo dort. Ben hatte am Nachmittag beide gefragt, ob sie heute Zeit hätten, aber zwei Absagen kassiert. Jetzt wusste er auch, warum. Sie hatten sich vorher schon miteinander verabredet.

„Hey, wo ist deine Tennistasche?", wollte Cedric wissen, als er Ben in Zivil sah.

„Zuhause. Ich bin heute mal nur zum Trinken da." Das war nur die halbe Wahrheit. In erster Linie war er wegen Bettina da, und er war froh, dass er seinen Weg in dieser Hinsicht nicht umsonst gemacht hatte. In dem Moment sah er allerdings, dass auch zwei der Hyänen auf der Terrasse saßen.

Theo stand von seinem Platz auf und bewegte sich Richtung Clubhaus. „Ich besorg dir mal was. Du siehst so durstig aus!"

Kurz darauf kam er mit drei Bier zurück. Eines gab er Cedric und eines Ben. Das dritte war für ihn.

Cedric sah, dass Ben sich so platzierte, dass er freien Blick auf Bettinas Tennisplatz hatte. Er nahm einen Zug von seiner Zigarette und grinste Ben an.

„Ich weiß schon, warum du heute wirklich hier bist."

Ben grinste zurück, sagte aber nichts. Es wäre ohnehin sinnlos gewesen, es zu leugnen.

Viel bekam Ben von Bettina allerdings nicht mehr zu sehen, denn Rita und sie hatten soeben ihr Match beendet und packten gerade ihre Sachen zusammen. Es störte Ben aber nicht. Er spekulierte schließlich darauf, mit Bettina zu reden oder vielleicht auch ein bisschen mehr, und dafür durfte sie nicht auf dem Tennisplatz stehen.

Rita und Bettina begrüßten die drei Männer, als sie den Platz verließen, und setzten sich am anderen Ende der Terrasse zu den beiden Hyänen. Als Bettina ins Clubhaus marschierte, um Getränke zu organisieren, ging Ben zu ihr. Cedric und Theo grinsten sich gegenseitig an.

„Hi, Bettina. Bleibst du heute ein bisschen?"

„Weiß ich noch nicht. Ben, wir müssen aufpassen. Wir stehen hier unter Beobachtung. Was meinst du, was ich mir am Montag von meinen Mädels alles anhören musste, weil ich auf deinem Schoß gesessen habe! Ich habe einen Riesen-Anschiss gekriegt!"

„Echt? Kümmert dich das?"

„Natürlich kümmert mich das. Einige gucken mich schon richtig böse an, wenn sie mich sehen. Und damit meine ich nicht nur die Mädels aus meiner Mannschaft. Haben deine Leute dich etwa noch nie auf uns angesprochen?"

„Nö. Na ja, jein. Angesprochen schon. Aber ich werde weder mit bösen Blicken abgestraft noch sonst irgendwie blöd angemacht. Männer ticken da vielleicht auch einfach anders."

Bettina nahm ihre Getränke entgegen. „Das mag sein. Aber du bist auch allein und hast nicht so viel zu verlieren wie ich. Wir müssen aufpassen. Auch jetzt gucken die schon wieder zu uns rüber."

„Okay, dann lass uns später reden…"

Bettina kehrte zum Hyänentisch zurück und musste sich, noch bevor sie sich überhaupt hingesetzt hatte, schon wieder rechtfertigen, warum sie sich mit Ben unterhalten hatte. Und worüber.

Auch Ben ging zurück an seinen Tisch zu Cedric und Theo. Sie guckten Ben beide an und grinsten bis über beide Ohren. Die Art und Weise, wie Bettinas und Bens Mannschaftskollegen die Liebelei zwischen den beiden bewerteten, hätte wirklich unterschiedlicher kaum sein können.

Im Laufe des Abends verabschiedeten sich immer mehr der Anwesenden nach Hause. Theo war ebenfalls schon gegangen, und Cedric war unter die Dusche gesprungen. Ben saß nun allein am Tisch und schaute zu Bettina und ihren Hyänen rüber. Er wollte mit Bettina reden. Nein, er wollte sie berühren und sie küssen! Aber das war im Moment nicht vorstellbar. Selbst mit ihr zu reden, war momentan nicht vorstellbar. Wahrscheinlich hätten sich ihre Mannschaftkolleginnen wie Wachhunde vor Bettina gestellt, wenn Ben auch nur aufgestanden wäre.

Er hielt daher Sicherheitsabstand zu Bettina ein und schrieb ihr lieber eine Textnachricht: *„Bettina, bleibst du heute?"* Er wäre bereit, so lange zu warten, bis sich die letzte Hyäne verabschiedet hätte.

Sie schrieb ihm dasselbe zurück, was sie ihm zuvor schon im Clubhaus gesagt hatte: *„Ich weiß noch nicht. Wir müssen aufpassen."*

Jetzt schrieb Ben wieder: *„Es sollte dir egal sein, was die anderen tuscheln. Was kümmert es die Löwin, was die Antilopen hinter ihrem Rücken reden? Ich möchte gern, dass du bleibst."*

Er kam sich bekloppt vor. Bettina und er saßen keine zwanzig Meter voneinander entfernt und kommunizierten über Handynachrichten.

Sie schrieb zurück: *„Ich wurde vorhin direkt wieder von meinen Mädels angesprochen. Ich muss gucken."*

„Noch ein Bier?", fragte Cedric plötzlich, der gerade frisch geduscht aus der Umkleide gekommen war.

Ben hatte nichts dagegen. Er würde ohnehin so lange warten müssen, bis alle anderen nach Hause gegangen waren, wenn er noch ein paar Momente mit Bettina haben wollte.

„Ja, ich nehm noch eins."

„Alles klar." Cedric stiefelte ins Clubhaus und besorgte Nachschub.

Drei Bier und fünfundsiebzig Minuten später hatte immer noch keine der Hyänen Anstalten gemacht, nach Hause zu fahren. Cedric hingegen packte gerade seine Sachen zusammen. Es war mittlerweile zweiundzwanzig Uhr. Allein konnte Ben hier nicht am Tisch sitzen bleiben, das wusste er. Er schrieb Bettina eine weitere Nachricht:

„Du solltest die blöden Fragen und Kommentare einfach weglächeln, Bettina. Was ist jetzt, bleibst du noch oder nicht?"

Nach kurzer Zeit kam die Antwort: *„Würde gerne bleiben. Aber es ist schon spät. Und ich muss noch Koffer packen."*

Ben stand der Mund offen. Er saß hier seit vier Stunden und wartete auf sie. Und jetzt schrieb sie, dass es ihr *zu spät* wäre? Und *was* musste sie tun? Ihren Koffer packen? Obwohl ihr Urlaub erst in zwei Tagen begann? Das konnte unmöglich ihr Ernst sein.

Ben war schon wieder mit Tippen beschäftigt, als Cedric ihm von hinten auf den Rücken klopfte.

„So, mein Lieber, ich mach mich auf. Schönen Abend noch!"

„Alles klar, ciao, Cedric!"

Bettina nahm Cedrics Aufbruch zum Anlass, sich ebenfalls aus dem Staub zu machen. Gerade als Ben seine Nachricht an sie abschicken wollte, erhoben sie und ihre Freundinnen sich von ihrem Tisch. Die

Hyänen schienen alle froh zu sein, dass Bettina nach Hause wollte, denn dann würden sie auch endlich heimfahren können und müssten nicht länger Wachhund spielen. Ben hatte den Eindruck, dass sie zufrieden in seine Richtung grinsten. Diese blöden Kühe!

Die Damen verließen alle gemeinsam die Anlage, Bettina mit ihnen. Sie hatte Ben im Vorbeigehen lediglich ein flüchtiges „Tschüß, mach's gut" entgegengeworfen. Die Sache war ihr zu heiß und zu riskant gewesen, deshalb hatte sie Ben irgendeine blöde Ausrede geschrieben und war im Schutz ihrer Freundinnen verschwunden, ohne dass er nochmal die Gelegenheit bekam, mit ihr zu reden.

Ben saß konsterniert an seinem Tisch und hielt seine Bierflasche fest. Er war jetzt der Einzige, der noch auf der Anlage war. Er trank sein Bier aus und fuhr stinkig nach Hause. Vorher löschte er noch die Textnachricht, die er fertig formuliert, aber noch nicht abgeschickt hatte.

Kapitel 52

Freitag, 17. September 2021

Ben saß vor seinem Laptop und schrieb an seiner E-Mail für einen Arbeitskollegen. Es war inzwischen elf Uhr dreißig, und er hatte den ganzen Vormittag noch gar nichts geschafft. Er dachte an den gestrigen Abend, als er stundenlang auf Bettina gewartet und sie ihm am Ende eine lange Nase gezeigt hatte. Sie musste ihren Koffer packen! Er war immer noch verärgert über diese plumpe Ausrede.

Er las sich seine E-Mail nochmal durch, bevor er sie abschickte. Das tat er immer. Er hasste es, unverständliche, widersprüchliche oder mit Schreibfehlern gespickte E-Mails von seinen Kollegen zu bekommen, nur weil diese zu faul oder zu respektlos waren, ihren eigenen Mist nochmals kritisch zu überfliegen, bevor sie ihn auf andere losließen. Richtig zufrieden war Ben mit seinem Text noch nicht, aber er hatte jetzt genug Zeit damit verbracht, an dieser einen Scheiß-E-Mail zu schreiben. Also drückte er auf ‚senden' und setzte sich auf den Balkon, um eine zu rauchen.

Er wusste, dass Bettina mit sich rang und dass sie sich unsicher war, was sie in Bezug auf ihn tun sollte. Er dachte erneut über den gestrigen Abend nach. Hatte Bettina ihm die Ausrede mit dem Koffer geschrieben, weil sie keine Zeit mit ihm verbringen *wollte*? Oder hätte sie schon gern gewollt, aber an jenem Abend keine Möglichkeit dazu gesehen, weil sie unter Beobachtung gestanden hatte? Er wusste es nicht.

Morgen war der Tag, an dem Bettina und Arne in den Urlaub aufbrechen würden. Er würde sie definitiv für eine Woche nicht sehen können. Ben gab sich einen Ruck und beschloss, sich versöhnlich zu zeigen. Er nahm sein Handy und schrieb ihr eine Nachricht:

„Hi Bettina, ich wünsche dir einen wunderschönen Urlaub! Nutze die Gelegenheit, um dir mal ein bisschen Zeit für dich zu nehmen. Ich freue mich schon darauf, dich am Sonntag wiederzusehen! Wenn du magst, kannst du ja mal anrufen."

Es dauerte nicht lange, da kam Bettinas Antwort: *„Danke! Ich werde mich bemühen. Ich freue mich auch auf Sonntag! Eine schöne Woche auch für dich! LG, Bettina"*

Es gefiel Ben nicht, dass er Bettina eine Woche lang nicht sehen konnte. Noch weniger gefiel ihm, dass sie die Woche mit ihrem Mann verbringen würde. Er befürchtete, dass sie sich in dieser Zeit auf ihre Ehe besinnen könnte. Auf jeden Fall war er sich sicher, dass seine Chancen dadurch nicht anwuchsen. Aber er hatte keine andere Wahl, als abzuwarten und zu hoffen, dass Bettina ihn genauso vermissen würde wie er sie.

Er wandte sich wieder seiner Arbeit zu, aber außer ein paar weiteren E-Mails und zwei Telefonaten bekam er an diesem Tag nicht mehr viel zustande.

Kapitel 53
Dienstag, 21. September 2021

Bettina blickte aufs Meer und genoss das Gefühl, das der nasse Sand an ihren nackten Füßen hinterließ. Sie machten ihren gemeinsamen täglichen Strandspaziergang nun schon zum dritten Mal, und wie in den Tagen zuvor ging Arne neben ihr und hielt Bettinas Hand. Gestern hatte sie Ben für einen Tag fast vergessen, aber heute war er wieder von dem Moment an in ihrem Kopf, als sie morgens aufgestanden war. Sie richtete ihren Blick zum Horizont und dachte darüber nach, was sie tun sollte. Einerseits führte sie eine glückliche Ehe, aber andererseits vermisste sie Ben. Und es bereitete ihr ein beklemmendes Gefühl, dass sie an Ben dachte und im selben Moment Arnes Hand hielt.

„Wollen wir umdrehen? Ich habe langsam Hunger", fragte Arne.

„Ja, okay. Lass uns zurückgehen."

„Alles klar!"

Sie drehten sich um und gingen denselben Weg zurück, den sie gekommen waren. Vorher gab Arne seiner Frau noch einen Kuss, was dazu führte, dass Bettinas Gewissensbisse nur noch größer wurden.

Sie entschieden sich, ihr Mittagessen heute in einer Pizzeria in der Nähe ihres Hotels einzunehmen. Sie betraten das Restaurant und bestellten sich zwei Pizzen und was zu trinken. Bettina überbrückte die Wartezeit, indem sie ihr Handy aus der Tasche holte und auf neue Nachrichten überprüfte.

„Immer im Dienst, was?", grinste Arne sie an. „Nun leg doch mal dein Handy zur Seite. Wir sind im Urlaub!"

„Ja, gleich. Ich will nur kurz was gucken."

Sie hatte im Laufe des Vormittags einige Nachrichten bekommen. Es war auch eine von Ben dabei. Ohne ihren Kopf anzuheben, schielte sie kurz zu Arne rüber und überlegte, ob sie die Nachricht sofort lesen sollte oder nicht. Sie entschloss sich, es zu tun.

„Bettina, du fehlst mir! Ich vermisse dich! Ich vermisse es, dich zu berühren und dich zu küssen! Ich will nicht länger drumherum reden, und es ist mir egal, was das für Konsequenzen hat: Ich liebe dich!!!"

Bettina bekam auf der Stelle eine Gänsehaut und brauchte erst einmal einen Schluck Wasser. Sie schaute erneut zu Arne rüber, aber der war gerade in die Speisekarte vertieft und nahm keine Notiz davon.

Der Kellner trat an den Tisch und servierte den beiden ihre Pizzen. „Sooo, ich wünsche guten Appetit!"

„Danke", erwiderte Arne. Bettina starrte immer noch auf ihr Handy.

„Guten Appetit", sagte Arne in Bettinas Richtung und griff nach seinem Besteck.

Bettina packte das Handy in ihre Handtasche. „Ja, guten Appetit."

Bis vor einer Minute war sie noch hungrig gewesen, aber jetzt war ihr Hunger schlagartig verschwunden. Bens Nachricht hatte sie völlig aus dem Konzept gebracht. Sie spürte, wie ihr Herzschlag zunahm. Gleichzeitig ermahnte sie sich selbst, sich zusammenzureißen.

„Was ist, hast du keinen Hunger?"

„Doch, doch." Sie bekam kaum einen Bissen herunter. Es waren die Schmetterlinge in ihrem Bauch, die es nicht zuließen. Sie zwang sich regelrecht, etwas zu essen, schaffte aber noch nicht einmal die Hälfte ihrer Pizza.

„War die Pizza nicht so doll?", fragte Arne. Er hatte seinen Teller restlos leergegessen.

„Na ja, es geht." Sie war froh, dass sie überhaupt ein paar Stücke herunterbekommen hatte.

Nachdem Arne die Rechnung beglichen hatte, machten sie sich auf den Weg zu ihrem Hotel.

„Warte mal", sagte Arne, „ich gehe nochmal kurz zum Supermarkt und besorge uns ein paar Sachen, okay?"

„Ja, okay, ich gehe schon mal vor."

„Alles klar, bis gleich."

Bettina betrat das Hotelzimmer und war froh, mal einen Moment für sich allein zu haben. Sie holte ihr Handy aus ihrer Tasche und wählte Bens Nummer. Nach dreimal Klingeln ging er ran.

„Hi, Bettina!"

„Hi, Ben!"

„Schön, dass du anrufst. Wie ist dein Urlaub?"

„Gut. Es tut mir gut, mal ein paar Tage rauszukommen. Wir sind viel am Strand und schauen uns die Gegend an. Es ist allerdings ziemlich stürmisch. Gestern sind wir am Strand fast weggepustet worden."

„Bist du mal ein bisschen zur Ruhe gekommen?"

„Nicht wirklich. Zeit für mich habe ich bisher überhaupt keine gehabt. Arne und ich hängen eigentlich die ganze Zeit aufeinander, da komme ich überhaupt nicht dazu, mal in Ruhe nachzudenken. Jetzt gerade ist es tatsächlich das erste Mal, dass ich mal einen kleinen Moment für mich habe. Arne ist kurz zum Supermarkt gegangen. Aber er müsste auch jeden Moment schon wieder zurück sein."

Ben hatte sich eine andere Antwort gewünscht. Er wusste, wie dringend Bettina es nötig hatte, mal Zeit nur für sich zu haben. Sie hatte es ihm schon ein paar Mal erzählt.

„Okay. Und wie geht's dir?", fragte Ben. Diese Frage stellte man anderen Menschen vielleicht zehnmal am Tag, ohne dass man ernsthaft an einer Antwort interessiert war. Aber Ben wollte *wirklich* wissen, wie es Bettina ging.

„Es geht. Einerseits genieße ich die Zeit mit Arne, andererseits bin ich mit meinen Gedanken manchmal aber auch ganz woanders. Ich denke heute so und morgen so. Und wenn ich dann solche Nachrichten von dir bekomme, dann komme ich erst recht nicht zur Ruhe."

Auch wenn Bettina nicht explizit ausgesprochen hatte, *wo* sie mit ihren Gedanken war, wusste Ben natürlich Bescheid.

„Nimm dir doch mal ein paar Stunden Zeit. Geh doch einfach mal allein einen Vormittag am Strand spazieren oder so."

„Mmmh. Mal sehen. Wie geht's dir denn? Was machst du?"

„Nichts besonders. Arbeiten. Und heute Abend spiel ich Tennis mit Konrad. Sofern das Wetter es zulässt. Im Moment regnet es."

„Okay, dann drück ich dir mal die Daumen, dass es heute Abend trocken bleibt."

„Danke. Ich muss mich ja schließlich einspielen für unseren großen Tag am Sonntag. Ich freue mich schon. Und ich freue mich auch, dich wiederzusehen."

„Ja, stimmt. Da sehen wir uns ja. Ich freue mich auch. Bin gespannt, was das wird."

„Wann kommt ihr eigentlich genau zurück?"

„Wir fahren am Samstag nach dem Frühstück los und sind dann irgendwann am späten Nachmittag hier. Und am Sonntag ist dann ja schon das Turnier. Holst du mich wieder zuhause ab?"

„Ja, kann ich machen. Ich bin dann gegen neun Uhr bei dir. Und pack deine Badesachen ein. Ich war da schon mal. In der Nähe der Tennisanlage ist ein großes Erlebnisschwimmbad. Da können wir nach unserem Turniersieg noch zum Schwimmen gehen."

„Okay… also dann bis Sonntag. Und viel Spaß heute Abend!"

„Danke, bis dann. Und dir noch einen schönen Urlaub! Ciao!"

Nur wenige Sekunden, nachdem Bettina ihr Gespräch mit Ben beendet hatte, klopfte Arne mit seinen Einkäufen an der Tür. Bettina öffnete ihm.

„Und Hast du alles bekommen?"

„Ja, habe ich. Und, war hier irgendwas?"

„Nö, nichts Besonderes", antwortete Bettina und begann, die Einkäufe auszupacken.

Kapitel 54
Samstag, 25. September 2021

„Aua!!", rief Bettina, als sie sich an dem heißen Backblech die Finger verbrannte. Arne und sie waren vor zwei Stunden aus dem Urlaub zurückgekommen, und Bettina bereitete gerade eine Quiche für das Abendessen vor. Sie war aber mit ihren Gedanken ganz woanders. Wie so oft in letzter Zeit dachte sie an Ben. Sie war so in ihre Gedanken vertieft, dass sie gar nicht auf die Idee kam, dass man sich an dem Blech die Finger verbrennen konnte. Warum auch, sie holte es ja auch nur aus dem heißen Backofen.

Die Sache zwischen Bettina und Ben begann als ein lockerer und unverbindlicher Flirt. Bettina hatte es genossen, mit Ben zu flirten, und sie hatte es ebenso sehr genossen, ihn zu küssen. Sie hatte sich anfangs nie ernsthaft mit der Frage beschäftigt, wohin ihre gemeinsame Reise sie eigentlich noch führen sollte. Aber jetzt war die Sache anders. Ben hatte ihr gesagt, dass er sie liebte. Ihr zu verstehen gegeben, dass er mehr von ihr wollte als nur einen Flirt. Sie versuchte, in sich hineinzuhören. Zu ergründen, was sie selbst eigentlich wollte. Sie konnte sich bei bestem Willen nicht vorstellen, ihr komplettes Leben hinter sich zu lassen und mit Ben nochmal neu anzufangen. Sie wollte aber die Sache mit Ben auch nicht beenden, dafür fühlte sie sich viel zu sehr zu ihm hingezogen. Und dafür freute sie sich viel zu sehr auf das morgige Turnier mit ihm.

Ihr Handy holte sie aus ihrer Gedankenwelt. Genauer gesagt, ihre Mutter, denn sie war es, die gerade anrief. Bettina schaute auf die Uhr. Heute sollte ihre Mutter in den Urlaub fliegen. Sie müsste jetzt eigentlich gerade am Flughafen sein. Bettina hoffte inständig, dass ihre Mutter es sich bloß nicht anders überlegt hatte. Sie freute sich, dass sie mal für eine Zeitlang ihre Ruhe vor ihr haben würde.

„Hallo Mama, ist alles in Ordnung? Bist du schon am Flughafen?"

„Ja, bin ich. Aber ich habe ein Problem!"

Oh nein, bitte nicht, dachte Bettina sich. „Was denn für ein Problem?"

„Wo muss ich denn meinen Koffer abgeben?"

Bettina wartete ein paar Sekunden darauf, dass ihre Mutter weiterreden würde. Aber es kam nichts mehr.

„Wie, wo musst du deinen Koffer abgeben? Am Schalter natürlich. Wo denn sonst?"

„Das weiß ich auch!", raunzte ihre Mutter sie an. „Aber an welchem denn?"

„Das weiß ich doch nicht, Mama!"

„Kannst du das nicht mal nachgucken? Im Internet?"

„Das kann man doch nicht im Internet nachgucken! Schau auf die elektronische Anzeigetafel. Da muss doch stehen, zu welchem Schalter du gehen musst."

„Welche Anzeigetafel?"

Das durfte ja wohl nicht wahr sein! Ihre Mutter war damit überfordert, ihren Koffer aufzugeben! Bettina bekam ernsthafte Panik, dass ihre Erholungsphase vor ihrer Mutter daran scheitern würde, dass diese ihren Koffer nicht rechtzeitig aufgeben würde!

„Die riesige Anzeigetafel, die in der Abflughalle hängt! Die kann man doch nicht übersehen! Mama, du fliegst doch nicht zum ersten Mal in den Urlaub!"

„Das weiß ich doch nicht! Ich dachte, das steht alles in meinen Reiseunterlagen."

„Der Check-in-Schalter steht nicht in den Reiseunterlagen. Der steht auf der Anzeigetafel!"

„*Was* für ein Schalter?"

„Der Check-in-Schalter, Mama! Das ist der Schalter, wo du deinen Koffer abgeben musst."

„Aber welcher denn? Hier sind ganz viele!"

„Mama, du sollst auf die Anzeigetafel gucken! Da muss dein Flug doch irgendwo auftauchen. Und da muss auch der Check-in-Schalter dabeistehen!"

„Ist ja gut! Du musst nicht mit mir reden wie mit einem kleinen Kind! Ich habe dir nur eine Frage gestellt."

Aber was für eine! „Also, steht dein Flug auf der Tafel?"

Sie betete, dass ihre Mutter wenigstens im richtigen Terminal sein würde. Stille. Gerade als Bettina dachte, ihre Mutter hätte mal wieder grußlos das Gespräch beendet, antwortete sie doch noch. „Ja, ich habe ihn gefunden."

Erleichterung machte sich in Bettina breit. „Gut. Da muss jetzt auch irgendwo der Check-in-Schalter dabeistehen."

„Hier steht 440 bis 460."

„Gut, das sind die Schalternummern. Da kannst du deinen Koffer abgeben."

„Aber warum sind das denn so viele?"

„Na ja, du bist ja nicht die Einzige, die in den Urlaub fliegt."

„Okay, alles klar. Dann geh ich da mal hin. Tschüß dann."

„Puh, Gott sei Dank!", murmelte Bettina vor sich hin. Ein ‚danke' war ihrer Mutter nicht über die Lippen gekommen. Aber das war ihr egal. Sie war heilfroh, dass ihre Mutter nun offenbar ihren Urlaub antreten und sie selbst mal ein paar Tage durchatmen konnte.

In demselben Moment rief ihre Mutter sie schon wieder an.

„Ja?", fragte Bettina zaghaft. Was in aller Welt war jetzt schon wieder?

„Kannst du mal gucken, wo die Schalter 440 bis 460 sind? Ich weiß gar nicht, wo ich hinmuss!"

In diesem Moment brach bei Bettina doch Panik aus!

Kapitel 55
Sonntag, 26. September 2021

„Wo fahren wir eigentlich hin?", wollte Bettina wissen, als Ben auf die Autobahn auffuhr. Sie hatte die Planung und Anmeldung für ihr zweites Turnier erneut vollständig in seine Hände gegeben.

„Du weißt nicht, wo wir hinfahren?", fragte Ben mit einem Grinsen im Gesicht. „Echt jetzt?"

Beide mussten lachen. „Wir fahren nach Deggendorf. Das dauert circa eine Stunde. Vielleicht auch länger. Hast du deine Badesachen dabei?"

Er hatte nicht damit gerechnet, dass sie es tatsächlich tun würde. Umso erfreuter war er, als sie antwortete: „Ja, habe ich."

„Prima!", sagte er und lächelte sie an. Sie lächelte zurück. Er betätigte den Blinker und setzte zum Überholen an. Nach achtzig Minuten Fahrt erreichten sie Deggendorf.

Sie meldeten sich bei der Turnierleitung an, nahmen auf der Terrasse des örtlichen Tennisclubs Platz, bestellten sich einen Cappuccino und warteten darauf, dass sie von der Turnierleitung aufgerufen werden würden. Sie sprachen ein paar Minuten kein Wort. Beide nippten an ihrem Cappuccino und schienen sich in ihren Gedanken verloren zu haben. Dann stellte Bettina ihren Cappuccino ab und legte ihren Kopf auf Bens Schulter. Er lächelte sie an, legte seinen Arm um sie und wusste in diesem Moment, dass es ein schöner Tag werden würde. Er sollte Recht behalten.

Es standen erneut zwei Spiele auf dem Programm. Das erste Spiel war ziemlich einseitig; Bettina und Ben konnten es glatt gewinnen. Die Fahrtzeit nach Deggendorf hatte doppelt so lange gedauert wie das Match. Ben holte wieder eines der Schleifchen aus seiner Tennistasche, die er seinerzeit beim Schleifchenturnier gewonnen hatte, und steckte sie Bettina an. „Gratuliere!", sagte er zu ihr. „Du hast toll gespielt!" Sie strahlte ihn an.

Sie nahmen wieder auf der Terrasse Platz, bestellten sich einen weiteren Cappuccino und warteten auf das zweite Spiel. Nachdem er mit seinem Cappuccino fertig war, setzte Ben sich kurz ab, um eine zu rauchen. Er wollte nicht, dass Bettina es sah. Nach ein paar Minuten kam er zurück. Kurz darauf wurden sie wieder aufgerufen.

Die Gegner waren diesmal deutlich besser. Es war ein junges Ehepaar, das schon viele gemeinsame Turniere gespielt hatte. Das Spiel war lange Zeit ausgeglichen, aber Bettina und Ben lagen zumeist knapp vorn und konnten den ersten Satz mit 6:4 für sich entscheiden. Im zweiten Satz änderten ihre Gegner die Taktik und hatten sich offenbar zum Ziel gesetzt, Bettina ein paar Mal am Netz abzuschießen. Sie unterließen es aber recht schnell wieder, nachdem Ben unter Beweis gestellt hatte, dass er diese Taktik selbst auch sehr gut beherrschte, wenn man ihn reizte.

Am Ende stand ein knapper Zweisatzsieg für Bettina und Ben zu Buche. Sie hatten auch das zweite Spiel gewonnen und waren tatsächlich Turniersieger geworden. Wieder kramte Ben eines der Schleifchen hervor und steckte es Bettina an. Und wieder strahlte sie.

„Wenn wir das Turnier gewinnen, dann will ich morgen mit dir schlafen", hatte Ben Bettina am Vortag per Kurzmitteilung mit einem augenzwinkernden Smiley geschrieben. Er erinnerte sich daran, und als sie sich gerade eine Flasche Prosecco auf den Turniersieg genehmigten, sagte er zu ihr: „Haben wir jetzt echt das Turnier gewonnen? Du weißt ja, was das heißt, oder?"

Sie wusste sofort, worauf er hinauswollte. „Du hast wohl einen Knall!", sagte sie, tat dies aber nicht mit einem bösen Unterton, sondern mit einem ehrlichen und freundlichen Lächeln. Ben musste grinsen. Sie tranken ihren Prosecco aus und machten sich langsam auf den Weg zum Schwimmbad.

Die Warteschlange am Einlass war lang. Es dauerte bestimmt eine halbe bis Dreiviertelstunde, bis sie überhaupt reinkamen, aber sie überbrückten die Wartezeit damit, den Turnierverlauf noch einmal Revue passieren zu lassen und sich gegenseitig für ihre schönsten Punkte zu loben.

Das Schwimmbad war riesig. Es gab mehrere Becken, einen Whirlpool, einen Wildwasserkanal, zwei Spaßrutschen, einen Kleinkinderbereich und ein Restaurant. An den Ufern standen künstliche Palmen und andere exotische Pflanzen. Bettina und Ben suchten sich zwei freie Liegen und platzierten ihre Handtücher darauf. Dann machten sie sich auf, das Schwimmbad genauer zu erkunden.

Sie betraten den Whirlpool, in dem bereits einige weitere Badegäste saßen. Sie lehnten sich zurück und genossen die wohltuende Wärme und die Massagedüsen. Hin und wieder berührten sich ihre Hände ‚zufällig' unter der sprudelnden Wasseroberfläche. Ben blickte Bettina an. Sie schien mit ihren Gedanken woanders zu sein. Sie lehnte mit ihrem Kopf am Rand des Whirlpools. Ihre Augen waren geschlossen. Sie schien zu überlegen, was als nächstes passieren würde. Er schaute sie eine weitere Minute an und merkte, wie verliebt er in sie war. Dann setzte er sich auf ihren Schoß, woraufhin sie ihre Augen öffnete. Sein Gesicht war direkt vor ihrem. Er umfasste mit seiner Hand vorsichtig ihren Nacken und küsste sie. Sie erwiderte den Kuss, als hätte sie nur darauf gewartet. Sie küssten sich leidenschaftlich und minutenlang. Hin und wieder veränderten sie ihre Sitzposition, aber ihre Lippen berührten sich immer und immer wieder. Ben hatte das Gefühl, dass die anderen Badegäste sie schon komisch ansahen, aber das war ihm egal. Er war froh, dass Bettina und er endlich einmal ganz allein waren. Niemand aus dem Tennisclub war auch nur in der Nähe gewesen, so dass sie keine Angst haben mussten, beobachtet zu werden. Nur die anderen Badegäste beobachteten sie, aber niemand von ihnen kannte die beiden, und deshalb spielte es keine Rolle.

Sie hätten den Whirlpool am liebsten nie mehr verlassen, aber irgendwann entschlossen sie sich, etwas zu essen. Sie bestellten sich zwei Portionen Pommes, und während sie aßen, unterhielten sie sich über Bettinas Mutter. Bettina berichtete davon, wie ihre Mutter überfordert gewesen war, ihren Koffer aufzugeben und beklagte sich darüber, dass ihre Mutter sie zum x-ten Male wütend gemacht hatte.

„Die macht mich einfach nur wahnsinnig!"

Ben steckte sich zwei Pommes in den Mund und dachte an seine Großmutter. Er hatte sie vor kurzem verloren. Er hatte niemals Streit mit ihr, aber er nahm den Tod seiner Großmutter zum Anlass, Bettina einen Ratschlag zu geben.

„Bettina, meine Oma ist gerade gestorben. Auch wenn es abzusehen war, ist es dennoch immer traurig, wenn es dann wirklich so weit ist. Die Beerdigung ist in zwei Wochen."

„Das tut mir leid." Bettina wusste nicht so recht, worauf er hinauswollte, und ließ ihn weiterreden.

„Auch wenn deine Mutter gesund ist, irgendwann wird der Tag kommen, an dem sie auch nicht mehr da ist. Ich hoffe, dass dieser Tag noch weit weg ist, aber eines Tages wird es soweit sein. Vielleicht schon morgen. Versöhne dich mit ihr, Bettina. Wenn du eines Tages an ihrem Grab stehst, ist es dafür zu spät. Dann wirst du dich fragen, wie du die letzten dreizehn Jahre so ein Esel sein konntest, und dir Vorwürfe machen, dass du dich nicht mit ihr ausgesprochen hast."

„Mmmh."

Bettina dachte über seine Worte nach und steckte sich die letzten Pommes in den Mund. Es war ihr recht, dass beide mit dem Essen fertig waren, denn so hatte sie einen Grund, das Gespräch zu beenden. Sie hatte den Tag so sehr genossen, und sie wollte jetzt nicht länger über ihre Mutter sprechen.

Auf dem Weg zu ihren Liegen sagte Ben: „Schau mal, es gibt hier auch eine Sauna. Magst du in die Sauna gehen?"

„Nee…" Die Vorstellung, zusammen mit Ben nackt in der Sauna zu sitzen, war ihr im wahrsten Sinne des Wortes dann doch zu heiß. „Lass uns wieder ins Becken gehen."

Sie irrten kurz planlos im Becken umher, bis sie schließlich am Beckenrand stehenblieben und dort weitermachten, wo sie im Whirlpool aufgehört hatten. Sie standen bis zur Brust im Wasser, blickten einander in die Augen und küssten sich immer wieder leidenschaftlich. Ben hielt mit beiden Händen Bettinas Kopf und ließ sie spüren, wie stark sein Verlangen nach ihr war. Seine Hände glitten an ihrem Körper herab. Er umfasst ihren Po und drückte sie noch fester an sich. Die Küsse wurden intensiver. Bettina genoss es, von Ben begehrt zu werden. Von der Unsicherheit, die sie sonst stets mit sich herumtrug, und der Angst, beobachtet zu werden, war heute nichts zu spüren. Sie genoss jede einzelne Sekunde und jede einzelne Berührung.

„Ach Ben…"

Ben schaute ihr tief in die Augen und berührte sanft ihre Wange. Er bemerkte, dass sie etwas beschäftigte.

„Was denkst du, Bettina?"

„Wo soll das denn enden mit uns?"

„Genieß es einfach", sagte er und küsste sie auf den Mund. „Ich möchte nur, dass du mir die Tür zu deinem Herzen öffnest, Bettina. Wenn sich eine Tür partout nicht öffnen lässt, dann ist sie vielleicht nicht für einen bestimmt. Dann sollte man nicht unendlich viel Kraft dafür aufwenden, sie doch noch irgendwie zu öffnen. Ich würde diese Tür gern öffnen, aber das kann ich nur, wenn du mir den Schlüssel dafür gibst. Und ob du dazu bereit bist, ob du zumindest bereit bist, sie einen Spalt zu öffnen, das weiß ich nicht. Das heißt nicht, dass du morgen bei mir einziehen musst, dass du dich übermorgen scheiden lassen musst. Es heißt, diesen kleinen Funken, den du in dir trägst, nicht ausgehen zu lassen."

„Wenn diese Tür nicht schon lange offen wäre, dann hätte ich jetzt nicht so ein Problem!"

Er lächelte sie an und strich ihr eine nasse Haarsträhne aus ihrem Gesicht.

„Im nächsten Leben lernen wir uns einfach früher kennen, okay?"

Dieses Mal war es Bettina, die die Initiative übernahm und ihn küsste. Im gleichen Moment ertönte eine blecherne Lautsprecherdurchsage, die verkündete, dass um neunzehn Uhr Betriebsschluss sei. Bettina und Ben blickten auf die Uhr, die direkt über ihren Köpfen an der Wand hing, und dachten in diesem Moment dasselbe. Es war achtzehn Uhr zweiunddreißig, und beide wünschten sich, dass die nächste halbe Stunde niemals zu Ende gehen würde. Sie küssten sich wieder. Und wieder. Irgendwann zeigte die Uhr neunzehn Uhr an. Sie küssten sich weiter. Weitere fünf Minuten vergingen. Inzwischen war das Schwimmbad leer, aber Bettina und Ben standen noch immer im Becken und verhielten sich wie zwei verliebte Teenager. Schließlich wurden sie vom Schwimmbadpersonal rausgeschmissen.

Sie trafen sich im Foyer wieder, nachdem sie geduscht und sich umgezogen hatten. Sie setzten sich in Bens Auto und machten sich auf den Heimweg. Nach wenigen Minuten nahm Ben Bettinas Hand, legte sie auf seinen Oberschenkel und ließ sie für die nächsten fünfzehn Minuten nicht mehr los. In den letzten Stunden waren sie ein Paar gewesen. Nur für ein paar Stunden, aber es war so.

Kurz bevor sie zuhause waren, hielt Ben auf einem Autobahnrastplatz an. Er wollte noch etwas von Bettina wissen.

„Wann sehen wir uns wieder, Bettina?"

Bettina bereitete die Frage Unbehagen. Sie wollte Ben auch gern wiedersehen, aber je näher sie ihrem Heimatort kamen, desto mehr kehrte die Erkenntnis in ihr Bewusstsein zurück, dass sie verheiratet war.

„Muss ich gucken, Ben. Ich weiß noch nicht. Wir können uns nicht jeden Tag treffen, das musst du verstehen. Ich bin nicht allein."

Natürlich wusste er das. Er versuchte noch eine Zeitlang, irgendeine verbindliche Aussage aus Bettina herauszubekommen, aber es gelang ihm nicht.

„Ich melde mich, okay?", sagte Bettina zu ihm.

„Okay", antwortete er mit einem gequälten Lächeln. Auch wenn ihm die Antwort nicht gefiel, so hatte er doch Verständnis dafür. Er wusste zu diesem Zeitpunkt nicht, dass sie ihr Versprechen, sich zu melden, nicht halten würde.

Er setzte die Fahrt fort. Nach wenigen Hundert Metern griff er wieder nach Bettinas Hand.

Schließlich erreichten sie Burghausen. Ben hielt am Straßenrand vor Bettinas Haus. Beide wussten, dass sie von nun an wieder unter potenzieller Beobachtung standen. Deshalb verzichteten sie auf alles, was Aufsehen erregen könnte und umarmten sich zum Abschied lediglich freundschaftlich, jedoch etwas länger und intensiver, als man es unter Freunden tut.

„Danke für diesen traumhaften Tag, Bettina", verabschiedete Ben sie, als sie ausstieg. Es zerriss ihm das Herz, sie jetzt gehen lassen zu müssen.

Nachdem sie ausgestiegen war, drehte Bettina sich noch einmal zu Ben um: „Danke gleichfalls. Es war sehr schön heute. Bis bald."

Er wartete noch, bis sie durch die Haustür verschwand, bevor auch er nach Hause fuhr.

Kapitel 56
Dienstag, 28. September 2021

Bettina lag im Bett und starrte an die Decke. Es war ein Uhr dreißig, und sie konnte nicht schlafen. Sie dachte an Ben. Sie dachte an letzten Sonntag. Sie konnte sich an jeden einzelnen Moment erinnern. Wie sie gemeinsam Tennis spielten. Wie sie den Matchball verwandelten. Wie sie sich nach dem Sieg in die Arme fielen. Wie Ben ihr die Schleifchen an ihr Shirt steckte. Wie sie auf der Terrasse Cappuccino tranken. Wie sie sich im Schwimmbad küssten. Wie Ben sie überall berührte und wie sehr sie es genossen hatte. Wie sie sich verabschiedeten. Einfach an alles.

Sie fragte sich, was er wohl jetzt tun würde. Würde er schlafen? Oder lag er ebenso wach im Bett? Sie nahm ihr Handy vom Nachttisch, um zu prüfen, ob er ihr eine Nachricht geschrieben hatte. Sie hatte ein paar Nachrichten bekommen, aber es war keine von ihm dabei. Warum auch? Sie hatten schließlich vereinbart, dass sie sich bei *ihm* meldet. Dafür hatte sie drei Nachrichten von ihrer Mutter. Sie beschloss, sie nicht zu lesen.

Sie drehte ihren Kopf und sah Arne an, der neben ihr lag und tief und fest schlief. Sie hatte ein schlechtes Gewissen ihm gegenüber. Er ahnte von all dem nichts. Der ganze Tennisverein wusste Bescheid, aber er wusste von nichts. Oder wusste er es und ließ sich einfach nichts anmerken? Hatte ihm inzwischen irgendjemand einen Hinweis gegeben? Wenn es so wäre, warum sagte er dann nichts? Wusste er es schon, hatte aber so viel Vertrauen in sie, dass er sich keine Sorgen machte? Bettina fühlte sich schlecht. Sie legte ihr Handy beiseite. Erneut lief vor ihrem geistigen Auge der letzte Sonntag ab. Immer und immer wieder. Sie dachte daran, wie Ben sie vor der Haustür abgesetzt hatte und allein nach Hause gefahren war. Sie hatte auch ihm gegenüber ein schlechtes Gewissen. Sie hatte das Gefühl, beide zu hintergehen, und dieser Gedanke nagte an ihr. Sie war sich unsicher, was sie tun sollte. Sie war sich über ihre eigenen Gefühle im Unklaren.

Sie blickte erneut auf ihr Handy. Keine neuen Nachrichten. Sie überlegte, ob sie ihrerseits eine Nachricht an Ben schreiben sollte. Aber sie wusste bei bestem Willen nicht, was sie ihm schreiben sollte. Also legte sie ihr Handy beiseite.

Um sieben Uhr stand sie auf, ohne in dieser Nacht auch nur eine einzige Minute geschlafen zu haben.

Kapitel 57
Donnerstag, 30. September 2021

Es war mittlerweile vier Tage her, dass sie zusammen das Turnier gespielt und danach den Nachmittag im Schwimmbad verbracht hatten.

„Danke für heute, Bettina. Es war ein wunderschöner Tag mit dir!", hatte Ben ihr am selben Abend noch geschrieben, sofort nachdem er zuhause angekommen war.

Ihre Antwort war innerhalb von Minuten gekommen: *„Das kann ich nur zurückgeben! Danke an dich!"* Sie hatte noch einen verliebten Smiley dazugesetzt.

Es war wirklich ein wunderschöner Tag gewesen. Zumindest für ihn. Langsam bekam er Zweifel, ob Bettina das genauso sah. Er hatte ihr in den Tagen danach noch zahlreiche Nachrichten geschickt, aber keine Antwort mehr bekommen. Seit vier Tagen war von ihrer Seite absolute Funkstille. Dabei hatte sie doch versprochen, sich zu melden. Zumindest antworten könnte sie doch!

Ben war sich sicher gewesen, dass seine Chancen bei Bettina nach dem Tag im Schwimmbad angestiegen waren. Es konnte gar nicht anders sein. Sie hatte den Tag doch genauso genossen wie er. Er hatte es ganz genau gesehen. Und gespürt. Unter anderen Umständen wären sie an besagtem Tag am Abend zu ihm nach Hause gefahren und hätten die ganze Nacht herumgevögelt! Er hatte Verständnis, dass das nicht möglich war. Das hatte er wirklich. Aber dass sie seit vier Tagen überhaupt kein Lebenszeichen mehr von sich gab und ihm nicht mal mehr auf seine Nachrichten antwortete, bereitete ihm Sorgen. War sie zu dem Schluss gekommen, dass der Nachmittag im Schwimmbad ein Fehler war? Hatte sie sich auf ihre Ehe besonnen und entschieden, den Kontakt zu ihm einzustellen? Mit jeder Stunde, die verging, machte Ben sich mehr Sorgen. Warum stellt sie sich plötzlich tot, verdammt nochmal!

Er nahm sein Handy und versuchte es erneut. *„Bettina, habe ich irgendetwas falsch gemacht?"* (18:35 Uhr)

Keine Antwort.

„Bettina, bitte!" (19:55 Uhr)

Keine Antwort.

„Bettina, gibt es da vielleicht irgendwas, was du mir mitteilen möchtest?" (20:32 Uhr)

Keine Antwort.

„Bettina, rede doch mit mir! Ich mache mir Sorgen! Was ist denn los? Willst du keinen Kontakt mehr???" (21:59 Uhr)

Keine Antwort.

„Du bist entweder naiv oder so kalt wie ein Eisblock! Langsam verstehe ich, warum du mit deiner Mutter immer wieder aneinandergerätst!" (22:47 Uhr)

Er war mittlerweile stinkewütend! Er konnte an den blauen Haken im Chatverlauf erkennen, dass sie alle seine Nachrichten gelesen hatte. Aber sie reagierte nicht. So wollte er sich nicht behandeln lassen! Wenn sie Bedenken hatte oder ihn nicht mehr sehen wollte, dann sollte sie es doch einfach sagen!

„Bettina, wir haben so einen schönen Tag zusammen erlebt! Warum tust du das? Warum??? Sag doch IRGENDWAS!" (02:35 Uhr)

Keine Antwort. Er lag mittlerweile seit Stunden in seinem Bett, konnte aber kein Auge zumachen.

Es dauerte bis zum Nachmittag des nächsten Tages, bis sie sich endlich meldete. Nach fünf Tagen Sendepause.

„Wollen wir morgen früh mal reden? Wir können ja vorher Tennis spielen."

Ben war froh, dass sie endlich wieder zum Leben erwacht war. Auch wenn ihre Antwort ihn noch mehr verunsicherte, als er ohnehin schon war. Aber es stand außer Frage, dass sie reden sollten. Also sagte er zu.

Ben war als Erstes im Tennisclub. Er war ein paar Minuten zu früh. Bettina war noch nicht da. Außer ihm war ohnehin überhaupt niemand da. Er legte seine Tennistasche auf einen der Tische und zündete sich eine Kippe an. Während er rauchte, schlenderte er ohne ein bestimmtes Ziel über die Anlage. Am hinteren Ende angelangt, richtete er seinen Blick in die Ferne und versank irgendwann in seinen Gedanken. Als er die Zigarette aufgeraucht hatte, zündete er sich eine zweite an und ließ seinen Blick wieder in die Ferne schweifen. Er war nervös. Er hatte Bammel vor dem Gespräch mit Bettina, das ihm bevorstand. Er befürchtete das Schlimmste.

Als er auch mit seiner zweiten Zigarette fertig war, schnippte er sie auf die Wiese und drehte sich um, um sich wieder in Richtung seiner Tennistasche zu begeben. Zu seiner Überraschung saß Bettina bereits am Tisch. Er hatte gar nicht mitbekommen, wie sie ankam. Aber sie saß schon seit ein paar Minuten da und beobachtete ihn. Sie traute ihren Augen nicht, dass er rauchte!

„Du bist ja schon da", begrüßte er sie.

Bettina verzichtete auf eine Begrüßung und fragte direkt: „Seit wann rauchst du denn???"

„Hin und wieder mal."

„Mmmh."

Er nahm seine Tasche vom Tisch und setzte sich Bettina gegenüber. „Ich habe meine Tasche dabei, aber ich gehe nicht davon aus, dass wir beide heute Tennis spielen."

„Ja, sehe ich auch so. Aber ich musste meine Tasche trotzdem mitnehmen." Wie hätte sie es Arne erklären sollen, wenn sie ohne Tennistasche in den Tennisclub gefahren wäre?

Ben wartete ab. Er zündete sich eine Kippe an und schaute zu Bettina.

„Ich kann nicht glauben, dass du rauchst!"

Er ignorierte ihren Kommentar. Er hatte jetzt weder Bock auf Smalltalk noch auf eine Moralpredigt. Stattdessen kam er direkt auf den Punkt:

„Gibt es irgendetwas, das ich wissen sollte, Bettina? Warum antwortest du mir nicht auf meine Nachrichten? Was ist denn bloß seit letztem Sonntag passiert?"

„Ben... der Tag im Schwimmbad war wirklich schön. Auch das Tennisspielen davor."

„Bettina, für mich war es ein perfekter Tag. So, wie ich ihn mir vorher ausgemalt habe. Und die Tage danach waren das genaue Gegenteil. Quasi vom Himmel in die Hölle in nur drei Tagen! Ich kenn ja deine Situation und bringe dafür auch maximales Verständnis auf, aber dass wir quasi überhaupt nicht mehr miteinander kommunizieren, als wären wir im Streit auseinander gegangen, das versteh ich nicht."

„Wir sind nicht im Streit auseinander gegangen. Aber in den Tagen danach bin ich wirklich in ein tiefes Loch gefallen. Ich habe so ein schlechtes Gewissen gegenüber Arne! Für dich ist das vielleicht einfach. Aber nicht für mich. Ich bin nicht allein. Ich bin verheiratet."

„Ich weiß."

„Ich... ich bin im Moment einfach nicht ich selbst. Das mit dir... das ist mir noch nie passiert! Ich hätte nie gedacht, dass mir sowas hätte passieren können. Aber dann bist du aufgetaucht. Wie du selbst gesagt hast: Du bist der Mensch, mit dem ich nicht mehr gerechnet habe. Ich bin total verunsichert. Ich weiß nicht, was ich tun soll. Ich kann in meiner jetzigen Situation überhaupt nichts entscheiden."

„Ich dränge dich zu nichts. Ich habe dich nie aufgefordert, dich zwischen Arne und mir zu entscheiden."

„Aber darauf läuft es doch hinaus, Ben!"

„Vielleicht tut es das irgendwann. Aber du musst diese Entscheidung nicht jetzt treffen." Ben wusste, würde er diese Entscheidung Bettina jetzt abverlangen, dann würde er verlieren.

„Aber wann dann? Was willst *du* denn?"

„Ich will nur eine Chance. Eine Chance, für die ich kämpfen kann. Selbst, wenn sie nur klein ist! Ich liebe dich, Bettina! Ich kämpfe dafür, eines Tages neben dir aufwachen zu dürfen! Und ich will mir später nicht vorwerfen, nicht alles dafür getan zu haben. Aber ich muss diesen Kampf nicht führen, wenn ich ihn gar nicht gewinnen kann. Habe ich diese Chance, Bettina?"

„Ben, ich weiß es nicht! Ich denke heute so und morgen so. Ich kann das im Moment nicht entscheiden."

„Du kannst dich vielleicht nicht entscheiden. Aber ich habe mich entschieden." Er drückte seine Kippe im Aschenbecher aus.

„Ja, das weiß ich. Aber du bist auch allein. Bei mir hängt da so viel dran! Ich bin seit fünfundzwanzig Jahren verheiratet."

„Horche in dich hinein, Bettina. Und dann höre auf das, was dein Herz und dein Kopf dir sagen."

„Aber mein Herz und mein Kopf sagen mir unterschiedliche Dinge! Mein Herz sagt ja, aber mein Kopf sagt nein. Und Arne macht auch gar nichts falsch. Wenn es wenigstens irgendeinen Grund oder Anlass gäbe. Aber es gibt keinen."

„Es gibt einen. Mich."

„Aber ich kann das im Moment nicht! Ich bin mir über meine eigenen Gefühle im Moment selbst nicht im Klaren. Vielleicht ist das anders, wenn wir uns mal ein paar Wochen nicht sehen."

Er vermied es tunlichst, auf den letzten Satz einzugehen. „Eines Tages wirst du dir darüber im Klaren sein. Und dann wirst du das richtige tun."

„Aber im Moment weiß ich eben nicht, was das richtige ist. Ich mag dich wirklich unglaublich gerne, aber im Moment kann ich nicht mit dir fest zusammen sein. Wenn ich allein wäre, dann wäre das anders. Aber ich bin nicht allein!"

„Das weiß ich, Bettina."

„Und deshalb habe ich dir gegenüber auch ein schlechtes Gewissen. Die Situation ist doch für dich auch nicht zufriedenstellend. Ich sehe doch, wie du leidest!"

„Leiden tu ich, wenn du mir tagelang nicht antwortest, Bettina! Und wenn du mir erzählst, dass du keine Zeit hast, weil du deinen Koffer packen musst! Abends um zweiundzwanzig Uhr! Zwei Tage vor deinem Urlaub! Wenn ich die Wahl hätte, meinen Koffer zu packen oder Zeit mit dir zu verbringen, dann wüsste ich, wie ich mich entscheiden würde."

Bettina schaute betreten auf den Boden. „Ich will dir aber auch nichts verbauen, Ben."

„Was solltest du mir denn verbauen?"

„Die Möglichkeit, mit einer anderen Frau eine Beziehung einzugehen. Du hast doch hier im Club genug Optionen."

„Ich will aber keine andere, Bettina. Ich will dich!"

„Aber Ben, ich bin nicht allein!!"

„Bettina, ich erwarte nicht von dir, dass du Arne morgen sitzen lässt. Aber es ist für mich auch keine Option, dich ein halbes Jahr nicht zu sehen. Die Tennissaison geht in ein paar Wochen zu Ende. Ich möchte dich auch im Winter hin und wieder sehen. Wir könnten einmal in der Woche in der Halle spielen. Oder einfach mal einen Kaffee trinken. Oder irgendwas anderes machen. Ich wünsche mir einfach irgendeine Perspektive."

„Aber ich kann dir keine Perspektive geben. Ich kann und will dir nichts versprechen."

„Du musst mir nichts versprechen."

„Aber wie soll es denn weitergehen?"

„Bettina, wenn es nach mir geht, dann ist die Sache klar. Aber es ist doch nicht meine Entscheidung, wie es weitergeht. Es ist deine!"

Es gefiel ihm nicht, in welche Richtung sich das Gespräch entwickelte. Er hatte eben noch wahrheitsgemäß erklärt, dass er sie nicht zu einer Entscheidung drängen würde, aber Bettina fühlte sich genötigt, nun doch hier und heute eine Entscheidung zu treffen.

Und sie tat es auch: „Wenn ich mich heute entscheiden müsste, dann würde ich mich für meine Familie entscheiden." Es kam ihr nur sehr schwer über die Lippen.

Ben sagte eine Zeitlang gar nichts. Dann nickte er ihr mit tränenreichen Augen zu, um zu signalisieren, dass er verstanden hatte.

Auch Bettina hatte jetzt Tränen in den Augen. Sie ging zu Ben herüber und umarmte ihn. Sie standen eine ganze Weile einfach nur so dort, hielten sich gegenseitig fest und heulten.

Nach einigen Minuten löste sich Ben aus der Umarmung und schnappte sich seine Tennistasche.

„Viel Glück weiterhin mit deiner Mutter. Mach's gut, Bettina."

„Ben…"

Er verließ die Anlage, ohne noch einmal zurückzublicken.

Bettina blieb noch einige Minuten, bis ihre Tränen getrocknet waren. Dann ging sie ebenfalls.

Kapitel 59
Freitag, 1. Oktober 2021

Bettina saß am Küchentisch und starrte die Wand an. Ihr Gespräch mit Ben lag jetzt zwei Stunden zurück. Sie spürte eine merkwürdige Leere in sich. Ein Gefühl, dass sie Jahre, gar Jahrzehnte nicht mehr gespürt hatte. Sie hatte Schwierigkeiten, es einzuordnen. Sie versuchte, sich zu besinnen. Sich zu sortieren. Sie dachte an Ben. Wie er Tränen in den Augen hatte. Wie sie beide Tränen in den Augen hatten. Sie dachte an die Turniere, die sie gemeinsam gespielt hatten, an die zahlreichen weiteren Male, die sie gemeinsam Tennis gespielt hatten. An den Nachmittag im Schwimmbad. War das alles jetzt wirklich vorbei? Hatte sie die Tür heute zu voreilig zugeschlagen? Sie dachte darüber nach, war sich aber selbst nicht sicher, wie die Antwort auf diese Frage lautete. Es schlugen zwei Herzen in ihrer Brust. Warum nur hatte Ben sie heute zu dieser Entscheidung gedrängt?

Im selben Moment brummte ihr Handy. Die Nachricht war von Ben:

„Soll es das jetzt echt gewesen sein, Bettina? Es fühlt sich so falsch an!!!"

Hatte er ihre Gedanken gelesen? Offenbar machte er sich exakt dieselben Gedanken wie sie.

Bettina beschloss, nicht auf seine Nachricht zu antworten. Sie stand auf und ging in der Küche rastlos auf und ab. Dann nahm sie wieder am Küchentisch Platz. Sie las seine Nachricht noch einmal. Sie legte ihr Handy erneut beiseite und ging wieder in der Küche auf und ab. Am Fenster blieb sie stehen und blickte nachdenklich nach draußen.

Im nächsten Augenblick griff sie hastig nach ihrem Handy und schrieb Ben zurück:

„Ben, ich habe dir gesagt, wenn ich mich heute entscheiden müsste, dann würde ich mich für meine Familie entscheiden. So ist die Situation."

Nach einigen Minuten kam die Reaktion. Allerdings nicht die, die sie erwartet hatte:

„Es mag dich jetzt vielleicht überraschen, aber magst du nächste Woche mit mir Tennis spielen?"

Sie starrte ungläubig auf ihr Handy. Sie war völlig perplex, dass Ben sie *jetzt* fragte, ob sie mit ihm Tennis spielen wollte.

Aber viel größer war ihre Erleichterung und Freude darüber, *dass* er es tat.

Sie las sich ihre vorige Nachricht noch einmal durch:

„Ben, ich habe dir gesagt, wenn ich mich heute entscheiden müsste, dann würde ich mich für meine Familie entscheiden. So ist die Situation."

Wenn sie sich heute entscheiden müsste. Ja, *wenn*. Sie muss es aber gar nicht. Der Konjunktiv in ihrer Formulierung war der Rettungsanker, an den sich beide gerade offensichtlich klammerten.

Sie sagte ihm zu und hoffte im selben Moment, dass sie es nicht bereuen würde.

Kapitel 60
Freitag, 8. Oktober 2021

Ben war der Erste auf der Anlage. Wie so oft am Vormittag war sonst niemand da. Er setzte sich an einen der Tische und wartete auf Bettina. Er blickte zum Himmel. Es hatte die ganze Nacht geregnet, und die Prognose für den Vormittag war auch nicht viel besser. Es waren immer noch dicke Wolken zu sehen, aber im Moment war es trocken. Er hoffte, dass es auch so bleiben würde.

Als er sie kommen sah, sprang er auf und lief auf sie zu. Sie fielen sich in die Arme und blieben für eine Minute in dieser Position stehen, ohne dass einer der beiden auch nur ein einziges Wort sagte.

Ben war letztlich derjenige, der den Anfang machte: „Ich freue mich so, dich zu sehen."

„Ich mich auch."

„Komm, wir gehen uns umziehen."

Sie vermieden es tunlichst, über ihre letzte Begegnung vergangene Woche zu sprechen.

Als sie gemeinsam auf dem Platz standen, waren beide gleichermaßen angespannt. Es war eine merkwürdige Atmosphäre. Aber nach und nach löste sich die Anspannung bei ihnen, und nach einer halben Stunde schien wieder alles so zu sein wie immer. Auch wenn beide mit ihren Gedanken nicht immer voll und ganz bei der Sache waren, waren sie doch heilfroh, dass sie offenbar gerade noch einmal die Kurve gekriegt hatten.

Mit jeder Minute, die sie spielten, kehrte bei ihnen der Spaß am gemeinsamen Tennisspielen zurück. Am Ende hatten sie über zwei Stunden auf dem Platz gestanden, bevor sie sich erschöpft auf die Clubterrasse setzten. Nach wie vor waren sie die Einzigen auf der Anlage.

Sie setzten sich bewusst nicht an den gleichen Tisch wie in der Woche zuvor. Sie vermieden es auch weiterhin, über ihre letzte Begegnung zu sprechen. Sie klammerten das Thema einfach aus, als hätte ihr Gespräch niemals stattgefunden.

„Und? Was hast du heute noch vor?", fragte Ben nicht ohne Hintergedanken. Als Bettina ihm für heute zugesagt hatte, hatte sie geschrieben, dass sie den ganzen Tag Zeit hätte und dass er sich eine Uhrzeit für ihre Verabredung aussuchen könnte. Insofern hoffte er, dass sie heute nach wie vor keine weiteren Termine und Verpflichtungen mehr hatte.

Dementsprechend erfreut war er über ihre Antwort.

„Nix weiter. Und du?"

„Auch nix."

Sie schauten sich kurz an, als hätten sie jeweils von dem anderen erwartet, dass er oder sie den Faden aufnahm.

Ben hatte darauf spekuliert, den Nachmittag mit Bettina im Schwimmbad in Burghausen zu verbringen. Der Tag im Schwimmbad nach ihrem letzten Turnier war zweifelsohne der schönste, den sie gemeinsam erlebt hatten, und er wollte einen weiteren solchen Tag mit ihr erleben. Aber er wollte nicht gleich mit der Tür ins Haus fallen und zunächst noch ein wenig abwarten, wie sich ihr Gespräch entwickelte, bevor er ihr seinen Vorschlag unterbreiten würde. Denn so richtig gelöst war die Stimmung noch nicht, obwohl ihre letzte unschöne Begegnung mittlerweile ein paar Tage zurücklag und inzwischen zumindest etwas Gras über die Sache gewachsen war. Natürlich war die Erinnerung daran immer noch frisch, aber zumindest hatten sich die Emotionen in der Zwischenzeit wieder etwas gelegt.

Bettina warf ein neues Gesprächsthema auf: „Wann fährst du los zur Beerdigung deiner Oma, morgen früh?"

Ben hatte ihr bei ihrem Schwimmbadbesuch vom Tod seiner Oma erzählt und auch den Tag der Beerdigung genannt.

„Ja, morgen früh. Steffi kommt auch mit, ich habe sie für zwei Tage vom Schulunterricht befreien lassen. Wir bleiben dann für das verlängerte Wochenende bei meinen Eltern."

Bettina wusste, dass Bens Eltern knappe siebenhundert Kilometer entfernt wohnten. „Okay, das bietet sich an."

Die Tatsache, dass er ab morgen für ein paar Tage weg sein würde, bekräftigte Bens Wunsch, den Rest des heutigen Tages mit Bettina zu verbringen. Oder zumindest ein paar Stunden. Sie könnten auch irgendwo einen Kaffee trinken gehen, wenn die Idee mit dem Schwimmbad bei ihr nicht auf Gegenliebe stoßen würde. Oder einen Spaziergang machen. Oder gemeinsam kochen. Letztendlich war es Ben vollkommen egal, was sie täten, solange sie nur Zeit miteinander verbrächten. Seinetwegen könnten sie auch Brennnesseln pflücken.

Sie unterhielten sich noch ein wenig darüber, wie die Beerdigung ablaufen würde und wie selten Steffi ihre Großeltern sah. Irgendwann hielt Ben die Gelegenheit für gekommen und wollte Bettina seine Vorschläge für einen gemeinsamen Nachmittag unterbreiten.

Sie kam ihm um eine Sekunde zuvor: „Ben, ich muss in zehn Minuten los."

Er traute seinen Ohren nicht. „Wie, du musst los? Hast du nicht vorhin gesagt, du hast heute nichts mehr vor?"

„Arne kommt in einer halben Stunde zum Mittagessen. So wie jeden Tag."

Ben versuchte gar nicht erst, seine Enttäuschung zu verbergen, und Bettina sah es ihm auch sofort an. Sie hatte seine Absichten sehr wohl erkannt. In dem Moment, als er sie fragte, was sie heute noch vorhätte. Aber er hatte sie nicht gefragt, ob sie etwas zusammen unternehmen wollten. Und jetzt musste sie bald los.

Ben versuchte, ihr eine Brücke zu bauen. „Okay. Aber das Mittagessen wird ja auch irgendwann beendet sein." Es wäre kein Problem für ihn, hier eine Stunde zu warten oder später nochmals wiederzukommen.

„Ja, aber ich muss am Nachmittag noch zum Einkaufen. Und ich will auch nochmal bei meiner Mutter vorbei."

Es war für Ben jetzt offensichtlich, dass es sich um Ausreden handelte. Und selbst wenn nicht, hätte Bettina ihre plötzlich aus dem Nichts aufkommenden Verpflichtungen immer noch so organisieren können, dass ihnen zumindest ein paar Stunden geblieben wären.

Es war eine absurde Situation. Bettina wusste genau, dass Ben den Nachmittag mit ihr verbringen wollte, obwohl er es bisher mit keiner Silbe erwähnt hatte. Ben wiederum wusste ebenso genau, dass Bettina das offenbar nicht wollte, obwohl auch sie das nicht explizit gesagt hatte.

Bettina versuchte in den verbleibenden Minuten noch, das Gespräch aufrechtzuerhalten, aber Ben antwortete nur noch einsilbig oder überhaupt nicht mehr. Er war enttäuscht und fühlte sich verarscht, und das durfte sie auch gerne spüren!

„Fahr vorsichtig morgen, okay?", sagte Bettina, als sie sich erhob. Ben antwortete ihr nicht, sondern zündete sich lieber eine Zigarette an.

„Okay?", wiederholte Bettina. Aber Ben zeigte keine Reaktion.

„Du gefällst mir nicht", sagte sie zu ihm. Dann ging sie. Ihr Tonfall war aufrichtig. Sie schien ernsthaft besorgt zu sein.

Eine halbe Stunde später saß Ben noch immer auf der Terrasse des Clubs und qualmte. Er hielt sein Handy in der Hand und hoffte, dass Bettina sich doch noch bei ihm melden würde. Noch war Zeit.

Tatsächlich erhielt er im nächsten Moment eine Nachricht von ihr:

„Hey, da haben wir heute ja echt nochmal Glück mit dem Wetter gehabt!"

Fünfzehn Sekunden später hatte sie seine Antwort. Einen ausgestreckten Mittelfinger.

Nach weiteren fünf Minuten schrieb sie erneut:

„Okay, das war blöd. Es tut mir leid. Du hast recht, und ich nehme es an."

Ben schickte keine weitere Antwort. Er fuhr nach Hause und hoffte und wartete den Rest des Tages auf eine Nachricht oder einen Anruf von Bettina.

Um dreiundzwanzig Uhr nahm er seine tägliche Dosis Antidepressivum mit einem Gin Tonic ein und ging ins Bett.

Ben saß auf seinem Lieblingsplatz vor dem Kamin. Er war kaputt von der langen Fahrt. Steffi und er hatten zwischenzeitlich stundenlang im Stau gestanden und waren erst nach acht Stunden Fahrtzeit bei Bens Eltern angekommen. Das lodernde Kaminfeuer beruhigte ihn, aber er war dennoch alles andere als entspannt. Alle zwei Minuten ging sein Blick zu seinem Handy, um zu prüfen, ob Bettina ihm etwas geschrieben hatte. Fehlanzeige.

Steffi und ihr Opa saßen auf dem Sofa und alberten herum. Steffis Oma bereitete in der Küche ein kleines Abendessen vor. Sie hatte auf Ben einen gefestigten Eindruck gemacht, obwohl sie gerade eine schwere Phase durchlebte. Morgen würde sie ihre Mutter beerdigen müssen.

Die Beerdigung fand im engsten Familienkreis statt. Neben Ben und seinen Eltern waren nur noch Steffi und Bens Brüder anwesend. Bens Mutter hatte auf eine größere Trauerfeier verzichtet. Seine Großmutter war über neunzig Jahre alt geworden. Ihre letzten Jahre hatte sie in einem Seniorenheim verbracht. Ben hatte sie regelmäßig besucht, wenn er bei seinen Eltern war. Die Zustände in dem Heim waren katastrophal gewesen. Es gab viel zu wenig Pflegekräfte und kaum mal irgendein Programm, das die Senioren von ihrem tristen Alltag abgelenkt hätte. Und das Essen hatte immer furchtbar geschmeckt. Zumindest hatte Bens Oma das immer behauptet. In den letzten Wochen war es ihr bereits sehr schlecht gegangen. Am Ende war der Tod für sie eine Erlösung gewesen. Und für ihre Familie auch.

Ben stand vor dem offenen Grab und richtete einen letzten Gruß an sie. Er empfand eine große Traurigkeit in sich. Das lag zum einen an der Tatsache, dass er gerade ein Mitglied seiner Familie verloren hatte, aber auch daran, dass er Bettina vermisste. Es waren schwere Tage für ihn, und gerade in der jetzigen Situation hätte er sich den Beistand von Bettina gewünscht. Aber sie meldete sich nicht. Sie war zurzeit zu sehr mit sich selbst beschäftigt. Während der ganzen Zeit bei seinen Eltern erhielt er nicht eine einzige Nachricht von ihr.

Bens Mutter steckte die Beerdigung gut weg. Als sie wieder zuhause waren, merkte man ihr ihre Erleichterung an, dass sie die Sache hinter sich gebracht hatten. Jetzt war sie gerade dabei, Steffi ins Bett zu bringen. Ben saß mit seinem Vater im Kaminzimmer. Erneut ging Bens Blick alle paar Minuten auf sein Handy. Seinem Vater war das nicht unbemerkt geblieben. Als hätte er einen siebten Sinn, fragte er Ben schließlich:

„Wie läuft es zuhause? Hast du in der Zwischenzeit eine neue Freundin gefunden?"

Ben hatte absolut keine Lust, darüber zu sprechen. „Nee. Ja. Jein."

Es war klar, dass sich sein Vater mit dieser Antwort nicht zufriedengeben würde, also fuhr Ben fort: „Ich habe da jemanden kennengelernt, aber es ist kompliziert."

„Inwiefern?"

„Wir befinden uns noch in der Kennenlernphase. Und im Moment herrscht Funkstille. Sie weiß nicht so recht, was sie will."

Das war noch nicht einmal gelogen. Ben gab seinem Vater noch ein paar weitere Informationsbrocken. Das pikante Detail, dass seine Auserwählte seit dreißig Jahren in einer festen Partnerschaft und seit fünfundzwanzig Jahren verheiratet war, ließ er allerdings aus.

Die letzten zwei Wochen hatten Ben stark zugesetzt. Bettina und er waren zuletzt immer häufiger in Situationen geraten, die sie beide belasteten. Als er bei seinen Eltern gewesen war, hatten Bettina und er zwischenzeitlich überhaupt nicht mehr miteinander kommuniziert. Er befürchtete, Bettina zu verlieren.

Er überlegte, wie er ihr eine Freude bereiten könnte, und beschloss, ihr einen Brief zu schreiben. Heutzutage war es normal, über Handynachrichten zu kommunizieren, aber einen Brief – noch dazu einen handschriftlichen – zu erhalten, war in der heutigen schnelllebigen Zeit völlig aus der Mode gekommen. Es kostete deutlich mehr Zeit als eine Textnachricht – sowohl das Schreiben selbst als auch der Versand. Aber es drückte eine hohe Wertschätzung für den Empfänger aus, eben weil es so unüblich und zeitaufwendig war.

Ben dachte an die Situationen, die er gemeinsam mit Bettina erlebt hatte. Er nahm sich einen Stapel Papier und begann zu schreiben. Er achtete genau darauf, dass seine Worte unter keinen Umständen dazu führten, dass Bettina sich unter Druck gesetzt oder kritisiert fühlen könnte. Er verfolgte einzig und allein das Ziel, ihr eine Freude zu machen und ihr gegenüber seine Wertschätzung zum Ausdruck zu bringen. Er wollte ihr zeigen, was sie ihm bedeutete.

Drei Stunden und zahlreiche zerknüllte Zettel später betrachtete er sein Werk:

Hallo Bettina,

ich kann mich gar nicht daran erinnern, wann ich das letzte Mal einen handschriftlichen Brief verfasst habe, das ist ja heutzutage völlig unüblich geworden. Aber für dich mache ich gern eine Ausnahme.

Keine Sorge, es ist kein Liebesbrief, auch kein Abschiedsbrief, auch keine Abrechnung oder Lösegeldforderung. Ich möchte nur die letzten Monate Revue passieren lassen. Es ist ja so einiges passiert. Wenn dir diese Zeilen das eine oder andere Mal ein Lächeln übers Gesicht zaubern, dann hat sich dieser Brief schon gelohnt.

Ich kann mich noch gut an das Schleifchenturnier 2020 erinnern. Das war der Tag, an dem wir uns kennengelernt und das erste Mal zusammen Tennis gespielt haben. An demselben Abend hast du schon das erste Mal auf meinem Schoß gesessen (!). (Das war ein Zeichen!)

Es folgten unzählige weitere Tennisstunden, und es kommen hoffentlich noch viele weitere hinzu. Denn nicht nur du hast dich jedes Mal wie ein Keks gefreut, sondern ich auch. Seitdem wir spielen, bist du auch schon viel besser geworden. Darauf kannst du gern ein bisschen stolz sein (ich bin's auch). Und dein Leistungsvermögen ist noch lange nicht ausgeschöpft. Egal, was die Zukunft auch bringt: Sei weiterhin ehrgeizig, fleißig und geduldig, dann wirst du noch viel besser! Ich bin nach wie vor davon überzeugt, dass du die Nummer 1 im SVW bei den Damen werden wirst. Du musst nur an dich glauben!

Wir haben mittlerweile auch zwei Turniere zusammen gespielt. Da waren so einige kuriose Momente dabei. Insbesondere das zweite Match des ersten Turniers war ein Highlight, an das ich gern zurückdenke. Wir haben zig Matchbälle abgewehrt, und am Ende hast du (mit deinem Paradeschlag) den entscheidenden Punkt gemacht! Und dann haben wir in einer aufwendig inszenierten Siegerzeremonie die Pokale und das Preisgeld überreicht bekommen. Letzteres hat allerdings nicht lange gehalten, es ging noch am selben Abend für Pizza und Prosecco drauf. Richtig so!

Das zweite Turnier war auch ein Erfolg. Sehr gut fand ich deine Frage im Auto: „Wo fahren wir eigentlich hin?" So sieht eine optimale Turniervorbereitung aus! Als wir vor dem ersten Spiel auf der Terrasse gesessen hatten und du deinen Kopf auf meine Schulter gelegt hattest, wusste ich, dass es ein schöner Tag werden wird. Und so war es auch. Das erste Spiel war noch eine leichte Übung, obwohl wir uns alle Mühe gegeben haben, nicht so hoch zu gewinnen. (Das muss man erstmal schaffen.) Das zweite Spiel war schon knackiger, aber am Ende haben wir souverän gewonnen. Und der Tagesausklang war auch sehr nett. (Die Details von dem Nachmittag spare ich mir hier mal).

Neben vielen schönen hatten wir auch einige unschöne Momente, aber ich glaube, das ist ganz normal. Eigentlich lernen wir uns seit einigen Monaten erst so richtig kennen, und dann gerät man auch mal aneinander. Ich versuche, das Positive daraus zu ziehen. Man kann nur mit den Menschen, die einem etwas bedeuten, aneinandergeraten, denn ansonsten wäre es einem egal. Ich bereue auf jeden Fall keine einzige Entscheidung, die uns dahin gebracht hat, wo wir heute stehen. Ich weiß nicht, wohin diese Reise noch führt, aber ich möchte dich gern noch viel besser kennenlernen. Ein paar Kapitel hat unser gemeinsames Buch schon; ich hoffe, unsere Geschichte ist noch nicht zu Ende erzählt, und es kommen noch ein paar Kapitel hinzu. Du bist wirklich ein toller Mensch, Bettina. Lass dir niemals etwas anderes erzählen!

Als es mir vor einiger Zeit richtig schlecht ging, hast du mich getröstet, mir zugehört und mich in den Arm genommen. Dafür bin ich dir dankbar, ich werde das nicht vergessen. Und ich möchte es gern gleichermaßen zurückgeben in der schwierigen Situation, in der du dich zur Zeit befindest. Ob ich in diesem Fall für dich der richtige Ansprechpartner bin oder eigentlich genau der falsche? Ich weiß es nicht. Wann immer meine Zeit es zulässt, bin ich auf jeden Fall gern für dich da. Wenn es dir mal schlecht geht, melde dich einfach, egal, wann und wo. Ich freue mich über jede Nachricht und jeden Anruf von dir.

Ich wünsche dir von Herzen, dass du wieder zu dir selbst findest. Wie du schon erkannt hast, solltest du dir unbedingt Zeit für dich selbst nehmen. Ein paar Tage raus, einfach nur raus. Ohne Verpflichtungen, ohne Termine, ohne Tennis, einfach ohne Agenda, aber auch ohne Annika, und vor allem ohne Handy (sonst funktioniert das nicht). Ob du dann die richtigen Erkenntnisse erlangen wirst? Das weiß niemand, aber es ist den Versuch wert. Ich würde an deiner Stelle Wandern gehen. Besser heute als morgen.

Ich wünsche dir, dass du zur Ruhe kommst. Dass sich die Sache mit deiner Mutter wieder einrenkt. Dass du einen klareren Kopf bekommst. Dass du deinen Weg gehst (und dabei etwas weniger darauf achtest, was die Menschen links und rechts am Wegesrand wohl darüber denken könnten). Dass du NIEMALS an dir zweifelst! Dass du dir über deine Bedürfnisse und Gefühle im Klaren sein wirst.

Gefühle suchen sich nie den einfachen Weg. Und wenn du mal das Gefühl hast, dass gerade alles auseinander zu fallen scheint, bleib ganz ruhig… Es sortiert sich nur neu.

Bettina, die Welt ist schön, weil DU mit drauf bist. Und was auch immer die Zukunft bringt, bitte verliere NIEMALS dein Lächeln, denn dann bist du am schönsten!

Fühl dich gedrückt!

Ben

Er war zufrieden mit sich. Er steckte die Seiten in einen Briefumschlag und klebte eine Briefmarke darauf. Er schrieb Bettinas Anschrift auf den Umschlag, vermied es aber, eine Absenderadresse anzugeben, falls Arne den Brief aus dem Postkasten fischen sollte. Er warf den Brief ein und übte sich in Geduld.

Kapitel 63

Freitag, 15. Oktober 2021

Ben und seine Mannschaftskollegen saßen nach dem Tennis auf der Clubterrasse und beratschlagten über die Mannschaftszusammensetzung für die nächste Saison. Da sie heute ihren offiziellen Trainingstag hatten, waren sie in fast vollständiger Mannschaftstärke vertreten. Es wurde diskutiert, wer im kommenden Jahr die Rolle des Mannschaftsführers übernehmen würde und ob eine oder zwei Mannschaften gemeldet werden sollten. Es gab Argumente in beide Richtungen. Für eine Mannschaft waren sie eigentlich zu viele, für zwei Mannschaften wiederum unter Umständen zu wenig Spieler.

Wie fast jeden Tag hatte auch Bettina heute Tennis gespielt und saß inzwischen mit einigen anderen Mitgliedern und einer Limo auf der Terrasse. Ben sah zu ihr rüber. Hatte sie seinen Brief schon gelesen? Sie hatte diesbezüglich keinerlei Andeutungen gemacht, als sie Ben vorhin im Vorbeigehen begrüßte. Er hatte den Brief am Abend vor zwei Tagen in den Briefkasten gesteckt. Vielleicht wurde er gestern schon zugestellt. Vielleicht auch erst heute. Dann würde sie ihn wohl spätestens heute Abend bei sich im Briefkasten finden. Oder hatte sie ihn schon längst gelesen, aber deshalb nichts gesagt, weil sie sich inzwischen von Ben abgewendet hatte? Er überlegte, ob er einfach zu ihr rübergehen und sie fragen sollte, sobald seine Mannschaftsbesprechung vorüber war.

Nach längerer Diskussion wurde eine vorläufige Entscheidung getroffen. Es sollten zwei Mannschaften gemeldet werden. Sollte es an einem Spieltag zu einem personellen Engpass kommen, könnte man immer noch auf die Spieler der Herren 40 zurückgreifen. Auch ein Mannschaftsführer wurde gefunden. Ben wurde auch gefragt, hatte aber kein Interesse. Er hatte diese Rolle schon mal ein paar Jahre innegehabt, wenn auch in seinem alten Verein. Es war ein ständiges Hinterhergerenne und Hinterhertelefonieren, um die Mannschaft fürs Wochenende voll zu bekommen. Außerdem waren diverse weitere organisatorische Dinge zu tun. Darauf hatte er keinen Bock. Außerdem rannte er schon in seinem Beruf den ganzen Tag anderen Leuten hinterher, dann musste er das nicht auch noch in seiner Freizeit tun.

Ben sah wieder zu Bettina. Er wollte heute auf jeden Fall mit ihr sprechen, bevor sie sich wieder aus dem Staub machen würde. Bei den Mitgliedern, die mit ihr am Tisch saßen, war niemand aus ihrer Mannschaft oder ihrem direkten Freundes- oder Bekanntenkreis dabei. Das war schon mal gut, denn so würden sie nicht gleich wieder unter Generalverdacht stehen, wenn sie sich miteinander unterhielten. Er entschied sich, den Tisch zu wechseln und sich zu Bettina zu setzen.

„Hallo zusammen", begrüßte er die Anwesenden. Natürlich setzte er sich neben Bettina auf die Bank. Sie schien sich darüber zu freuen, das war auch gut.

„Na, was hat eure Mannschaftssitzung ergeben? Seid ihr euch einig geworden?"

„Ja, wir wollen nächstes Jahr zwei Mannschaften melden. Und Chris wurde zum Mannschaftsführer gewählt. Gott sei Dank, ich bin froh, dass dieser Kelch an mir vorbeigegangen ist."

Kurz darauf beendeten zwei Jugendliche ihr Match und verließen den Tennisplatz. Dies war das Signal für Bettinas und Bens Tischnachbarn, ihrerseits auf den freien Platz zu gehen. Im Gegensatz zu Bettina und Ben hatten sie noch kein Tennis gespielt, weil alle Plätze belegt waren. Es war Ben nur recht, denn jetzt saß er mit Bettina allein am Tisch. Sollte er sie auf seinen Brief ansprechen? Er entschied sich dagegen. Bettina war in diesem Fall am Zug, nicht er.

„Was macht die Jobsuche? Hast du dich schon entschieden?", fragte er stattdessen.

„So gut wie. Ich werde wohl das Angebot aus Emmerting annehmen. Da ist das Gesamtpaket für mich einfach am besten. Bis Montag habe ich Bedenkzeit, dann muss ich mich entscheiden. So lange warte ich noch, bevor ich dem anderen Hotel absage."

„Okay, das freut mich, dass du was gefunden hast. Und was gibt's Neues mit deiner Mutter?"

„Nichts Besonderes. Wir haben vorhin miteinander telefoniert. Sie hat schon wieder irgendwelche komischen Bemerkungen gemacht."

„Was hat sie denn gesagt?"

„So konkret gar nichts. Eher so unterschwellig. Zwischen den Zeilen." Bettina wusste nicht, wie sie es richtig erklären sollte.

„Gutes Stichwort. Genau zu dem Thema habe ich dir was mitgebracht. Aber erst besorg ich uns was zu Trinken. Willst du einen Aperol?"

Bettina nickte und war gespannt, was Ben ihr zu erzählen hatte.

Ben stellte die Aperol auf dem Tisch ab und holte einen Stift und einen Block aus seiner Tennistasche.

„Also… warum gerätst du immer wieder mit deiner Mutter aneinander? Wenn du mich fragst, dann habt ihr beide in erster Linie ein Kommunikationsproblem."

Das hätte ihr auch ein Dümmerer sagen können, dachte Bettina sich. Aber sie nickte Ben zu und ließ ihn weiterreden.

„Auch mein Chef und ich hatten ein Kommunikationsproblem. Ein ganz massives sogar. Aber im Rahmen meiner Therapie letztes Jahr habe ich gelernt, die Botschaften meines Chefs auf unterschiedliche Arten zu interpretieren. Ich kann mir gut vorstellen, dass dir das auch helfen könnte im Umgang mit deiner Mutter. Soll ich's dir zeigen?"

„Ja, gerne."

„Okay. Eine Botschaft, eine Nachricht, eine Aussage kann immer, oder zumindest sehr oft, auf unterschiedliche Arten interpretiert werden. Und es ist in der Regel nicht der Sender, sondern der Empfänger, der die Botschaft bestimmt. Insbesondere wenn der Sender sich nicht präzise ausdrückt, kommt es vor, dass seine Botschaft gänzlich anders interpretiert wird, als es eigentlich gemeint war. Und das führt zu Missverständnissen oder sogar zur Eskalation. Wenn du zum Beispiel sagst, dass deine Mutter unterschwellige Botschaften sendet, dass sie dich ‚zwischen den Zeilen' kritisiert, dann interpretierst du da schon ganz viel rein. Vielleicht ist diese Interpretation aber gar nicht die richtige. Oder zumindest nicht die einzig mögliche."

„Mmmh." Das Ganze war Bettina zu abstrakt und zu schwammig.

Ben fuhr fort: „Kommunikation kann auf vier verschiedenen Ebenen erfolgen. Einmal auf der Sachebene, dann auf der Beziehungsebene, auf der Appellebene und auf der Selbstoffenbarungsebene." Er nahm seinen Stift und brachte das Gesagte auf ein Blatt Papier, genauso wie seine Therapeutin es vor einem Jahr getan hatte. Den Zettel würde er Bettina später mitgeben, damit sie sich das Ganze wieder in Erinnerung rufen könnte, wenn sie denn wollte.

„Fangen wir mal mit der Sachebene an. Hier werden reine Fakten übermittelt, ohne dass irgendwelche Emotionen oder Erwartungen daran geknüpft sind. Wenn deine Mutter zum Beispiel zu dir sagt, dass dir die Familie ja noch nie wichtig war, dann wäre das auf der Sachebene eine reine Feststellung, nicht mehr und nicht weniger. Aber keine Kritik. Und deine Antwort wäre in diesem Fall: Ja, das stimmt. Natürlich nur rein hypothetisch."

Bettina versuchte Ben zu folgen und nickte ihm zu.

„Sehr viel wahrscheinlicher ist allerdings, dass deine Mutter diese Botschaft auf der Beziehungsebene übermittelt. Immer wenn Botschaften über diese Ebene ausgetauscht werden, ist das Konfliktpotenzial besonders hoch. Wenn sie auf der Beziehungsebene sagt, dass dir die Familie noch nie wichtig war, dann will sie damit etwas ganz anderes ausdrücken. Nämlich, dass sie enttäuscht ist. Dass sie sich ausgeschlossen fühlt. Vielleicht sogar, dass du eine schlechte Tochter bist. Merkst du den Unterschied? Es ist ein und dieselbe Aussage, aber man hat ganz unterschiedliche Möglichkeiten, diese Aussage zu bewerten."

„Mmmh." Bettina nickte wieder.

„Möglichkeit Nummer drei ist die Appellebene. Hier wird an die Botschaft eine bestimmte Erwartungshaltung geknüpft. Man richtet einen Appell an seinen Gegenüber, allerdings ohne diesen direkt auszusprechen. Wenn mein Chef mir beispielsweise sagt, dass ich ja immer noch dreißig Tage Urlaub habe, dann sagt er das nicht auf der Sachebene, um mich darüber freundlich zu informieren. In diesem Fall wird die Botschaft über die Appellebene übermittelt. Er will, dass ich meinen Urlaub abbaue, und zwar schnell. Das ist sein Appell. Wenn wir den Satz deiner Mutter uns auf dieser Ebene mal anschauen, was glaubst du, wie könnte dann die richtige Interpretation aussehen? Wenn sie sagt, deine Familie war dir ja noch nie wichtig. Welche Erwartungshaltung könnte sich hinter dieser Aussage verbergen?"

„Na ja, die Erwartung, dass sich daran etwas ändert."

„Ja, oder noch konkreter: Sie wünscht sich möglicherweise, dass du sie häufiger einlädst, sie häufiger besucht, sie einfach stärker an eurem Familienleben teilhaben lässt."

„Okay, ja, habe ich verstanden."

„Und dann ist da noch die Selbstoffenbarungsebene. Hier werden die Botschaften in einen direkten Zusammenhang zu dem Sender der Botschaft gestellt. Was der Sender sagt, sagt etwas über ihn selbst aus. Deshalb Selbstoffenbarungsebene. Wenn deine Mutter also wieder sagt, deine Familie bedeutet dir nichts, dann kann das möglicherweise einfach nur heißen, dass deine Mutter ein verbitterter, sich selbst bemitleidender Stinkstiefel ist. Natürlich auch rein hypothetisch."

Ben überreichte Bettina den Zettel, auf dem er das Gesagte visualisiert hatte. „Also, versuche mal, die Botschaften deiner Mutter auf den verschiedenen Ebenen zu interpretieren. Nicht immer ist eine Aussage gleich ein persönlicher Angriff. Vielleicht schon, vielleicht aber auch nicht. Vielleicht sind die ständigen Sticheleien deiner Mutter einfach nur ihre Art, ein Bedürfnis auszudrücken und nicht, dich persönlich zu beleidigen. Manchmal vermischen sich die einzelnen Ebenen auch miteinander, das kann man nicht immer hundertprozentig voneinander abgrenzen."

„Okay, danke, ich werde versuchen, das zu beherzigen." Sie faltete den Zettel zusammen und ließ ihn in ihrer Tasche verschwinden.

„So, und jetzt sag ich dir noch was."

Bettina guckte Ben gespannt an.

„Ich habe dir das noch aus einem anderen Grund erzählt... auch wir beide haben ein Kommunikationsproblem."

„Ja, das kann sein."

„Das ist so. Wir beide kommunizieren sehr viel über Textnachrichten. Du gibst sehr wenig von dir preis, Bettina. Und ich weiß häufig nicht, wie ich das bewerten soll. Manchmal antwortest du mir auch gar nicht, und das lässt nur umso mehr Raum für Interpretationen. Auch Schweigen ist eine Form der Kommunikation. Aber eine, die oftmals zu Missverständnissen führt. Und das ist der Grund, warum wir hier neulich so aneinandergeraten sind. Und solche Momente braucht keiner von uns."

„Das stimmt."

„Und es wäre vermeidbar gewesen. Hättest du mir einfach gesagt, dass du nach unserem Tag im Schwimmbad in ein Loch gefallen bist, dass du für ein paar Tage lieber Abstand zu mir halten möchtest, dann hätte ich mich darauf einstellen können. Egal, ob mir das gefallen hätte oder nicht, ich hätte mein Verhalten entsprechend anpassen können."

„Ich habe dir das doch gesagt."

„Aber viel zu spät, Bettina! Da war das Kind schon längst in den Brunnen gefallen."

„Mmmh."

„Ja, mmmh. Ich hatte dich ein paar Mal gefragt, was los ist. Ob ich irgendwas falsch gemacht habe. Ob du keinen Kontakt mehr willst. Aber du hast mir nie geantwortet."

„Was hätte ich dir denn antworten sollen?"

„Weiß ich doch nicht. Irgendwas halt. Wenn ich dich etwas frage, dann habe ich schon die Erwartung, dass ich auch eine Antwort bekomme."

„Ja, okay…"

„Und da wir viel über Textnachrichten kommunizieren, ist die Sache noch ein bisschen komplizierter. Weil es die Interpretation mancher Aussagen noch schwieriger macht. Weil man nicht die Möglichkeit hat, aus der Mimik, aus der Körpersprache, aus dem Tonfall des anderen etwas herauszulesen. Diese Information fehlt einfach. Es gibt die Möglichkeit, Emoticons hinzuzufügen. Das ist zwar nicht das Gleiche, aber es ist besser als nichts. Es macht schon einen großen Unterschied, ob ich hinter irgendeine Aussage noch einen lächelnden, einen bösen oder einen augenzwinkernden Smiley dazu packe."

„Da hast du Recht. Da können wir wirklich besser werden. Ich versuch's."

Ben lächelte Bettina an. Er war froh, dass sie miteinander gesprochen hatten und dass er Bettina für das Thema sensibilisieren konnte.

„Eine Frage habe ich aber noch."

„Und zwar?"

„Willst du Montagmorgen mit mir Tennis spielen?"

Ben stellte sein Fahrrad am Fahrradständer des Tennisclubs ab. Er war an diesem Morgen der einzige Mensch auf der Anlage. Das Wetter war furchtbar. Es war lausig kalt, und dicker Nebel lag in der Luft. Kein normaler Mensch kam bei einem solchem Wetter auf die Idee, Tennis zu spielen. Aber er hatte nicht eine Sekunde daran gedacht, seine Verabredung mit Bettina abzusagen. Er würde auch mit ihr spielen, wenn es draußen stürmen und schneien würde, nur um ihr nahe zu sein. Er setzte sich an einen der Tische auf der Clubterrasse und wartete auf sie.

Bettina kam einige Minuten später. Sie stellte ihr Fahrrad neben Bens und ging auf ihn zu.

„Wir haben doch echt einen Knall", begrüßte sie ihn und spielte damit auf das ungemütliche Wetter an.

Sie umarmten sich zur Begrüßung.

„Tja, Tennis ist eine Outdoor-Sportart. Es kann nicht immer die Sonne scheinen."

Beide blickten auf die Tennisplätze, die vor ihnen lagen. Es war so neblig, dass man kaum das hintere Ende der Plätze erkennen konnte. Aber die beiden ließen sich nicht von ihrem Vorhaben abbringen und gingen in die Umkleidekabinen, um sich umzuziehen. Kurz darauf kamen beide dick eingepackt wieder heraus. Beide mussten grinsen. Auf dem Weg zum Platz sagte Bettina zu Ben: „Ich muss heute um dreizehn Uhr im Hotel anrufen und zu- oder absagen. Erinnere mich nachher daran!"

„Okay, mach ich."

Nachdem sie sich einige Minuten auf dem Platz bewegt hatten, wurde ihnen doch warm. Sie legten die oberste Kleidungsschicht ab und setzten ihr Spiel fort. Trotz der ungemütlichen Bedingungen machte das

Spiel ihnen Spaß. Ben stellte einmal mehr fest, wie gut Bettina geworden war, seitdem die beiden regelmäßig miteinander spielten.

Sie spielten lange an diesem Vormittag. Fast zwei Stunden. Am Ende lichtete sich sogar der Nebel ein wenig und die Sonne zeigte sich zaghaft am Himmel. Sie waren beide froh, dass sie die Verabredung nicht abgesagt hatten.

Nach dem Spiel saßen sie noch kurz auf dem Platz zusammen. Bettina schaute zu Ben rüber. „Ich habe deinen Brief bekommen. Danke dafür!"

Er lächelte sie an. „Gerne. Hat er seinen Zweck erfüllt?"

„An einigen Stellen musste ich wirklich schmunzeln. Aber ich bin dir auch für deine Ratschläge und deine lieben Worte dankbar."

Mehr hatte Ben gar nicht erreichen wollen. Insgeheim hoffte er zwar, dass Bettina ihm vielleicht auf die gleiche Weise antworten würde, aber für den Moment war er zufrieden.

„Mir wird langsam kalt. Lass uns eine heiße Dusche nehmen und uns anschließend nochmal zusammensetzen."

„Okay."

Jeder verschwand in seiner Umkleide. Bettina zog sich aus und drehte die Dusche an. Das heiße Wasser war eine Wohltat. Sie schaute auf die Uhr. Es war viertel vor Eins. Sie blieb noch eine Zeitlang unter der heißen Dusche stehen, dann drehte sie das Wasser ab, trocknete sich ab und band sich ihr Handtuch um. Sie erschrak, als sie aus der Dusche kam. Ben saß in der Damen-Umkleide und musterte sie.

„Was machst du denn hier?", fragte sie sichtlich überrascht und auch ein klein wenig pikiert. Sie war froh, dass ihr Handtuch ihre intimsten Körperstellen abdeckte.

„Ich warte auf dich", entgegnete er seelenruhig. „Ich sollte dich daran erinnern, dass du im Hotel anrufst. Es ist gleich dreizehn Uhr."

„Mmmh", antwortete sie und setzte sich neben ihn. Sie war nur in ihr Handtuch eingehüllt und wusste nicht so recht, was sie jetzt machen sollte.

Ben saß da und blickte sie einfach nur an. Er lächelte, und sie lächelte schüchtern zurück.

„Und jetzt?", fragte sie.

„Komm zu mir", sagte er und setzte sich näher an Bettina heran. Sie zupfte sich ihr Handtuch zurecht, damit es nicht mehr von ihr preisgab, als es sollte. Ben begann, Bettina über den nackten Oberarm zu streichen. Er war noch nass und fühlte sich durch die Dusche warm und weich an. Ben strich Bettina mit der Hand vorsichtig eine Haarsträhne aus dem Gesicht und streichelte leicht ihren Nacken. Sein Gesicht näherte sich ihrem. Sie roch wunderbar! Er drehte behutsam ihren Kopf in seine Richtung und küsste sie auf den Mund. Bettinas Pulsschlag nahm zu. Ben hatte sie überrumpelt, indem er plötzlich in ihrer Kabine auftauchte, aber sie war ihm nicht böse. Im Gegenteil, sie erwiderte seinen Kuss nur allzu gern.

Bens Hände lagen nun auf ihrer nackten Schulter. Ein warmer Schauer durchzog sie, als sie seine Finger auf ihrer nackten Haut spürte. Sie küssten sich wieder. Bens Hände berührten jetzt ihre Knie und ihre Oberschenkel. Ihr Pulsschlag wurde nun noch schneller! Im nächsten Moment waren seine Hände wieder auf ihren Schultern. Sie küssten sich erneut. Währenddessen löste Ben das Handtuch über Bettinas Brust und legte ihren Busen frei. Bettina ließ ihn gewähren. Er strich mit seinen Fingern über ihre nackte Brust. Er sah ihr nun direkt in die Augen und küsste sie leidenschaftlicher. Seine Hände waren nun überall. Er küsste sie auf die Stirn, dann auf die Schulter, dann wieder auf den Mund, dann spürte sie seine Lippen auf ihrer Brust. Er sah, wie ihre Nippel vor Erregung hart wurden und ließ seine Zunge vorsichtig darum kreisen. Bettina stöhnte leise auf. Während er ihre Brüste liebkoste, wanderten seine Hände zu ihren Oberschenkeln und arbeiteten sich langsam nach oben. Er zeigte ihr jetzt, wie groß sein Verlangen nach ihr war. Sie war wie elektrisiert. Was hier gerade passierte, durfte nicht passieren! Aber sie wollte auch nicht, dass es aufhört.

Doch urplötzlich ließ Ben von ihr ab und sagte zu ihr: „Es ist dreizehn Uhr. Ruf an!"

„Was denn, jetzt?" Sie saß mit blankem Busen vor ihm, das Handtuch verdeckte nur noch mühselig ihre allerintimste Stelle. Dass sie in dieser Situation ihren neuen Chef anrufen sollte, kam ihr nun wirklich nicht in den Sinn.

„Klar, warum nicht?", grinste Ben sie an.

„Mmmh", brummelte sie vor sich hin und griff nach ihrem Handy. Sie wickelte sich wieder vollständig in ihr Handtuch und wählte die Nummer des Hotels. Nach ein paar Sekunden ging ihr designierter neuer Chef heran. Er hatte schon auf ihren Anruf gewartet. Nach einigem belanglosen Smalltalk verkündete Bettina ihm schließlich, dass sie sein Jobangebot annimmt.

Während Bettina telefonierte, öffnete Ben erneut ihr Handtuch und legte ihre Brüste frei. Er umfasste sie mit seinen Händen und knetete sie behutsam. Bettina sprach weiter mit ihrem neuen Chef. Ihre Stimme begann leicht zu zittern, als Bens Hände und Lippen sich weiter ihren Weg bahnten. Sein Ohr war so nah an Bettinas Handy, dass er jedes Wort verstand. Ihr neuer Chef bedankte sich gerade bei ihr, dass sie sein Angebot angenommen hatte. Er freute sich auf die Zusammenarbeit und bat sie, am nächsten Tag zur Vertragsunterzeichnung vorbeizukommen. Bettina musste sich jetzt wirklich zusammenreißen. Sie unterdrückte ein Stöhnen und kniff ihre Beine zusammen, damit Ben sie nicht endgültig um den Verstand brachte, während sie mit ihrem neuen Chef sprach!

Irgendwann beendete sie das Gespräch schließlich. „Du bist doch echt verrückt!", sagte sie in Bens Richtung.

„Ja, verrückt nach dir! Was hat er gesagt?", fragte er, obwohl er jedes einzelne Wort mitbekommen hatte.

„Er hat sich gefreut. Ich soll morgen vorbeikommen, um den Vertrag zu unterschreiben." Sie rückte sich zum wiederholten Male ihr Handtuch zurecht. „Du bist echt verrückt", wiederholte sie. Aber sie lächelte ihn dabei an.

„Auf jeden Fall wirst du dich noch lange an dieses Telefonat erinnern", gab er grinsend zurück.

Sie quittierte seinen Satz mit einem Lächeln. Sie stand auf und holte ihre Unterwäsche aus ihrer Tasche. „Ich zieh mir mal was an."

„Ungern", antwortete Ben wahrheitsgemäß, aber er ließ sie gewähren. Sie verschwand in der Dusche und kam kurz darauf in Höschen und BH wieder heraus. Ben sah sie einfach nur an. Sie war wirklich wunderschön!

Sie schlüpfte in ihre Jeans und warf sich ein frisches T-Shirt über. Kurze Zeit später hatte sie sich komplett angezogen und nahm wieder neben Ben Platz.

Ben verließ kurz die Kabine und kam wenige Sekunden später mit einer Flasche Weißwein und zwei Gläsern zurück. Bettina fragte sich, wo er die Sachen nun schon wieder hergezaubert hatte. Er öffnete die Flasche und füllte die Gläser. Er reichte Bettina ihr Glas und stieß mit ihr an.

„Auf deinen neuen Job!"

Sie saßen noch eine Zeitlang gemeinsam in der Kabine und redeten und tranken Weißwein. Zwischendurch stellten sie immer wieder ihre Gläser ab, um sich zu küssen.

Das schlechte Wetter hatte sie auf dem Platz zwischenzeitlich frieren lassen. Aber es sorgte auch dafür, dass die beiden heute gänzlich ungestört waren, denn niemand sonst hatte sich an diesem Tag im Tennisclub blicken lassen.

Kapitel 65

Genervt schaute Bettina aus dem Seitenfenster ihres Autos und versuchte einen Blick an der nicht enden wollenden Autoschlange vorbeizuwerfen, aber ein dicker Lieferwagen vor ihr versperrte ihr die Sicht. Seit nun schon zwanzig Minuten ging es nur im Schneckentempo voran. Ein paar Meter vor, stehen, wieder ein paar Meter vor, wieder stehen. Wenn das so weiterginge, würde sie nie zuhause ankommen! Dabei wollte sie gar nicht hier sein! Sie hatte sich von ihrer Mutter breitschlagen lassen, sie zum Arzt zu begleiten, obwohl Bettina der Meinung war, dass ihre Mutter das auch problemlos allein geschafft hätte. Und dann hatte sie im Wartezimmer auch noch einen Riesenaufstand gemacht!

Das Auto vor Bettina rollte fünf Meter vor und kam wieder zum Stehen. Bettina legte den ersten Gang ein und tat es ihm gleich.

Sie schaute auf die Uhr. Es war sechzehn Uhr vierzig. Um siebzehn Uhr dreißig war sie zum Tennis verabredet. Noch war Zeit, dachte sie sich.

Wieder ging es ein paar Meter voran, dann war wieder Stillstand. Bettina trommelte mit ihren Fingern nervös auf ihr Lenkrad. Was hatte ihre Mutter bloß bewogen, im Wartezimmer solch einen Zirkus zu veranstalten? Sie hatte die anderen Patienten regelrecht angepöbelt! Und das völlig grundlos! Selbst vor dem Praxispersonal hatte sie nicht Halt gemacht.

Wieder drei Meter vor. Wieder Stillstand.

Bettina drehte das Radio an, um sich abzulenken. Sie rollte weitere drei Meter vor. Mittlerweile war es sechzehn Uhr fünfzig. Langsam wurde es eng mit ihrer Tennis-Verabredung.

Das Handy auf dem Beifahrersitz brummte. Sie hatte eine Nachricht bekommen. Sie war von Ben: *„Hallo Bettina, ich wäre jetzt gerne da, wo meine Gedanken sind… Du fehlst mir!!"*

Die Nachricht von Ben erinnerte sie daran, wie sie gemeinsam in der Umkleidekabine gesessen hatten und wie er ihr an die Wäsche ging, während sie mit ihrem neuen Chef telefoniert hatte. Sie hatte den Tag genossen, zweifellos. Aber genau wie nach dem Tag im Schwimmbad war sie auch diesmal im Anschluss in ein emotionales Loch gefallen. Ihr schlechtes Gewissen Arne gegenüber belastete sie. Sie war froh, mal eine Zeitlang nicht an Ben zu gedacht zu haben, aber seine Nachricht brachte ihn wieder zurück in ihre Gedankenwelt.

Sie beschloss, nicht auf seine Nachricht zu antworten und legte ihr Handy wieder auf den Beifahrersitz.

Es ging weitere fünf Meter vorwärts, bevor sie wieder zum Stehen kam.

Zahlreiche Gedanken gingen jetzt durch ihren Kopf. Sie dachte an ihre Mutter und ihren unsäglichen Auftritt in der Arztpraxis. Dann an ihre Tennis-Verabredung.

Der Wagen vor Bettina rollte wieder langsam an. Sie zuckelte hinterher.

Wenn sich der Stau jetzt nicht bald auflöste, würde sie ihre Verabredung absagen müssen. Dann dachte sie an Ben und an die Nachricht, die er ihr vor zwei Minuten geschrieben hatte. Im nächsten Moment waren ihre Gedanken schon wieder bei ihrer Mutter. Bettina merkte, dass sie wütend auf ihre Mutter war. Ohne sie würde sie jetzt nicht hier im Stau stehen und zu spät zu ihrer Verabredung kommen!

Bettina drehte das Radio lauter. Es lief gerade das Lied „Cover Me In Sunshine", welches die Sängerin Pink gemeinsam mit ihrer Tochter aufgenommen hatte. Bettina mochte das Lied und sang den Refrain leise mit:

„Cover me in sunshine

shower me with good times

tell me that the world's been spinning since the beginning

and everything will be alright!"

Sie hörte in dem Moment auf zu singen, als sie den Aufprall spürte.

„Wie läuft es mit deiner Mutter?", wollte Ben wissen.

„Es geht so."

„Seid ihr einen Schritt vorangekommen?"

„Nicht wirklich."

Er schaute zu Bettina herüber, während sie gemeinsam durch den Wald gingen, und richtete seinen Blick dann wieder nach vorn. Heute hatten sie sich zu einem gemeinsamen Spaziergang verabredet. Das Wetter meinte es gut mit ihnen, es war ein herrlicher Herbsttag mit strahlendem Sonnenschein.

Bettina erzählte von der letzten Begegnung mit ihrer Mutter: „Gestern habe ich meine Mama zum Arzt begleitet. Nicht schlimmes, es war eine reine Routineuntersuchung. Aber sie hat sich in der Praxis mal wieder danebenbenommen. Sie war total unfreundlich den anderen Patienten und auch dem Praxisteam gegenüber. Als ich sie gefragt habe, was denn mit ihr los sei, hat sie mich wieder nur angeblafft. Es ist schwierig mit ihr. Ich nehme mir jedes Mal vor, mich dieses Mal nicht aus der Fassung bringen zu lassen, aber es funktioniert nie. Immer ergibt ein Wort das andere, und nach wenigen Minuten streiten wir uns doch wieder. Auf dem Rückweg haben wir uns im Auto dann die ganze Zeit angeschwiegen. Und als wäre das nicht schon schlimm genug, habe ich auf dem Nachhauseweg auch noch einen Auffahrunfall verursacht." Es war ihr sichtlich peinlich.

„Oh je, wie ist das denn passiert?", wollte Ben wissen.

„Ich weiß auch nicht. Es gab Stop-and-Go. Ich war mit meinen Gedanken gerade ganz woanders, und dann: Bumm!"

Ben konnte sich denken, wo sie mit ihren Gedanken gewesen war, behielt es aber für sich. „Ist der Schaden groß? Wurde jemand verletzt?"

„Nein, nur ein Blechschaden. Die Versicherung wird das übernehmen. Hoffe ich zumindest. Und das alles nur, weil ich mit meiner Mutter beim Arzt war!"

Ben wusste, dass Bettina ihm nicht alles von ihrer Mutter erzählte, und dass das, was sie preisgab, nur die Spitze des Eisbergs war. Aber ihm war klar, dass die Gräben zwischen Bettina und ihrer Mutter sehr tief waren. Schließlich schwelte der Konflikt zwischen den beiden seit mittlerweile dreizehn Jahren. Ben spürte ganz genau, wie sehr Bettina die Situation mit ihrer Mutter belastete. Die meisten Mitglieder im Tennisclub kannten Bettina nur gut gelaunt und mit einem strahlenden Lächeln im Gesicht, aber er hatte sie auch in Momenten erlebt, in denen sie sich verletzlich und hilflos fühlte. Er hatte es geschafft, hinter die Fassade von Bettina zu blicken. Weil sie es zugelassen hatte.

Ben glaubte Bettinas Version der Geschichte, auch wenn er wusste, dass an einem Streit immer zwei Seiten beteiligt sind. Er fragte sich, wie ihre Mutter die Situation wohl schildern würde, wenn er sie fragen würde. Aber er kannte ihre Mutter nicht, und er sollte sie auch nie kennenlernen.

„Versöhne dich mit ihr", sagte er schließlich. „Zeige ihr, dass du die Klügere und Vernünftigere von euch beiden bist. Springe über deinen Schatten und gehe einen Schritt auf sie zu."

„Ich kann aber nicht über meinen Schatten springen. Ich habe es schon so oft versucht. Sie reizt mich jedes Mal bis aufs Blut, wenn wir uns sehen. Da kann ich nicht an mich halten. Sie muss sich auch ändern."

„Aber dir ist doch klar, dass du deine Mutter nicht ändern wirst, oder? Das Einzige, das du ändern kannst, bist du selbst. Es ist deine Entscheidung, wie du mit ihr umgehst. Wie du auf ihre Sticheleien reagierst. Ob du dich durch ihre Provokationen aus der Fassung bringen lässt. Akzeptiere, dass du sie nicht ändern kannst. Arbeite an dir. Lass dich nicht länger provozieren. Deine Mutter scheint es doch genau darauf anzulegen."

Bettina gefiel dieser Ratschlag nicht, aber insgeheim wusste sie, das Ben richtiglag. Sie würde ihre Mutter nicht ändern können. Aber war sie in der Lage, sich selbst zu ändern?

Ben gab Bettina einige Handlungsempfehlungen mit auf den Weg, die er im Rahmen seiner eigenen Therapiesitzungen gelernt hatte: „Versuche, nicht alle Aussagen deiner Mutter persönlich zu nehmen. Versuche zu ergründen, was sie dir eigentlich sagen möchte. Versuche zu entschlüsseln, ob sie dich tatsächlich reizen möchte, weil sie auf Krawall aus ist, oder ob dies einfach ihre Art ist, ein Bedürfnis auszudrücken. Versuche herauszufinden, was die Motivation deiner Mutter ist, dich immer und immer wieder zu provozieren, und passe deine Reaktion darauf entsprechend an."

Bettina hielt sich mit Kommentaren zurück. Sie war nicht von dem überzeugt, was sie da gerade hörte. Sie ließ Ben noch ein wenig weiterreden, hörte aber nur mit einem Ohr zu.

Sie waren schon einige Kilometer gegangen, als sie an einer Sitzbank vorbeikamen, die genau in der warmen Herbstsonne stand. Sie entschieden sich, sich zu setzen. Bettina nahm dies zum Anlass, das Gesprächsthema zu wechseln, denn sie wollte nicht länger über ihre Mutter reden. Es zog sie herunter. Sie begann stattdessen über ihren neuen Job zu sprechen. Sie hatte ihrem neuen Chef telefonisch zugesagt. Ben wusste es, er war dabei und konnte sich nur allzu gut an das Telefonat erinnern. In gut zwei Wochen würde sie ihren ersten Arbeitstag haben.

Als hätte Ben nur auf das Stichwort gewartet, öffnete er seinen Rucksack und zog eine Flasche Sekt und zwei Sektgläser heraus.

„Lass uns nochmal anstoßen auf deinen neuen Job, Bettina. Ich freue mich für dich und wünsche dir einen guten Start und viel Freude in deiner neuen Aufgabe!"

Er ließ Bettina die Flasche öffnen und schenkte ihnen ein. Sie freute sich über die Überraschung und nahm ihr Glas dankend entgegen.

„Also denn: Auf deinen neuen Job", sagte Ben, während sie sich in die Augen blickten und ihre Gläser sich klirrend berührten.

Bettina nickte ihm freundlich und zustimmend zu und nahm einen Schluck. Sie saßen eine Zeitlang auf der Bank, genossen die Sonne und unterhielten sie sich über alles Mögliche. Über Tennis, über Bettinas neuen Job, über tagesaktuelle Themen und auch nochmal kurz über ihre Mutter. In erster Linie aber saßen sie zusammen in der Herbstsonne und genossen die Wärme, die die Sonne auf ihrer Haut hinterließ.

Als die beiden die Sektflasche leergetrunken hatten, holte Ben zwei weitere kleine Flaschen aus seinem Rucksack.

„Hier, zwei kleine habe ich noch", sagte er lächelnd zu ihr.

Sie lächelte zurück und hielt ihm ihr leeres Glas entgegen.

Nach ein paar Minuten stand Ben auf. Er ging um die Bank herum und näherte sich Bettina von hinten. Er stellte sich hinter sie und strich mit seinen Fingern durch ihr Haar. Sie leistete keinen Widerstand und nippte an ihrem Glas. Ben reichte ihr von hinten seines. „Hier, halt mal kurz."

Sie nahm sein Glas in die linke Hand, während sie ihr eigenes in der rechten hielt. Ben nahm ihren Kopf zwischen seine Hände und beugte ihn behutsam nach hinten. Dann küsste er sie auf den Mund, ohne sie loszulassen. Da sie in beiden Händen ein Sektglas hielt, konnte sie nicht viel dagegen ausrichten. Sie hatte allerdings auch nullkommanull Interesse daran, ihn an seinem Vorhaben zu hindern. Im Gegenteil, sie wollte nicht, dass er aufhört!

Er legte seinen Kopf von hinten auf ihre Schulter, so dass ihre Wangen sich berührten, und atmete ihren Duft tief ein. „Hast du Lust, dass wir noch ein weiteres Turnier zusammen spielen? Ich habe hier ein paar Termine herausgesucht." Er überreichte ihr zwei Zettel. „Auf diesem Zettel hier stehen die Termine, dir mir am besten passen. Und auf diesem hier die, die mir weniger gut passen. Ich würde es aber einrichten, wenn dir davon einer besser zusagt."

Bettina stellte ihr Glas neben sich auf die Bank, nahm die Zettel entgegen und gab exakt die Antwort, die Ben erwartet hatte: „Muss ich gucken. Ich muss meinen Terminkalender checken."

„Ja, tu das", grinste Ben sie an. „Ich würde mich auf jeden Fall freuen."

Sie warf ihm einen strengen Blick zu. „*Ich* kläre das, klar?" Sie wollte nicht, dass er das wieder übernahm.

„Ja, ja, schon gut. Sag mir einfach Bescheid."

Nachdem er ihre Gläser ein letztes Mal nachgefüllt hatte, bat er sie, ihm die beiden Zettel noch einmal zurückzugeben. Mit flinken Handgriffen faltete er aus dem ersten Zettel ein kleines Papierherz. Er holte einen Kugelschreiber aus seinem Rucksack und schrieb „Bettina" darauf. „So, jetzt kannst du ihn wiederhaben."

Bettina lächelte ihn an. „Danke."

Aus dem zweiten Zettel faltete er ebenso flink einen Papierschmetterling. Er zeichnete mit dem Stift einige Muster auf die Flügel des Schmetterlings und gab ihr auch diesen Zettel zurück.

„Danke", sagte Bettina erneut und ließ das Herz und den Schmetterling mit den Turnierterminen in ihrem Inneren in ihrer Jackentasche verschwinden. Sie hatte sich gewundert, warum er die Termine nicht einfach auf *einen* Zettel geschrieben hatte. Jetzt wusste sie, warum. Sie war beeindruckt, wie Ben aus den Zetteln innerhalb kürzester Zeit und mit wenigen Handgriffen so schöne Dinge falten konnte. Sie ahnte nicht, wie lange er dafür geübt hatte.

Als die Sonne hinter den Bäumen verschwand, wurde es merklich kühler. Die beiden beschlossen, sich auf den Rückweg zum Parkplatz zu machen. Sie hielten sich den ganzen Rückweg über an den Händen. Niemand wollte den anderen loslassen, bis sie schließlich am Parkplatz ankamen. Dieses Mal fragte Ben sie nicht, wann sie sich wiedersehen würden. Er beschloss, ihr stattdessen am nächsten Tag eine Nachricht auf ihr Handy zu schicken.

Sie nahmen sich noch einmal in den Arm und gaben sich einen zärtlichen Abschiedskuss. Dann stiegen sie in ihre Autos und fuhren in unterschiedliche Richtungen davon. Als Ben zuhause ankam, fiel sein Blick als erstes auf fünfzig Herzen und Schmetterlinge aus Papier, die auf seinem Wohnzimmertisch lagen. So viele Versuche hatte er gebraucht, bis er die Falttechnik beherrschte.

Ihm huschte ein Lächeln übers Gesicht, als er an die zurückliegenden Stunden dachte. Erneut waren Bettina und er an diesem Tag für ein paar Stunden ein Paar gewesen, frei von neugierigen Blicken ihrer Vereinskameraden.

Ben ließ seinen Blick durch sein Wohnzimmer schweifen und verblieb kurz auf dem Geschenk, das neben den Herzen und Schmetterlingen auf dem Wohnzimmertisch lag. Er hatte eine Halskette mit einem Herzanhänger für Bettina besorgt, auf dessen Rückseite klein „I love you" eingraviert war. Ihm war bewusst, dass sie die Kette zuhause nicht würde tragen können, aber sie könnte sie anlegen, wenn sie und Ben das nächste Turnier spielten. Er hatte kurz überlegt, ob er sie ihr schon heute geben sollte, sich aber dann dafür entschieden, bis zum nächsten Turniertag zu warten. Es war nur eine Frage der Zeit. Er hatte ihr ja vorhin zahlreiche mögliche Termine genannt.

Er ahnte in diesem Moment noch nicht, dass Bettina ihm auf seine Terminanfragen niemals antworten würde.

Kapitel 67
Donnerstag, 28. Oktober 2021

Wie viele Stunden hatte Ben in den vergangenen Monaten auf sein Handy gestarrt und auf eine Nachricht von Bettina gewartet? Wie viele seiner Nachrichten wurden nie beantwortet? Wie oft war es mittlerweile vorgekommen, dass er einen wunderschönen Tag mit ihr verbracht hatte und danach plötzlich absolute Funkstille herrschte? Ben wusste es nicht. Aber aus seiner Sicht viel zu oft.

Und jetzt war es wieder soweit. Acht Tage war es jetzt her, dass er mit Bettina gemeinsam im Wald war. Seitdem hatte er kein einziges Lebenszeichen von ihr erhalten. Dabei hatte er Bettina vor Kurzem sogar einen Vortrag zum Thema Kommunikation gehalten, und für eine Zeitlang war es danach auch wirklich besser geworden. Aber jetzt waren sie wieder ganz am Anfang, was das Thema Kommunikation anging.

Als Bettina Ben heute im Tennisclub sah, hatte sie ihm seine Enttäuschung und seinen Schmerz sofort angesehen. Sie wusste, dass sie mit ihm reden sollte, auch wenn sie gar nicht wusste, *was* sie ihm eigentlich sagen sollte.

Als Bettina den Tennisplatz verließ, wartete Ben bereits auf sie. Es interessierte ihn heute nicht, dass die Anlage voller Leute war. Er hatte keine Lust, stundenlang zu warten, bis Bettina und er die letzten im Club sein würden. Zumal er ohnehin befürchtete, dass sie sich vorher aus dem Staub machen könnte. Daher ging er direkt auf sie zu, als sie die Terrasse betrat.

„Bettina, können wir uns unterhalten? Jetzt?"

Bettina schaute sich auf der Anlage um. Eigentlich hätte sie das Gespräch lieber aufgeschoben, aber sie sah Ben an, wie niedergeschlagen er war, also stimmte sie widerwillig zu.

„Okay, lass uns ins Clubhaus gehen, da haben wir unsere Ruhe."

Sie hatten noch nicht einmal im Clubhaus Platz genommen, da begann Ben schon zu reden:

„Bettina, ich weiß, dass du viel um die Ohren hast. Dein neuer Job, dein Disput mit deiner Mutter. Ich möchte dir sehr gerne dabei helfen. Wenn du Probleme hast, dann möchte ich gern Bestandteil der Lösung sein und nicht ein weiteres Problem. Aber ich kann die Situation gar nicht einschätzen. Ich kann so vieles nicht einschätzen, weil ich einfach keine Ahnung habe, was in dir vorgeht. Du gibst sehr wenig von dir preis, und deshalb kommen wir manchmal in Situationen, in die wir beide nicht wollen. Dazu müsste es gar nicht kommen, wenn ich nur wüsste, was in dir vorgeht. Was du denkst, was du fühlst und was du willst. Wenn ich das weiß, dann kann ich auch mein Verhalten daran anpassen. Aber ich weiß das nie. Ich weiß nicht, ob du dich freust oder ob es dich nervt, wenn ich dir schreibe. Ich weiß nicht, ob du gerne mehr Zeit mit mir verbringen möchtest. Ich weiß auch nicht, ob du dieses Gespräch hier mit mir führen willst. Ich weiß nicht, ob du mich küssen willst. Ich möchte das aber wissen. Ich möchte nicht, dass du dich von mir abwendest."

Bettina guckte betreten zu Boden. „Ben…"

„Bettina, vielleicht überfahre ich dich manchmal, vielleicht bedränge ich dich auch zu sehr. Aber da du sehr wenig von dir preisgibst, weiß ich das nicht so genau. Ich weiß, dass du dich sortieren musst. Ich weiß, dass du nicht allein bist. Ich weiß, dass du Zeit brauchst. Aber ich weiß *nicht*, wie ich mich dir gegenüber in der Zwischenzeit verhalten soll. Sag es mir, dann kann ich darauf Rücksicht nehmen."

„Ich weiß nicht, was ich dir darauf antworten soll…", sagte Bettina mit traurigem Gesicht.

„Ich möchte dich nicht so traurig sehen, Bettina! Ich möchte dich lächeln sehen, denn in dieses Lächeln habe ich mich verliebt. Aber wenn ich ein Problem für dich bin, wenn du *meinetwegen* dein Lächeln verlierst, dann verschwinde ich sofort aus deinem Leben. Nur ein Wort von dir, und du siehst mich nie wieder."

„Nein, das will ich nicht…"

„Aber was willst du denn? Sagen dir dein Herz und dein Kopf immer noch unterschiedliche Dinge?"

„Ja, das tun sie."

„Im Zweifel solltest du auf dein Herz hören, das hat schon geschlagen, lange bevor du deinen ersten Gedanken fassen konntest. Und mit dem Herzen zu entscheiden, ist vielleicht nicht immer die einfachste Entscheidung, aber es ist immer die ehrlichste. Ich glaube ja, du hast dich schon entschieden. Du spielst aber auf Zeit, weil du es nicht übers Herz bringst, mir die Wahrheit zu sagen. Du ziehst dich stattdessen zurück, schreibst nicht zurück, und hoffst, dass ich das Interesse an dir verliere. Ist das so, Bettina?"

Bettina schüttelte den Kopf.

„Dann sag mir, dass es nicht so ist!"

Bettina kämpfte jetzt merklich mit den Tränen. Ben nahm ihre Hand und sprach ganz ruhig weiter:

„Wenn du gern Zeit mit mir verbringen willst, dann solltest du es auch tun. Und wenn das *hier* nicht möglich ist, dann finden wir andere Mittel und Wege, um uns irgendwo und irgendwie zu sehen. Aber wenn du es *nicht* willst, dann bitte ich dich, mir das zu sagen. Dann muss ich dich nicht ständig fragen und enttäuscht sein, wenn ich keine Antwort von dir bekomme. Wenn du das *nicht* willst, Bettina, dann mach ich mich nämlich doch nur zum Affen. Du hast schon ein paar Mal gesagt, du musst jetzt auch mal an dich denken. Wenn du dich stattdessen ständig fragst, was andere Leute von dir halten, dann solltest du dich vielleicht irgendwann fragen, was du von *ihnen* hältst."

„Ben, das ist nicht so einfach. Ich habe so viel zu verlieren!"

„Bettina, wenn ich dich frage, ob du abends Zeit hast, dann sag doch: Zeit ist nicht das Problem, aber sorry, im Moment geht das nicht. Oder sag einfach: Nein danke. Will ich nicht. Aber sag nicht, du musst deinen

Koffer packen. Verstehst du, was ich sagen will? Ich bin nicht böse über ein Nein, ich habe nur ein Problem mit der Begründung. Und damit, wenn ich nie eine Antwort bekomme. Du hast seit über einer Woche keine einzige meiner Nachrichten beantwortet."

Bettina wischte sich ihre Tränen mit ihrem T-shirt ab.

„Ich versteh dich ja, Ben. Und es tut mir ja auch leid. Aber vielleicht… Wir tun uns doch nur weh! Ich breche dir das Herz, und du brichst mir das Herz..."

Ben überlegte, was er darauf antworten sollte. Er hatte sich seine Sorgen von der Seele geredet und sich bemüht, dabei so wenig vorwurfsvoll wie möglich zu klingen. Er stellte fest, dass es ihm nicht wirklich gelungen war.

„Ich frage dich jetzt nochmal was, Bettina, und ich möchte, dass du mir ganz ehrlich antwortest, okay? Du fängst doch nächste Woche wieder an zu arbeiten. Das Hotel ist keine fünf Minuten von mir entfernt. Kommst du nach der Arbeit mal auf einen Kaffee bei mir vorbei?"

Bettina war hin- und hergerissen. „Muss ich gucken. Ich sag dir Bescheid, okay?"

„Okay, ich weiß, was das heißt. Ich hatte dich gebeten, ehrlich zu sein."

„Ben, ich sag dir Bescheid. Ich versprech's. Ich schreibe dir morgen, ob das klappt."

Die Art der Antwort, die er von Bettina auf seine Frage erhalten hatte, war genau der Grund dafür gewesen, dass er ihr gerade einen zwanzigminütigen Vortrag gehalten hatte.

Aber er stimmte zähneknirschend zu. Was hatte er auch für eine Wahl?

Kapitel 68
Samstag, 30. Oktober 2021

„Hallo Bettina!", rief ihre Mutter ihr über den Gartenzaun zu. Bettina war gerade mit der Heckenschere im Garten beschäftigt und erschreckte sich fast zu Tode.

„Aaah, Mama! Hast du mich erschreckt! Was machst du hier?" Sie hasste es, wenn ihre Mutter unangekündigt vor der Tür stand.

„Ich dachte, du freust dich bestimmt, wenn ich einfach mal spontan vorbeischaue", log ihre Mutter.

„Äh, ja, also im Prinzip schon...", log Bettina.

„Aber?"

„Nichts aber. Ich bin nur gerade beschäftigt. Und gleich kommt Annika zum Kaffeetrinken vorbei."

„Ich versteh schon. Ich bin hier unwillkommen!"

Ihre Mutter hatte zu diesem Zeitpunkt noch nicht einmal das Grundstück betreten, und schon hatte sie Bettina auf Hundertachtzig. Bettina hatte sich nach ihrem letzten unsäglichen Telefonat mit ihrer Mutter geschworen, sich von ihr beim nächsten Mal nicht mehr provozieren zu lassen, aber dieser Vorsatz hielt noch nicht einmal eine Minute. „So ein Quatsch! Du bist nicht unwillkommen! Aber warum rufst du denn nicht vorher an? Dann hätte ich dir gleich sagen können, dass es heute ungünstig ist."

„Du gehst ja eh nie ans Telefon, wenn ich dich anrufe. Du willst doch gar nicht mit mir telefonieren."

„Das stimmt doch gar nicht! Nur weil ich nicht jedes Mal nach zwei Sekunden rangehe, heißt das doch nicht, dass ich nicht mit dir telefonieren will! Vielleicht war ich beim letzten Mal gerade unter der Dusche oder sonst irgendwas!"

„Wenn Annika anruft, gehst du doch auch direkt ran", sagte ihre Mutter gekränkt, obwohl sie überhaupt nicht beurteilen konnte, ob das die Wahrheit war.

Bettina überlegte für den Bruchteil einer Sekunde, ob sie ihre Mutter mit der Heckenschere bewerfen sollte, verwarf den Gedanken aber wieder. „Mama, es ist heute wirklich ungünstig. Annika und ich haben etwas wichtiges zu besprechen."

Das war noch nicht einmal gelogen. Die beiden wollten heute tatsächlich über ein Thema reden, das Bettina auf der Seele lag. Nämlich über ihre Mutter. Ausgerechnet.

„Mit anderen Worten: Ich würde euch dabei nur stören! Ich sag doch, ich bin hier unwillkommen!"

„Mama, du bist *nicht* unwillkommen! Aber heute passt es einfach nicht!"

Sie versuchte, ihrer Mutter eine Brücke zu bauen: „Wie sieht's denn morgen bei dir aus? Da könnte ich mir den Nachmittag freischaufeln."

„Ach, jetzt brauche ich schon einen Termin bei meiner eigenen Tochter, damit sie mich zu einer Audienz empfängt! Ich bedaure, aber morgen kann ich leider nicht!"

Das war eine Lüge, aber der Stolz ihrer Mutter hinderte sie daran, Bettinas Angebot anzunehmen. Was Bettina nur recht war.

„Du brauchst keine Audienz! Aber was ist denn daran falsch, wenn wir uns *verabreden*, anstatt dass du spontan vorbeikommst? Ich habe nun mal auch noch andere Verpflichtungen. Den Haushalt, Freunde, meine Familie…"

„Ich dachte eigentlich, dass ich auch zu deiner Familie dazugehöre!", tat ihre Mutter übertrieben gekränkt und erteilte Bettina damit die nächste verbale Ohrfeige. Und eine weitere kam direkt hinterher: „Aber Annika war dir ja schon immer wichtiger als ich!"

Ohne sich zu verabschieden, drehte sie sich um und ging zurück zu ihrem Auto. „Ach, da ist sie ja auch schon! Herzlich willkommen,

Annika! Herzlichen Glückwunsch, dass du eine Audienz bei Bettina bekommen hast! Diese Ehre wird nur wenigen Leuten zuteil!"

Bevor Annika auch nur irgendwas sagen konnte, war Bettinas Mutter bereits an ihr vorbeigelaufen und in ihr Auto eingestiegen. Aber Annika wusste eh nicht, was sie hätte sagen sollen.

„Was war das denn eben?", fragte sie stattdessen in Bettinas Richtung.

„Ach, frag nicht!" Bettina war stinkewütend auf ihre Mutter. Aber vor allem war sie stinkewütend auf sich selbst, weil sie sich mal wieder von ihrer Mutter bis aufs Blut hatte reizen lassen!

„Oh Schätzchen", säuselte Annika, „ich glaube, wir haben heute eine Menge zu besprechen."

Kapitel 69
Samstag, 30. Oktober 2021

Annika bemerkte, dass der erneute Streit mit ihrer Mutter Bettina zu schaffen machte. Bettina hatte Annika schon oft von ihrer Mutter erzählt, schließlich war sie ihre beste Freundin, und die beiden hatten keinerlei Geheimnisse voreinander. Mehr als einmal hatte Annika Bettina getröstet und mit Rat und Tat zur Seite gestanden. Aber sie war bisher nur selten live dabei gewesen, wenn die beiden sich stritten. Heute jedoch hatte sie es selbst miterlebt, wie sie sich gegenseitig angezofft hatten. Zumindest teilweise. Und der Abgang von Bettinas Mutter war Annika noch in guter Erinnerung.

Bettinas Mutter war in etwa so alt gewesen wie Bettina heute, als sie ihren Ehemann viel zu früh verlor. Das lag nun schon zwanzig Jahre zurück. Als er starb, war ein kleiner Teil von Bettinas Mutter mit ihm gestorben. Sie hatte den Verlust ihres Ehemannes in all den Jahren nie vollständig überwunden. Es hatte Spuren in ihr hinterlassen. Sie hatte danach eine Zeitlang einen neuen Partner, aber die Beziehung hielt nicht lange an. Seitdem lebte sie allein.

In der Zeit nach dem Tod ihres Mannes hatte Bettinas Mutter sich nach Liebe, Trost, Geborgenheit gesehnt. Dass sie jemand in den Arm nahm, für sie da war, sie auffing in der schwersten Phase ihres Lebens. Da Bettina ihre einzige Tochter war, hatte sie es sich von ihr gewünscht. Aber Bettina hatte diese Rolle nie ausfüllen können. Sie hatte schließlich selbst ihren Vater verloren und war genug damit beschäftigt, ihre eigene Trauer zu verarbeiten. Daher war sie froh, dass ihre Mutter nach einigen Jahren einen neuen Partner gefunden hatte. Aber auch er hatte ihrer Mutter keine neue Lebensenergie einhauchen können. Sie hatten zweifellos ihre schönen Phasen, aber Bettinas Mutter hatte den Verlust ihres Ehemanns nie wirklich verkraftet, und daran war letztlich auch ihre zweite Beziehung gescheitert.

Tief im Inneren machte ihre Mutter Bettina für ihre Situation verantwortlich, auch wenn sie es ihr nie direkt sagte. Aber sie ließ es sie spüren. Und auch wenn Bettina oftmals zurücksteckte in den Diskussionen mit ihrer Mutter, war auch sie kein Kind von Traurigkeit.

Sie wusste sich durchaus zu wehren und hatte ihrerseits in den letzten Jahren auch einige Breitseiten gegen ihre Mutter verteilt. Inzwischen war die Situation so verfahren, dass es kaum noch einen Ausweg zu geben schien. Ihre Beziehung hatte sich zu einer Art Hassliebe entwickelt.

„Worüber habt ihr euch eigentlich gestritten?", wollte Annika wissen.

„Sie stand plötzlich vor der Tür. Sie weiß ganz genau, dass ich das hasse! Aber sie tut es immer wieder!"

„Sie hätte doch mit uns zusammen Kaffee trinken können", gab Annika sich versöhnlich.

Die Idee erschien Bettina absurd. Wie hätte sie mit Annika über ihre Mutter reden sollen, wenn sie direkt daneben gesessen hätte? „Nee, lass mal. Das wäre nur wieder eskaliert."

Das *wäre* wieder eskaliert? So wie Annika es mitbekommen hatte, *war* es gerade eskaliert.

„Immer ruft sie mich an wegen irgendeinem Scheiß, den sie genauso gut allein erledigen könnte. Neulich der Besuch beim Arzt. Die Sache mit dem Koffer. Die Sache mit Jessica. Und die Krönung war die Geschichte mit ihrem Kühlschrank! Morgen ruft sie mich wahrscheinlich an, weil in ihrer Küche ein Päckchen Zucker umgekippt ist! Weil sie es nicht allein hinbekommt, es wieder aufzustellen!"

Annika kannte die Geschichten alle schon und nickte zustimmend. Sie hatte bereits eine Vermutung, die sie mit Bettina teilte: „Das würde sie sicher allein hinbekommen. Und natürlich hätte deine Mama auch allein zum Arzt fahren können. Natürlich hätte sie selbst den Kundendienst rufen können, als ihr Kühlschrank verreckt ist. Natürlich hätte sie am Flughafen selbst in Erfahrung bringen können, wo sie ihren Koffer aufgeben muss. Und natürlich könnte sie auch selbst Jessica anrufen, wenn sie wissen will, wie es ihr geht."

„Das mein ich ja auch. Aber sie ruft mich wegen jedem Scheiß an und macht es eben *nicht* selbst. Und das nervt mich. Ich kann mich nicht um jeden Scheiß kümmern."

„Komm mal her, Schätzchen!" Annika nahm Bettina tröstend in den Arm und gab ihr einen Klaps auf den Rücken. „Hast du dich jemals gefragt, warum deine Mutter das tut?"

„Natürlich, schon oft."

„Und?"

„Keine Ahnung! Wahrscheinlich, weil sie mich ärgern will!"

„Das glaub ich nicht. Sie vermisst dich, mein Schatz!"

Bettina zog die Augenbrauen hoch und sah Annika an. „Und deshalb ruft sie mich an, wenn ihr Kühlschrank kaputt ist?"

„Ja. Deine Mama möchte, dass du dich um sie kümmerst. Dass du ihr die Liebe entgegenbringst, die sie sich von ihrer Tochter wünscht. Deshalb ruft sie dich wegen irgendwelcher Belanglosigkeiten an. Sie nutzt das auf Aufhänger, damit du *überhaupt* mal mit ihr redest."

„Meinst du?"

„Natürlich, Schätzchen. Es geht doch deiner Mama nicht darum, dass du ihren beschissenen Kühlschrank reparierst. Sie will, dass du an sie denkst. Für sie da bist. Zeit mit ihr verbringst."

„Aber wir streiten uns jedes Mal, wenn wir uns sehen! Wirklich jedes Mal! Und sie sagt ständig Dinge, die mich wirklich runterziehen und verletzen."

„Das ist ihre Art auszudrücken, wie verletzt sie selbst ist, Bettina. Deine Mama hat Bedürfnisse, die nicht erfüllt werden. Liebe, Trost, Anteilnahme. Zeit mit ihrer Tochter und ihrer Enkeltochter. Und die ständigen Spitzen gegen dich sind ihr Ventil, um ihre Enttäuschung darüber herauszulassen."

Bettina bekam einen Kloß im Hals. „Du stellst es ja so dar, als wenn ich hier die Böse wäre."

„Niemand ist hier böse. Ich will nur sagen, dass ihr beide dazu beigetragen habt, dass eure Beziehung so in die Grütze gegangen ist. Und wenn du daran etwas ändern möchtest, dann solltest du bei dir selbst anfangen. Denn deine Mutter wirst du nicht ändern können."

Was Bettina gerade hörte, kam ihr verdächtig bekannt vor. Ben hatte vor einiger Zeit dasselbe zu ihr gesagt.

„Sie muss sich aber ändern!" Die Vorstellung, dass sie die Einzige sein sollte, die sich ändern musste, kam für Bettina einem Schuldgeständnis gleich.

„Vergiss das. Sie wird sich nicht ändern. Was erwartest du denn? Dass deine Mama nach über dreizehn Jahren auf einmal eine Erleuchtung bekommt? Dass sie morgen feststellt: ‚Oh, ich habe in den letzten dreizehn Jahren alles falsch gemacht. Ab jetzt bin ich ein anderer Mensch.' Glaubst du das wirklich? Jetzt mal ernsthaft."

Bettina blickte in die Ecke und schüttelte nur ihren Kopf. Dann machte sie einen Kompromissvorschlag, als wenn Annika diejenige wäre, die darüber zu entscheiden hätte. „Wir müssen uns vielleicht beide ändern."

„Das müsst ihr. Aber was deine Mutter tut, kannst du nicht beeinflussen. Nur das, was du tust."

„Und was soll ich deiner Meinung nach tun?"

„Du hast deine Mama doch lieb, oder?"

„Natürlich. Sie ist trotz allem immer noch meine Mutter." Annika bemerkte, wie Bettina feuchte Augen bekam.

„Ach, Schätzchen, komm mal her!" Sie drückte Bettina fest an sich. „Spring über deinen Schatten. Sei du diejenige, die euren Teufelskreis durchbricht. Reiche deiner Mama die Hand und lass sie spüren, dass du dich mit ihr versöhnen willst."

Erneut kamen Bettina die Worte verdächtig bekannt vor. Aber glücklich war sie nicht mit dem, was Annika ihr sagte. Bettina war die ganze Zeit der festen Überzeugung, dass sich ihre Beziehung mit ihrer Mutter nur dann zum Positiven verändern würde, wenn ihre Mutter sich änderte. Jetzt sollte *sie* es auf einmal sein, die sich ändern musste.

„Und wie soll ich das machen?"

„Bleib cool, wenn sie dich provoziert. Zeig ihr, dass du dich von ihr nicht aus der Fassung bringen lässt. Lächele ihre Provokationen einfach weg. Zeig ihr, dass du dich nicht auf ihre Spielchen einlässt. Das ist doch genau das, was sie will. Dass du abgehst wie ein Zäpfchen! Wenn sie merkt, dass du nicht mehr über jedes Stöckchen springst, das sie dir vorhält, dann hört sie irgendwann damit auf. Vielleicht."

„Es ist ja nicht so, dass ich das nicht schon versucht hätte…"

„Ich weiß. Versuch es weiter!"

„Na schön", seufzte Bettina. „Ich werd's versuchen." So richtig glücklich war sie mit dem Gesprächsausgang nicht.

„So gefällst du mir schon besser!"

Bettina zwang sich zu einem Lächeln und nickte ihrer Freundin zustimmend zu.

Annika klatsche Bettina mit der Hand auf den Oberschenkel. „Und jetzt, Schätzchen, erzählst du mir mal, wie es mit Ben läuft!"

Kapitel 70
Montag, 1. November 2021

Bettina kämpfte mit dem Hotel-EDV-System. Gerade hatte sie geglaubt, sich darin zurechtzufinden, da kam sie schon wieder nicht weiter. Sie würde ihren neuen Chef noch einmal um Hilfe bitten müssen. Sie hatte ihn in der letzten halben Stunde schon dreimal fragen müssen. Es war ihr unangenehm, obwohl er jedes Mal geduldig und hilfsbereit gewesen war. Es nützte nichts. Sie schaute sich nach ihm um, um ihm nochmal um Hilfe zu bitten. Im Büro fand sie ihn, allerdings war er gerade in ein Telefongespräch verwickelt. Sie gab ihm ein kurzes Zeichen, und er deutete mit einem Kopfnicken an, dass er sich in Kürze um sie kümmern würde.

Als Bettina ihren neuen Chef telefonieren sah, erinnerte sie das an ihr Telefongespräch mit ihm, als sie ihm mitgeteilt hatte, dass sie sein Jobangebot annehmen würde. Sie stand damals nackt in der Umkleidekabine des Tennisclubs und hatte während des Telefonats Bens Hände überall an ihrem Körper gespürt. Ob sein jetziger Gesprächspartner sich wohl gerade in einer ähnlichen Situation befand? Wohl kaum.

Die Erinnerung an das damalige Gespräch ließ sie an Ben denken. Sie hatte ihm zugesagt, übermorgen bei ihm vorbeizukommen, um nach der Arbeit einen Kaffee oder auch ein Glas Wein zu trinken. Es hatte sie Überwindung gekostet, denn so sehr sie die gemeinsame Zeit mit Ben genoss, so unwohl fühlte sie sich bei dem Gedanken, ihn zuhause zu besuchen. Es machte ihr schlechtes Gewissen gegenüber Arne noch größer, als es ohnehin schon war. Aber der Reiz, sich mit Ben zu treffen, war so groß, dass sie ihm zugesagt hatte.

„Wie kann ich dir diesmal helfen, Bettina?"

Die Frage ihres Chefs riss sie aus ihren Gedanken. Verdammt, sie musste sich konzentrieren! Es war ihr erster Arbeitstag, und sie hatte ohnehin ständig Fragen gehabt. Unter keinen Umständen sollte ihr Chef den Eindruck haben, dass sie nicht bei der Sache war.

Ihr Chef hatte Bettina am Vormittag persönlich in ihre neuen Aufgaben eingewiesen. Und nach wenigen Minuten hatte er ihr bereits das Du angeboten. Es war Bettina nur recht. Das Hotel war deutlich kleiner als das, in dem sie vorher gearbeitet hatte. Der Chef war gleichzeitig auch der Eigentümer des Hotels. Er hatte es vor einigen Jahren von seinem Vater übernommen, der es Jahrzehnte zuvor wiederum von seinem Vater übernommen hatte. Es war schon seit Generationen in Familienbesitz, und bis heute hatte das Hotel sich seinen familiären, gemütlichen Charakter bewahrt. Bettinas Chef war auch fast täglich persönlich vor Ort und war zumeist mit Bürokram beschäftigt.

Neben Bettina gab es zwei weitere Empfangsmitarbeiterinnen, von denen eine heute ebenfalls anwesend, aber irgendwo im Hotel unterwegs war. Daher konnte Bettina sie auch nicht um Hilfe bitten, sondern musste sich an ihren Chef wenden.

„Äh, ich bräuchte bitte nochmal Hilfe am Computer. Hätten Sie, ich meine, hast du nochmal kurz Zeit?"

„Ja, wie kann ich helfen?"

„Wie kann ich nochmal eine Buchung eines Gastes stornieren? Hier war doch vorhin noch ein entsprechender Button, aber ich finde den nicht wieder. Sorry…"

„Kein Problem, ich zeig's dir."

Er demonstrierte das richtige Vorgehen nochmal in Ruhe am Computer. Bettina passte ganz genau auf und nahm sich ganz fest vor, dieses Mal wirklich alles zu verstehen. Auch wenn ihr Chef geduldig und freundlich zu ihr war, nochmal wollte sie ihn nicht nerven.

„Okay, danke, ich denke, jetzt habe ich es verstanden."

„Wenn nicht, dann weißt du ja, wo du mich findest."

Er verschwand wieder im Büro und widmete sich seinem Papierkram.

Wie bei ihrem alten Arbeitgeber war Bettina auch hier verantwortlich für die Erstellung eines Schichtplanes für sie und die beiden anderen

Empfangsmitarbeiterinnen. Sie war froh, dass sie diese Aufgabe zugewiesen bekam, denn so würde sie sich ihre eigenen Schichten so legen können, dass sie abends Tennis spielen konnte. Oder auch mal am Vormittag.

Bettina hatte einen Teilzeitvertrag unterschrieben. Zunächst einmal arbeitete sie dreimal die Woche, entweder von sechs bis vierzehn Uhr oder von vierzehn bis zweiundzwanzig Uhr. Nach zweiundzwanzig Uhr war die Rezeption nicht mehr besetzt. Allerdings hatte immer eine der drei Empfangsmitarbeiterinnen Rufbereitschaft. Sollte ein Gast nachts anreisen, bestand Bettinas Chef darauf, dass dieser persönlich empfangen werden würde und seinen Zimmerschlüssel nicht aus irgendeinem Safe oder Briefkasten fischen müsste. Laut Bettinas Chef kam das aber nur sehr selten vor, und sie hoffte, dass das die Wahrheit war.

Wochenendarbeit war für Bettina zunächst nicht vorgesehen. Dies durften ihre beiden Vollzeitkolleginnen machen. Bettina hatte sich aber bereiterklärt, im Notfall auch mal am Wochenende einzuspringen.

Zu ihren weiteren Aufgaben zählten Reservierungsannahmen und -bearbeitung, die individuelle Begrüßung neuer Gäste, Durchführung von Check-out beziehungsweise Check-in, Kassenprüfung sowie die regelmäßige Auswertung der Online-Bewertungsportale. Und zu ihrer großen Überraschung hatte ihr Chef ihr die Erlaubnis erteilt, sich unbegrenzt am Frühstücksbuffet zu bedienen, sofern ihre Arbeit dies zuließ. Das kannte sie aus der Vergangenheit nicht. Aber ihr jetziger Chef legte großen Wert darauf, dass das Frühstück reichhaltig, ausgewogen und lecker war, und seine eigenen Angestellten waren für ihn ehrliche und konstruktive Feedbackgeber.

Alles in allem war Bettina am Ende ihres ersten Tages zufrieden. Sie war froh, wieder einer geregelten Arbeit nachgehen zu können. Vor allem half es ihr – zumindest die meiste Zeit – den Ärger mit ihrer Mutter und ihren inneren Konflikt wegen Ben eine Zeitlang zu vergessen. Sie war zwar verwundert, dass den ganzen Tag nicht ein einziger Gast eingecheckt hatte, aber dennoch freute sie sich auf ihren nächsten Arbeitstag übermorgen.

Ben schaute auf die Uhr. Bettina war schon eine halbe Stunde überfällig. Sollte sie es sich im letzten Moment anders überlegt haben? Er ging auf seinen Balkon, zündete sich eine Zigarette an und hielt nach ihrem Auto Ausschau. Er hatte alle seine beruflichen Termine und Besprechungen für den Nachmittag abgesagt, und er hoffte, dass er das nicht umsonst getan hatte.

Dann sah er sie. Er wunderte sich, warum sie zu Fuß die Straße entlangkam, zumal direkt gegenüber seiner Wohnung ein öffentlicher Parkplatz war. Vermutlich wollte Bettina nicht, dass irgendjemand ihr Auto vor Bens Wohnung sah. Als sie ihn entdeckte, winkte sie ihm von unten zu. Ben winkte ihr zurück, drückte seine Kippe im Aschenbecher aus und steckte sich ein Frischekaugummi in den Mund. Er wollte Bettina nicht zumuten, einen Aschenbecher zu küssen.

Er drückte den Türöffner und ließ sie hinein. An der Wohnungstür wartete er auf sie, bis sie die Treppe hochkam.

„Hi, da bist du ja! Komm rein!"

„Danke. Ist etwas später geworden, sorry. Ich habe auch nicht viel Zeit, Ben."

„Kein Problem. Magst du einen Kaffee?"

Bettina entledigte sich ihrer Jacke und ihrer Schuhe. „Ja, gerne."

„Okay, ich koche uns schnell einen. Setz dich ruhig schon mal, oder schau dich ein wenig um. Ich bin gleich bei dir."

Ben ging in die Küche und bereitete den beiden ihren Kaffee zu. Bettina sah sich in Bens Wohnung um. Sie entdeckte seine Gitarre an der Wand.

„Was macht deine Gitarrenkarriere? Spielst du noch?"

„Ja, hin und wieder", rief Ben aus der Küche. „Ein paar Mal die Woche."

„Das ist schön." Bettina dachte kurz darüber nach, Ben zu fragen, ob er ihr etwas vorspielen könnte.

„So, Kaffee läuft", sagte Ben, als er ins Wohnzimmer kam. „Wer weiß? Vielleicht gebe ich dir ja eines Tages mal ein Privatkonzert."

Sie quittierte seinen Satz mit einem Lächeln und beschloss, ihn lieber nicht zu fragen.

Ben setzte sich neben Bettina aufs Sofa. „So, wie waren deine ersten Tage im neuen Job?"

„Ach, eigentlich ganz okay. Bislang war ich aber nur mit Einarbeitung beschäftigt. Ich habe noch nicht einen Gast bedient. Aber das kommt noch. Am Montag habe ich mich durch unser EDV-System gekämpft und meine zukünftigen Aufgaben mit meinem Chef besprochen. Gestern hatte ich frei, und heute hatte ich schon wieder vergessen, wie man den Computer bedient. Das war voll peinlich. Aber mein Chef ist geduldig mit mir."

„Schön. Dann wollen wir mal hoffen, dass das auch so bleibt. Das war in der Vergangenheit ja nicht unbedingt so. Warte, ich hole mal unseren Kaffee. Nimmst du Milch oder Zucker?"

„Nee, schwarz, bitte."

Ben ging in die Küche und kam kurz darauf mit zwei Tassen wieder zurück.

„Danke", sagte Bettina. „Und wie läuft es bei dir und deinem neuen Chef?"

„Gut. Wir verstehen uns prima. Ich kenne ihn schon etwas länger, wir haben in der Vergangenheit schon mal miteinander zu tun gehabt. Seitdem er mein Chef ist, haben wir uns allerdings noch kein einziges Mal persönlich gesehen. Ich bin ja fast nur im Home Office."

Dass Ben sich gut mit seinem neuen Chef verstand, stimmte zwar, zur Wahrheit gehörte allerdings auch, dass er sich in den letzten Wochen nur schwer auf seine Arbeit hatte konzentrieren können. Zu oft war er mit seinen Gedanken bei Bettina. Aber diese Tatsache behielt er lieber für sich.

„Wie läuft's mit deiner Mutter?"

„Oh, hör auf! Vor ein paar Tagen stand sie mal wieder unangekündigt bei mir vor der Tür. Ich hasse es, wenn sie das tut. Sie wollte spontan zum Kaffeetrinken vorbeikommen und war beleidigt, dass ich ihr gesagt habe, dass ich keine Zeit habe, weil ich mit Annika verabredet war. Sie hat dann wieder eine Riesenszene gemacht! Annika sei mir ja schon immer wichtiger gewesen als sie. Bla, bla, bla!"

So ganz falsch lag ihre Mutter wahrscheinlich gar nicht mit ihrer Einschätzung. Aber Ben sprach seinen Gedanken nicht aus.

Er stellte seinen Kaffee auf dem Couchtisch ab und streckte sich auf dem Sofa aus. Er zog Bettina zu sich heran und legte seine Arme um sie. Er hätte Bettina gern einen Ratschlag in Bezug auf ihre Mutter gegeben, aber ihm fiel gerade nichts ein, was er darauf hätte antworten sollen. Stattdessen wechselte er das Thema.

„Was ist denn eigentlich mit unserem Turnier? Spielen wir nochmal irgendwo?"

Der Tag, an dem Ben ihr bei ihrem gemeinsamen Waldspaziergang verschiedene mögliche Termine genannt hatte, lag jetzt schon zwei Wochen zurück. Die ersten beiden Turniere hatten bereits stattgefunden.

„Habe ich noch nicht geguckt. Ich mach das noch."

Ben merkte, wie Bettina rumeierte. Er nahm ihr ihre Kaffeetasse ab und stellte sie auf den Tisch. Bettina saß jetzt direkt vor ihm und lehnte mit ihrem Rücken an seiner Brust. Ben küsste ihren Nacken und zog sie noch ein wenig näher an sich heran. Er konnte ihren Herzschlag spüren. Er war sich jedoch nicht sicher, ob ihr Herz schneller schlug, weil sie Schmetterlinge im Bauch oder weil sie Skrupel hatte. Tatsächlich fühlte sie in diesem Moment beides.

Ben drehte ihren Kopf vorsichtig zur Seite und küsste sie. Bettina schloss die Augen. Sie verdrängte ihr schlechtes Gewissen für einen Moment und gab sich Ben für ein paar Minuten vollständig hin. Dann blickte sie nervös auf die Uhr.

„Ben, ich muss los. Arne wartet zuhause auf mich. Ich kann nicht zu lange wegbleiben, sonst fällt das auf."

„Ist okay." Ben war froh, dass sie überhaupt vorbeigekommen war. Er drückte sie noch einmal fest an sich und gab ihr einen weiteren Kuss.

Bettina löste sich aus Bens Umarmung und leerte ihren Kaffee. Dann stand sie auf, um sich auf den Heimweg zu machen.

„Du hast eine schöne Wohnung."

„Danke. Du wirst sie in den nächsten Wochen noch besser kennenlernen."

„Haha."

Mit dieser Reaktion hatte Ben nicht gerechnet. Er hatte das nicht als Witz gemeint. Es bestand für ihn kein Zweifel, dass Bettina ihn jetzt häufiger nach der Arbeit besuchen kommen würde. Seine Wohnung lag nur wenige Gehminuten vom Hotel entfernt, und bei ihm zuhause waren sie ungestört. Vermutlich hatte Bettina Bens Aussage aber auch fehlinterpretiert. Womöglich hatte sie es auf Bens Schlafzimmer bezogen, aber so hatte er es gar nicht gemeint.

Er wartete, bis Bettina ihre Schuhe und ihre Jacke angezogen hatte. Dann nahm er ihre Hände und lächelte sie an.

„Schön, dass du da warst."

„Ja, danke für den Kaffee."

Diesmal war es Bettina, die Ben küsste.

Bettinas Vorhand schlug krachend und für Ben unerreichbar in der Ecke des Feldes ein.

„Wow! Das war ein krönender Abschluss für heute", rief Ben ihr anerkennend zu. Sie lächelte zufrieden.

Sie kamen am Netz zusammen und beendeten ihre heutige Tenniseinheit mit einer innigen Umarmung.

Die Tennissaison war vor Kurzem offiziell zu Ende gegangen, und die meisten Tennisplätze in ihrem Club waren bereits geschlossen und für den bevorstehenden Winter vorbereitet worden. Zwei Plätze blieben für die Mitglieder noch offen für den Fall, dass das Novemberwetter es nochmal zulassen sollte, draußen Tennis zu spielen. Allerdings war es zuletzt kalt und regnerisch. Die Plätze wurden daher kaum noch genutzt, zumal es inzwischen um siebzehn Uhr stockdunkel war. Am heutigen Abend hatten Bettina und Ben sich einen Platz in einer Tennishalle in Burghausen gemietet.

Ben reichte Bettina seinen Tennisschläger über das Netz. „Hältst du mal kurz?"

Sie wusste zwar nicht, warum er das tat, aber sie nahm seinen Schläger entgegen. Sie hatte jetzt in jeder Hand einen Tennisschläger. Ben nutze aus, dass Bettina für den Moment keine freie Hand hatte und drückte ihr einen Kuss auf den Mund. Mit einer ähnlichen Geste hatte er sie schon einmal überrumpelt.

„Du bist schon wieder darauf reingefallen", grinste er sie an.

Sie schüttelte lächelnd ihren Kopf und gab Ben seinen Schläger zurück.

Sie verstauten ihre Tennisschläger in ihren Taschen und setzten sich auf die Bänke auf ihrer jeweiligen Spielfeldseite. Nach ein paar Sekunden stand Bettina auf, ging auf Ben Seite und setzte sich zu ihm. Ben wühlte in seiner Tasche und zog eine Flasche Weißwein und zwei Weingläser heraus.

„Ein Glas Wein gefällig, die Dame?"

„Aber immer!"

Er reichte Bettina die Gläser und schenkte ihnen ein.

„So, erzähl mal. Wie war die erste Woche im neuen Job?"

Bettina hatte seit ihrem letzten Gespräch nicht viel Neues zu berichten. „Ich bin immer noch in der Einarbeitungsphase und muss noch viele neue Dinge lernen. Insbesondere am Computer. Aber es macht Spaß. Die Kollegen sind sehr nett und geduldig mit mir. Und mein Chef auch. Und die Gäste sowieso."

„Das ist doch ganz normal, dass man nach ein paar Tagen noch nicht alles weiß. Du machst das schon. Es freut mich auf jeden Fall, dass es dir gefällt. Und die Arbeit bringt auch etwas Struktur in deinen Alltag, das ist sicherlich auch nicht verkehrt."

„Ja, das stimmt. Cheers!"

Sie nippten an ihren Weingläsern.

„Warte mal", sagte Ben, während er den Reißverschluss seiner Tennistasche öffnete. „Ich habe noch was für dich anlässlich deines neuen Jobs." Er holte ein Geschenk aus seiner Tasche und überreichte es Bettina. „Alles Gute im neuen Job und viel Erfolg!"

„Danke schön", lächelte Bettina ihn an, als sie das Geschenk entgegennahm. Sie fühlte, dass es sich offenbar um ein Buch handelte, aber da es in Geschenkpapier verpackt war, war sie sich nicht ganz sicher.

„Was ist das? Soll ich es sofort auspacken oder später?"

„Das überlasse ich dir. Du kannst es jetzt auspacken, du kannst es aber auch zuhause machen. Wie du magst."

Bettina überlegte kurz. „Okay, dann packe ich es zuhause aus. Danke schön."

„Gerne. Es wird dir gefallen."

„Bestimmt."

Ben rückte etwas näher an Bettina heran. „Magst du diese Woche nochmal auf einen Kaffee vorbeikommen?"

Bettina schaute ihn nur an. Offenbar überlegte sie, was sie antworten sollte.

Ben bemerkte, dass sie zögerte. „Was hast du für Bedenken?"

„Ben, ich kann nicht mit dir ins Bett. Dann kann ich mir gleich einen Stempel hier auf die Stirn klatschen!" Sie haute sich mit ihrer Faust auf die eigene Stirn, um mit dieser Geste ihre Aussage zu untermauern.

Das war es also, dachte Ben. Sie befürchtete, früher oder später mit ihm im Bett zu landen, wenn sie ihn zuhause besuchen würde. Tatsächlich hatte Bettina genau diesen Gedanken gehabt. Mit Ben zu schlafen, war für sie eine rote Linie, die sie nicht überschreiten durfte. Obwohl sie es nur allzu gern getan hätte!

„Hey, ich habe von einem Kaffee gesprochen. Nicht vom Ficken! Es geht mir nicht darum, dich ins Bett zu kriegen, okay?" Eigentlich hatte er erwartet, dass sie das wusste.

„Mmmh." So ganz überzeugt war sie offenbar nicht.

„Nur ein Kaffee, Bettina. Oder ein Glas Wein. Ich tu dir schon nichts."

Sie wog ihre Optionen ab. Sie wusste, dass sie Arne wieder irgendeine Geschichte würde auftischen müssen. „Na gut. Wie wäre es am Donnerstagabend?"

Ben lächelte und hielt seinen Daumen nach oben.

Bettina sah auf ihre Uhr. „Packen wir's für heute?"

„Okay."

Sie leerten ihre Gläser und machten sich auf den Weg. Nachdem sie ihre Taschen in ihren Autos verstaut hatten, kamen sie noch einmal zusammmen, um sich zum Abschied zu küssen.

„Bis Donnerstag, Bettina."

„Ja, bis Donnerstag. Ciao!"

Sie setzten sich in ihre Autos und fuhren gleichzeitig davon. Kurz nachdem sich ihre Wege trennten, hielt Bettina am Straßenrand und stellte den Motor ab. Sie holte Bens Geschenk aus ihrer Tennistasche und packte es aus. Wie sie bereits vermutet hatte, war es ein Buch. Es trug den Titel ‚Viel Erfolg im neuen Job!'

Es war ein kleines Buch. Eher ein Büchlein mit vielleicht dreißig Seiten. Auf jeder Seite stand ein netter, mutmachender oder motivierender Spruch zu typischen Situationen, die man im neuen Job erlebt. Der Bewerbungsprozess, das Kennenlernen der neuen Kollegen, die Unsicherheit in den ersten Tagen, die neuen Aufgaben, das Überstehen der Probezeit und einiges mehr. Auf die Innenseite des Covers hatte Ben ein paar sehr persönliche Worte für Bettina geschrieben und an einigen Stellen im Buch witzige Kommentare hinzugefügt oder einen Smiley danebengemalt. Er hatte sich wirklich Mühe gegeben.

Auf einer Seite wurde auf den Moment eingegangen, in dem man seinem neuen Arbeitgeber die Zusage für den neuen Job gibt. Der dazugehörige Spruch lautete „Ja, ich will!" Bettina entdeckte ein handschriftliches Sternchen hinter dem Spruch und eine entsprechende Erklärung am Ende der Seite: *„Ich hoffe, dass du diesen Satz auch eines Tages zu mir sagst, Bettina!"* Daneben war ein rotes Herz gemalt, das von einem Pfeil getroffen wurde. Bettina bekam kurzzeitig einen Kloß im Hals. War das Bens Ernst? Oder nur ein witziger augenzwinkernder Spruch? Sie erinnerte sich, dass er vor einiger Zeit schon mal eine Andeutung in diese Richtung gemacht hatte. Sie hatte es als Spaß gesehen, aber jetzt war sie sich plötzlich nicht mehr so sicher.

Wollte er sie wirklich *heiraten*?

Kapitel 73

Ben stand mit einer Zigarette auf dem Balkon und wartete auf Bettina. Er dachte daran, wie zögerlich sie vor ein paar Tagen war, als er sie fragte, ob sie nochmal vorbeikommen wollte. Er hatte eigentlich erwartet, dass Bettina gern zu ihm kommen würde. In all den Monaten hatten sie nur selten die Gelegenheit gehabt, allein zu zweit zu sein. Ihre schönsten Momente hatten sie, wenn sie allein waren. Der Tag im Schwimmbad. Der Tag in der Umkleide. Der Tag im Wald. Zu oft standen sie unter Beobachtung zahlreicher Clubmitglieder und waren eben nicht allein. Insofern lag es für Ben auf der Hand, sich bei ihm zuhause zu treffen. Aber Bettina schien das anders zu sehen. Sie war beim ersten Mal schon zögerlich gewesen, und jetzt war sie es wieder. Hatte sie wirklich Angst, mit ihm in der Kiste zu landen? Oder war da noch etwas anderes?

Am Nachmittag hatte er ihr noch eine Nachricht geschickt:

„Bis später! Der Stempel für deine Stirn liegt schon bereit!"

Sie hatte die Nachricht mit einem *„Haha!"* quittiert.

Es war als Witz gemeint. Und sie hatte es auch als einen solchen aufgefasst. Oder?

Ben beschloss, heute auf zu intensive Annäherungsversuche zu verzichten. Sie sollte sich unter keinen Umständen unter Druck gesetzt fühlen.

Er blickte in die Ferne und sah Bettina am Horizont auftauchen. Als sie näherkam, entdeckte sie ihn auf dem Balkon und winkte ihm zu. „Hi!"

„Hi!", rief er ihr nach unten zu, drückte seine Kippe aus und warf sich zur Sicherheit einen Pfefferminzbonbon ein. Kurz darauf klingelte es schon an der Haustür.

Er drückte den Türöffner und wartete an der Wohnungstür, während sie die Treppe hochkam.

Sie umarmten sich zur Begrüßung. „Hi, schön, dass du da bist! Komm rein!"

Bettina zog ihre Schuhe und ihre Jacke aus und folgte Ben in sein Wohnzimmer.

„Nimm Platz. Möchtest du einen Wein?"

„Eine Weinschorle, bitte."

„Kommt sofort!"

Ben öffnete eine Flasche Weißwein und holte ein Mineralwasser aus dem Kühlschrank. Er nahm zwei Weingläser aus dem Wohnzimmerschrank und bereitete Bettina ihre Schorle zu. Er selbst machte sich auch eine. Dann nahm er neben ihr Platz und streckte seine Beine auf dem Sofa aus.

„Zum Wohl! Wie war dein Arbeitstag?"

Bettina stieß mit ihm an. „Ganz okay. War viel los heute."

„Findest du dich inzwischen schon besser zurecht?"

„Jo. Es wird."

Ben bemerkte, dass Bettina nicht locker war. Sie wirkte angespannt. Es machte fast den Eindruck, dass sie gegen ihren Willen hier war.

„Alles gut bei dir, Bettina?"

„Mmmh." Es war offensichtlich, dass sie sich nicht wohl in ihrer Haut fühlte.

„Komm mal her!" Er zog sie zu sich heran und spielte zaghaft an ihren Haaren herum. Er ahnte, was sie beschäftigte, und versuchte, ihre Bedenken zu zerstreuen: „Hey, ich habe dich nicht zu mir eingeladen, um dich ins Bett zu kriegen. Darum geht es mir nicht. Es ist mir wichtig, dass du das weißt! Okay?"

„Ja, okay."

Er legte seine Arme um ihre Taille und flüsterte in ihr Ohr. „Obwohl ich zugeben muss, dass ich schon gerne mit dir ficken würde…" Er hatte den Satz noch nicht zu Ende gesprochen, da bereute er ihn schon. „Aber darum geht es mir nicht", wiederholte er sich, um das eben Gesagte noch ansatzweise zu entkräftigen.

Sie drehte ihren Kopf nach hinten, um ihn anzusehen. Er rechnete mit einem bösen Blick, aber sie lächelte nur. Sie wusste es schon lange. Spätestens seit ihrem gemeinsamen Tag in der Umkleide. Und es gab durchaus Tage, an denen sie genauso dachte. Aber heute beschäftigte sie etwas anderes.

„Ich habe dein Geschenk ausgepackt. Ich musste oft schmunzeln und hab mich wirklich darüber gefreut. Vielen Dank nochmal!"

Er lächelte. „Gern geschehen. Wenn du ein paar Mal schmunzeln musstest, dann hat es seinen Zweck schon erfüllt."

„Aber als ich gelesen hab, was du dazugeschrieben hast. Ben… du bist schon so viel weiter als ich! So viel weiter!"

Ben versuchte, ihre Aussage zu interpretieren. Was meinte sie mit ‚schon weiter'? Hieß es, dass sie selbst *noch* nicht so weit war? Er würde ihr alle Zeit einräumen, die sie bräuchte.

„Ich weiß nicht, ob ich diesen Weg mit dir gehen kann, Ben!"

„Hey! Das mit dem Heiraten war nur ein Spaß, okay?"

„Mmmh." So ganz kaufte sie ihm seine Aussage nicht ab. Zu Recht. Es war eine Lüge. Wäre Bettina nicht schon verheiratet gewesen, hätte er ihr längst einen Antrag gemacht.

„Mach dir nicht so einen Kopf, Bettina."

„Mmmh."

Ben hatte das Gefühl, dass er das Gesprächsthema wechseln sollte. „Einen Moment. Ich habe da noch was für dich." Er ging in die Küche und kam kurz darauf zurück. Er hielt etwas in seinen Händen.

Bettina sah, dass es in dem gleichen Geschenkpapier verpackt war wie das Buch, dass er ihr vor ein paar Tagen geschenkt hatte. Es war ihr unangenehm, dass er offenbar schon wieder ein Geschenk für sie hatte. Sie betete im Stillen, dass es kein Ring sein würde!

Er überreichte es ihr. „Das ist für dich. Bitte schön."

Bettina lächelte ihn verlegen an. „Danke schön."

„Diesmal musst du es aber sofort auspacken."

„Okay..."

Ganz behutsam löste sie das Klebeband vom Geschenkpapier, als wäre das Papier bereits das eigentliche Geschenk gewesen. Als sie es entfernt hatte, sah sie, dass der Inhalt zusätzlich noch in Zeitungspapier eingehüllt war. Sie guckte fragend zu Ben. Er ermunterte sie weiterzumachen. Sie malte sich aus, was es sein könnte. Offensichtlich kein Ring, Gott sei Dank! Es waren mehrere Gegenstände. Durch das Zeitungspapier fühlten sie sich weich an. Und rund. Sie entfernte auch das Zeitungspapier und stellte fest, dass es drei Tennisbälle waren. Aber nicht irgendwelche Tennisbälle. Sie nahm einen der Bälle in ihre Hand und entdeckte ihr eigenes Foto darauf. Auf der Rückseite war ‚Bettina' aufgedruckt, darunter ein großes Herz. So etwas hatte sie noch nie gesehen. Tennisbälle mit ihrem Namen und ihrem Foto darauf!

Sie war kurzzeitig sprachlos. Gleichzeitig war sie unglaublich gerührt. „Wie hast du *das* denn gemacht?", wollte sie von Ben wissen.

„Im Internet bestellt. Man kann dort seine eigenen Tennisbälle kreieren", sagte er nicht ohne Stolz und füllte ihre Weingläser noch einmal auf.

„Vielen Dank. Du bist so lieb!" Sie schaute ihn dankbar an.

„Eine Bitte habe ich noch", sagte Ben. „Dürfte ich einen der Bälle behalten?"

Sie überließ ihm einen der Bälle und verstaute die anderen beiden in ihrer Handtasche. Ben platzierte seinen Ball auf dem Wohnzimmerregal und achtete genau darauf, dass Bettinas Name und das Herz vom Sofa aus deutlich zu erkennen waren.

Bettina beobachtete Ben für eine Zeitlang.

In diesem Moment wurde ihr einmal mehr bewusst, wie sehr Ben sie liebte.

Kapitel 74
Samstag, 13. November 2021

Ben stand mit einer Zigarette auf Chris' Terrasse und unterhielt sich mit Theo und Cedric. Chris feierte heute seinen neununddreißigsten Geburtstag und hatte circa dreißig Leute zu sich eingeladen. Etwa die Hälfte kannte Ben aus dem Tennisclub, die übrigen waren Arbeitskollegen oder Freunde von Chris, die Ben unbekannt waren. Ben hatte Bettina gefragt, ob sie ihn begleiten würde, aber sie hatte abgesagt. Er hatte auch nicht ernsthaft erwartet, dass sie mitkommen würde. Er nahm einen Schluck von seinem Bier, holte sein Handy aus der Tasche und schrieb Bettina eine nicht ganz ernst gemeinte Nachricht.

„Die Party ist im vollem Gange. Wann kommst du?"

Er wandte sich wieder seinen Freunden zu.

*„*Hast du mal eine Zigarette für mich?", fragte Cedric ihn, und Ben hielt ihm seine Schachtel sowie ein Feuerzeug hin.

*„*Hier, bitte. Ich geh aber wieder rein, das ist mir zu kalt hier draußen."

Ben ging in die Küche und bediente sich an dem Chili con Carne, das Chris und seine Frau Maria für ihre Gäste vorbereitet hatten. Er merkte, wie sein Handy vibrierte. Bettina hatte ihm geantwortet.

„Nee, lass mal lieber. Aber viel Spaß euch bei der Party."

Ben stopfte sich ein Stück Brot in den Mund und schrieb ihr zurück.

„Willst du vielleicht kurz rauskommen? Ich würde dich gern küssen!"

Chris wohnte nicht weit von Bettina entfernt, und es wäre für Ben kein Problem, die kurze Strecke mit seinem Fahrrad zurückzulegen. Er steckte sein Handy in seine Hosentasche und kümmerte sich wieder um sein Chili. Er beobachtete die Gäste, die in der Küche standen und ebenfalls mit Essen beschäftigt waren. Chris stand dabei und unterhielt sich mit zwei Männern und einer Dame, die Ben nicht kannte.

Nun kam auch Cedric in die Küche. „Mann, ist das kalt draußen! Jetzt brauche ich auch erstmal was Warmes." Er machte sich ebenfalls über das Chili her und stellte sich zu Ben.

„Na, wie läuft's mit Bettina?", grinste er ihn an. „Seht ihr euch noch, jetzt wo die Tennissaison vorbei ist?"

„Ja, hin und wieder", antwortete Ben wahrheitsgemäß, ohne weitere Details zu verraten.

Cedric wartete ein paar Sekunden, ob Ben noch mehr preisgeben würde, aber als er merkte, dass von Ben nichts mehr kam, bohrte er nicht weiter nach. Stattdessen schüttelte er grinsend den Kopf.

„Oh Mann, das scheint ja wirklich eine ernste Geschichte zwischen euch zu sein."

Bevor Ben etwas darauf entgegnen konnte, vibrierte sein Handy wieder. Bettina hatte ihm geschrieben.

„Um dreiundzwanzig Uhr auf dem Parkplatz am Wald?"

Cedric sah, wie Ben lächelte, als er die Nachricht las. Er wusste sofort, von wem sie war. Ben grinste Cedric an und guckte auf die Uhr. Zweiundzwanzig Uhr fünfundvierzig.

„Ich muss gleich nochmal kurz weg."

Cedric lachte und hatte keine weiteren Fragen.

Ben blieb noch ein paar Minuten und trank in Ruhe sein Bier aus. Dann warf er sich seine Jacke über und machte sich auf den Weg. Vorher sagte er noch kurz Chris Bescheid.

„Chris, ich bin mal für eine Viertelstunde weg. Ich komm gleich wieder."

„Alles klar, bis gleich." Er wunderte sich nicht darüber und hinterfragte es auch nicht.

Ben war überrascht, dass Bettina ihm zugesagt hatte, ihn zu dieser Uhrzeit noch zu treffen. Aber es war eine positive Überraschung. Er fragte sich, was sie wohl Arne erzählt hatte. Aber vielleicht war er auch gar nicht zuhause.

Als er am Parkplatz ankam, sah er sie schon. Er stieg von seinem Rad ab und begrüßte sie mit einer Umarmung.

„Hi, Bettina! Schön, dass du gekommen bist."

Sie lächelte ihn an. „Komm, wir gehen ein kleines Stück. Wie ist die Party?"

„Super. Fast die ganze Mannschaft ist da und noch viele weitere Gäste, die ich nicht kenne. Chris und Maria haben sich wirklich ins Zeug gelegt. Und Chris hat so viel Bier besorgt, um drei Partys schmeißen zu können. Theo versucht allerdings eisern, diese These zu widerlegen."

„Das kann ich mir vorstellen", grinste Bettina.

Ben wusste, dass Bettina und er nur ein paar Minuten hatten, daher wollte er nicht viel Zeit mit Smalltalk verschwenden. Er stellte sein Rad ab, ging zu ihr und legte seine Arme um Bettinas Taille.

„Du weißt, warum ich dich sehen wollte, oder?"

„Ja, ich kann's mir denken." Natürlich wusste sie es. Und sie wusste auch, was jetzt passieren würde, als Ben sich ihr näherte. Sie drehte ihren Kopf und checkte in allen Richtungen ab, ob sie vielleicht beobachtet werden würden. Schließlich waren sie keine fünfhundert Meter von ihrem Zuhause entfernt.

Ben bemerkte, wie Bettina sich umsah.

„Niemand in Sicht?", lächelte er sie an.

„Nee…"

„Dann ist ja gut."

Er hielt ihren Kopf zwischen seinen Händen und küsste sie. Nach ein paar Sekunden löste sie sich allerdings wieder von ihm. Sie hatte zu viel Angst, dass sie entdeckt werden könnten. Allein die Tatsache, dass sie sich um dreiundzwanzig Uhr mit Ben auf dem Parkplatz traf, wäre schon verdächtig genug gewesen. Wenn sie jetzt auch noch jemand aus ihrer Nachbarschaft sah, wie sie sich küssten, dann hätte sie ein richtiges Problem gehabt.

Auch wenn Bettina ihre Gedanken nicht aussprach, wusste Ben Bescheid. Er hatte Verständnis dafür. Mehr hatte er hier und heute auch gar nicht erwartet.

„Na gut, dann fahre ich mal zurück zur Party. Danke, dass du kurz rausgekommen bist!"

„Ja. Viel Spaß noch!"

„Danke. Bis bald!" Er drückte ihr noch einen Kuss auf, jedoch nicht ohne sich vorher umgesehen zu haben, ob die Luft rein war.

Fünf Minuten später betrat er wieder Chris' Terrasse. Er wurde von Theo und Cedric bereits mit einem dicken Grinsen erwartet.

Kapitel 75

Samstag, 20. November 2021

Es lag mittlerweile eine Woche zurück, dass Ben Bettina zuletzt gesehen hatte. Seitdem war sie mal wieder von der Bildfläche verschwunden. Natürlich war sie das. Dass Bettina seine Nachrichten nicht beantwortete, war Ben inzwischen gewohnt. Aber jedes Mal wieder verletzte es ihn.

Ben wünschte sich nichts sehnlicher, als dass Bettina ihre Ehe für ihn aufgab. Aber er erwartete es nicht von ihr. Es waren andere Bedürfnisse, deren Erfüllung er von ihr erwartete: Kommunikation, Fairness, Ehrlichkeit, Respekt. Aber in Phasen wie dieser, in denen sie sich vollkommen totstellte, erfüllte sie diese Bedürfnisse nicht. Wusste sie nicht, wie sehr sie ihn damit verletzte? Oder tat sie es etwa bewusst? Jedes Mal dachte Ben aufs Neue, dass sich Bettina diesmal gedanklich von ihm verabschiedet hatte, und sie tat auch nichts, um seine Befürchtungen zu zerstreuen. Oder sie zu bestätigen. Sie tat einfach – nichts. Sie war nicht empathiefähig. Zumindest war das Bens Eindruck. Und das zermürbte ihn. Mehr als einmal hatte es ihn unglaublich wütend gemacht.

Vor vier Stunden hatte er ihr seine letzte Nachricht geschickt. Er hatte sie gefragt, ob alles in Ordnung wäre und wann sie sich wiedersehen könnten. Es ging ihm aber nicht darum, sie irgendwo für fünf Minuten heimlich im Dunkeln zu treffen. Er hatte sie explizit nach einem Date gefragt.

Er saß auf seinem Sofa und starrte sein Handy an. So wie in den Tagen zuvor. Schließlich legte er es beiseite. Sein Blick ging in seinem Wohnzimmer umher und verblieb kurz auf der Gitarre an der Wand. Sollte er sie holen und darauf spielen? Große Lust hatte er nicht. Trotzdem stand er auf und holte sie. Er begann, unmotiviert darauf herumzuzupfen, aber nach wenigen Sekunden hörte er schon wieder auf und hängte die Gitarre wieder zurück an ihren Platz.

Er sah sein Notebook an, das auf dem Schreibtisch stand. Sollte er ein paar dienstliche E-Mails schreiben? Er hatte die ganze Woche wieder kaum etwas geschafft, da wäre es seinem Arbeitgeber gegenüber nur fair, wenn er einen Teil seines Wochenendes dafür opfern würde, die verlorene Arbeitszeit zumindest ansatzweise wieder aufzuholen. Er klappte sein Notebook auf und betätigte den Startknopf. Er wartete, bis das Notebook hochgefahren hatte, dann öffnete er das E-Mail-Programm. Er war offenbar nicht der Einzige, der am Wochenende arbeitete. Es waren im Laufe des Tages zwölf dienstliche E-Mails eingegangen. Er überflog sie und löschte die meisten davon. Eine E-Mail war von seinem Chef, und er beschloss, diese als erstes zu beantworten. Aber bevor er sie lesen würde, brauchte er einen Kaffee.

Er ging in die Küche und setzte sich eine Kanne Kaffee auf. Während der Kaffee durchlief, warf er einen weiteren Blick auf sein Handy. Nichts. Jedenfalls nichts von Bettina. Dafür waren ein paar lustige Videos im Gruppenchat der Herren-30-Mannschaft geteilt worden. Er öffnete sie, aber ihm war nicht zum Lachen zumute. Des Weiteren hatte Erik in der Gruppe gefragt, ob jemand am Abend in der Halle mit ihm Tennis spielen wollte. Ben überlegte, ob er zusagen sollte. Aber er hatte auch auf Tennis keine Lust, also ließ er es.

Gerade als er sich einen Kaffee einschenkte, vibrierte sein Handy. Ben wollte erst gar nicht nachsehen, denn er rechnete damit, dass jemand aus seiner Mannschaft irgendeinen Kommentar zu einem der Videos abgegeben hatte oder dass sich ein potenzieller Spielpartner für Erik gefunden hatte. Er nahm seinen Kaffee und kehrte zu seinem Schreibtisch zurück. Dann siegte die Neugier, und er schaute doch nach. Wider Erwarten war die Nachricht von Bettina. Wahnsinn, sie lebte offenbar noch!

„Wollen wir morgen mal telefonieren?"

Ben schaute aus dem Fenster und fragte sich, was er mit dieser Nachricht anfangen sollte. Er befürchtete das Schlimmste. Dass Bettina ihm morgen persönlich mitteilen wollte, dass sie die Sache zwischen den beiden beenden würde. Er spürte einen Kloß im Hals. Wenn es so sein sollte, dann wollte er das Gespräch nicht führen. Er schrieb ihr zurück:

„Ja, okay. Muss ich Angst haben?"

Er starrte den Bildschirm seines Notebooks an. Die Idee, jetzt zu arbeiten, kam ihm plötzlich völlig abwegig vor. Er setzte sich auf den Balkon und steckte sich eine Zigarette an. Er hatte in den letzten Monaten in der ständigen Angst gelebt, dass Bettina ihm eines Tages sagen könnte, das war's. Würde morgen dieser Tag sein?

Als sein Handy vibrierte, atmete er erst einmal tief durch. Dann öffnete er ihre Nachricht.

„Nein, musst du nicht. Rufe dich gegen vierzehn Uhr an. LG, Bettina"

Erleichtert drückte er seine Kippe im Aschenbecher aus und kehrte zurück zu seinem Schreibtisch und seinem Kaffee. Er las sich die E-Mail von seinem Chef durch. Es war eine ziemlich lange E-Mail, und als er fertiggelesen hatte, stellte er fest, dass er sich nichts, aber auch gar nichts von dem Inhalt gemerkt hatte. Er hätte noch nicht einmal sagen können, um was für ein Thema es ging, so sehr war er mit seinen Gedanken bei Bettina. Und das war nicht nur heute so. So ging es nun schon seit Monaten.

Kapitel 76
Sonntag, 21. November 2021

Bettina saß am Küchentisch und wählte Bens Nummer. Nach dem dritten Klingeln ging er ran.

„Hallo Bettina, wie geht's dir?"

„Ganz okay. Na ja, es geht so."

„Was ist denn?"

„Ach, es ist wegen meiner Mama."

Ben hatte erwartet, dass es mit ihm zu tun hatte. Aber stattdessen war es die Situation mit ihrer Mutter, die Bettina offenbar bedrückte.

„Was ist passiert?"

„Ach, ich habe dir doch erzählt, dass sie neulich bei mir vor der Tür stand und beleidigt war, dass ich keine Zeit hatte."

„Ja, hast du."

„Ich habe mich heute Morgen durchgerungen, sie anzurufen. Wir haben uns dann ein paar Minuten lang fast wie normale Menschen unterhalten."

Fast wie normale Menschen. Interessante Beschreibung, dachte Ben sich.

„Und dann?"

„Und dann war es doch wieder wie immer. Dann hat sie doch wieder so eine blöde Bemerkung gemacht. Sie kann es nicht lassen. Annika hat mir empfohlen, mich nicht provozieren zu lassen, aber es fällt mir unglaublich schwer."

Ben hatte ihr denselben Ratschlag erteilt. Dass sie sich nicht provozieren lassen sollte. Aber es gelang ihr nicht. Genau wie ihre Mutter konnte auch Bettina unfassbar bockig sein. Ben überraschte es nicht, dass es zwischen den beiden immer wieder Streit gab. Er vermutete, dass Bettina nicht nur ihm, sondern auch ihrer Mutter gegenüber wenig empathisch war, und das sorgte offenbar dafür, dass ihre Mutter immer wieder wütend und enttäuscht war. Ben konnte sich nur allzu gut in Bettinas Mutter hineinversetzen. Wenn Bettina die Bedürfnisse ihrer Mutter genauso hartnäckig ignorierte wie seine, dann war das alles kein Wunder.

Ben hatte keine Ahnung, was er Bettina zu diesem Thema noch sagen sollte. Sie hatten schon unzählige Stunden über Bettinas Mutter gesprochen, und er hatte immer versucht, Bettina ein guter Ratgeber zu sein. Er hatte zu diesem Thema nichts mehr hinzuzufügen, und er wollte auch nicht dieselben Tipps und Hinweise immer und immer wieder wiederholen.

„Das tut mir leid", sagte er daher nur und überließ es Bettina, ob sie weiter über dieses Thema sprechen wollte. Sie hatte den Vorschlag gemacht, miteinander zu telefonieren, und ihre Mutter war sicher nicht der Anlass dafür gewesen.

„Na ja, ist ja auch egal", beendete Bettina das Thema und lenkte ihre Aufmerksamkeit auf ein neues. „Gestern Abend waren wir mit ein paar aus der Mannschaft im Kino."

„Was habt ihr gesehen?"

„Eine Familienkomödie. ‚Alles Bestens' hieß der Film. Das war sehr lustig."

Ausgerechnet eine Familienkomödie, dachte Ben. Da hätten Bettina und ihre Mutter vermutlich auch mitspielen können. Oder doch eher in einer Tragödie.

„Danach waren wir dann noch gemeinsam essen und haben noch ein paar Flaschen Wein getrunken. Dementsprechend lustig war der Abend dann!", lachte Bettina.

Ben verstand Bettina nicht. Er schrieb ihr unzählige Nachrichten, die sie nie beantwortete. Er vermutete, dass sie es nicht tat, weil sie sich angesichts ihrer verzwickten Situation unwohl und unsicher fühlte. Und weil es ihr nicht gutging. Sie hatte eben selbst gesagt, dass auch die Situation mit ihrer Mutter sie belastete. Und jetzt erzählte sie ihm plötzlich, dass sie einen feucht-fröhlichen Abend mit ihren Mannschaftskolleginnen im Kino verbracht und offenbar viel Spaß dabei hatte. Während er zuhause auf sein Handy geglotzt und keine Motivation für seine Hobbys, geschweige denn für seine Arbeit gehabt hatte.

Bettina berichtete noch ein wenig von dem Abend mit ihren Freundinnen, aber sie hatte das Gefühl, dass Ben das nicht besonders zu interessieren schien. Also wechselte sie das Thema.

„Und mein Chef hat mich gefragt, ob ich meine Arbeitszeit aufstocken will."

„Was, jetzt schon? Nach so kurzer Zeit? Willst du denn?"

„Ich bin mir selbst nicht sicher. Ich habe mir etwas Bedenkzeit erbeten. Mal sehen. Das wäre dann ab Januar."

„Ich weiß nicht, ob das eine gute Idee ist. Du warst lange raus und hast dich doch ganz bewusst für einen Teilzeitvertrag entschieden."

„Ja, ich weiß. Ich habe mich ja auch noch nicht entschieden."

Ben hatte den Eindruck, dass Bettina sich in ihre Arbeit flüchtete, um ihren Alltagssorgen aus dem Weg zu gehen. Dem Ärger mit ihrer Mutter. Und der Sache zwischen ihr und Ben. Damit würde sie ihre Probleme aber nicht aus der Welt schaffen, sondern nur auf die lange Bank schieben. Aber er behielt seinen Gedanken für sich.

„Na ja, du wirst am besten wissen, was das richtige für dich ist. Überleg's dir in Ruhe."

„Ja, das werde ich."

„Sehen wir uns bald wieder, Bettina?", fragte Ben nach einem kurzen Moment des Schweigens.

Bettina hatte diese Frage bereits erwartet. „Ich muss gucken. Ich melde mich."

Ben hatte wiederum genau diese Antwort erwartet. Er sagte nichts dazu, sondern atmete nur deutlich hörbar ein und aus. Bettina nahm dies zum Anlass, ihre Aussage nochmals zu bekräftigen.

„Ich melde mich bei dir."

„Ja, okay. Dann bis bald! Mach's gut!"

„Du auch! Ciao!"

Ben warf sein Handy neben sich aufs Sofa. Er spürte eine merkwürdige Schwere. Er schloss seine Augen und versuchte, in sich hineinzuhorchen und die Signale seines Körpers zu deuten. Das Telefonat mit Bettina hatte ihn glücklich und traurig zugleich gemacht. Ging das überhaupt? Offenbar schon.

Er dachte nochmal an Bettinas Mutter. Er wollte Bettina gern helfen, aber er wusste nicht mehr, wie. Da kam ihm die Idee, im Internet nach einem geeigneten Buch oder Ratgeber zu suchen. Er machte sich auf die Suche und hatte zehn Minuten später ein Buch gefunden, dass ihm passend zu sein schien. Es trug den Titel ,Immer locker bleiben' und handelte vom souveränen Umgang mit einer schwierigen Mutter. Er drückte auf ,bestellen'.

Zwei Tage darauf fuhr er zu Bettina und steckte das Buch in ihren Briefkasten.

Kapitel 77
Samstag, 27. November 2021

Ben saß an seinem Schreibtisch und dachte an Bettina. Es war schon wieder eine knappe Woche her, dass sie miteinander telefoniert hatten. Sie hatte ihr Versprechen, sich zu melden, bislang nicht gehalten, und Ben rechnete auch nicht damit, dass sie es noch tun würde.

Erneut war eine Arbeitswoche vorübergegangen, ohne dass Ben irgendeinen Fortschritt erzielt hatte. Er wusste, dass er in seinem Job noch tausende Dinge zu erledigen hatte, und mit jedem Tag, an dem er aus dem Fenster oder auf sein Handy schaute, wurde es schlimmer. Es kotzte ihn an, dass er seine Konzentration nicht auf seinen Beruf richten konnte, zumal es dringend erforderlich gewesen wäre. Wieder saß er an einem Samstag vor seinem Notebook und stocherte in dienstlichen E-Mails herum. Und wieder hätte er es sich auch sparen können, denn durch das alleinige Einschalten seines Computers erledigte sich die Arbeit noch lange nicht von selbst.

„Arbeitest du, Papa?"

Ben hatte für einen Moment völlig vergessen, dass Steffi heute bei ihm war. Er hatte sie direkt nach dem Frühstück vor den Fernseher gesetzt, weil er ‚noch kurz' eine oder zwei E-Mails schreiben wollte. Das war vor zwei Stunden, und er hatte bislang noch nicht einen einzigen Buchstaben auf seiner Tastatur getippt.

„Ja. Ich versuch's zumindest. Ist die Sendung vorbei?"

„Ja, soll ich ausmachen? Wollen wir was spielen?"

„Ich kann jetzt nicht. Später, okay?"

„Na gut", sagte Steffi sichtlich enttäuscht und versuchte, sich mit ihren mitgebrachten Spielsachen so gut es ging, allein zu beschäftigen.

Ben nahm sein Handy und schrieb eine Nachricht an Bettina:

„Bettina, warum ignorierst du mich schon wieder? Was ist falsch daran, die Frau, die man liebt, nach einem Date zu fragen? Ich möchte das aber nur, wenn du das auch willst! Jetzt sei doch einfach mal mutig!"

Nach einer weiteren Stunde Untätigkeit, in der Ben abwechselnd sein Handy und seine E-Mails anstarrte, klappte er sein Notebook zu und spielte doch noch ein paar Brettspiele mit Steffi. Sie verlor allerdings schnell die Lust, denn Ben maulte sie in einer Tour wegen irgendwelcher Nichtigkeiten an und war mehr mit seinem Handy beschäftigt als mit Spielen. So hatte Steffi sich das Wochenende mit ihrem Vater nicht vorgestellt.

Sie ging an diesem Tag traurig zu Bett.

Kapitel 78
Samstag, 04. Dezember 2021

Eine weitere Woche war vergangen, in der Bettina kein Lebenszeichen von sich gegeben hatte. Ben hatte mittlerweile aufgehört, ständig auf sein Handy zu starren. Er rechnete nicht mehr damit, dass sie ihm noch etwas schreiben würde.

Vor ein paar Tagen hatte er noch einmal versucht, einen Schritt auf Bettina zuzugehen und ihre Sorgen zu zerstreuen. Er hatte ihr eine Nachricht geschickt und las sie sich noch einmal durch:

„Hallo Bettina, brauchst du Abstand? Dann sag's mir einfach. Wir können einen Schritt zurückgehen, wenn du willst, okay? Lass es uns langsam angehen und gucken, wohin es uns führt. Und wenn du Abstand brauchst, dann werde ich das respektieren. Aber bitte rede mit mir."

Es war vor drei Tagen, als er die Nachricht verschickt hatte. Als er die Nachricht jetzt nochmal las, stieg die Wut in ihm auf. Bettina hatte es erneut nicht für nötig befunden, mit ihm zu kommunizieren. Er hatte ihr alle möglichen Antwortmöglichkeiten eingeräumt; das Einzige, was er nicht akzeptieren konnte, war *überhaupt keine* Antwort zu bekommen! Er ballte die Faust und merkte, wie er zu zittern begann. Aber diesmal waren es keine körperlichen Symptome seiner Depression, nein, er bebte vor Wut! Er hatte es ein für alle Mal satt, sich so von Bettina behandeln zu lassen!

Er nahm sein Handy und schrieb ihr eine weitere Nachricht:

„Was bin ich eigentlich für dich? Such dir einen anderen Trottel, den du beliebig ignorieren und an der Nase herumführen kannst und bei dem du dich nur dann meldest, wenn du gerade mal das Bedürfnis dazu hast! Ich stehe dafür nicht mehr zur Verfügung!"

Es dauerte mehr als vierundzwanzig Stunden, bis sie ihm antwortete:

„Ich weiß nicht, was dir jetzt schon wieder für eine Laus über die Leber gelaufen ist. Für mich bist du jedenfalls kein Trottel. Aber dann ist jetzt wohl der Zeitpunkt gekommen, an dem wir uns nicht mehr sehen sollten."

In Bens Nachricht hatte sich sein ganzer Frust der letzten Wochen entladen. Der Frust darüber, immer und immer wieder von Bettina ignoriert zu werden. Und sie hatte offenbar keine Ahnung, wie sehr ihn das verletzte. Stattdessen fragte sie, welche Laus ihm über die Leber gelaufen wäre. Es machte Ben nur noch wütender.

Gab es noch eine Chance, die Dinge wieder zurechtzurücken? Oder hatte Bettina gerade ihre Affäre per Handynachricht beendet?

Wenn sie die Sache beenden wollte, dann sollte sie es ihm zumindest persönlich sagen.

Kapitel 79
Montag, 6. Dezember 2021

Ben ging nervös in seiner Wohnung umher und wartete auf Bettina. Er wusste, was heute passieren würde. Bettina hatte es quasi schon angekündigt. Und Ben hatte keine Zweifel mehr, dass sie ihre Ankündigung heute in die Tat umsetzen würde. Ihre letzten Nachrichten ließen gar keinen anderen Schluss zu.

Bettina stellte ihr Auto ab, blieb aber noch für zehn Minuten auf dem Fahrersitz sitzen. Sie musste sich sammeln. Kraft tanken für das, was ihr bevorstand. Sie fühlte sich furchtbar und merkte, wie sie am ganzen Leib zitterte. Sie dachte kurz darüber nach, den Motor wieder zu starten und einfach wieder nach Hause zu fahren. Aber sie wusste, dass sie es heute durchziehen müsste. So schwer ihr es auch fallen mochte.

Sie war bereits seit einer halben Stunde überfällig. Dass sie sich jetzt auch noch verspätete, trug nicht gerade zur Beruhigung von Ben bei. Auf der anderen Seite zögerte es das das Ganze noch ein wenig hinaus. Ben hielt die Anspannung kaum mehr aus. Ließ sie ihn etwa extra zappeln?

Endlich klingelte es an der Tür. Ben drückte den Türöffner und ließ Bettina ins Haus. Er öffnete die Wohnungstür und wartete auf sie. In der Sekunde, als er sie sah, war ihm endgültig klar, was sie ihm heute mitzuteilen hatte. Er konnte es aus ihrem Gesicht ablesen.

„Hi", begrüßte Bettina ihn mit einem Lächeln. Aber es war nicht das Lächeln, das er in den letzten Monaten so oft bei ihr gesehen hatte. Nicht das Lächeln, in das er sich verliebt hatte. Nicht das Lächeln, das Bettina für ihn zur schönsten Frau der Welt gemacht hatte. Es war kalt. Mechanisch. Und aufgesetzt.

Ben bemerkte, dass Bettina Tenniskleidung trug. Offenbar hatte sie Arne erzählt, dass sie zum Tennis fahren würde.

„Hallo, komm rein." Im Gegensatz zu Bettina bemühte Ben sich noch nicht einmal zu lächeln. Seine Gesichtszüge waren wie eingefroren.

Noch bevor Bettina über die Türschwelle ging, wussten beide, dass es heute ein ganz schwerer Gang für sie werden würde.

„Möchtest du einen Wein? Oder lieber einen Aperol?"

„Och ja, dann würde ich einen Aperol nehmen."

„Okay, ich mach uns einen." Ben holte den Aperol, zwei Prosecco und Mineralwasser aus dem Kühlschrank. „Magst du mir mal die Gläser aus dem Wohnzimmerschrank geben?"

Bettina tat wie ihr geheißen. Sie reichte Ben die Gläser und merkte ihm an, wie traurig und in sich gekehrt er war. Jetzt schon! Sie hatten noch nicht einmal angefangen zu reden.

„Danke." Ben sah Bettina nicht an. Er hatte schon jetzt mit den Tränen zu kämpfen. Ihm war bewusst, dass er heute zum letzten Mal ein Getränk für Bettina zubereiten würde. Dass sie heute zum letzten Mal bei ihm in der Wohnung sein würde. Er warf einen großen Eiswürfel in jedes Glas und füllte sie auf.

„Nimm Platz. Ich komme."

„Okay."

Zaghaft setzte Bettina sich aufs Sofa. Genau dort hatte Ben das letzte Mal seine Arme um sie geschlungen und an ihren Haaren gespielt. Das war kurz bevor er ihr das Geschenk mit den Tennisbällen überreicht hatte. Der Ball, den sie ihm überlassen hatte, lag noch immer im Wohnzimmerregal an der Stelle, wo Ben ihn platziert hatte.

Ben kam mit den Gläsern aus der Küche und stellte sie auf dem Wohnzimmertisch ab. Er setzte sich ebenfalls aufs Sofa. Sie saßen nun über Eck und würden sich beim Reden gegenseitig ansehen können. Wenn sie es denn wollten.

Ben holte tief Luft. „Zum Wohl, Bettina."

„Zum Wohl. Danke."

Wie oft hatten sie schon gemeinsam angestoßen? Bestimmt schon hundert Mal. Nach fast jedem gemeinsamen Tennismatch. Auf ihre gemeinsamen Turniersiege. Auf Bettinas neuen Job. Aber nie war es so wie heute. Sie hatten sich dabei immer verliebt in die Augen gesehen. Sich angelächelt. Sich beieinander wohlgefühlt. Aber jetzt lächelte niemand. Die Stimmung war so, als hätten beide gerade ihre Henkersmahlzeit serviert bekommen.

Ben trank einen Schluck von seinem Aperol und sah Bettina direkt in die Augen. Wie oft hatte er ihr schon lächelnd und verliebt in die Augen geschaut? Hundert Mal? Aber jetzt erkannte Bettina nur Leere in seinem Gesicht.

Sie hielt seinem Blick für einen Moment stand und wendete ihn dann ab zu dem Glas, das sie in der Hand hielt. Sie wusste, dass er von ihr erwartete, etwas zu sagen. Aber ihr fehlten die Worte dafür.

„Und?", fragte Ben schließlich. Er schaute ihr immer noch in die Augen.

Bettina war noch nicht bereit für das, was sie Ben zu sagen hatte. „Heute war einiges los im Hotel", sagte sie stattdessen. „So viel wie lange nicht." Ihr Blick ging wieder zu ihrem Glas.

„Aha", antwortete Ben nur. Er hatte seinen Blick inzwischen von Bettina abgewendet und starrte jetzt ebenfalls sein Glas an.

„Ja", erzählte Bettina weiter, „eine Kollegin ist krank. Wir waren heute nur zu zweit."

Sie spürte, dass Ben kein Interesse an dem Thema hatte. Und sie konnte es ihm auch nicht verübeln. Deshalb versuchte sie etwas anderes. „Gestern hatten wir Mannschaftsbesprechung. Gemeinsam mit den Damen 30. Einige von ihnen rücken nächstes Jahr in die 40er auf. Ich bin mal gespannt, wie das wird."

Ben trank von seinem Aperol und starrte weiter auf sein Glas.

Bettina versuchte ihre Nervosität zu überspielen, indem sie weiter über Belanglosigkeiten sprach. „Im Mai trainieren wir dann auch alle das erste Mal zusammen. Ich habe aber den Eindruck, dass die jetzige Damen 30 lieber unter sich bleiben will. Genau. Gucken wir mal, wie sich das entwickelt."

Ben hatte seinen Aperol inzwischen fast ausgetrunken. Er schwenkte sein Glas, so dass der Eiswürfel klappernde Geräusche machte. Immerhin nickte er zumindest mal in Bettinas Richtung.

Er trank den Rest aus seinem Glas und ging in die Küche, um sich einen weiteren Aperol zu mischen. Bettina hatte ihren noch überhaupt nicht angerührt.

Während er mit der Zubereitung beschäftigt war, sagte keiner der beiden auch nur irgendein Wort. Er kam zurück ins Wohnzimmer und setzte sich wieder.

„Und sonst?", fragte Ben und schaute Bettina wieder direkt an. Wieder hielt sie seinem Blick kurz stand, um dann wieder auf ihr Glas zu gucken. Sie waren wieder genau an der Stelle, wo sie fünfzehn Minuten vorher schon einmal waren.

Bettina brachte es noch immer nicht übers Herz, Ben reinen Wein einzuschenken. „Heute habe ich mal wieder so eine unfreundliche Nachricht von meiner Mutter bekommen. Aber ich habe beschlossen, ihr dieses Mal einfach nicht zu antworten."

Ben ließ sich zu einem sarkastischen Kommentar hinreißen: „Das kenne ich irgendwo her." Hätte Bettina häufiger auf *seine* Nachrichten geantwortet, würden sie jetzt vielleicht nicht hier sitzen. Auf jeden Fall nicht so.

Bettina überhörte Bens Seitenhieb und redete einfach weiter: „Sie hat spitzbekommen, dass Arne, Jessica und ich einen Ausflug nach München gemacht haben, und war beleidigt, dass wir sie nicht gefragt haben, ob sie mitkommen will."

Ben war immer ehrlich daran interessiert, wie sich die Situation zwischen Bettina und ihrer Mutter entwickelte. Heute nicht. Aber er ließ sie reden. Es zögerte das Unvermeidliche, das, wovor er so furchtbare

Angst hatte, noch ein wenig heraus. Und Bettina redete einfach immer weiter. Sie erzählte bestimmt eine halbe Stunde von ihrer Mutter. Hin und wieder nickte Ben ihr desinteressiert zu.

Aber schließlich war es soweit.

„Und das mit uns… das geht nicht mehr, Ben…"

Ben blickte Bettina jetzt wieder direkt in die Augen. Sein tränenreicher Blick war für sie wie eine Folter. „Ich… ich kann das Arne nicht mehr antun."

Ben schüttelte flehend den Kopf. „Tu das nicht, Bettina. Bitte nicht! Bitte tu das nicht!"

„Ben, es geht nicht mehr! Es tut mir leid! Ich kann das nicht mehr! Ich bin völlig am Ende! Ich kann Arne nicht mehr belügen!"

Was für eine Ironie, dachte Ben sich. Bettina belog ihren Mann, um zu Ben zu fahren und ihm zu sagen, dass sie ihren Mann nicht mehr belügen kann.

„Bettina…"

Sie bemerkte, wie Bens Stimme brüchig wurde und ihm die Tränen die Wange herunterliefen. Ben hielt sich seine Hände vors Gesicht und begann zu schluchzen wie ein Baby. Sie rückte an ihn heran und strich liebevoll mit ihrem Arm über seinen Rücken. Sie versuchte, ihm Trost zu spenden, dabei hätte sie in diesem Moment eigentlich selbst jemanden gebraucht, der sie in den Arm nahm.

Ben wischte sich die Tränen aus dem Gesicht. „Bettina… ich wollte dir noch so viel zeigen!"

Bettina kämpfte jetzt selbst mit den Tränen. Der Mann, zu dem sie sich in den letzten Monaten so sehr hingezogen fühlte, saß jetzt vor ihr und ließ seinen Tränen freien Lauf. Sie empfand in diesem Moment unendliches Mitleid mit ihm.

„Bettina… bitte tu das nicht!", wiederholte Ben. Seine Stimme war jetzt so brüchig, dass Bettina befürchtete, das er gleich zusammenklappen würde.

„Ben, bitte… es geht einfach nicht mehr. Du musst das jetzt annehmen." Ihre Hand lag immer noch auf seinem Rücken.

„Bettina, ich will das nicht! Ich liebe dich so sehr!!"

„Ben, bitte…"

„Bettina, niemand hat jemals mein Herz so sehr berührt wie du! Jemanden anzufassen ist leicht. Die Kunst besteht darin, jemanden zu *berühren*. Und das hast du getan."

„Du hast mich doch auch berührt, Ben. Das weißt du. Und es tut mir unendlich leid. Du hast dir ja auch so viel Mühe gegeben. Deine Briefe. Deine Geschenke. Ich habe mich ja auch wirklich von dir angezogen gefühlt. Mir ist das noch nie passiert. Aber ich tu dir doch nur weh!"

„Du tust mir nur weh? Bettina, du tust mir weh, wenn du die Sache zwischen uns beendest!"

„Aber ich muss das jetzt tun, Ben. Ich kann nicht anders entscheiden."

„Ich hätte dich auf Händen getragen, Bettina! Ich wäre so stolz darauf gewesen, dich an meiner Seite zu haben. So stolz! Ich wollte, dass jeder im Tennisclub sieht, wie stolz ich auf dich bin!"

„Bitte nimm meine Entscheidung an, Ben."

„Dann war's das jetzt, ja?"

Bettina nickte nur. „Es ist besser so. Lass uns versuchen, Freunde zu bleiben."

Dies ist wohl einer der schlimmsten Sätze überhaupt, die jemand zu hören bekommen kann, dessen Liebe nicht erwidert wird. Sofort brach Ben wieder in Tränen aus.

„Bettina, ich weiß nicht, ob ich das kann!"

„Ich weiß es auch nicht... bitte lass es uns versuchen."

„Wie soll das funktionieren? Jedes Mal, wenn ich dich sehe, ..." Er war nicht mehr in der Lage, den Satz zu Ende zu sprechen.

„Lass es uns versuchen, okay? Glaubst du, dass du das hinbekommst? Wir müssen nicht als Feinde auseinandergehen."

„Wir müssen überhaupt nicht auseinandergehen, Bettina."

„Ben... bekommst du das hin?"

„Ich werde dich auch weiterhin höflich begrüßen, wenn wir uns zukünftig im Tennisclub begegnen. So wie alle anderen auch." Die Vorstellung, dass Bettina nur eine von vielen für ihn sein sollte, war unerträglich für Ben. Er drehte sich zu Bettina und nahm sie ganz fest in den Arm. Sofort erwiderte sie seine Umarmung.

Wieder begann Ben zu schluchzen. „Bettina, du hast mich daran erinnert, wie sich Schmetterlinge im Bauch anfüllen. Und dafür danke ich dir!"

Bettina bekam einen Kloß im Hals und war froh, dass Ben wegen der Umarmung nicht in ihr Gesicht sehen konnte, denn sonst hätte er auch ihre Tränen gesehen.

Ben löste sich aus der Umarmung. „Nimmst du noch einen Aperol?" Inzwischen hatte Bettina ihr erstes und Ben sein zweites Glas leer.

„Ja, okay."

Als Bettina Ben bei der Vorbereitung der Getränke ansah, hatte sie den Eindruck, dass er sich jetzt gefangen hatte.

Ben kam mit den beiden Gläsern zurück und stellte sie wieder auf dem Tisch ab. Dann stellte er eine Frage, mit der Bettina nicht gerechnet hatte.

„Bettina, darf ich dich noch einmal küssen? Ich möchte dich gern *so* in Erinnerung behalten."

„Ben… nein…"

„Bettina… bitte…" Er wartete ihre Antwort nicht mehr ab, sondern hielt ihren Nacken mit seiner Hand und näherte sich ihrem Mund mit seinen Lippen. Dann küsste er sie. Erst zärtlich, dann leidenschaftlich. Und sie erwiderte seine Küsse.

Nach einiger Zeit ließ er von ihr ab. „Welches waren unsere schönsten Momente für dich, Bettina? Für mich waren es der Tag im Schwimmbad und der Tag im Wald."

„Ja, für mich auch. Das war wirklich schön."

Sie verhielten sich gerade, als hätten sie sich vor zehn Minuten verlobt. In Wirklichkeit hatte Bettina ihre gemeinsame Affäre gerade beendet.

„Kannst du dich noch daran erinnern, dass du mich mal gefragt hast, warum ich nie geheiratet habe?", fragte Ben.

„Ja, kann ich."

„Weißt du auch noch, was ich dir geantwortet habe?"

„Du hast gesagt, du hättest auf mich gewartet…"

„Ja, aber das meine ich gar nicht." Er musste über Bettinas Antwort sogar kurz lächeln. „In meiner Beziehung mit Doro hat mir immer etwas gefehlt. Ich mag nicht schlecht über meine Ex reden, deshalb will ich die Details hier gar nicht wiederholen. Aber bei dir, Bettina… bei dir war das anders. *Dich* hätte ich sofort geheiratet!"

Die Erkenntnis, dass dieser Traum für alle Zeit geplatzt zu sein schien, ließ ihn wieder losheulen. Er wusste selbst nicht, warum er Bettina das erzählte. Wahrscheinlich wollte er es ihr so schwer wie möglich machen und hoffte insgeheim, sie doch noch umstimmen zu können, wenn er ihr nur zeigen würde, wie groß seine Liebe war.

„Bettina, ich danke dir für die wundervollen Momente, die ich mit dir erleben durfte. Sollten wir uns im nächsten Leben nochmal kennenlernen, würde ich mich wieder in dich verlieben."

Bettina wusste nicht, was sie antworten sollte, und blickte Ben nur mitleidig an.

„Ben, es ist schon ein Uhr. Ich muss jetzt langsam los…"

Ben reagierte nicht. Er wollte nicht, dass sie ging.

„Bringst du mich noch zur Tür?"

Ben trank von seinem Aperol und schwieg weiter.

Bettina stand auf und war in Begriff zu gehen. „Also bringst du mich jetzt noch zur Tür oder nicht?"

Er sagte immer noch nichts, aber er stand ebenfalls auf und begleitete Bettina in den Flur. Als sie ihre Jacke angezogen hatte, drehte sie sich auf der Türschwelle noch einmal zu Ben um. Sie schauten sich für eine Sekunde an und küssten sich.

„Ciao", sagte Bettina und verließ Bens Wohnung in Richtung Treppenhaus.

„Ciao…"

Nach ein paar Metern drehte sie noch einmal um, um Ben ein letztes Mal zu küssen.

„Ich liebe dich, Bettina…"

Dann ging sie endgültig.

Bei Bettinas ersten Besuchen bei Ben hatte er immer auf dem Balkon gestanden und ihr hinterhergeschaut, als sie ging. Sie hatte sich immer nochmal umgedreht und Ben zugewinkt.

Auch jetzt stand Ben auf seinem Balkon und sah ihr hinterher. Aber diesmal drehte sich sie nicht um. Kurz darauf verschwand sie aus seinem Blickfeld.

Als Bettina ihr Auto erreichte, musste sie erst einmal tief durchatmen. Sie setzte sich ans Steuer und schloss die Tür. Sie hielt die Hände vors Gesicht, stützte sich aufs Lenkrad und fing bitterlich an zu weinen.

Über ihre eigene Entscheidung.

Bettina hatte ihre Affäre mit Ben heute beendet. Aber sie tat es nicht, weil sie nicht genug für ihn empfand.

Sie tat es, weil sie *zu viel* für ihn empfand.

Kapitel 80
Dienstag, 7. Dezember 2021

Ben lag seit fünf Stunden in seinem Bett, aber er hatte noch kein Auge zugetan. Auch wenn er damit rechnen musste, hatte ihn Bettinas Entscheidung mit voller Wucht getroffen. Er sah auf die Uhr. Vier Uhr zweiundvierzig. Ben bemerkte, wie seine Hände zitterten. Die Gedanken, die in seinem Kopf umherkreisten, machten ihm Angst. Panische Angst! Er kannte diese Gedanken. Er hatte dies schon einmal durchlebt, wenn auch der Auslöser ein anderer gewesen war.

In dieser Nacht kehrte seine Depression erneut zurück. Und sie traf ihn härter als je zuvor.

Er griff nach seinem Handy und schrieb Bettina eine Nachricht:

„Bettina… der Mensch, der mir in den letzten Monaten Halt, Motivation und Hoffnung gegeben hat, mein Rettungsanker war, der meine dunkle Welt wieder bunter gemacht hat, die Frau, die mich so sehr berührt hat wie noch nie jemand zuvor, ist plötzlich aus meinem Leben verschwunden… Mein Herz ist gebrochen… und es fühlt sich so schrecklich an, Bettina!

Wie kann man sich so voneinander verabschieden? Wenn man sich so sehr mag! Erklär's mir!

Bettina, du bist das erste, woran ich denke, wenn ich morgens aufwache und das letzte, bevor ich abends einschlafe! WENN ich einschlafe!

Sag mir, wie geht man mit Dingen um, die man einfach nicht verkraftet…?"

Natürlich bekam er nie eine Antwort. Er rechnete auch nicht damit.

Er erinnerte sich daran, was seine Therapeutin ihm einmal erzählt hatte. Sie hatte ihm damals gesagt, dass sich eine Depression wie ganz, ganz schlimmer Liebeskummer anfühlt. Und jetzt hatte Ben beides zugleich, und das war mehr, als er ertragen konnte.

Er dachte an die schönen und weniger schönen Momente, die er mit Bettina erlebt hatte. Die letzten Monate liefen in seinem Kopf ab wie ein Film, den man nicht abstellen oder leiser drehen konnte. Immer und immer und immer wieder. Und so sehr er sich auch bemühte, die Gedanken zu verdrängen, es gelang ihm nicht.

Doch dann wurde ihm schlagartig etwas klar! Plötzlich – von einer Sekunde auf die andere und ohne, dass er bewusst darüber nachgedacht hatte – wurde ihm klar, was die Affäre mit Bettina mit ihm gemacht hatte. Das ständige Auf und Ab, die ständige Ungewissheit und die permanente Angst, abgelehnt zu werden, hatten ihn an das Ende seiner Kräfte gebracht und sich auf sein ganzes Leben ausgewirkt. Auf seine Hobbys, seine Beziehung zu seiner Tochter, seinen Job, seine Gesundheit, einfach auf alles. Er hatte nie einen Zusammenhang gesehen, aber jetzt war es ihm plötzlich so klar wie nur irgendwas. Es war so offensichtlich. Aber es dauerte bis zur heutigen Nacht, bis er es begriff.

Um fünf Uhr beschloss Ben aufzustehen. Er ertrug es nicht mehr, in seinem Bett zu liegen und die Decke anzustarren. Und er hatte die Hoffnung aufgegeben, auch nur noch eine einzige Sekunde schlafen zu können. Er setzte sich auf seinen Balkon und steckte sich eine Zigarette an. Die ersten Berufstätigen waren schon mit dem Auto auf dem Weg zur Arbeit. Wie viele Stunden hatte er in den vergangenen Wochen auf seinem Balkon verbracht und in jedes vorbeifahrende Auto geschaut, ob Bettina darin saß? Wie viele Zigaretten hatte ihr ihretwegen geraucht? Wie oft hatte er ihretwegen seine Arbeit vernachlässigt? Die Geschichte mit Bettina hatte Einfluss auf sein komplettes Leben gehabt, und sie hatte es immer noch. Er schüttelte über sich selbst den Kopf. Wie hatte er so blind sein können?

Aber auch diese Erkenntnis sorgte nicht dafür, dass er sich besser fühlte. Bettina war weg, und er hätte alles dafür gegeben, um sie zurückzubekommen.

„Hast du Zeit?"

Theo saß gerade mit seiner Familie beim Abendessen und wusste nicht, was er von Bens Nachricht halten sollte. Daher schrieb er zurück:

„Wofür?"

„Für mich..."

Jetzt ahnte Theo, worum es ging.

Eine halbe Stunde später saß er bei Ben im Wohnzimmer. Ben öffnete für Theo und sich zwei Bier und setzte sich neben ihn. Theo hatte schon beim Hereinkommen gesehen, dass Ben offenbar in der Nacht nicht geschlafen hatte und wie sehr er mit sich kämpfte. Theo griff nach seinem Bier und nickte Ben kurz zu.

„So, was ist passiert? Bettina?"

Ben nickte in Theos Richtung und rang nach Worten.

„Ja... sie war gestern hier und hat die Sache zwischen uns beendet."

Theo war nicht überrascht von dem, was er hörte. Er hatte es Bettina nie zugetraut, dass sie ihre Ehe aufgeben würde. Er war eher verwundert darüber, dass ihre Affäre so lange gedauert hatte.

„Okay. Und wieso hat sie das getan?"

„Sie hat gesagt, dass sie Arne nicht länger belügen kann."

„Damit musstest du rechnen…"

„Ja, ich weiß. Sie hat wirklich geschwankt. Wenn man im Leben an eine Weggabelung kommt, kann man kurz innehalten und überlegen, welchen Weg man wählt, aber irgendwann muss man sich entscheiden. Und an einer solchen Weggabelung stand Bettina jetzt. Und sie hat sich für den Weg entschieden, der zurück in ihre Ehe führt. Ob es der richtige

Weg war, weiß man hinterher nie so genau. Denn man erfährt nie, was hinter der ersten Kurve des anderen Weges auf einen gewartet hätte. Bettina hat leider nicht den Weg gewählt, der zu mir geführt hätte. Das ist schon traurig genug. Aber die Art und Weise, wie es gelaufen ist…" Ben deutete auf seinen Kopf. „Das bekomme ich hier oben noch nicht zusammen."

„Habt ihr euch gestritten?"

„Nein, im Gegenteil. Selbst nachdem sie die Sache beendet hatte, saßen wir hier noch stundenlang auf dem Sofa und haben uns geküsst. Wie kann man sich *so* voneinander trennen?"

Theo runzelte die Stirn. Er wusste nicht, was er darauf antworten sollte.

„Ich habe heute Nacht nicht eine Sekunde geschlafen", sagte Ben. „Aber in der Nacht ist mir einiges klargeworden. Es ist mir wie Schuppen von den Augen gefallen. Es sind zuletzt so viele Dinge passiert, aber ich hatte nie einen Zusammenhang gesehen. Aber jetzt sehe ich ihn."

Ben unterbrach kurz, um einen Schluck von seinem Bier zu trinken.

Theo blickte ihn an. „Was für Dinge?"

„In meinem Leben hat sich in den letzten Monaten einiges geändert. Ich hatte immer gern Sport gemacht. Tennis oder Fahrradfahren. Aber seit einigen Wochen habe ich fast gar nichts mehr gemacht. Ich habe immer gern Gitarre gespielt, aber zuletzt gar nicht mehr. Und ich habe seit einiger Zeit einen neuen Chef und auch neue Aufgaben. Ich verstehe mich gut mit ihm, und die neuen Aufgaben sind interessant und spannend. Eigentlich hätte ich mit frischem Elan und mit Motivation an die neuen Aufgaben herangehen sollen, aber das bin ich nicht. Ich kann mich seit Wochen nicht auf die Arbeit konzentrieren. Und selbst meine Tochter habe ich vernachlässigt… Jetzt weiß ich, dass das alles in einem direkten Zusammenhang mit Bettina steht. Dieses ständige Hin und Her, die permanente Angst, sie zu verlieren, haben mich so sehr aufgezehrt, dass ich keine Kraft und Motivation mehr für irgendetwas anderes hatte. Vor ein paar Wochen hatten wir so was wie eine erste Krise. Da hat sie mir gesagt, sie sehe doch, wie sehr ich leide. Ich habe das immer abgestritten, aber jetzt weiß ich, dass sie recht hatte. Ich habe wirklich gelitten wie ein Hund. Ich habe sogar angefangen zu rauchen. Tatsächlich habe ich *ihretwegen* angefangen zu rauchen. Letztlich ist Nikotin eine Droge. Und die hat mir geholfen, die Situation, die eigentlich unerträglich war, doch irgendwie zu ertragen. Es hat mir geholfen, die schlimmen Momente auszuhalten. Und auch Bettina war wie eine Droge für mich… eine Droge, von der man berauscht ist, wenn man sie nimmt und man Höllenqualen leidet, wenn man auf Entzug ist. Und wie bei einer richtigen Droge, die man irgendwann immer häufiger und immer mehr konsumieren will, wollte ich auch immer mehr von Bettina. Und das hat sie irgendwann an ihre Grenzen gebracht. Glaube ich zumindest."

„Das willst du jetzt wahrscheinlich nicht hören, aber vielleicht ist es besser so für dich."

Theo rechnete mit Protest oder zumindest mit einem bösen Blick, aber zu seiner Überraschung stimmte Ben ihm zu:

„Ja, du hast recht. Irgendwie bin ich auch ein bisschen erleichtert, dass es vorbei ist. Ich hätte das nicht mehr lange durchgestanden. Ich kann und will einen geliebten Menschen mit niemandem teilen. Selbst wenn sie mich morgen anrufen würde und mir sagt, dass sie es sich anders überlegt hätte, dann würde ich mich nicht mehr darauf einlassen. Zumindest nicht so wie zuletzt. Weil es mich nicht glücklich macht. Ich will Bettina ganz oder gar nicht. Und ‚ganz' war für sie keine Option."

Ben leerte sein Bier und stand auf, um zwei weitere Flaschen zu holen.

Theo beobachtete ihn. „Ihr werdet euch nicht vollständig aus dem Weg gehen können. Spätestens wenn die Tennissaison wieder losgeht, werdet ihr euch regelmäßig begegnen. Das macht die Sache sicher nicht einfacher."

Ben reichte Theo sein Bier. „Mal sehen. Wir sind nicht als Feinde auseinandergegangen. Im Gegenteil, wir wollen Freunde bleiben. Uns hat schon eine Freundschaft verbunden, bevor wir zueinandergefunden hatten. Und das möchte ich uns gern bewahren. Ob uns das gelingt…

keine Ahnung. Ich hoffe es. Wenn wir das nicht schaffen, dann haben wir wirklich alles verloren." Wieder kämpfte Ben mit den Tränen. Er stellte seine Flasche auf den Tisch und demonstrierte, wie sehr seine Hände zitterten. „Ich merke, dass die körperlichen Symptome meiner Depression zurückkehren. Seit letzter Nacht. Und das macht mir eine Scheiß-Angst…"

„Wovor hast du Angst?"

Ben wischte sich eine Träne aus dem Gesicht. „Vor mir selbst…"

Kapitel 82
Freitag, 10. Dezember 2021

Bettina saß mit einem Kaffee in ihrem Wohnzimmer, als ihr Handy brummte. Die Nachricht war von Ben:

„Bettina, man kann seine Augen davor verschließen, was man nicht sehen möchte, aber man kann niemals sein Herz davor verschließen, was man nicht fühlen möchte. Du kannst mich beschimpfen, verurteilen oder ignorieren, aber es ändert nichts! Ich liebe dich!"

Bettina dachte über Bens Worte nach. Hatte er recht? Verbot sie ihrem eigenen Herzen, Liebe für ihn zu empfinden? Es beschlich sie ein Gefühl, dass sie nicht einordnen, nicht beschreiben konnte. Es war das Gefühl, wenn man sich innerlich von jemandem distanziert und es einem das Herz bricht, weil man sich nicht distanzieren will, es aber doch tut, um sich selbst zu schützen.

Es dauerte zwei Tage, bis sie Ben antwortete:

„Ich kann dich nicht beschimpfen oder verurteilen, und das weißt du. Aber du musst meine Entscheidung annehmen. Und ignorieren... das ist Selbstschutz."

Bettina wusste nicht, dass Bens Depression dafür sorgte, dass er extremen Stimmungsschwankungen ausgesetzt war, die er nicht kontrollieren konnte. In Bezug auf Bettina änderte er zuletzt ständig seine Meinung, oftmals von jetzt auf gleich. In einem Moment war er verzweifelt, im nächsten erleichtert, um kurz darauf unglaublich wütend auf sie zu sein.

Und es sollte in den kommenden Wochen noch weitaus schlimmer werden.

Kapitel 83
Dienstag, 14. Dezember 2021

Ben füllte die letzten Laubreste in die Schubkarre und brachte sie zu dem Haufen am Rande der Clubterrasse. Wie viele Schubkarren hatte er inzwischen gefüllt? Zwanzig? Dreißig? Der Haufen war mittlerweile zu einer stattlichen Größe angewachsen. Es war erstaunlich, wieviel Laub auf nur zwei Tennisplätzen zusammengekommen war. Ben setzte sich auf eine Bank und gönnte sich eine kurze Pause und eine Zigarette.

Cedric hatte heute ein paar Leute zusammengetrommelt, um endlich die letzten beiden Tennisplätze und die Clubanlage winterfest zu machen. Laub beseitigen, Bänke und Abziehmatten von den Plätzen in den Geräteschuppen bringen, Ziegelsteine auf die Linien legen, Netze abhängen und die Tische und Bänke auf der Terrasse abbauen. Immerhin sieben Leute hatten sich spontan bereiterklärt zu helfen. Nach getaner Arbeit sollten noch ein letztes Mal der Grill angeworfen und die letzten Würstchen und Bierreste vernichtet werden.

Ben dachte an Bettina. Auf derselben Bank, auf der er jetzt saß, hatten sie viele Male gemeinsam gesessen, sich geküsst oder unter der Wolldecke gegenseitig an den Händen gehalten. Er vermisste sie und wollte einfach mal wieder mit ihr reden. Er entschied sich, ihr eine Nachricht zu schreiben:

„Hi Bettina, wir sind gerade dabei, die letzten Plätze abzubauen. Bist du in der Nähe und magst du einen Kaffee mit mir trinken oder eine Runde mit mir durch den Wald gehen?"

Er drückte seine Kippe im Aschenbecher aus und ging den anderen Helfern wieder zur Hand. Zu seiner eigenen Überraschung erhielt er nach wenigen Minuten eine Antwort von Bettina:

„Bin gerade unterwegs, sorry. Ich ruf dich nachher mal an, okay?"

Den gemeinsamen Spaziergang hakte Ben ab. Aber sie würden telefonieren. Immerhin. Er wandte sich wieder seiner Arbeit zu. Das meiste war mittlerweile erledigt. Cedric war bereits damit beschäftigt, den Grill anzufeuern und genehmigte sich das erste Bier.

Ben war gerade im Geräteschuppen, als sein Handy klingelte. Er nahm das Gespräch entgegen.

„Hallo, Bettina. Wie geht's dir?"

„Hi. Nicht so gut", antwortete sie wahrheitsgemäß. „Ich war gerade auf dem Friedhof bei meinem Papa und bin jetzt auf dem Weg zurück zum Auto."

Obwohl Bettina ihren Vater schon vor langer Zeit verlor, hatte sie in den letzten Monaten begonnen, ihn sehr zu vermissen. Dies lag an ihrem Gemütszustand und ihrer emotionalen Achterbahnfahrt in letzter Zeit. Daran, dass der Konflikt mit ihrer Mutter zuletzt seinen vorläufigen Höhepunkt erreicht hatte. Und daran, dass die Sache mit Ben sie so sehr aus der Bahn geworfen hatte. Da ihre Mutter ihr in dieser Phase keine Hilfe war, wandte sie sich an ihren Vater, obwohl dieser seit über zwanzig Jahren begraben lag.

„Was beschäftigt dich?", wollte Ben wissen.

„Die gesamte Situation ist nicht einfach im Moment. Es war ziemlich viel in letzter Zeit." Es lag jetzt acht Tage zurück, dass Bettina ihre Affäre beendet hatte. Sie sprachen heute seitdem das erste Mal miteinander. „Und wie geht's dir?"

„Auch nicht gut. Ich habe noch ganz schön daran zu knabbern."

„Ja, da habe ich auch. Ich wünsche dir, dass es dir bald besser geht. Du bist mir nämlich nicht egal. Und ich hoffe, dass wir es schaffen, unsere Freundschaft zu bewahren und zukünftig gut miteinander auskommen. Dafür bist du mir einfach immer noch zu wichtig."

„Ja, das hoffe ich auch."

Sowohl Bettina als auch Ben machten einen betrübten Eindruck aufeinander.

„Wie läuft der Platzabbau?"

„Wir sind quasi fertig. Wir wollen gleich noch grillen und dann schließen wir die Saison ab. Komm doch vorbei."

„Nee. Aber ich wünsche euch guten Appetit. Lasst es euch schmecken."

Ben wusste nicht, was er darauf antworteten sollte. „Okay."

Bettina versuchte, das Gespräch in eine andere Richtung zu lenken: „Gestern habe ich mit Juliane, Agnes und Sonja in der Halle Doppel gespielt. Das war mal wieder richtig schön. Es war ein Super-Spiel, und wir haben alle viel Spaß gehabt und superviel gelacht!"

„Das freut mich", log Ben. In Wirklichkeit freute es ihn nicht. Bettina hatte es gesagt, um die beklemmende Gesprächsatmosphäre ein wenig aufzuhellen, aber der Schuss ging nach hinten los. Dass sie nach der Beendigung ihrer Affäre offenbar Riesenspaß hatte, zog Ben nur noch mehr runter. Nicht, weil er es ihr nicht gegönnt hätte. Aber es ließ ihre vorigen Worte in Bens Ohren unglaubwürdig klingen.

Sie litten beide unter der Trennung. Aber sie hatten eine gänzlich andere Art, damit umzugehen. Bettina tat es gut, sich mit Dingen abzulenken, die ihr Spaß machten. In erster Linie Tennis spielen. Sie konnte ihre Gefühle in diesen Momenten für eine Zeitlang beiseiteschieben und kurzzeitig in eine andere, in eine heile Welt abtauchen, in der sie Spaß und Freude verspürte.

Ben hingegen verarbeitete seinen Liebeskummer eher, indem er sich zuhause einschloss und sich die Decke über den Kopf zog. Er hatte jegliche Motivation für seine Hobbys verloren. Er hatte den Spaß am Tennisspielen verloren. Wenn er doch spielte, dann musste er sich regelrecht dazu zwingen, und auf dem Platz dachte er die ganze Zeit nur an sie. Er konnte seinen Gemütszustand auch vor seinen Freunden und Kollegen nie verbergen. Man merkte ihm sofort an, dass er in einer Lebenskrise steckte, weil er sein Innerstes stets nach außen kehrte. Er konnte die Situation und seine Gefühle nicht ausblenden. Er war auch nicht der Typ, der sich in derartigen Situationen in seine Arbeit stürzen konnte. Im Gegenteil, seine Arbeitsleistung litt ganz massiv in den letzten Wochen, weil er sich eben nicht fokussieren und nicht konzentrieren konnte. Bettina war Tag und Nacht in seinem Kopf.

Es hatte ihn schon eine Menge Überwindung gekostet, heute überhaupt zum Platzabbau zu kommen und mit seinen Freunden zu grillen.

„Du fehlst mir, Bettina. Es fehlt mir, mit dir zu reden."

„Mir fehlt das auch. Aber das müssen wir jetzt mal aushalten."

Sie vermisste Ben ebenfalls. Darüber war sie sich im Klaren. Aber *warum* sie ihn vermisste, vermochte sie nicht mit Gewissheit zu sagen.

Bettina war noch ein Teenager, als sie Arne kennengelernt hatte und mit ihm zusammenkam. Bis heute war Arne der einzige Mann in ihrem Leben, und das seit mittlerweile dreißig Jahren. Viele der Phasen, die andere Menschen im Laufe der Zeit im Rahmen von Liebesbeziehungen durchleben, wie Trauer, Liebeskummer, Trennungsschmerz, unglücklich verliebt zu sein, von einem geliebten Menschen abgelehnt zu werden, sich neu zu verlieben, Flirten, von jemand anderem geliebt zu werden, hatte sie niemals durchgemacht. Daher hatte sie die Signale ihres Körpers und die Gefühle, die sie für Ben hegte, nie richtig einordnen können. Es hatte sie überwältigt und teilweise überfordert. Und seitdem sie die Sache mit Ben beendet hatte, war es nicht besser geworden. Eher schlimmer. Tatsächlich litt sie ebenso sehr unter Liebeskummer wie er, aber sie war sich dessen nicht bewusst.

Ben mochte der jüngere von beiden gewesen sein, aber in dieser Hinsicht hatte er Bettina etwas voraus. Er hatte in seinem Leben einige Beziehungen gehabt und war auch schon ein paar Mal unglücklich verliebt gewesen. Er kannte diese Gefühle, weil er sie schon mehrfach durchlebt hatte. Und im Rahmen seiner Therapie hatte er zusätzlich Achtsamkeit im Umgang mit seinen eigenen Emotionen gelernt. Er wusste genau, was sein Körper, sein Kopf und sein Herz ihm mitteilten und welche Bedürfnisse sich dahinter verbargen.

Bettina bemühte sich, das Gespräch aufrecht zu erhalten: „Die Damen 30 haben jetzt doch beschlossen, nächstes Jahr mit uns in der 40er zu spielen." Noch während sie redete, fiel ihr ein, dass sie das Thema schon angesprochen hatte, als sie vor zwei Wochen bei Ben war. Kurz bevor sie ihm den Laufpass gegeben hatte. Sie beschloss daher, lieber erneut das Gesprächsthema zu wechseln und erzählte Ben stattdessen davon, dass der Hund ihrer Nachbarn demnächst kastriert werden sollte.

Sie telefonierten nun schon eine halbe Stunde, obwohl ihnen eigentlich schon nach fünf Minuten die Gesprächsthemen ausgegangen waren. Aber keiner der beiden wollte das Gespräch beenden. Sie hatten es beide gleichermaßen vermisst, miteinander zu reden, und keiner wusste, wann sie das nächste Mal miteinander sprechen würden. Daher zogen sie das Telefonat so sehr in die Länge wie möglich und unterhielten sich über Dinge, die eigentlich vollkommen uninteressant waren. Sie hingen einfach noch zu sehr aneinander. Es war ihnen egal, worüber sie sprachen. Die Hauptsache war, dass sie überhaupt miteinander redeten. Aber irgendwann schwiegen sie sich nur noch an. Nicht aus Trotz. Sie wussten einfach nicht mehr, was sie noch sagen sollten. Schließlich war Bettina es, die das Gespräch beendete.

„Okay, Ben, dann geh jetzt mal zu deinen Freunden und hol dir ein Würstchen vom Grill. Ich mach mich jetzt auch auf den Heimweg. Alles Gute für dich!"

„Na gut. Danke für deinen Anruf, Bettina. Bis bald, okay?"

„Ja, bis bald. Ciao!"

Ben ging zu seinen Freunden auf der Clubterrasse. Sie waren schon fertig mit Essen.

„Da bist du ja", rief Cedric ihm zu. Er war schon dabei, den Tisch wieder abzudecken. „Hier, wir haben dir zwei Würstchen und ein Brötchen übriggelassen."

„Okay, cool, danke!" Ben setzte sich an den Tisch und begann zu essen. Cedric stellte ihm noch ein Bier dazu.

Ben hatte sich gefreut, dass Bettina ihn angerufen hatte. Aber es hatte ihn auch gleichzeitig heruntergezogen. Ihre Unterhaltung war nicht so wie früher. Und es hatte ihm nochmals vor Augen geführt, was er verloren hatte.

Er versuchte, den Abend mit seinen Tennis-Freunden so unbeschwert wie möglich zu verbringen. Es gelang ihm mehr schlecht als recht.

Kapitel 84
Dienstag, 28. Dezember 2021

Ben holte sich einen Kaffee aus dem Kaffee-Automaten und nahm im Wartebereich der Autowerkstatt Platz. Am Empfang hatte man ihm gesagt, dass die Inspektion seines Autos eine gute Dreiviertelstunde dauern würde. Es lohnte sich für ihn nicht, in der Zwischenzeit mit öffentlichen Verkehrsmitteln nach Hause zu fahren, also entschied er sich zu warten. Er durchwühlte die Zeitschriften auf dem Tisch, fand aber nur Autozeitschriften und Klatschblätter. Er griff eines davon, legte es aber nach einer Minute wieder beiseite. Es war ihm schnuppe, wo und mit wem die norwegische Prinzessin ihren Urlaub verbrachte und welches Kleid sie beim Abendessen trug. Er guckte auf die Uhr. Für elf Uhr hatte er sich nochmals mit Bettina zum Telefonieren verabredet. Er hatte seit ihrem letzten Telefonat vor zwei Wochen nichts mehr von ihr gesehen oder gehört, also hatte er sie gefragt, ob sie heute nochmal telefonieren wollten.

Um Punkt elf klingelte sein Handy.

„Hi, Bettina. Warte mal, ich muss mal eben rausgehen." Er warf sich seine Jacke über und ging nach draußen. Er hatte kein Interesse daran, dass die anderen Kunden ihm zuhören würden, wenn er mit Bettina sprach.

„Rausgehen? Wo bist du denn?"

„In der Autowerkstatt. Ich warte gerade darauf, dass mein Auto fertig wird."

„Ist es kaputt?"

„Nee, nur ein regulärer Inspektionstermin. Ist nichts kaputt. Hoffe ich jedenfalls."

„Okay. Ich war auch vor ein paar Tagen in der Werkstatt. Bei meinem Auto war ein Injektionsventil im Motor geplatzt. Frag mich nicht, was das ist, aber auf jeden Fall musste es ausgetauscht werden. Die in der Werkstatt haben mir gesagt, dass das normalerweise nie kaputt geht."

Ben hatte keine Ahnung, was er auf diese spannende Information antworten sollte. „Tja, bei dir offenbar doch."

„Ja, aber jetzt ist auch wieder alles in Ordnung. Auto fährt wieder."

„Wie geht's dir, Bettina?"

„Ganz gut. Gestern hatte ich wieder Tennis. Wir haben Doppel gespielt mit Rita, Annika und Wenke. Das war richtig schön! Wir haben schon wieder viel gelacht und unseren Spaß gehabt!"

„Okay. Ich habe heute Abend auch noch Tennis." Dass er dabei viel lachen und seinen Spaß haben würde, konnte er allerdings ausschließen. Seitdem Bettina ihre Affäre beendet hatte, hatte er noch nicht ein einziges Mal gelacht.

„Mit wem spielst du?"

„Mit Jürgen."

„Okay, dann mal viel Spaß!"

Ben wusste überhaupt nicht, was er Bettina erzählen sollte. Am liebsten hätte er ihr gesagt, wie sehr er sie liebte. Wie sehr er sie vermisste. Aber er verkniff es sich.

„Bettina, wollen wir in den nächsten Tagen mal einen Kaffee zusammen trinken?"

Kurze Pause. „Muss ich gucken… im Moment ist viel los im Hotel. Ich melde mich, okay?"

„Ja, tu das."

Ben wusste inzwischen, was das bedeutete. Sie hätte genauso gut sagen können: „Auf gar keinen Fall! Ich trinke garantiert nie wieder einen Kaffee mit dir!" Das Ergebnis wäre das gleiche gewesen.

„Und wie geht's dir?", wollte Bettina wissen.

„Alles gut", log Ben und beschloss, es bei dieser Antwort zu belassen.

Nach einigen Sekunden Stille redete Bettina weiter: „Habe ich dir von dem Hund unserer Nachbarn erzählt? Dass der kastriert worden ist?"

„Du hast mir bei letzten Mal erzählt, dass er kastriert werden *soll*."

„Ja, stimmt. Inzwischen ist er es. Er hat sein Herrchen und Frauchen danach drei Tage nicht angeguckt!"

Was Bettina ihm gerade erzählte, interessierte Ben in etwa genauso sehr wie der Urlaubsbericht über die norwegische Prinzessin. Welche Farbe hatte ihr Abendkleid noch gleich gehabt? War es blau oder doch rot?

Als Bettina und Ben das letzte Mal miteinander telefonierten, hatten sie das Telefonat noch künstlich in die Länge gezogen, weil keiner von beiden es beenden wollte. Aber je länger ihr jetziges Telefonat dauerte, desto mehr hatte Ben das Gefühl, dass sie beide hier nur ihre Zeit verschwendeten. Sie redeten nur über völligen Nonsens. Früher war das anders. Da hatten zwei Verliebte miteinander telefoniert, die sich gleichermaßen darauf gefreut hatten, den anderen bald persönlich wiederzusehen. Zwei Menschen, die einen Teil ihres Lebens gemeinsam verbrachten. Aber das war alles weg. Es war keinerlei Perspektive mehr da. Nichts, worauf Ben sich hätte freuen können. Das jetzige Telefonat mit Bettina frustrierte ihn nur noch.

„Du, ich habe hier gerade ein Zeichen bekommen. Mein Auto ist fertig. Ich muss Schluss machen. Mach's gut, Bettina!"

„Ja, okay, mach du's auch gut! Ciao!"

Er hatte kein Zeichen bekommen, und sein Auto war auch nicht fertig.

Erst eine halbe Stunde später war es soweit. Ben bezahlte seine Rechnung, nahm seinen Autoschlüssel entgegen und machte sich auf den Heimweg.

Zuhause angekommen, warf er seinen Schlüssel aufs Sofa und öffnete sich ein Bier. Er hatte sich auf Bettinas Anruf gefreut, aber genau wie nach ihrem letzten Telefonat vor zwei Wochen fühlte er eine merkwürdige Leere in sich. Erneut hatte sein Gespräch mit Bettina ihn nicht etwa aufgemuntert, sondern das Gegenteil bewirkt. Schon wieder hatten sie sich nur über belangloses Zeug unterhalten. Und schon wieder hatte Bettina ihm erzählt, wie viel Spaß sie gehabt hatte, während er seit Wochen deprimiert war und lediglich versuchte, irgendwie die Tage rumzubringen.

Kapitel 85

Montag, 3. Januar 2022

Ben checkte auf seinem Handy, ob Bettina ihm eine Nachricht hinterlassen hatte. Natürlich nicht. Warum auch? Das letzte Mal hatte er etwas von ihr gehört, als er in der Autowerkstatt mit ihr telefonierte. Das war vor sechs Tagen. In den Tagen danach hatte er ihr jeden Tag einen netten, mutmachenden Spruch geschickt, aber nie eine Reaktion erhalten. Er hatte sie auch nochmal gefragt, ob sie einen Kaffee zusammen trinken oder eine Runde spazieren gehen wollten, aber auch diese Nachricht blieb unbeantwortet. Er hatte ihr sogar noch ein paar liebe Worte mit auf den Weg gegeben, was den Umgang mit ihrer Mutter anging. Er war immer noch ehrlich bestrebt, Bettina in dieser Sache zu helfen. Aber auch hier kam keinerlei Reaktion.

Ben erinnerte sich daran, wie er mit Bettina vor einigen Monaten darüber gesprochen hatte, wie wichtig es ist, dass in einer Beziehung beide Seiten gleichermaßen in die Pflege und den Erhalt dieser Beziehung investieren müssen, und zwar unabhängig davon, um welche Art von Beziehung es sich handelte. Aber Ben hatte den Eindruck, dass Bettina gar nichts investierte. Ben war es, der Bettina nette Nachrichten schrieb. Aber sie schrieb nicht zurück. Er war es, der sie fragte, ob sie mal einen Kaffee zusammen trinken wollten. Aber sie ignorierte diese Frage einfach. Er war es auch, der vorgeschlagen hatte, mal wieder miteinander zu telefonieren. Aber von Bettina kam gar nichts, und das enttäuschte Ben über alle Maße. Sie hatte ihm bereits dadurch wehgetan, dass sie ihre Affäre beendete, und jetzt tat sie ihm wieder weh, indem sie rein gar nichts investierte, um zumindest ihre Freundschaft aufrecht zu erhalten. Was für ein Freund ist man, wenn man sich nie meldet und noch nicht einmal die Nachrichten des anderen beantwortet?

Unter diesen Umständen konnte und wollte er sich mit Bettina keine Freundschaft bewahren.

Kapitel 86
Mittwoch, 5. Januar 2022

Bettina stieg in ihr Auto und musste erst einmal ordentlich durchpusten. Was für ein Tag! Im Hotel war es heute drunter und drüber gegangen. Immer wenn ein Gast gegangen war, kamen zwei neue durch die Tür hinein. Und dann war auch noch erneut kurzfristig eine Kollegin ausgefallen, sodass Bettina heute für zwei arbeiten musste. Sie war den ganzen Tag noch nicht einmal dazu gekommen, sich eine Tasse Kaffee zu besorgen. Sie war froh, dass sie für heute Feierabend hatte.

Sie holte ihr Handy raus und guckte, ob Ben ihr geschrieben hatte. Er hatte ihr seit ihrem letzten Telefonat ein paar nette und aufmunternde Sprüche geschickt. Jeden Tag einen. Bettina hatte sich darüber gefreut, aber sie war zu beschäftigt gewesen, um darauf irgendetwas zu antworten. Sie hatte aber auch nicht gewusst, was sie hätte antworten sollen. Ihre letzte Nachricht an Ben lag schon eine Weile zurück.

Sie lächelte, als sie sah, dass eine Nachricht von Ben dabei war. Was für einen netten Spruch würde er wohl heute geschickt haben? Sie öffnete die Nachricht:

„Liebe Bettina,

am 18.08.2020 hatte ich dir die allererste Nachricht auf dein Handy geschickt. Wir hatten uns das erste Mal zum Tennis verabredet. Diese Nachricht hier wird nun vermutlich meine letzte sein.

Erinnerst du dich daran, wie wir im Sommer gemeinsam mit vielen anderen Vereinsmitgliedern im Tennisclub waren? Ich bin irgendwann nach Hause gefahren, und du hast mir später eine Nachricht geschickt und dich beklagt, dass ich mich nicht von dir verabschiedet hatte. Dies war der Moment, in dem ich gemerkt habe, dass du mich wirklich magst. Der Rest der Geschichte ist bekannt. Damals hatte ich mich nicht von dir verabschiedet, als ich ging. Heute tu ich es.

Ich liebe dich von ganzem Herzen, Bettina. Ich möchte, dass du neben mir sitzt. Dass unsere Hände sich berühren. Ich möchte dein Haar riechen. Dass du mir in die Augen schaust und mich anlächelst. Ich möchte dich küssen und mit dir schlafen. Aber wir unterhalten uns am Telefon über Belanglosigkeiten und defekte Injektionsventile. Das, was ich mir so sehr von dir wünsche, möchtest du mir nicht geben. Für alles andere stehe ich nun nicht mehr zur Verfügung.

Ich weiß, dass du mich immer noch magst. Aber was du wirklich für mich empfindest, weiß ich bis heute nicht. Ist es Liebe? Dann tust du gerade das falsche. Ist es Sympathie, Freundschaft? Dann hättest du dich nicht auf mich einlassen dürfen. Oder gar Mitleid? Dann will ich dein Mitleid nicht. Oder hast du es in einer Ehe, in der möglicherweise nach so vielen Jahren Leidenschaft durch Routine ersetzt wurde, einfach nur genossen, von einem anderen begehrt zu werden? Dann hättest du Spielchen mit mir gespielt. Ich werde dich in der Unwissenheit loslassen, es niemals wirklich zu erfahren.

Ich habe dich zuletzt ein paar Mal gefragt, ob wir nochmal gemeinsam einen Kaffee trinken wollen, aber nie eine Antwort bekommen. So wie ich auf unzählige Fragen und Nachrichten nie eine Antwort bekommen habe. Man hat im Leben immer drei Möglichkeiten, Bettina: aufgeben, nachgeben oder alles geben. Ich habe immer versucht, alles für dich zu geben, und ich würde es jederzeit wieder tun, wenn du mir die Gelegenheit dazu gibst. Ich habe auch oftmals nachgegeben. Aber jetzt gebe ich dich auf. Es ist immer traurig und mit Herzschmerz verbunden, wenn man sich verliebt und die Gefühle nicht erwidert werden. Aber wenn sie erwidert werden und man am Ende doch abgeschossen wird, ist da nicht nur Herzschmerz, sondern auch grenzenlose Leere, Enttäuschung und Wut. Ich habe immer versucht, dir bei der Bewältigung deiner Schwierigkeiten zu helfen. Aber du hast auf deinem Weg, dein eigenes Leben in den Griff zu bekommen, meines aus der Bahn geworfen. Und deshalb können wir keine Freunde bleiben, Bettina. Nicht, weil ich es nicht kann. Sondern weil ich es nicht will. Du hast zu viel in mir kaputtgemacht.

Leb wohl.

In Liebe, Ben"

Bettina schaute betreten auf ihr Handy. Sofort schossen ihr Tränen in die Augen. Ben hatte sie aufgegeben. Und ausgeschlossen, dass sie Freunde bleiben konnten. Nicht, weil er es nicht konnte. Sondern weil er es nicht wollte. Insbesondere die letzten Sätze von Bens Nachricht trafen Bettina hart. Sie hatte sich gewünscht, dass Ben und sie ihre

Freundschaft bewahren könnten, und sie hatte den Eindruck gehabt, dass er das genauso sah. Warum hatte er jetzt auf einmal diese Kehrtwende eingelegt? Noch gestern hatte er ihr doch ein nettes und aufmunterndes Sprichwort geschickt, und jetzt sagte er auf einmal Lebewohl. Warum nur tat er das?

Was sollte sie auf eine solche Nachricht antworten? Sollte sie nochmal mit ihm reden? Ihn fragen, was ihn dazu bewogen hatte, ihr diese Nachricht zu schreiben? Sollte sie versuchen, ihn umzustimmen? Der Gedanke, dass sie zukünftig gar keinen Kontakt mehr haben sollten, machte sie traurig.

Sie musste darüber nachdenken, was sie tun würde. Für den Moment packte sie ihr Handy in ihre Tasche, ohne ihm zu antworten oder ihn anzurufen.

Sie tat es auch in den Tagen danach nicht.

Kapitel 87

Ben schaute auf sein Handy. Es lag jetzt drei Tage zurück, dass er Bettina seine hochemotionale Nachricht geschrieben hatte. Aber es war von ihrer Seite keine Reaktion gekommen. Ben war mittlerweile daran gewöhnt, von Bettina keine Antworten auf seine Nachrichten zu bekommen, aber er hatte erwartet, dass sie ihm zumindest jetzt antworten würde. Sie hätte seinen Entschluss bedauern können. Sie hätte versuchen können, ihn zu überreden, seine Meinung zu ändern. Er hatte sogar gehofft, dass sie das tun würde. Sie hätte ihn seinetwegen auch beschimpfen können. Oder sie hätte sich wenigstens verabschieden können! Sie hätte *irgendwas* antworten können! Aber es kam gar nichts! Es hatte ihn über zwei Stunden gekostet, die Nachricht auszuformulieren. Er hatte sie bestimmt noch zehnmal überarbeitet und umgestaltet, bevor es sie schließlich abschickte. Er konnte seine Enttäuschung und seine Wut darüber, dass Bettina keinerlei Reaktion zeigte, nicht in Worte fassen!

Er hätte es dabei belassen können. Er hätte sein Handy zuklappen und Bettina ein für alle Mal vergessen können. Aber er war so wütend, dass er ihr eine weitere Nachricht schickte:

„Willst du mir eigentlich noch antworten? Ich schreibe dir eine kilometerlange und hochemotionale Nachricht, und dich scheint das überhaupt nicht zu interessieren! Wir haben so viel gemeinsam erlebt, Bettina! Und du besitzt noch nicht einmal den Anstand, mir zu antworten! Ich war in meinem ganzen Leben noch niemals von einem Menschen so enttäuscht! Ich will dich nie mehr sehen!"

Die Antwort, die er wenig später von ihr bekam, machte ihn nur noch wütender:

„Kann gerade nicht. Viel zu tun. Aber vielleicht sollten wir nochmal reden."

Aha, sie hatte also so viel zu tun, dass sie drei Tage nicht dazu kam, ihm eine Nachricht zu schreiben oder ihn anzurufen! Er schrieb ihr direkt zurück:

„Meinen letzten Satz nehme ich zurück. Das stimmt nicht. Entschuldigung. Wir können uns gern nochmal unterhalten. Persönlich und zeitnah. Die Situation zwischen uns wird allerdings nicht mehr zu retten sein. Aber wir können zumindest einen sauberen Schlussstrich ziehen. Dies ist mein Angebot. Nimm es an oder lass es.“

Sie antwortete ihm sogar:

„Gehe ich recht in der Annahme, dass du dann eine Antwort auf deine Fragen haben möchtest?“

„Ja, gerne.“

Es dauerte mehr als einen weiteren Tag, bis sie reagierte:

„Okay, Montag um zwanzig Uhr an einem neutralen Ort.“

Sie hatte offenbar zu viel zu tun, um ihm vorher zu antworten.

Kapitel 88
Montag, 10. Januar 2022

Die Wahl fiel auf ein Lokal in der Nähe von Bens Zuhause. Sie hatten vereinbart, sich um zwanzig Uhr vor dem Eingang zu treffen.

Bettina kam mit dem Auto. Sie fühlte sich nicht wohl in ihrer Haut. Es fiel ihr schwer, ihren eigenen Gemütszustand zu beschreiben. Während der zehnminütigen Fahrt dachte sie darüber nach, was der Abend wohl bringen würde. Sollte es heute wirklich das letzte Mal sein, dass die beiden sich sehen würden? Sie hoffte, dass sie Freunde bleiben könnten, auch wenn Ben dies ausgeschlossen hatte. Würden sie stattdessen im Streit auseinandergehen? Sie dachte darüber nach, wie sie das Gespräch eröffnen könnte. Aber ihr fiel nichts ein.

Sie parkte ihr Auto in der Nähe des Treffpunktes und lief die letzten Meter. Sie war die Erste.

Ben entschied sich, zu Fuß zu kommen. Er war die letzten Stunden nervös in seiner Wohnung umhergelaufen und hatte fast eine ganze Schachtel Zigaretten geraucht. Er war extrem nervös. Er hatte dieses Treffen vorgeschlagen, aber je näher der Termin kam, desto mehr zweifelte er daran, ob die Idee richtig war. Sie wollten heute einen sauberen Schlussstrich ziehen. Ihm wurde die Endgültigkeit dieser Entscheidung bewusst, und es bereitete ihm Bauchschmerzen.

Er verließ das Haus und machte sich auf den Weg. Auf halber Strecke setzte er sich auf eine Steinmauer am Straßenrand, um sich zu sammeln. Er zündete sich eine Kippe an. Nach zwei Minuten holte er sein Handy raus und öffnete den Chatverlauf mit Bettina. Er scrollte auf und ab und las sich einige der zahlreichen Nachrichten ein letztes Mal durch. Es waren so viele wunderbare Nachrichten dabei! Er markierte den Chat und drückte auf das Mülleimer-Symbol am oberen Bildrand.

„Chat dauerhaft löschen?", wurde er von seinem Handy gefragt. Bevor er es sich anders überlegen konnte, drückte er auf ‚ja'. Mehrere Tausend Nachrichten aus den letzten anderthalb Jahren waren in diesem Moment unwiderruflich verschwunden.

Er warf seine Kippe auf den Boden und trat sie aus. Er stand auf und setzte seinen Weg fort. Er war nun bereit für das, was ihn erwartete.

Als er den Treffpunkt erreichte, sah er Bettina bereits vor dem Lokal stehen. Sie entdeckte ihn und kam auf ihn zu, um ihn zu begrüßen. Sie lächelte freundlich und umarmte ihn zur Begrüßung.

„Hi!"

Ben ließ die Umarmung über sich ergehen, erwiderte sie aber nicht. Er lächelte auch nicht. Er versuchte gar nicht erst, gute Miene zum bösen Spiel zu machen.

„Hi. Gehen wir rein?", fragte er emotionslos.

Sie wählten einen Tisch in der Ecke des Lokals. Ben setzte sich zuerst. Bettina entschied sich für den Platz gegenüber. Keiner sagte ein Wort. Ben sah Bettina an. Sie merkte, dass er von ihr erwartete, das Gespräch zu eröffnen. Sie hielt seinem Blick stand, bis er ihn schließlich abwendete und die Gäste am Nebentisch ansah. Es vergingen weitere Minuten des Schweigens.

Die Bedienung kam an den Tisch und nahm die Bestellung auf. Bettina entschied sich für eine Weinschorle und Ben für ein Bier. Der Kellner nickte und verschwand. Ben schaute wieder zu Bettina und dann wieder zum Nachbartisch. Er war nun nicht mehr in der Lage, sie länger als ein paar Sekunden anzusehen.

Das Lächeln, mit dem sie Ben vor ein paar Minuten noch begrüßt hatte, war schon lange aus Bettinas Gesicht verschwunden. Sie hatte damit gerechnet, dass der Abend nicht leicht werden würde, aber dass es so schlimm sein würde, hatte sie nicht erwartet. Sie saßen nun schon seit fünfzehn Minuten hier, ohne dass irgendeiner auch nur ein einziges Wort gesagt hatte.

Die Bedienung kam mit einem Tablett und stellte die Getränke auf dem Tisch ab. Ihm war aufgefallen, dass die beiden Gäste sich seit fünfzehn Minuten anschwiegen. Er bemerkte auch die Tränen in Bens Augen, war aber klug genug, es sich nicht anmerken zu lassen.

Bettina nahm ihr Glas und erhob es, um mit Ben anzustoßen. „Prost!"

„Zum Wohl", erwiderte er und trank, ohne mit ihr anzustoßen. Es gab nichts, worauf sie hätten anstoßen können.

Weitere Sekunden der Stille vergingen. Schließlich ergriff er das Wort: „Möchtest du mir irgendetwas sagen, Bettina?"

„Frag mich. Was möchtest du wissen?"

„Du weißt, was ich wissen will."

Natürlich wusste sie es, als sie antwortete: „Nein, weiß ich nicht."

Ben nahm einen Schluck von seinem Bier. Er atmete tief durch und wandte sich wieder Bettina zu. Dass ihm mittlerweile in aller Öffentlichkeit die Tränen übers Gesicht liefen, war ihm egal.

„Bettina, es wird heute das letzte Mal sein, dass wir beide uns sehen. Du wirst nicht mehr viele Gelegenheiten haben."

„Ich weiß nicht, was du jetzt hören willst, Ben. Das mit uns ist einfach passiert. Die Chemie hat einfach gestimmt. Ich hatte das nicht geplant."

„So etwas ist nie geplant."

„Nein, ist es nicht."

„Du hast mich verarscht, Bettina."

„Nein, ich habe dich nicht verarscht! Meine Gefühle für dich waren echt." Nach einigen Sekunden Pause ergänzte sie leise: „Und sie sind es noch."

„Natürlich hast du mich verarscht! Du hast was mit mir angefangen und mich dann wieder abgeschossen! Weißt du eigentlich, was du mir damit angetan hast?" Er presste seine Lippen zusammen. Wut stieg in ihm auf.

„Es tut mir ja auch total leid. Aber ich habe dich nicht verarscht!"

„Geht es dir jetzt besser als vor vier Wochen?", fragte er sarkastisch.

Bettina blickte auf den Boden. „Nein."

„Warum nicht?"

„Weiß ich nicht. An mir geht das alles auch nicht spurlos vorbei. Dafür bist du mir immer noch zu wichtig. Ich habe es mir auch nicht leicht gemacht mit meiner Entscheidung. Aber ich kann das jetzt nicht anders entscheiden."

„Bist du verliebt, Bettina?"

Sie wählte ihre Worte mit Bedacht. „Die Chemie zwischen uns hat einfach gestimmt", wiederholte sie sich. „Du hast mich einfach angezogen. Und ich habe es auch genossen, mit dir zusammen zu sein. Es passierte einfach. Es war nicht geplant. Mir ist das noch nie passiert!"

Er wiederholte seine Frage: „Bist du verliebt?"

„Ja, ich habe mich in dich verliebt", gab sie schließlich zu.

Es war das allererste Mal, dass sie es ihm sagte. Vier Wochen, nachdem sie ihre Affäre beendet hatte.

„Aber Arne liebe ich auch. Wir sind seit fünfundzwanzig Jahren verheiratet. Sicher, wir haben unsere Höhen und Tiefen gehabt in all der Zeit, aber wir haben uns immer wieder zusammengerauft. Und ich kann und will das im Moment nicht aufgeben. Ich brauche jetzt Abstand. Ich bin völlig durch den Wind. Ich muss jetzt dringend zu mir selbst finden."

Ben dachte darüber nach, was Bettina ihm gerade über ihre Ehe erzählt hatte. Er war der Überzeugung, dass man sich in einer intakten Ehe nicht in jemand anderen verlieben könnte, aber er behielt diesen Gedanken für sich. Er hatte sich noch nie zu Bettinas Ehe geäußert, und er wollte es auch jetzt nicht tun.

Er winkte den Kellner herbei.

„Noch ein Bier?", fragte dieser, als er das leere Glas vor Ben sah. Ben nickte.

Der Kellner blickte zu Bettina, aber sie lehnte dankend ab. Ihr Glas war noch fast voll.

„Bettina, du wolltest schon vor Monaten zu dir selbst finden! Du wolltest wegfahren! Allein! Um in Ruhe nachdenken zu können. Ich hatte dir vorgeschlagen, wandern zu gehen. Du hättest auch irgendwas anderes machen können. Warum hast du das nie getan?" In seiner Frage schwang deutlich erkennbar ein vorwurfsvoller Unterton mit.

„Wann hätte ich das denn tun sollen? Ich musste mich um meine Mutter kümmern. Und dann der neue Job…"

„Bettina!", unterbrach er sie. „Es geht hier um dich! Und um dein Leben! Erzähl mir doch keine Scheiße!" Es war jetzt offensichtlich, dass Ben wütend war.

Bettina war kurzzeitig perplex. In diesem Tonfall hatte er nie zuvor mit ihr gesprochen. Aber sie beschloss, seinen Tonfall zu ignorieren, als sie sah, wie verzweifelt er war. Rein inhaltlich hatte er allerdings recht, das musste sie sich eingestehen.

Als hätte er ihre Gedanken gelesen, sagte er: „Du willst dich gar nicht mit dir selbst auseinandersetzen. Du scheust die Auseinandersetzung mit dir selbst, weil du dann mit Fragen konfrontiert wirst, die dir nicht gefallen. Stattdessen hoffst du, dass sich deine Probleme irgendwann von allein lösen. Das tun sie aber nicht, Bettina."

Ben trank einen Schluck von seinem neuen Bier, das der Kellner zwischenzeitlich gebracht hatte. Dann wiederholte er seine Frage von vorher, beinahe im Flüsterton: „Warum hast du es nie getan, Bettina?"

„Was hätte das denn für einen Unterschied gemacht?", fragte sie schließlich. Ihre Stimme wurde jetzt deutlich lauter.

Ben war sich sicher, dass es sehr wohl einen Unterschied gemacht hätte. Oder hätte machen können. Wenn sie sich nur die Zeit für sich selbst genommen hätte, wäre sie sich vielleicht früher über ihre Gefühle im Klaren geworden. Sie hätte gespürt, was das richtige für sie sein würde. Ihr wäre klargeworden, wer wirklich in ihrem Herzen war. Wen sie wirklich vermisste, wenn sie abends allein im Bett gelegen hätte. Ohne die alltäglichen Ablenkungen um sie herum. Ben war sich sicher, dass seine Chancen dann gestiegen wären. Und selbst wenn es anders gewesen wäre, wenn sie sich auf ihre Ehe besonnen hätte, dann hätte sie Ben viel Leid ersparen können. Weil sie es dann gar nicht so weit hätte kommen lassen. Deshalb hatte er gewollt, dass sie sich diese Auszeit nahm. Aber sie hatte es nicht getan, und das warf er ihr vor. Und ihre Begründung war ganz offensichtlich eine Ausrede.

Er behielt seine Gedanken für sich und wiederholte stattdessen den Satz, den er ihr vor ein paar Tagen aufs Handy geschickt hatte: „Bettina, wenn du verliebt bist, dann tust du gerade das falsche."

Bettina blickte ihn an. „Was ist denn Liebe?", fragte sie fast schon philosophisch.

„Ich sag dir, was Liebe ist. Wenn du nachts wachliegst und nicht schlafen kannst, weil sich deine Gedanken immer nur um eine Person drehen. Wenn du dich tagsüber nicht konzentrieren kannst, weil du immer nur an diese Person denkst. Wenn du dich tagelang darauf freust, sie wiederzusehen. Wenn du das Gefühl hast, dass alles andere um dich herum unwichtig wird. Wenn du diese Schmetterlinge im Bauch spürst. Das ist Liebe, Bettina." Er sprach aus eigener Erfahrung.

Bettina spürte einen Kloß im Hals. Sie bekam in diesem Moment tatsächlich Zweifel, ob sie das richtige getan hatte. „Was würdest du denn an meiner Stelle tun?"

„Ich weiß nicht", antwortete er ehrlich. „Aber ich sage dir, was ich damals getan habe, als ich in Therapie war und alles auf den Prüfstand gestellt wurde. Ich bin zuhause ausgezogen. Das heißt nicht, dass du das auch tun musst, aber…".

Bettina wartete noch einen Moment, ob Ben seinen Satz noch beenden würde. Aber seine Stimme stockte. Sie sah, wie sehr er mit den Tränen kämpfte.

Sie musste diese Worte erst einmal verdauen. Sie verabschiedete sich kurz in Richtung Toilette und dachte über Bens Worte nach. Als sie vor einigen Monaten dieses Gefühl der Verliebtheit gespürt hatte, da hatte sie tatsächlich kurzzeitig in Erwägung gezogen, zuhause auszuziehen. Aber Annika hatte ihr diese Idee ausgeredet. „Du spinnst wohl!", hatte sie zu Bettina gesagt. „Du hast im Moment wahrlich genug andere Baustellen! Tu jetzt bloß nichts Unüberlegtes!"

Sie hatte auf Annika gehört. Und sie war sich sicher gewesen, dass es die richtige Entscheidung war. Aber jetzt bekam sie auf einmal Zweifel. Sie wusch sich die Hände und sah sich selbst im Spiegel an. Sie war sich plötzlich unsicher.

Sie erinnerte sich daran, zu welchem Anlass sie sich eigentlich heute getroffen hatten. Es ging darum, einen Schlussstrich zu ziehen, aber sie hatte den Eindruck, sie hätten heute eher zwei Schritte zurück gemacht als einen nach vorn.

Als sie zum Tisch zurückkehrte, war Bens Platz leer. Er hatte zehn Euro auf dem Tisch zurückgelassen und war bereits auf dem Heimweg.

Kapitel 89
Dienstag, 11. Januar 2022

Ben lag im Bett und dachte über sein Gespräch mit Bettina nach. Es verlief anders, als er es erwartet hatte. Ganz anders. Sie hatten sich getroffen, um einen sauberen Schlussstrich zu ziehen, aber was Bettina ihm heute gesagt hatte, ließ ihn zweifeln. Es schürte neue Hoffnung in ihm.

Sie hatte ihre Entscheidung bekräftigt, ja. Aber sie hatte ihm auch gesagt, dass sie sich verliebt hatte. Und dass es ihr nicht besser ging als vor vier Wochen. Sie hatte ihn sogar gefragt, was er an ihrer Stelle tun würde. Das zeigte ihm, dass sie sich selbst unsicher war, ob sie das richtige getan hatte. Sie hatte immer noch Gefühle für ihn.

Er beschloss, um Bettina zu kämpfen. Die Uhr zeigte vier Uhr elf. Da er ohnehin seit Stunden nicht schlafen konnte, stand er auf, holte ein Blatt Papier aus seinem Drucker und begann, ihr einen Brief zu schreiben.

Und er plante eine weitere Überraschung für sie.

Heute war viel los im Hotel. Es fand zur Zeit eine Gesundheitsmesse in der Nähe statt, und dementsprechend viele Gäste hatten sich angekündigt. Bettina und ihre Kollegin bemühten sich nach Kräften, dem Ansturm Herr zu werden. Sie wollte sich schon vor über einer Stunde einen Kaffee organisieren, aber sie kam einfach nicht dazu.

Die Schiebetür im Foyer öffnete sich. Ein älterer Herr mit Hakennase trat an den Empfangstresen. Bettinas Kollegin klimperte irgendetwas in den Computer ein und schenkte dem Mann keine Aufmerksamkeit. Bettina telefonierte gerade mit einem potenziellen Gast und zeigte dem Herrn mit der Hakennase an, sich einen Moment zu gedulden. Wenig später beendete sie ihr Telefonat und wandte sich der Hakennase zu. In diesem Moment öffnete sich die Schiebetür im Foyer erneut. Bettina stöhnte. Aber der junge Mann, der das Foyer betrat, war kein Hotelgast. Es war ein Lieferbote. Er hielt einen gigantischen Rosenstrauß in den Händen und sagte über den Empfangstresen: „Ich habe hier einen Blumengruß für eine Bettina."

Bettinas Kollegin unterbrach ihr Geklimper und staunte nicht schlecht. Hatte Bettina etwa einen heimlichen Verehrer? Sie grinste.

Bettina errötete und gab sich dem Boten zu erkennen. Er reichte ihr den Blumenstrauß über den Tresen. „Viel Freude damit!", lächelte er und verschwand wieder aus der Tür.

Bettina ignorierte sowohl den Herrn mit der Hakennase als auch das klingelnde Telefon und betrachtete den riesigen Blumenstrauß. Sie ahnte, wer ihr diesen Gruß geschickt hatte. Sie entdeckte eine kleine Grußkarte inmitten der Blumen. Sie klappte sie auf.

„Liebe Bettina,

wenn du nachts wach im Bett liegst, weil dein Herz versucht, dir ganz leise etwas zuzuflüstern, dann höre ganz genau hin, was es dir mitteilen möchte. Es belügt dich niemals. Niemals.

In Gedanken bin ich Tag für Tag bei dir. Ich liebe dich!"

Es stand kein Name dabei, aber natürlich wusste sie, dass der Strauß von Ben war. Sie verstand die Welt nicht mehr. Sie verstand Ben nicht. Vor zwei Tagen wollte er noch einen Schlussstrich ziehen. Er hatte sie bezichtigt, ihn verarscht zu haben und war sichtlich sauer auf sie gewesen. Und am Ende hatte er sie sogar wie eine Idiotin im Lokal sitzen lassen. Es hatte sie wütend gemacht. Und jetzt schickte er ihr auf einmal Blumen. Bettina konnte das Ganze überhaupt nicht einordnen.

Der Strauß war allerdings wunderschön. Sie betrachtete ihn und roch daran. Sie las die Botschaft auf der Grußkarte ein zweites Mal. Sie schüttelte den Kopf. Sie war gleichzeitig wütend, erfreut und überrascht. Jedes dieser drei Gefühle schien für ein paar Sekunden die Oberhand zu gewinnen. Bettina versank für einen Moment in ihren Gedanken. Dann wurde sie von der Hakennase daran erinnert, dass sie gerade im Dienst war.

Nach Dienstschluss saß Bettina für ein paar Minuten in ihrem Auto, um sich zu sammeln, bevor sie losfuhr. Die Blumen hatte sie im Hotel gelassen. Sie hatte keine Ahnung, wie sie das Arne hätte erklären sollen. Zuhause angekommen, parkte sie ihr Auto am Straßenrand und kramte ihre Haustürschlüssel hervor. Sie fragte sich, was Ben wohl als nächstes einfallen würde.

Als sie zehn Sekunden später ihren Briefkasten leerte, hielt sie die Antwort auf ihre Frage in den Händen.

Kapitel 91
Donnerstag, 13. Januar 2022

Bettina saß am Küchentisch und hielt Bens Brief in der Hand, den sie gestern aus dem Briefkasten gefischt hatte. Sie hatte ihn noch nicht geöffnet. Sie hatte gewartet, bis sie allein war. Aber *wollte* sie den Brief überhaupt lesen? Sie war sich selbst nicht sicher. Aber die Neugierde überwog.

Es war nur eine einzige Seite in dem Umschlag. Und es stand auch nur ein einziger Satz darauf: ICH LIEBE DICH! Allerdings nicht nur einmal, sondern unzählige Male! Es mussten mehrere hundert Male gewesen sein. Dicht an dicht. In kleiner Schrift. Und in allen möglichen Farben. Es musste Ben Stunden gekostet haben, diesen Brief zu schreiben, dachte sie sich. Sofern man es überhaupt als Brief bezeichnen konnte. Schließlich stand nur ein einziger Satz darin. Dafür aber immer und immer wieder.

ICH LIEBE DICH!

Gestern die Blumen. Jetzt der Brief. Bettina fühlte sich geschmeichelt und unwohl zugleich. Sie verstand nicht, warum Ben das ausgerechnet jetzt tat. Zwei Tage, nachdem sie sich zur finalen Aussprache getroffen hatten. Es ging doch darum, einen Schlussstrich zu ziehen. Oder? Bettina versuchte sich an ihr Gespräch mit Ben zu erinnern. Was in aller Welt veranlasste ihn, ihr ausgerechnet *jetzt* seine Liebe zu zeigen?

Im gleichen Moment surrte ihr Handy. Sie wusste, ohne hinzuschauen, von wem die Nachricht sein würde. Und sie behielt Recht.

„Liebe Bettina,

du solltest gestern zweimal bemerkt haben, wieviel du mir bedeutest. Einmal im Hotel und einmal zuhause. Du bedeutest mir alles! Ich weiß nicht, ob du gestern überrascht, entsetzt, genervt, erfreut oder sauer warst. Sauer solltest du nicht sein; es gibt wahrlich schlimmeres, als von einem anderen Menschen geliebt zu werden. Und es ist kein Verbrechen und rein gar nichts falsch daran, für seine große Liebe zu kämpfen. Im Gegenteil, es wäre falsch, es nicht zu tun!

Du hast am Montag einiges gesagt, das mir in Erinnerung geblieben ist:

Du hast gesagt, dass es dir nicht besser geht als vor vier Wochen. Du bist mit deiner eigenen Entscheidung nicht glücklich, oder? Du dachtest, es wäre anders, aber es ist nicht so.

Du hast gesagt, dass du verliebt bist. Ich weiß das, Bettina. Ich spüre es jedes Mal, wenn wir miteinander reden. Und wie wir miteinander reden.

Und du hast mich gefragt, was ich an deiner Stelle tun würde. Du bist dir immer noch unsicher, was du tun sollst. Du hast entschieden, dass wir uns nicht mehr sehen. Aber ich weiß (und du weißt es auch), dass du deinen inneren Konflikt damit nicht gelöst hast, denn in deinem Herzen bist du immer noch unentschlossen. Und du weißt, dass dir deine eigentliche Entscheidung noch bevorsteht.

Vermutlich hast du gehofft, dass ich dich loslasse und dir damit eine noch viel größere Entscheidung abnehme als die, die du bereits getroffen hast. Aber ich werde das nicht tun. Du wirst es selbst tun müssen. Du könntest mich komplett aus deinem Leben ausschließen. Du kannst meine Nachrichten auf deinem Handy blockieren und meine Telefonnummer löschen. Du kannst meine Briefe ungelesen in den Mülleimer werfen. Du kannst mich komplett ignorieren. Aber dein Herz kannst du nicht ignorieren. Und du kannst mich nicht daran hindern, dich zu lieben! Du kannst mich nicht daran hindern, für die Liebe meines Lebens zu kämpfen! Kleine Kinder verschließen die Augen, wenn ihnen etwas begegnet oder widerfährt, das ihnen Angst macht. Weil sie instinktiv glauben, dass ihr Gegenüber sie nicht sehen kann, wenn sie es nicht sehen. Aber natürlich hilft das nicht. Auch du verschließt deine Augen, Bettina. Aber um deinen inneren Konflikt wirklich zu lösen, musst du tiefer in dich hineinhören. Viel tiefer! Du musst es aber zulassen!

Du hast mir gesagt, ich müsse deine Entscheidung akzeptieren. Ja, das muss ich. Ich kann dich ja schlecht entführen und bei mir einsperren. Aber du musst auch meine Entscheidung akzeptieren, Bettina. Und ich habe beschlossen, DICH NICHT AUFZUGEBEN! Ich habe immer versucht, dich stark zu reden. Dir Mut zu machen. Dir gesagt, dass du niemals aufgeben sollst. Was wäre ich für ein Mensch, wenn ich DICH jetzt aufgeben würde? Ich könnte mich selbst nicht mehr im Spiegel ansehen! Solange du diese Gefühle für mich hast, werde ich dich nicht aufgeben. NIEMALS!

Ich versuche nicht, dich zu überreden oder dich mit logischen Argumenten zu überzeugen. Ich beurteile auch deine Ehe nicht. Das maße ich mir nicht an. Ich bitte dich auch nicht, deine Entscheidung zurückzunehmen und eine andere zu treffen. Aber ich wünsche es mir. Ich gebe die Hoffnung auf eine gemeinsame Zukunft mit dir nicht auf!

Ich gebe dir ein Versprechen, Bettina. An dem Tag, an dem du mir sagst, dass ich dir nichts mehr bedeute, lasse ich dich los. Aber bis zu diesem Tag werde ich weiter um dich kämpfen. Auch das ist ein Versprechen! Es geht mir aber nicht um einige schöne Momente oder um gelegentliche heimliche Küsse. Ich will dich voll und ganz! Mir ist klar, was das für dich bedeutet und was für dich alles da dranhängt. Aber ich will genau das! Ich will dich! DICH, Bettina!

Zum Schluss beantworte ich dir noch deine Frage, was ich an deiner Stelle tun würde. Ich könnte jetzt sagen, ich würde an deiner Stelle sofort alles stehen und liegen lassen und zu mir kommen, aber das wäre unseriös. Tatsächlich weiß ich nicht, was ich konkret tun würde, weil ich nicht weiß, was genau in dir vorgeht. Aber ich würde auf jeden Fall eines tun: auf mein Herz hören. Höre auf dein Herz, Bettina. Alles andere wird man früher oder später bereuen. Frage dich nicht, was du darfst, sondern frage dich, was du fühlst. Hör auf zu fragen, was du kannst, sondern frage dich, was du willst. Das habe ich immer gemeint, wenn ich gesagt habe, du wirst eines Tages das richtige tun.

Du bist stark. Du bist klug. Du bist einfach perfekt. Und außerdem wunderschön. Ich liebe dich! Und ich will dich gerne wiedersehen."

Bettina bekam ein flaues Gefühl im Magen. Bis eben konnte sie es nicht einordnen, warum Ben ihr Blumen und einen eindeutigen Brief geschickt hatte. Aber jetzt wurde es ihr klar. Ihr Gespräch vor zwei Tagen hatte ihm neue Hoffnungen gemacht. Ihr Treffen hatte das genaue Gegenteil dessen bewirkt, was sie eigentlich vorgehabt hatten.

„Scheiße", sagte sie leise zu sich selbst. Sie hatte das Gefühl, dass sie gerade wieder zwei Schritte zurückgeworfen wurde.

Als sie seine Nachricht ein zweites Mal las, musste sie sich allerdings eingestehen, dass Ben recht hatte. Und zwar mit jedem einzelnen Wort.

Sie hatte gehofft, dass Ben sie loslassen würde.

Aber in Wirklichkeit hatte sie es selbst noch lange nicht geschafft, *ihn* loszulassen.

Kapitel 92
Sonntag, 16. Januar 2022

Wie so oft in den letzten Wochen und Monaten guckte Ben alle paar Minuten auf sein Handy, aber wie so oft war keine Nachricht von Bettina dabei. Erneut hatte er ihr eine hochemotionale Nachricht geschrieben, und erneut reagierte sie nicht. Seit nunmehr drei Tagen.

Ben ärgerte sich über sich selbst. Er ärgerte sich, dass er sich so von ihr behandeln ließ. Er ärgerte sich, dass er sie nicht längst gedanklich auf den Mond geschossen hatte. Aber er konnte es nicht. Seine Liebe zu ihr war viel zu groß. Sie war so groß, dass er bereit war, sämtliche Demütigungen dieser Erde über sich ergehen zu lassen, wenn, ja wenn es auch nur die geringste Chance gab, Bettina für sich zu gewinnen. Auch wenn es ihm eine schlaflose Nacht nach der anderen bereitete. Auch wenn es ihn seinen Job kostete. Auch wenn es ihn seine Gesundheit kostete.

Er hätte sie losgelassen. Eigentlich hatte er es schon getan. In dem Moment, als er ihr vor einer Woche seine erste emotionale Nachricht geschickt hatte, hatte er sie losgelassen. Hätte sie ihm geantwortet… hätte sie ihm geschrieben, dass sie seine Entscheidung bedauerte, sie aber akzeptiert… hätte sie ebenfalls Lebewohl gesagt… dann hätte er sie losgelassen. Ein für alle Mal. Aber sie hatte es nicht getan. Hätte sie ihm, als sie sich im Lokal trafen, gesagt, dass sie für ihn nicht genug empfand, hätte er sie losgelassen. Aber sie hatte es nicht gesagt. Stattdessen hatte sie ihm gesagt, dass sie sich in ihn verliebt hatte. Und er hatte ihre Zweifel gespürt. Das änderte alles.

Jetzt hatte er alles auf eine Karte gesetzt und einen letzten Versuch gestartet. Ihr gesagt, dass er sie *nicht* loslassen würde. Dass er will, dass sie Arne verlässt. Dass er weiß, was für sie da dranhing. Ihr gesagt, dass er sie will. Voll und ganz, mit allen Konsequenzen. Er hatte es ihr geschrieben. Aber er bekam keine Antwort.

Er fühlte sich wie in einer Zeitschleife. Egal, was er ihr auch schrieb, sie antworte ihm tagelang nicht.

Und genau wie beim letzten Mal nahm er wieder sein Handy und schrieb sie an:

„Willst du nicht mal irgendwas sagen? IRGENDWAS?"

Es dauerte einen Tag, bis sie ihm zurückschrieb:

„Kann gerade nicht, viel zu tun. Melde mich."

Kapitel 93

Dienstag, 18. Januar 2022

Bettina kam gerade aus dem Keller, als sie feststellte, dass sie auf ihrem Handy drei Anrufe verpasst hatte. Sie waren alle von Ben. Alle in den letzten fünf Minuten. Sie überlegte, ob sie ihn zurückrufen sollte. Im selben Moment rief er wieder an. Sie nahm den Anruf entgegen.

„Hallo?"

„Hi."

„Sorry, ich war gerade im Keller und hab nicht gemerkt, dass du angerufen hast."

„Alles gut. Kannst du mal rauskommen? Ich stehe quasi vor deiner Haustür. Lass uns jetzt reden."

Sie zögerte.

„Wo bist du genau?"

Sie schaute aus dem Fenster, konnte ihn aber nicht entdecken.

„Auf dem Parkplatz am Wald."

„Okay. Gib mir zehn Minuten."

Ben war mit dem Fahrrad bei Theo gewesen und hatte kurzfristig beschlossen, Bettina anzurufen und nach einem Treffen zu fragen, denn sein Weg führte ihn ohnehin an ihrem Haus vorbei. Er stellte sein Fahrrad ab und setzte sich mitten auf dem Parkplatz auf den Boden, um auf Bettina zu warten.

Es war bitterkalt draußen. Er versuchte, sich eine Zigarette anzuzünden, aber sein Feuerzeug verweigerte bei der Kälte den Dienst. Er hielt es zwischen seinen Händen, um es mit seiner Körperwärme zu wärmen. Irgendwann funktionierte es. Er zündete seine Kippe an und nahm einen tiefen Zug. Im nächsten Augenblick sah er sie schon. Er blieb auf dem Boden sitzen und nahm einen weiteren Zug. Dann einen weiteren.

Sie war noch etwa zwanzig Meter entfernt. Er saugte erneut an seiner Zigarette und drückte sie dann auf dem Boden aus.

„Hi!" Im Vergleich zu ihrer letzten Begegnung lächelte Bettina diesmal nicht, als sie Ben begrüßte.

„Na du." Ben zog die nächste Kippe aus seiner Tasche. Erneut streikte sein Feuerzeug. Er probierte es weiter. Nach zahlreichen weiteren Fehlversuchen schaffte er es endlich, seine Zigarette anzuzünden. Er schien erleichtert und nahm einen tiefen Zug. Dann einen weiteren.

Bettina schaute ihn aufmerksam an. Er gefiel ihr nicht. Er sah furchtbar aus. Sie erinnerte sich daran, wie sie zusammen auf der Clubterrasse saßen. Sie hatte ihn lächelnd, glücklich und optimistisch erlebt. Und jetzt wusste sie nicht, ob seine Hände vor Kälte oder vor Aufregung zitterten oder ob er auf Entzug war. Er erinnerte sie an einen Junkie. Er tat ihr leid. Und sie hatten noch nicht einmal angefangen zu reden. Ihr wurde klar, dass ihnen unangenehme Minuten bevorstünden. Und sie sollte Recht behalten.

„Wollen wir ein Stück gehen?", schlug sie vor und deutete mit ihrer Hand in Richtung des Weges, der vom Parkplatz in den Wald führte. „Stell doch dein Fahrrad hier ab."

Ben zog ein weiteres Mal tief an seiner Zigarette. Bettina fiel auf, dass er seine Kippe schon fast aufgeraucht hatte. Er hatte sie doch erst vor ein paar Sekunden angezündet. Er schnippte den Stummel in hohem Bogen über den Parkplatz und schloss sein Fahrrad an, ohne Bettina zu antworten.

Sie gingen nebeneinanderher. Zunächst sagte keiner der beiden ein Wort. Sie wussten beide nicht so recht, wie sie das Gespräch eröffnen sollten. Vor allem Bettina wusste, dass es kein schönes Gespräch werden würde, deshalb zögerte sie den Beginn hinaus. Sie hatten bereits ein Drittel ihrer Wegstrecke zurückgelegt und sich dabei entweder angeschwiegen oder über belangloses Zeug gesprochen.

Schließlich ergriff Ben das Wort: „Bettina, als wir uns letzten Montag getroffen haben, da war für mich klar, dass es nur noch darum ging, einen Schlussstrich zu ziehen. Aber nachdem du mir gesagt hattest, dass du dich…".

Seine Stimme stockte. Er fingerte in seiner Jackentasche herum und zog die Zigaretten und das Feuerzeug heraus. Er war dankbar, dass das Feuerzeug erneut streikte, denn solange er dabei war, seine Kippe anzuzünden, musste er nicht weiterreden. Beim zwanzigsten Versuch hatte das Feuerzeug ein Einsehen und gab ein kleines Flämmchen preis. Er saugte gierig daran und stieß den Qualm aus. Dann wandte er sich wieder Bettina zu: „Bevor wir uns trafen, habe ich alles, was mich an dich erinnert, gelöscht oder weggeräumt. Den Pokal, den wir gemeinsam gewonnen haben. Alle Fotos von dir auf meinem Handy. Unseren kompletten Chatverlauf. Das waren mehrere Tausend Nachrichten. Alles weg." Seine Stimme stockte erneut. Plötzlich schwenkte er um: „Bettina, wenn ich ein Idiot bin und dich in Ruhe lassen soll, dann sag es, okay? Sag es einfach."

Bettina schaute kurz zu ihm hinüber. Sie sah, wie er mit den Tränen kämpfte. Sie überlegte, was sie antworten sollte, da fuhr Ben fort: „Lag ich richtig mit meiner Einschätzung, Bettina?" Er spielte auf die Nachricht an, die er ihr vor ein paar Tagen geschickt hatte.

„Du hast die Sache schon sehr gut auf den Punkt gebracht, ja", erwiderte sie sachlich. Nach kurzer Bedenkzeit ergänzte sie: „Und du bist auch kein Idiot. Ich habe auch deinen Blumenstrauß bekommen. Und deinen Brief. Danke dafür!"

Er nickte ihr nur kurz zu und wischte sich eine Träne aus dem Gesicht. Er schämte sich seiner Tränen nicht. Und das, was er gerade zu hören bekam, stimmte ihn für einen Moment milde. Sie hatte gesagt, er habe die Sache auf den Punkt gebracht. Er hatte also recht. Die Hoffnung in ihm wuchs wieder ein bisschen an.

„Aber du musst meine Entscheidung annehmen, Ben. Ich… ich kann das jetzt nicht. Ich muss zu mir selbst finden. Dringend. Und ich kann meine Entscheidung nur noch einmal bekräftigen. Ich will mich jetzt um meine Familie kümmern."

Der Funken Hoffnung erlosch auf der Stelle. Er blickte sie mit traurigen und flehenden Augen an. Obwohl er gar nichts sagte, konnte Bettina aus seinem Gesicht ablesen, was er dachte. Sie blickte in ein Gesicht, aus dem gerade alle Hoffnung entwichen war und nichts als Traurigkeit zurückblieb.

Er warf seine Kippe auf den Bogen und trat sie aus. Bettina fuhr fort: „Du musst mich jetzt loslassen, Ben. Wir beide tun uns doch nur weh!"

„Ich habe dir geschrieben, wann ich dich loslassen werde, Bettina. Und nicht eine Sekunde früher." Er konnte seine Tränen nun überhaupt nicht mehr zurückhalten und ließ ihnen freien Lauf. Mit brüchiger Stimme ergänzte er: „Ich lasse dich nicht los, Bettina. Niemals!"

„Ben, bitte! Es geht nicht! Wir brauchen dringend Abstand."

Sie hatten mittlerweile fast wieder den Parkplatz erreicht. Ben setzte sich kommentarlos auf eine Bank am Wegesrand. Bettina setzte sich neben ihn, hielt aber ausreichend Abstand. Er stützte seine Ellenbogen auf seine Knie, hielt seine Hände vors Gesicht und heulte und schluchzte wie ein Hund.

„Ich lass dich nicht los, Bettina!", bekräftigte er. „Du wirst mich ohrfeigen müssen!"

„Ben, bitte! Ich bitte dich darum! Ich bitte dich von ganzem Herzen, mich loszulassen!"

Keine Reaktion.

„Ben, bitte!! Wir kennen uns überhaupt nicht!"

Dies war der Moment, in dem sein Herz endgültig zerbrach.

Es hatte viele Risse und Narben in den letzten Wochen abbekommen, oh ja, aber jetzt hatte Ben das Gefühl, sie hätte seine Brust mit einem Messer aufgeschlitzt und ihm sein Herz bei lebendigem Leibe herausgerissen. Fast wünschte er, sie hätte es tatsächlich getan. Sie hatte sich nicht nur gegen ihn und für ihre Familie entschieden, sie hatte ihm auch jegliche Hoffnung für die Zukunft genommen. Sie hatte ihm quasi untersagt, weiter um sie zu kämpfen. Und sie hatte gerade gesagt, sie würden sich überhaupt nicht kennen. Er konnte und wollte nicht glauben, was er da hörte. Er war in seinem ganzen Leben noch niemals so enttäuscht wie in diesem Moment. Wie nach diesem Satz. Meinte sie das wirklich ernst?

Bettina legte ihren Arm tröstend auf seine Schulter, aber er nahm diese Geste gar nicht richtig wahr. Er erinnerte sich, wie sie sich kennenlernten. Wie sie auf seinem Schoß saß. Wie sie unzählige Stunden im Tennisclub verbrachten. Wir er ihr von seinen gesundheitlichen Problemen erzählte. Wie er ihr sein Herz ausschüttete. Und wie sie ihn in den Arm nahm und ihm Trost spendete. Wie sie sich näherkamen. Wie sie sich küssten. Wie sie gemeinsam Tennis spielten. Wie sie ihm stundenlang von ihrer Mutter erzählte. Wie sie sich gegenseitig an ihren Leben teilhaben ließen. Wie er ihr Briefe schrieb. Wie sie auf seinem Sofa saßen. Wie sie gemeinsam in der Umkleidekabine waren, als sie ihren neuen Chef anrief. Wie sie im Schwimmbad waren. Wie sie gemeinsam auf der Bank im Wald saßen und mit Sekt auf ihren neuen Job angestoßen hatten. Wie er sich ihr von hinten näherte und ihren Kopf vorsichtig streckte, um sie zu küssen. Wie sie die Zeit um sich herum vergaßen.

In Gedanken wiederholte er den Satz, den sie gerade gesagte hatte.

Wir kennen uns überhaupt nicht.

In diesem Moment wurde ihm klar, dass Bettina sich endgültig von ihm abgewendet hatte.

Kapitel 94
Freitag, 19. Januar 2022

Es war für Januar ungewöhnlich mild draußen. Die Sonne strahlte vom Himmel, als wäre sie dafür bezahlt worden. Ganz anders als die Wochen zuvor. Ben saß allein in seiner Wohnung und blickte gedankenverloren aus dem Wohnzimmerfenster. Spaziergänger gingen vorbei, einige Jogger waren unterwegs. Wieder andere gingen mit ihren Hunden vor die Tür, blieben kurz stehen und unterhielten sich, um dann wieder weiterzuziehen. Hin und wieder fuhren Menschen mit ihren Fahrrädern vorbei. Die ganze Welt schien draußen unterwegs zu sein, um das gute Wetter auszunutzen und zu genießen. Die letzten Wochen waren grau und dunkel gewesen. Oder bildete Ben sich das nur ein? War seine Wahrnehmung getrübt? Er dachte kurz darüber nach, aber schon nach wenigen Sekunden schweiften seine Gedanken wieder ab. Zu ihr. Er konnte keinen klaren Gedanken fassen. So ging es ihm seit Monaten. Egal, was er tat oder woran er dachte, nach wenigen Sekunden waren seine Gedanken wieder bei ihr. Er vermisste sie so sehr. Er wünschte sich, sie wäre heute hier bei ihm gewesen, um ihm den Entschluss, den er gefasst hatte, auszureden.

In Ben spielte sich immer wieder derselbe Film ab: Er sah sie beide gemeinsam auf dem Sofa sitzen, auf dem er auch jetzt saß und mit leerem Blick aus dem Fenster starrte. Er erinnerte sich. Er hatte seinerzeit mit dem Rücken angelehnt gesessen, die Beine ausgestreckt. Sie hatte vor ihm gesessen, in dieselbe Richtung geblickt und sich mit ihrem Kopf an seine Brust gelehnt. Er hatte mit seinen Fingern durch ihr Haar gestrichen. Er liebte den Geruch ihrer Haare und hatte tief eingeatmet, um den Geruch in sich aufzusaugen. Er hatte seine Arme um ihren Oberkörper gelegt und sich ganz fest an sie geschmiegt. Er hatte behutsam ihren Kopf gedreht und ihr einen zärtlichen Kuss gegeben. Ihre Herzen hatten schneller geschlagen. Er hatte gewollt, dass dieser Moment niemals endete.

Er würde jäh aus seinen Gedanken gerissen, als urplötzlich ein stechender Bauchschmerz auftrat. Er hatte für ein paar Momente vergessen, was er eine Dreiviertelstunde zuvor getan hatte. Er blickte auf den Wohnzimmertisch und warf einen Blick auf die Briefe, die dort fein säuberlich aufgereiht waren. Der erste war für sie. Ein weiterer für seine Eltern und einer für seine Tochter. Daneben standen noch die Flasche Whisky, das Glas Wasser und die leere Packung Schlaftabletten. Er hatte alle auf einmal genommen. Mit dem Whisky hatte er sich zuvor Mut angetrunken, denn es hatte ihn eine Menge Überwindung gekostet, die Dinger zu schlucken. Die halbe Flasche hatte es gebraucht, bis er schließlich soweit war.

Heute war der Tag, an dem er Bettina loslassen würde. Für immer. So wie sie es von ihm eingefordert hatte.

Er griff nach seinem Handy und wählte ihre Nummer. Er wollte noch einmal ihre Stimme hören. Wollte er ihr die Chance geben, sich in ihr Auto zu setzen und zu ihm zu kommen? Um ihn ein letztes Mal zu sehen? Um ihn zu retten? Er wusste es selbst nicht genau. Er ließ es über eine Minute lang klingeln, aber sie ging nicht ran. Dann ertönte plötzlich das Besetztzeichen. Sie hatte seinen Anruf weggedrückt.

Sein Blick wurde glasig und die Bauchkrämpfe nahmen zu. Er versuchte sich zu konzentrieren und begann, ihr eine letzte Nachricht auf seinem Handy zu schreiben. Aber er konnte die Buchstaben auf dem Display schon nicht mehr erkennen. Erneut verkrampfte sich sein Magen. Er fokussierte seinen Blick, aber seine Hände zitterten zu sehr, um noch irgendetwas tippen zu können. Er kam nicht mehr dazu, die Nachricht fertigzustellen und abzuschicken. So flüsterte er seine Botschaft lediglich leise vor sich hin und hoffte inständig, dass sie sie erreichen würde: „Ich liebe dich, Bettina..."

Tränen liefen seine Wangen herunter. Schweiß stand ihm auf der Stirn, sein T-Shirt war komplett durchgeschwitzt. Die Bauchkrämpfe waren furchtbar. Die Schmerzen waren unerträglich. Sein Blick schweifte zuckend umher und verbleib kurz auf der Sektflasche, die im Wohnzimmerregal stand. Es war der Preis, den er vor anderthalb Jahren beim Schleifchenturnier gewonnen hatte, als er Bettina das erste Mal sah. Er dachte an sie. Wie sollte es auch anders sein? Er dachte immer nur an sie. Er stieß einen kurzen stummen Schrei aus, als sein Bauch zu explodieren schien. Dann verlor er das Bewusstsein, aber nach einigen Sekunden war er plötzlich wieder da.

Sein Magen gab merkwürdige Geräusche von sich. Sie hörten sich fast an wie Katzengejammer. Urplötzlich verspürte er einen fürchterlichen Brechreiz. Er würgte zwei- oder dreimal, schaffte es aber, sich nicht zu übergeben. Er schmeckte eine widerliche Mischung aus Whisky und Magensäure in seinem Mund.

Er glaubte gerade, dass er den Brechreiz überwunden hatte, da rebellierte sein Magen ein weiteres Mal. Diesmal noch stärker als zuvor. Er merkte, dass es nur noch eine Frage von Sekunden sein würde, bis er sich übergeben müsste. Er torkelte ins Badezimmer. Auf dem Weg stieß er sich so sehr den Fuß am Wohnzimmertisch, dass er hören konnte, wie sein Zeh brach. Er jaulte kurz auf und kniete sich vor die Toilette. Sekunden später kotzte er sich die Seele aus dem Leib. Die Tabletten in Kombination mit der halben Flasche Whisky waren für seinen Magen schlichtweg zu viel.

Ihm war so schlecht und so schwindelig, dass er sich auf der Kloschüssel abstützen musste. Aber seine Arme gehorchten ihm nicht, so dass er halb in der Toilette hing. Das führte dazu, dass er erneut kotzen musste. Schließlich verließen ihn die Kräfte endgültig. Er sank auf den Boden und lag gekrümmt wie ein Baby im Mutterleib auf dem kalten Badezimmerboden. Nach einigen Minuten verspürte er wieder den Drang zu kotzen, aber anstatt seinen Kopf über die Kloschüssel zu halten, drehte er sich einfach nur zur Seite und kotzte auf den Boden. Direkt vor die Toilette.

Auch wenn er die Tabletten ausgekotzt hatte, hatten sie ihre Wirkung gezeigt. Aber hatte er sie überhaupt ausgekotzt? Oder war es schon zu spät? Seine Gedanken waren wie vernebelt. Das Einzige, was ihn daran erinnerte, noch zu atmen, waren die unsäglichen Schmerzen an seinem Zeh, der mittlerweile lila-grün gefärbt und auf die doppelte Größe angeschwollen war. Dann wurde es ihm schwarz vor Augen.

Es dauerte eine halbe Stunde, bis er wieder zu sich kam und einen einigermaßen klaren Gedanken fassen konnte. Würde er die Nacht überstehen? Oder würde er hier heute vor der Kloschüssel in seiner eigenen Kotze liegen und krepieren wie ein Hund? Er legte seinen Kopf auf den Boden und schloss die Augen. Es war ihm egal.

Vierzehn Stunden später schreckte Ben schlagartig auf. Offensichtlich atmete er noch, und er war sich nicht sicher, ob er sich darüber freute oder nicht. Sofort erinnerte ihn ein stechender Schmerz an seinem Zeh an die gestrige Begegnung mit dem Tischbein. Er versuchte, langsam aufzustehen und war selbst überrascht, dass er es schaffte. Seine Gedanken waren immer noch vernebelt, und sein Kopf war schwerer als Blei. Er hatte sich in seinem ganzen Leben noch nie so dreckig gefühlt.

Er wusste gar nicht, wohin er gehen sollte, als er das Badezimmer verließ. Daher zündete er sich eine Kippe an und setzte sich auf den Balkon. Das schöne Wetter des Vortages war verschwunden. Heute lag die Temperatur nur knapp über null, aber er kam nicht auf die Idee, sich eine Jacke überzuziehen. Er nahm einen Zug von seiner Kippe und fror bitterlich. Und es stank fürchterlich. Er brauchte einen Moment, um zu realisieren, dass der Gestank von ihm ausging. Er blickte an sich herab und bemerkte, dass er überall voller Kotze war! Und voller Pisse! Er hatte in seinem Delirium vor seiner Toilette offenbar nachts in die Hose gepisst, ohne es zu merken. Ihm war ohnehin kotzübel, aber jetzt wurde es ihm noch übler. Er verachtete sich in diesem Moment selbst. Und sein Scheißzeh tat furchtbar weh! Er nahm einen weiteren Zug von seiner Zigarette. Sie schmeckte ekelhaft! Er drückte sie aus und warf sie in den Aschenbecher. Er sagte sich, wenn er den Tag überleben sollte, dann würde er in seinem ganzen Leben nie wieder eine Zigarette anfassen. Sekunden später kotzte er auf seinen Balkon.

Im Badezimmer sah es aus, als wäre dort ein Schwein explodiert. Und es roch noch schlimmer, als es aussah! Überall Kotze, Pisse und Blut. Er fragte sich, woher das Blut kam. Er blickte in den Spiegel und entdeckte die Platzwunde an seiner Stirn. Offenbar hatte er sich nachts seinen Kopf am Badezimmerboden aufgeschlagen. Er hatte keine Ahnung, ob er sich die Wunde absichtlich zugezogen hatte oder ob es ein Unfall war. Seine Verachtung vor sich selbst war so groß, dass er sich kaum noch länger im Spiegel betrachten konnte. Er wischte sich das Blut aus dem Gesicht. Er zog die vollgekotzte Kleidung aus, warf alles ausnahmslos in den Mülleimer und stellte sich erst einmal unter die Dusche. Er war froh, dass er sich auf den Beinen halten konnte. Bis er psychisch und körperlich in der Lage war, die Sauerei auf dem Badezimmerboden zu beseitigen, sollten allerdings noch zwei Tage vergehen.

Als er aus der Dusche kam, hatte er so großen Durst, dass er eine ganze Flasche Wasser trank. Seine Zunge fühlte sich an wie Schmirgelpapier. Er legte sich ins Bett. Alles drehte sich. Er blieb dort für weitere acht Stunden liegen. Er stand nur ein einziges Mal zwischendurch auf, um zu kotzen. Irgendwohin.

Als er aufwachte, fühlte er sich noch immer furchtbar, aber immerhin besser als am Tag zuvor. Er putzte sich die Zähne und duschte erneut. Er versuchte, einen Apfel zu sich zu nehmen. Nach wenigen Bissen gab sein Magen jedoch protestierende Geräusche von sich, so dass Ben beschloss, lieber nicht weiterzuessen. Er warf einen Blick auf sein Handy, aber der Akku hatte mittlerweile seinen Geist aufgegeben. Er schloss das Handy ans Ladekabel an und startete es. Hatte Bettina ihm eine Nachricht hinterlassen? Es war mittlerweile über vierundzwanzig Stunden her, dass er zuletzt auf sein Handy gesehen hatte. Es waren ein paar Nachrichten und zwei Anrufe dabei, aber nichts von Bettina. Er wäre hier beinahe elendig verreckt, und sie schien das einen Scheißdreck zu interessieren! Wahrscheinlich war sie mit ihren Freundinnen unterwegs und kicherte und gackerte gerade bestgelaunt und mit einem Glas Prosecco in ihrer Hand! Oder trieb sie es gerade mit Arne in deren Schlafzimmer? Er versuchte, diesen Gedanken schnellstmöglich wieder zu verdrängen, denn er war unerträglich für ihn.

Er warf sein Handy auf das Sofa. Er musste zum Arzt fahren, damit dieser sich seine Platzwunde an der Stirn ansehen konnte. Vermutlich musste sie genäht werden. Auf jeden Fall musste sein Zeh behandelt werden. Er war mittlerweile auf die Größe eines Tischtennisballs angeschwollen.

Eine Stunde später saß Ben in der Notaufnahme des Burghausener Krankenhauses. Die Platzwunde wurde vom Arzt fachmännisch gereinigt, aber sie musste nicht genäht werden. Sein Zeh war allerdings glatt gebrochen. Ben erwartete, dass er eingegipst werden würde, aber er bekam nur eine Schiene, die er bei Bedarf an- und ablegen konnte.

Dem Arzt war sofort aufgefallen, dass Ben in einem desolaten gesundheitlichen Zustand war. „Kann ich sonst noch etwas für Sie tun?"

„Nein danke", antwortete Ben.

Seine unsäglichen Bauchschmerzen und die Tabletten, die ihn fast umgebracht hatten, erwähnte er nicht.

Kapitel 95
Montag, 24. Januar 2022

Ben saß in seinem Wohnzimmer und hielt die Kette mit dem Herzanhänger in der Hand, die er für Bettina besorgt hatte. Er drehte den Anhänger um und betrachtete die Gravur: „I love you". Er hatte sie Bettina schenken wollen, aber sie hatte ihm nicht mehr die Gelegenheit dazu gegeben. Ben war drauf und dran, die Kette einfach in den Mülleimer zu werfen, aber er brachte es nicht übers Herz. Er beschloss, sie Bettina trotzdem zukommen zu lassen und ihr noch ein paar Zeilen dazu zu schreiben. Es war nicht der erste Brief, den er Bettina schrieb. Aber der erste, aus dem Bens ganze Verbitterung über die letzten Wochen hervorging.

„Hallo Bettina,

dieses Geschenk hier hatte ich schon vor einiger Zeit für dich besorgt. Es ist eine Kette mit einem Herzanhänger. Ich wollte, dass du sie trägst, wenn wir zusammen Turniere spielen. Ich habe beschlossen, sie dir trotzdem zu geben, zumal ich keine andere Verwendung dafür habe. Ich will sie nicht wegwerfen, und behalten will ich sie auch nicht. Du kannst sie tragen, verstecken, verschenken oder in den Müll werfen. Ich bitte aber zu respektieren, dass ich sie unter keinen Umständen zurückhaben will.

Wenn du diese Zeilen hier liest, habe ich deine Telefonnummer auf meinem Handy bereits blockiert. Deine Nachrichten werden nicht mehr durchgestellt. Auch Anrufe und SMS kommen nicht mehr durch. Ich werde den Unterschied vermutlich gar nicht merken. Solltest du irgendwann noch einmal das Bedürfnis verspüren, mich zu kontaktieren, wirst du einen anderen Weg finden müssen. Ich weiß aber, dass du das nicht tun wirst. Selbst wenn du wüsstest, dass ich darauf warte, würdest du es nicht tun. Aus Selbstschutz. Oder weil dein Teilzeitjob es nicht zulässt. Oder weil der Nachbarshund Durchfall hat.

Wenn du dir unsicher bist, was du mit der Kette machen sollst, dann empfehle ich dir, für ein paar Monate Gefallen daran zu finden und den Kontakt mit deiner nackten Haut zu genießen, um sie dann irgendwann kaputtzumachen und auf den Müll zu werfen. Nur gut, dass Gegenstände keine Gefühle haben.

Gruß, Ben"

Ben packte die Kette mit dem Herzanhänger zusammen mit dem Brief in eine Plastiktüte. Den Pokal, den sie gemeinsam bei ihrem ersten Turnier gewonnen hatten, legte er ebenso dazu wie den Tennisball mit Bettinas Bild und Namen darauf. Er musste sich von diesen Gegenständen trennen, weil sie ihn Tag für Tag an Bettina erinnerten.

Er setzte sich auf sein Fahrrad und fuhr zu Bettinas Hotel. Er wusste, wo sie ihr Auto geparkt hatte. Er war schon so oft dort vorbeigefahren und hatte ihr Auto am Straßenrand stehen sehen.

Er klemmte die Plastiktüte hinter ihren Scheibenwischer und machte sich wieder auf den Heimweg.

Steffi putzte sich die gerade die Zähne, als sie feststellte, dass es im Badezimmer unangenehm roch. Sie konnte den Geruch nicht zuordnen. Aber auf jeden Fall war er ekelhaft! Es war der Geruch von Kotze, Urin und Whisky. Ben hatte das Badezimmer mittlerweile dreimal gefeudelt. Aber selbst der mehrfache übertriebene Gebrauch von Reinigungsmittel vermochte es nicht zu übertünchen. Es schien der ganzen Mischung eher noch eine weitere unangenehme Komponente hinzugefügt zu haben. Er würde den Gestank wohl nie aus seiner Wohnung bekommen!

Steffi wusch sich die Hände und verließ das Badezimmer. Sie sah ihren Vater auf dem Sofa sitzen.

„Papa, weinst du?"

„Nein." Ben wischte sich schnell eine Träne aus dem Gesicht. „Doch…" Er wollte seine Tochter nicht belügen.

„Was ist denn los, Papa? Warum bist du traurig?"

„Komm her zu mir!" Er zog Steffi zu sich auf das Sofa und kuschelte sie fest an sich. Er wusste nicht so recht, wie er es seiner neunjährigen Tochter erklären sollte.

Er versuchte es: „Mein Herz tut mir weh."

„Dann geh doch zum Arzt."

„Diese Art von Schmerz kann kein Arzt heilen, Steffi."

„Warum nicht?"

„Es gibt keine Medizin gegen Liebeskummer."

„Was ist das, Liebeskummer?", wollte Steffi wissen.

„Wenn man einen anderen Menschen sehr liebhat und ihn ganz doll vermisst."

„Bist du deshalb so traurig?"

Ben nickte seiner Tochter zu und wischte sich eine weitere Träne aus dem Gesicht.

„Ist es wegen Mama?"

„Nein, es ist nicht wegen Mama. Es ist wegen Bettina."

„Was ist denn mit Bettina?"

„Ich vermisse sie. Ich wünschte, sie wäre jetzt hier bei uns. Du weißt ja, dass Bettina und ich in den letzten Monaten viel gemeinsam gemacht haben. Wir waren schon länger gut befreundet. Irgendwann hat uns dann mehr verbunden als nur Freundschaft. Wir haben uns ineinander verliebt. Ich wollte sie sogar heiraten. Ich möchte es immer noch."

„Dann mach das doch."

„Sie ist schon verheiratet, Steffi."

„Sie kann sich doch scheiden lassen. Onkel Harald hat sich doch auch scheiden lassen und nochmal geheiratet. Und Onkel Anton auch." Aus der Sicht eines neunjährigen Kindes schien die Sache so einfach zu sein.

„Das könnte sie tun, ja. Aber das ist ein riesengroßer Schritt, den man nicht einfach mal so macht. Wenn man so lange verheiratet ist, dann hängt da sehr viel dran. Das ganze Leben ist auf die gemeinsame Ehe ausgerichtet. Ein gemeinsames Haus, der Freundeskreis, die Familie, finanzielle Abhängigkeit. Das würde man alles aufgeben. Und das ist sehr, sehr schwer. Als ich damals aus unserer gemeinsamen Wohnung ausgezogen bin, hatte ich auch sehr lange überlegt, ob es das richtige ist. Wenn man schon so lange mit jemanden zusammen ist, dann gibt man das nicht ohne weiteres auf. Zumal man nie die Gewissheit hat, dass es in einer neuen Partnerschaft überhaupt funktioniert. Man muss sich schon zu einhundert Prozent sicher sein. Und das war Bettina sich nicht."

„Ihr könntet doch in ein anderes Haus ziehen."

„Das stimmt. Ich hätte uns ein neues Haus gekauft. Zur Not hätte ich uns eines mit meinen eigenen Händen gebaut. Aber Bettina hat sich für ihre Ehe entschieden. Ich wünschte, es wäre anders. Ich wollte gemeinsam mit ihr alt werden."

„Sie ist doch schon alt."

Hätte das ein Erwachsener gesagt, wäre Ben vermutlich empört gewesen. Aber seiner Tochter ließ er diese Bemerkung durchgehen. Für den Bruchteil einer Sekunde musste er sogar grinsen.

„Aus deiner Sicht mag das so sein. Aber man ist nie zu alt für eine neue Partnerschaft. Liebe kennt kein Alter. Aber Bettina hat entschieden, dass wir uns nicht mehr sehen."

„Warum denn nicht?"

„Weil sie verheiratet ist."

„Na und? Dann könnt ihr euch doch trotzdem sehen."

„Das ist nicht so einfach."

„Warum nicht?"

„Sie hat schon einen Partner. Man kann aber nicht zwei Menschen gleichzeitig lieben. Im Herzen ist immer nur Platz für einen."

„Aber man kann doch mehrere Menschen liebhaben. Ich habe doch auch dich und Mama gleich doll lieb."

„Das ist etwas anderes. Wenn es um die Wahl des Lebenspartners geht, dann muss man sich irgendwann entscheiden. Manchmal ist man sich vielleicht zwischenzeitlich unsicher, das war Bettina auch. Aber letztlich hat sie sich für ihre Ehe entschieden. Obwohl ich genau weiß, wie sehr sie mich mag."

„Aber ihr könnt doch Freunde bleiben!"

„Das ist sehr schwer, Steffi. Aus Freundschaft kann Liebe werden. In unserem Fall war das auch so. Aber aus Liebe kann nicht wieder Freundschaft werden. Zumindest ist das sehr, sehr schwer."

„Warum?"

„Weil man jedes Mal, wenn man den anderen sieht, aufs Neue daran erinnert wird, was hätte sein können. Und das tut immer sehr weh. Deshalb ist es manchmal besser, wenn man sich eine Zeitlang gar nicht mehr sieht. Bettina und ich versuchen.... haben versucht, uns zumindest unsere Freundschaft zu bewahren, aber es fällt uns beiden unglaublich schwer. Leider sagt man auch manchmal Dinge, die den anderen verletzen. Insbesondere wenn man gekränkt ist. Man sagt dann Sachen, die man anschließend bereut."

„Hast du solche Dinge zu Bettina gesagt?"

„Ja. Ich habe ihr gesagt, dass ich sie nie mehr sehen will. Ich habe ihr gesagt, dass ich nicht will, dass wir Freunde bleiben. Ich habe ihr auch mal gesagt, dass sie so kalt wie ein Eisblock ist. Und dass sie viel in mir kaputtgemacht hat. Ich habe vieles gesagt beziehungsweise geschrieben, das mir leidtut. Dinge, die sie verletzt haben. Leider verletzen wir oftmals ausgerechnet die Menschen, die uns am meisten bedeuten."

„Hat sie dich auch verletzt?"

„Ja, das hat sie. Aber weniger mit dem, was sie gesagt hat, sondern vielmehr mit dem, was sie nicht gesagt hat. Beziehungsweise geschrieben."

„Versteh ich nicht."

„Wir haben nur selten miteinander telefoniert. Und wenn, dann hat *sie* meistens angerufen. Ich habe es zumeist vermieden, sie anzurufen. Ich wusste ja nie, ob Arne – ihr Mann – nicht gerade neben ihr steht, und ich wollte sie nicht in Schwierigkeiten bringen. Deshalb fand unsere Kommunikation zum Großteil über Textnachrichten auf dem Handy statt. Ich habe ihr hunderte von Nachrichten geschrieben, auf die sie mir niemals geantwortet hat. Obwohl ich sie teilweise angebettelt habe. Aber sie hat trotzdem nicht reagiert. Manchmal wusste sie wohl einfach nicht, was sie antworten sollte. Aber einen anderen Menschen zu ignorieren, ist die subtilste Art, die grausamste Art, jemanden zu verletzen. Auch wenn es nicht ihre Absicht war. Aber sie hat auch Dinge gesagt, die mich sehr traurig gemacht haben. Als wir uns neulich trafen, sagte sie zu mir, dass wir uns überhaupt nicht kennen würden."

„Ist das so schlimm?"

„Das war sehr schlimm. Zumindest für mich. Tatsächlich kennt Bettina mich besser als jeder andere im Tennisclub. Und ich kenne sie auch gut, zumindest dachte ich das. Und wenn du das Gefühl hast, einen anderen Menschen gut zu kennen, wenn du dich diesem Menschen verbunden fühlst, wenn du diesem Menschen dein Herz geöffnet hast und er dir seines - wenn dieser Mensch, mit dem du den Rest deines Lebens verbringen möchtest, dir dann sagt „wir kennen uns überhaupt nicht", dann ist das sehr, sehr traurig. Dieser Satz von ihr war einer der schlimmsten Sätze, die jemals ein anderer Mensch zu mir gesagt hat." Er versuchte seine Tränen vor seiner Tochter zu verbergen, aber es gelang ihm nicht.

„Sie fehlt mir so, Steffi!"

„Du findest bestimmt eine andere, Papa!"

Ben war gerührt. Hätte er nicht schon geweint, hätte er jetzt spätestens damit angefangen. „Das ist nicht so leicht. Liebe hört nicht auf, wenn ein Mensch gegangen ist. Wenn sich das Herz erst einmal für eine Person entschieden hat, dann dauert es Monate oder sogar Jahre, bis man sich wieder neu verlieben kann. Manchmal bleibt diese Person auch für immer in deinem Herzen."

Er deutete auf sein Herz. „Und Bettina ist hier noch ganz, ganz tief drin."

Kapitel 97
Montag, 31. Januar 2022

Ben kam gerade vom Einkaufen, als er Bettinas Auto vor dem Hotel stehen sah. Es stand da, wo sie es immer parkte. Auf demselben Parkplatz, auf dem es auch stand, als er ihr vor einer Woche die Plastiktüte an die Windschutzscheibe geklemmt hatte. Er hatte ihr in dem beigelegten Brief geschrieben, dass er ihre Telefonnummer auf seinem Handy blockiert hätte. Das hatte er auch. Drei Tage lang. Dann hatte er es wieder rückgängig gemacht.

Er wusste nicht, was Bettina mit der Halskette, dem Pokal und dem Tennisball gemacht hatte. Ob sie die Dinge an einem sicheren Ort aufbewahrte und in Ehren hielt oder ob sie sie noch am selben Tag in den erstbesten Mülleimer geworfen hatte. Er erfuhr es auch nie.

Seine Augen verblieben auf Bettinas Auto, als er daran vorbeifuhr. Als er wieder auf die Straße blickte, konnte er gerade noch durch eine Vollbremsung verhindern, eine ältere Dame über den Haufen zu fahren, die gerade die Straße überquerte. Sie quittierte seine Aktion mit nicht-jugendfreien Flüchen in Bens Richtung. Sie beschimpfte ihn so sehr, dass er kurz überlegte, sie doch noch umzufahren. Aber letztlich war er unendlich erleichtert, dass er noch rechtzeitig hatte bremsen können.

Als er zuhause ankam, war Bettina wieder in seinem Kopf. Er hatte es geschafft, mal eine halbe Stunde nicht an sie zu denken, und dann hatte ihr Auto am Straßenrand ihn doch wieder an sie erinnert.

Um sich abzulenken, nahm er sich seine Gitarre und spielte. Seinem Gemütszustand entsprechend, spielte er ein trauriges Liebeslied von Shawn Mendes und sang leise dazu. In dem Moment kam er auf die Idee, ein Video davon aufzunehmen und an Bettina zu schicken. Er glaubte nicht mehr daran, dass er Bettina damit noch für sich gewinnen könnte, aber es sprach auch nichts dagegen, ihr zu zeigen, dass er sie immer noch liebte.

Er platzierte sein Handy auf dem Wohnzimmerregal, drückte auf ‚Aufnahme' und begann zu spielen und dazu zu singen:

„Are we gonna make it?
Is this gonna hurt?
Oh, we can try to sedate it
But that never works

I start to imagine a world where we don't collide
It's making me sick, but we'll heal and the sun will rise

If you tell me you're leaving, I'll make it easy
It'll be okay
If we can't stop the bleeding
We don't have to fix it, we don't have to stay
I will love you either way
Ooh-ooh, it'll be oh, be okay
Ooh-ooh

Oh, the future we dreamed of is fading to black
Oh, there's nothing more painful
Nothing more painful

I start to imagine a world where we don't collide
And it's making me sick, but we'll heal and the sun will rise

If you tell me you're leaving, I'll make it easy
It'll be okay
And if we can't stop the bleeding
We don't have to fix it, we don't have to stay
I will love you either way
Ooh-ooh, it'll be oh, be okay
Ooh-ooh

I will love you either way
It might be so sweet
It might be so bitter
I will love you either way
It might be so sweet
It might be so bitter

Oh, if the future we've dreamed of is fading to black
I will love you either way"

Er schaute sich sein Video an und stellte fest, dass er zu Recht keine Gesangskarriere gemacht hatte. Aber es war ihm egal. Es kam von Herzen, und nur darauf kam es an.

Er formulierte noch einen Text dazu:

„Hallo Bettina, hat schon mal jemand ein Liebeslied für dich gespielt und gesungen? Ich meine, NUR für dich? Ich tu's. Ich bin kein großer Sänger, aber dafür kommt es ganz, ganz tief aus meinem Herzen. Bitte pass auf dich auf, Bettina. Und wenn deine Welt irgendwann einmal auseinanderfällt, dann wird in meiner immer Platz für dich sein. Ich denke an dich!"

Den Songtext inklusiver deutscher Übersetzung fügte er zur Sicherheit auch noch mit bei für den Fall, dass er nicht genau zu verstehen war oder Bettinas Englischkenntnisse nicht ausreichten.

Er betrachtete auf seinem Handy nochmals das Video und seinen Text. Er überlegte, ob er es wirklich abschicken sollte. Nach mehreren Minuten der Unentschlossenheit drückte er auf ‚senden'.

Er bekam niemals eine Antwort oder irgendeine Reaktion. Er hatte nichts anderes erwartet.

Bettina saß mit einem frischen Kaffee auf dem Sofa und genoss ihren freien Tag. Sie war heute gut gelaunt und entspannt. Sie dachte an ihre Mutter. Ihr Verhältnis war immer noch angespannt, aber Bettina hatte mittlerweile gelernt, wesentlich gelassener damit umzugehen als in der Vergangenheit.

Es lag jetzt vier Monate zurück, dass sie ihre Affäre mit Ben beendet hatte. Es war für sie eine schwere Phase gewesen. Insbesondere die Tage davor und danach hatten sie an den Rand ihrer Kräfte gebracht. Sie war in Ben verliebt gewesen, auch wenn sie sich dessen damals nicht hundertprozentig sicher gewesen war, und deshalb hatte sie an der Trennung, die sie selbst herbeigeführt hatte, erheblich zu knabbern gehabt. Vor allem aber hatte sie es ziemlich mitgenommen, wie sehr Ben darunter gelitten hatte. Er hatte ihr unendlich leidgetan.

In den ersten Wochen danach hatten sie noch ein paar Mal miteinander telefoniert und sich hin und wieder unverfängliche Nachrichten geschrieben. Aber es war nie wieder so, wie es vorher gewesen war. Zuletzt war ihre Kommunikation schon deutlich weniger geworden. Irgendwann ist sie fast vollständig zum Erliegen gekommen. Ein Teil von Bettina hatte das bedauert, aber der Teil in ihr, der darüber erleichtert war, überwog. Sie hatte anfangs noch täglich an Ben gedacht, aber im Laufe der Zeit war es weniger geworden. Sie dachte inzwischen nur noch selten an ihn, und wenn, dann waren ihrerseits kaum noch Emotionen im Spiel. Eigentlich gar keine mehr. Sie dachte weder gern noch ungern an ihn. Sie empfand keine Trauer, keinen Groll, kein Mitleid, keine Liebe mehr. Ben war für sie nur noch eine blasse Erinnerung. Es ist letztlich genau das eingetreten, was Ben immer befürchtet hatte: Wenn sie sich nur lange genug nicht sehen, würden Bettinas Gefühle langsam verblassen und irgendwann schließlich ganz verschwinden.

Ben saß in seinem Wohnzimmer und nahm einen Schluck aus seinem Bacardi-Cola. Es war bereits sein zweiter. Er dachte an Bettina. Natürlich tat er das. Es lag jetzt vier Monate zurück, dass sie hier direkt neben ihm auf dem Sofa saß und die Sache zwischen ihnen beendet hatte. Seitdem war nicht ein einziger Tag vergangen, an dem er nicht an sie gedacht hatte. Was heißt, nicht ein einziger Tag? Nicht eine einzige Stunde!

Er hatte wirklich um sie gekämpft. Er hatte ihr seine grenzenlose Liebe entgegengebracht. Ihr Briefe geschrieben, Geschenke gemacht, Blumen geschickt. Versucht, ihr im Umgang mit ihrer Mutter ein guter Ratgeber zu sein. Ihr tausende Nachrichten geschrieben. Er hatte sogar ein Liebeslied für sie gesungen.

Und jetzt saß er von Selbstmitleid zerfressen auf seinem Sofa, und immer wieder quälten ihn dieselben Fragen. Fragen, auf die er keine Antworten fand und die ihn innerlich zerrissen.

Hatte er sie zu sehr bedrängt? Hätte er sich mit dem zufrieden geben sollen, was Bettina bereit war, ihm freiwillig zu geben? Hätte er ihr mehr Zeit einräumen sollen? Mehr Geduld aufbringen sollen? Hätte er ihr nicht sagen sollen, dass er mit ihr schlafen wollte? Hätte er nicht andeuten sollen, dass er sie heiraten wollte? Hätte er gelassener damit umgehen sollen, als sie sich tagelang nicht gemeldet hatte? Hätte er sie nicht in seine Wohnung einladen sollen, als er spürte, wie groß ihre Hemmschwelle war? Hätte er ihr nicht sagen sollen, dass sie mutiger sein sollte? Hätte er vor ihr verbergen sollen, wie verletzt er in einigen Situationen war? Hätte er in manchen Situationen einfach lieber die Fresse halten sollen?

Er erinnerte sich an die Nachricht, die er ihr schrieb, kurz bevor sie die Affäre zwischen ihnen beendet hatte. Sie sollte sich einen anderen Trottel suchen, den sie an der Nase herumführen und beliebig ignorieren konnte. Von allen Nachrichten, die er lieber nicht hätte abschicken sollen, war dies diejenige, die er am allermeisten bereute. Diese Nachricht war letztlich der Auslöser dafür gewesen, dass Bettina ein paar Tage später die Notbremse gezogen hatte.

Würde sie jetzt bei ihm sein und seine Hand halten, wenn er diese Nachricht niemals geschrieben hätte? Wäre ihre gemeinsame Geschichte anders verlaufen?

Hätte er sich danach besser im Griff haben sollen und in ihrer Anwesenheit nicht heulen dürfen wie ein Schlosshund? Hatte sie genau das dazu bewogen zu sagen, dass sie sich nur gegenseitig wehtun würden? Hätte er ihr nicht schreiben dürfen, dass er nicht will, dass sie Freunde bleiben? Dass sie zu viel in ihm kaputtgemacht hätte? Dass er sie nie mehr sehen will?

Hätte er die Sache retten können, wenn er sich anders verhalten hätte? Wenn er nicht jeden Tag seine Meinung geändert hätte? Hatte genau das verhindert, dass sie doch noch einmal zueinander fanden, weil er sie damit überforderte?

Und hätte er weiter um sie kämpfen sollen, nachdem sie ihn angefleht hatte, sie loszulassen?

Er hatte so viel falsch gemacht in all den Monaten, und er hasste sich dafür.

Er hatte es selbst verbockt. Und er würde für immer mit dieser Schuld leben müssen.

„Theo, noch ein Bier?", fragte Ben.

„Klar."

Ben ging zu seinem Kühlschrank und holte zwei weitere Bierflaschen heraus. Er öffnete sie mit einem lauten Plopp, reichte Theo seine Flasche und setzte sich zu ihm aufs Sofa.

„Danke. Cheers!"

„Jo, zum Wohl!"

Sie hatten sich seit einiger Zeit nicht gesehen, daher war Theo heute spontan bei Ben vorbeigekommen, um ein gemeinsames Bier zu trinken. Oder auch zwei oder drei. Er nahm einen Schluck aus seiner Flasche.

„Wie läuft es mit deinem neuen Chef? So neu ist er ja schon gar nicht mehr."

„Nee, schon seit einem knappen halben Jahr. Aber es läuft gut. Ich komm gut mit ihm aus. Kein Vergleich zu dem anderen Idioten, den ich vorher als Chef hatte."

Ben hatte Theo in der Vergangenheit häufiger erzählt, dass er mit seinem damaligen Chef nicht auskam. Theo wusste auch, dass Bens alter Chef ihn in den Burnout und die Depression getrieben hatte und dass Ben seit langer Zeit täglich ein Antidepressivum einnahm.

„Das ist doch gut. Nimmst du die Tabletten noch?"

„Ja, aber ich werde sie wohl demnächst absetzen. Ich nehme das Zeug nun schon seit zwei Jahren. Irgendwann ist auch mal gut. Ich habe die Dosis schon halbiert."

Sein Arzt hatte ihm empfohlen, das Antidepressivum über den Winter weiterhin einzunehmen. In der dunklen Jahreszeit, wie er sich ausgedrückt hatte. Ab dem Frühjahr sollte er es dann langsam reduzieren und schließlich versuchen, komplett darauf zu verzichten. Ausschleichen hatte sein Arzt diesen Prozess genannt.

„Okay, dann toi, toi, toi. Wenn du das Gefühl hast, dass es doch wieder schlechter werden sollte, kannst du dir das Zeug ja jederzeit wieder verschreiben lassen."

Theo hatte Ben vor einigen Monaten auf dessen Tiefpunkt erlebt. Er hatte gesehen, wie Bens Depressionen zurückgekommen waren und wie sehr Ben gelitten hatte, nachdem die Geschichte mit Bettina zu Ende ging. Er hatte sich zu der Zeit ernsthafte Sorgen um Ben gemacht. Jetzt, nach ein paar Monaten Abstand, hatte er das Gefühl, dass Ben ein wenig gefestigter wirkte, auch wenn er seine lockere, humorvolle Art, die ihn jahrelang auszeichnete, bis heute nicht vollständig wiedergefunden hatte.

Ben holte ein paar Erdnüsse aus der Küche und stellte sie vor Theo und sich auf den Wohnzimmertisch.

„Die Tennisplätze sind seit gestern wieder offen. Wollen wir morgen mal spielen und die Saison eröffnen?"

Theo griff in die Schale mit den Nüssen. Beim Versuch, die gefüllte Hand in den Mund zu stopfen, fiel die Hälfte der Nüsse aufs Sofa.

„Okay, gerne. Sagen wir dreizehn Uhr?"

„Alles klar."

Theo griff wieder zu den Nüssen, aber diesmal etwas vorsichtiger. Er fragte sich, wie heute wohl Bens Beziehung zu Bettina aussah. Hatten sie noch Kontakt? Sind sie Freunde geblieben oder doch im Streit auseinander gegangen? Oder hatten sie sich im Laufe der Zeit aus den Augen verloren? Bettina und Ben würden sich in den nächsten Tagen unter Garantie im Tennisclub begegnen. Sollte er das Thema ansprechen? Er entscheid sich dafür.

„Wie läuft es denn mit Bettina? Habt ihr noch Kontakt?"

Ben guckte traurig auf den Boden. „Schon länger nicht mehr."

Theo bemerkte sofort, dass das Thema Ben emotional berührte, und sofort bereute er, es angesprochen zu haben.

„Wolltest du keinen Kontakt mehr oder sie?"

„Eigentlich wollten wir beide nicht, dass der Kontakt abbricht. Aber im Laufe der Zeit wurde es immer weniger. Zuerst hatten wir uns hin und wieder nochmal ein paar Nachrichten geschrieben und auch mal telefoniert. Ich hatte sie mindestens zehnmal gefragt, ob wir nochmal einen Kaffee zusammen trinken wollen, aber sie hat jedes Mal abgesagt oder gar nicht erst reagiert. Und irgendwann hat sie mir überhaupt nicht mehr auf meine Nachrichten geantwortet, und dann habe ich auch irgendwann aufgehört zu schreiben. Ich habe schon seit Monaten nichts mehr von ihr gehört. Aber das wird sich vermutlich bald ändern, jetzt wo die Tennissaison wieder losgeht."

Auch wenn Ben es nicht explizit gesagt hatte, erkannte Theo doch, dass Ben noch nicht über Bettina hinweg war. Er war sehr in sich gekehrt und redete nicht so über sie, als würde ihn das Ganze nicht mehr beschäftigen. Theo hatte es sich anders gewünscht. Vor allem hatte er es Ben anders gewünscht.

Ben griff nach den Erdnüssen und redete weiter: „Wer weiß, vielleicht können wir ja nochmal von vorn anfangen."

Theo zog die Augenbrauen hoch und nahm einen Schluck von seinem Bier.

„Als es mir letztes Jahr so schlecht ging, weil meine Depression zurückkam, war Bettina für mich da. Sie war der Mensch, der mir in dieser schweren Phase Halt gegeben hat. Sie hat mir mehr geholfen als jeder andere. Auch wenn ihr das vielleicht gar nicht bewusst war. Ohne sie hätte ich das vielleicht gar nicht geschafft. Sie hat meine Zuversicht und Lebensfreude zurückgebracht. Und ausgerechnet dieser Mensch…" Bens Stimme stockte. Nach ein paar Sekunden redete er weiter. „Und ausgerechnet dieser Mensch war dann indirekt dafür verantwortlich, dass die Depression wieder zurückgekehrt ist und ich diese ganze Scheiße noch ein weiteres Mal durchmachen muss."

Theo fiel auf, dass Ben ‚muss' sagte, nicht ‚musste'. Er war sich nun nicht mehr so sicher, ob es eine gute Idee war, die Tabletten abzusetzen.

„Du hast es schonmal geschafft. Du wirst es erneut schaffen."

„Bettina hatte auch so ihre Probleme. Im Job und vor allem mit ihrer Mutter. Ich habe immer versucht, ihr zu helfen, aber ich weiß bis heute nicht, ob ich ihr wirklich eine Hilfe war oder einfach nur ein weiteres Problem."

Theo wusste das alles schon. Ben hatte ihm schon mehrfach davon erzählt. Er fragte sich, warum Ben ihn das gerade nochmal erzählte.

Spätestens jetzt wusste er, dass Ben Bettina noch nicht losgelassen hatte. Er liebte sie immer noch.

Bettina schenkte ihrer Freundin noch ein Glas Wein ein. Die beiden hatten sich seit zwei Wochen nicht gesehen. Es hatte sich nicht ergeben. Jetzt saßen sie gemeinsam in Annikas Wohnzimmer und gönnten sich eine Flasche Wein. Annikas Mann Manfred war an diesem Tag nicht zu Hause, so dass die beiden Freundinnen heute den Abend und das Wohnzimmer nur für sich hatten. Sie guckten sich irgendeine Liebesschnulze im Fernsehen an, die beide zu Tränen rührte.

Annika griff zu den Chips, die auf dem Wohnzimmertisch standen und stopfte sich eine Hand davon in den Mund. Bettina tat es ihr gleich. Sie prosteten sich zu und tranken einen Schluck Wein.

Inzwischen lief der Abspann des Films. Bettina stand auf und verschwand auf der Toilette, während Annika in die Küche ging und mit einer weiteren Flasche Wein zurückkam.

Sie saßen noch lange zusammen an diesem Abend in Annikas Wohnzimmer. Da sie sich zwei Wochen nicht gesehen hatten, hatten sie eine Menge Themen zu besprechen. Sie sprachen über den Film, den sie gerade gesehen hatten und darüber, was für ein Idiot der Hauptdarsteller gewesen war. Aber süß war er!

Sie redeten über die Arbeit, über ihre Kinder und über Bettinas Mutter. Und sie verabredeten sich für morgen zum Tennis. Für beide würde es das erste Mal seit Monaten sein, dass sie wieder draußen Tennis spielten.

Sie waren mittlerweile bei der dritten Flasche Wein angekommen.

„Oh, ich kann nicht mehr!", stöhnte Bettina in Annikas Richtung, als diese ihr halbleeres Glas noch einmal auffüllen wollte.

„Vergiss es, Schätzchen! Die Flasche machen wir jetzt noch leer!" Sie füllte Bettinas Glas auf und schenkte sich selbst auch noch einmal nach. Beide mussten lachen und prosteten sich zum x-ten Male an diesem Abend zu. Bettina fühlte sich wunderbar. Sie fühlte sich in Annikas

Gegenwart geborgen. Sie hatte die Abende mit Annika in den letzten zwei Wochen vermisst.

Mit jedem Glas Wein nahm die Laune der beiden Freundinnen zu. Sie kicherten und lachten, gackerten und erzählten sich alte Geschichten, die sie gemeinsam erlebt hatten. Sie kannten sich schon so lange.

Als auch die dritte Flasche Wein zur Neige ging, erhob sich Bettina. Die Uhr zeigte mittlerweile zwei Uhr an. „Ich muss jetzt. Wenn ich noch einen Tropfen Wein trinke, dann schlafe ich heute hier auf dem Sofa."

Ihr wurde kurz schwindelig, als sie aufstand, aber nach einigen Sekunden hatte sie sich gefangen. Sie holte ihre Jacke und ihre Schuhe und ging zu Annika, um sich für heute zu verabschieden.

Annika umarmte sie innig. „Schön, dass du da warst! Bis morgen!"

Bettina musste kurz überlegen, was morgen war, aber dann fiel es ihr wieder ein. Sie hatten sich zum Tennis verabredet.

„Bis dann!" Sie umarmten sich ein weiteres Mal.

Auf dem Heimweg merkte Bettina, dass sie einen ziemlichen Schwips hatte. Zum Glück lag Annikas Wohnung nur ein paar Gehminuten von Bettinas Zuhause entfernt. Bettina lächelte zufrieden. Es war ein wunderschöner Abend gewesen. Sie hatten sich wie immer gut verstanden, viel gelacht und sich an diesem Abend über Gott und die Welt unterhalten.

Über Ben hatten sie nicht gesprochen. Keiner von ihnen hatte an diesem Abend überhaupt auch nur an ihn gedacht.

Kapitel 101
Montag, 18. April 2022

Annika war überrascht, dass sie die einzige auf der Tennisanlage war, zumal das Wetter sehr angenehm war. Die neue Saison hatte vor wenigen Tagen begonnen, und sie hatte erwartet, dass mehr Mitglieder anwesend sein würden. Allerdings war es noch recht früh am Tag. Die meisten würden wohl am Nachmittag oder am Abend kommen, um Tennis zu spielen. Annika blickte auf die Uhr. Es war zwölf Uhr fünfzig. Um dreizehn Uhr war sie mit Bettina verabredet. Sie setzte sich an einen der Tische, die auf der Terrasse des Clubs aufgebaut worden waren und wartete auf ihre Freundin.

Der zweite, der an diesem Tag die Anlage betrat, war Theo. Er stellte sein Fahrrad am Fahrradständer ab und war ebenso überrascht, dass außer Annika niemand da war. Er begrüßte sie: „Hallo. Ist ja nicht viel los hier."

Die beiden kannten sich nur flüchtig. Sie wussten aber voneinander. Er wusste, dass Annika Bettinas beste Freundin war, und sie wusste, dass er ein guter Freund von Ben war. Und sie waren sich beide ziemlich sicher, dass der jeweils andere die Geschichte von Bettina und Ben kannte.

„Hi. Nee, hat mich auch gewundert", entgegnete sie in Theos Richtung.

„Mit wem spielst du?", fragte Theo, weil er sonst keine Idee hatte, worüber er mit Annika sprechen sollte.

„Mit Bettina. Und du?"

Er hatte diese Antwort befürchtet. Er setzte sich zu Annika an den Tisch und packte seine Tennisschuhe aus seiner Tasche. „Mit Ben."

„Oje. Dann werden die beiden sich ja gleich über den Weg laufen."

„Ja, sieht so aus. Aber es war ja klar, dass sie sich hier nicht lange aus dem Weg gehen können."

Annika überlegte kurz, was sie darauf antworten sollte. Weil ihr nichts Gescheites einfiel, sagte sie schließlich: „Die beiden Hübschen haben ja so einiges zusammen erlebt."

Theo war inzwischen dabei, sich seine Tennisschuhe zu binden. Ohne seinen Blick von seinen Schuhen abzuwenden, entgegnete er: „Ja, das kann man wohl sagen. Ben hat ziemlich gelitten. Ich hoffe nur, dass keine alten Wunden aufgerissen werden, wenn die beiden sich wiedersehen. Es war schon grenzwertig, was Bettina mit ihm gemacht hat."

„Was sie mit ihm gemacht hat? Du meinst wohl, was er mit ihr gemacht hat!", empörte sich Annika.

„Wie auch immer. So wie ich das mitbekommen habe, hat sie ihn ziemlich verarscht."

Annika hatte den Eindruck, ihre Freundin verteidigen zu müssen. „Sie hat ihn nicht verarscht! Er war doch derjenige, der versucht hat, eine intakte Ehe kaputtzumachen. Er hätte wissen müssen, worauf er sich einlässt. Und das kann man Bettina doch nicht ernsthaft vorwerfen, dass sie sich für ihre Ehe entschieden hat."

„Nein, das allein kann man ihr sicher nicht vorwerfen. Aber die Art und Weise schon. Ich kenne genug Beispiele, in denen es funktioniert hat. In denen der Mann oder die Frau ihre Ehe aufgegeben haben, weil sie sich neu verknallt haben. Und heute glücklicher sind denn je. Bettina hat Ben monatelang eine Karotte vor die Nase gehalten, und immer, wenn er danach griff, hat sie sie wieder weggezogen. Ich finde das nicht fair. Aber die beiden sind alt genug, die müssen wissen, was sie tun."

Annika versuchte weiter, Partei für Bettina zu ergreifen: „Sie hat die Sache mit Ben wirklich genossen, das kannst du mir glauben. Aber irgendwann wollte er mehr von ihr. Ihr ist die Sache über den Kopf gewachsen, und daher hat sie irgendwann die Notbremse gezogen. Es ist ihr wahrlich nicht leichtgefallen. Es ging ihr auch nicht gut in der Zeit. Sie hat selbst gelitten wie ein Hund. Aber sie hat ihn nie verarscht."

„Ja, ich weiß, dass Bettina auch ihre Probleme hatte. Genau wie Ben. Vermutlich haben die beiden sich gerade deshalb gegenseitig Halt gegeben und zueinander hingezogen gefühlt, weil sie eben beide gerade in einer emotionalen Schieflage waren. Er hat immer versucht, Bettina bei ihren Schwierigkeiten zu helfen. Aber ob er ihr wirklich eine Hilfe oder eher eine Last war, das kann ich nicht beurteilen. Ben weiß es selbst nicht."

Annika dachte kurz über das nach, was Theo gesagt hatte. „Er war wohl beides für sie."

Theo sah Annika an und nickte nur.

„Glaubst du, dass er über sie hinweg ist?", fragte Annika ihn.

„Ich weiß nicht. Ich habe den Eindruck, dass es ihm inzwischen besser geht. Aber ich glaube, er liebt sie immer noch. Und wie ist es Bettina ergangen?"

„Sie hat wieder in die Spur zurückgefunden. Es ging ihr auch lange Zeit schlecht, aber mittlerweile ist sie wieder okay. Sie hat ihren Weg gefunden."

„Das freut mich für sie. Nur schade, dass sie auf ihrem Weg Ben als einen ziemlich bitteren Kollateralschaden in Kauf genommen hat. Ich hoffe, das war es wert."

Annika wollte gerade wieder zur Verteidigung ihrer Freundin ausholen, als das Gespräch zwischen beiden schlagartig verstummte. Ben betrat die Anlage.

Ben sah, dass Annika am Tisch saß und ahnte sofort, was das bedeutete. Er würde Bettina wiedersehen. Nach so langer Zeit. Endlich! Er freute sich und näherte sich Annika und Theo mit einem Lächeln.

„Ist ja nicht viel los hier", sagte er zu Theo, während sich ihre Hände zur Begrüßung abklatschten.

„Nee, habe ich auch schon gesagt."

Ben stellte seine Tennistasche ab, ging zu Annika und umarmte sie kurz zur Begrüßung. „Hallo Annika! Lange nicht gesehen."

„Hi, grüß dich!", erwiderte sie.

Nur Sekunden später betrat auch Bettina die Anlage. Annika, Theo und Ben saßen oder standen allesamt um den gleichen Tisch herum und beobachteten Bettina, wie sie ihr Fahrrad abstellte. Keiner der drei sagte etwas. Aber alle drei waren gespannt, was als nächstes passieren würde. Vor allem Ben. Er lächelte, als er Bettina kommen sah. Er hatte monatelang auf diesen Moment gewartet. Sein Herzschlag wurde schneller. Wie würde sie ihn begrüßen? Würde sie ihn herzlich umarmen und sich genauso freuen, ihn zu sehen, wie er sich freute, sie zu sehen? Ben merkte, wie nervös er gerade war. Er wusste, die nächsten Sekunden würden darüber entscheiden, wie die beiden zukünftig miteinander umgehen würden. Es hatte keine Zweifel daran, dass auch sie zumindest ihre Freundschaft wieder aufleben lassen wollte. Er wünschte sich, dass sie beide nochmal von vorn anfangen würden. Dass sie öfters zusammen Tennis spielen und viele gemeinsame Abende im Tennisclub verbringen würden. Vielleicht würden sie sich sogar wieder näherkommen und dort weitermachen, wo sie seinerzeit aufgehört hatten. Er hoffte es. Er hatte nie aufgehört, sie zu lieben.

Bettina begrüßte zuerst ihre Freundin. „Hi, Annika!"

Die beiden umarmten sich innig und lange, als hätten sie sich wochenlang nicht gesehen. Dabei lag ihre letzte Begegnung gerade einmal einen Tag zurück. „Hallo Schatzi!", gab Annika zurück. „Schön, dich zu sehen!" Beide strahlten sich an und waren sichtlich gut gelaunt.

Als nächstes ging Bettina zu Theo. Sie umarmte ihn ebenfalls zur Begrüßung, aber bei weitem nicht so intensiv und so lange wie Annika. „Hi Theo! Wie geht's?"

„Gut, danke!", antwortete er. „Und dir?"

„Auch gut, danke!" Ihr Lächeln war echt und nicht aufgesetzt.

Dann schaute sie zu Ben. Ihr Lächeln verschwand aus ihrem Gesicht. Sie nickte ihm kurz zu und sagte höflich „Hallo", ohne ihn auch nur eine Sekunde länger anzusehen, als es nötig gewesen wäre.

Sie verschwand auf direktem Wege in die Umkleidekabine, ohne noch einmal zurückzublicken.

Es war dieselbe Umkleidekabine, in der sie ein halbes Jahr zuvor nackt vor ihm gesessen hatte.

Er hatte sie für immer verloren.